Zygmunt Miłoszewski

Né à Varsovie en 1976, Zygmunt Miłoszewski est écrivain et scénariste. Ses romans sont traduits en dix-sept langues. En France, grâce à sa trilogie de romans policiers mettant en scène le procureur Teodore Szacki, il a été finaliste du Grand Prix des lectrices de *ELLE*, du Prix du polar à Cognac et du Prix du polar européen du *Point*. Après *Les Impliqués* (2007) et *Un fond de vérité* (2015), les deux premiers volets de la trilogie publiés chez Mirobole Éditions, *La Rage* (Fleuve Éditions, 2016) a reçu le Prix *Transfuge* du meilleur polar étranger. Son dernier roman, *Inavouable*, a paru en 2017 chez le même éditeur. Tous ses livres sont repris chez Pocket.

UN FOND DE VÉRITÉ

DU MÊME AUTEUR
CHEZ POCKET

LES IMPLIQUÉS
UN FOND DE VÉRITÉ
LA RAGE

ZYGMUNT MIŁOSZEWSKI

UN FOND DE VÉRITÉ

*Traduit du polonais
par Kamil Barbarski*

MIROBOLE ÉDITIONS

Titre original :
ZIARNO PRAWDY

Pocket, une marque d'Univers Poche,
est un éditeur qui s'engage pour la préservation
de son environnement et qui utilise du papier fabriqué
à partir de bois provenant de forêts gérées
de manière responsable.

Le Code de la propriété intellectuelle n'autorisant, aux termes de l'article L. 122-5, 2° et 3° a, d'une part, que les « copies ou reproductions strictement réservées à l'usage privé du copiste et non destinées à une utilisation collective » et, d'autre part, que les analyses et les courtes citations dans un but d'exemple et d'illustration, « toute représentation ou reproduction intégrale ou partielle faite sans le consentement de l'auteur ou de ses ayants droit ou ayants cause est illicite » (art. L. 122-4).
Cette représentation ou reproduction, par quelque procédé que ce soit, constituerait donc une contrefaçon, sanctionnée par les articles L. 335-2 et suivants du Code de la propriété intellectuelle.

© Grupa Wydawnicza Foksal, 2014
© Mirobole, 2014, pour la traduction française
ISBN : 978-2-266-26368-9

Pour Marta

*Dans toute légende
il y a un fond de vérité.*

Dicton populaire

*Une demi-vérité,
c'est un mensonge entier.*

Proverbe juif

*Il est du devoir du procureur
de chercher à établir la vérité.*

Recueil des règles éthiques
du procureur

Mercredi 15 avril 2009

Les Juifs célèbrent le septième jour de Pessa'h et commémorent la traversée de la mer Rouge ; pour les chrétiens, c'est le quatrième jour de l'octave de Pâques ; pour les Polonais, le deuxième des trois que durera le deuil national décrété après l'incendie de Kamień Pomorski où vingt-trois personnes ont trouvé la mort. Dans le monde du football de haut niveau européen, les clubs de Chelsea et de Manchester United accèdent aux demi-finales de la Ligue des Champions ; dans le monde du football polonais, quelques supporters du club LKS Lódź, opposé au rival local, le Widzew, sont mis en examen pour incitation à la haine raciale suite à leur interpellation vêtus de T-shirts estampillés « Mort aux putes juives du Widzew ». La direction générale de la police nationale publie son rapport sur la criminalité du mois de mars : on enregistre une hausse de 11 % par rapport à l'année précédente ; la police commente comme suit : « La crise va pousser les citoyens à commettre davantage de crimes. » À Sandomierz, elle a déjà poussé la caissière d'une boucherie à vendre sous le manteau des paquets de cigarettes au noir – la femme a été arrêtée. Dans cette ville, il fait froid, comme partout en Pologne ; la température ne dépasse pas les quatorze degrés, mais il s'agit malgré tout de la première journée ensoleillée après un week-end de Pâques glacial.

1

Les fantômes n'apparaissent certainement pas à minuit. À minuit, les films de deuxième partie de soirée ne sont pas terminés à la télé, les adolescents songent à leur enseignante sexy, les amants reprennent des forces avant de remettre ça, les vieux couples mènent des discussions sérieuses à propos de leur épargne, les épouses modèles sortent des gâteaux du four et les mauvais époux réveillent les enfants en tentant d'ouvrir la porte de l'appartement dans un état d'ébriété avancée. Il y a trop de vie à minuit pour que les fantômes fassent leur petit effet. Plus tard dans la nuit, à l'aube, c'est une tout autre histoire : même les employés des stations-service piquent du nez et la lumière blafarde extrait de l'obscurité des objets et des êtres dont nous ne soupçonnions pas l'existence.

Il était plus de 4 heures du matin, le soleil devait se lever une heure plus tard et Roman Myszyński luttait pour ne pas s'endormir dans la salle d'étude des Archives nationales de Sandomierz, entouré par des morts. De part et d'autre de sa table de lecture s'empilaient des registres paroissiaux du XIXe siècle et, bien que la majorité des inscriptions concernât des moments de vie heureux – les baptêmes et les mariages étant plus nombreux que les avis de décès –, il sentait malgré tout l'odeur de la mort l'envahir. Il n'arrivait pas à se départir de l'idée que tous ces nourrissons et jeunes mariés mangeaient les pissenlits par la racine depuis plusieurs décennies pour certains et que ces livres, rarement consultés, rarement dépoussiérés, demeuraient l'unique témoignage de leur passage sur cette terre. Quoique ces macchabées aient eu relativement de la chance, si on pensait au sort que la guerre avait réservé à la plupart des archives du pays.

Alors qu'il faisait affreusement froid et que la Thermos ne contenait plus de café, la seule pensée que Roman Myszyński pouvait encore formuler était qu'il n'aurait jamais dû créer une entreprise spécialisée dans les recherches généalogiques plutôt que de choisir un postdoc à la fac. À l'université, le salaire était médiocre mais régulier, les cotisations sociales payées – rien que des avantages. Surtout en comparaison des postes d'enseignants en lycée et collège où avaient atterri ses copains de promo, postes tout aussi mal payés mais agrémentés de frustration perpétuelle et de menaces physiques de la part des élèves.

Il lut le registre disposé devant lui et la phrase joliment calligraphiée en avril 1834 par le curé de la paroisse du village de Dwikozy : « Les parents et les témoins ne savent ni lire ni écrire. » Voilà qui scellait le sort des origines prétendument aristocratiques de son client, Władek Niewolin. Et si quelqu'un avait encore eu des doutes, imaginant que le père qui emmenait l'arrière-arrière-grand-père de Niewolin au baptême avait peut-être eu une journée difficile après avoir trop arrosé la naissance, ils auraient été définitivement balayés par la mention de son métier : paysan. Une fois que Roman Myszyński aurait trouvé le certificat de mariage, il découvrirait certainement que la mariée – de quinze ans la cadette de l'époux – était servante. Ou bien qu'elle vivait encore chez ses parents.

Il se leva et, en s'étirant énergiquement, heurta du bout des doigts une vieille photo du marché de Sandomierz, qui datait d'avant-guerre. Il la redressa, songeant que la place municipale sur l'image avait l'air un brin différente de celle d'aujourd'hui. Plus modeste. Il regarda par la fenêtre, mais la façade du marché couvert, visible d'ordinaire dans la perspective de la rue, était masquée par une épaisse brume matinale. Quelle connerie ! Pourquoi le vieux marché aurait-il été différent ? Pourquoi y songer, pour commencer. Il ferait mieux de se remettre au boulot s'il voulait reconstituer l'histoire de la famille Niewolin et être rentré à Varsovie pour 13 heures.

Il touchait au but. Il ne devrait pas rencontrer de difficultés avec le certificat de mariage. Les actes de naissance de Jakub et de Marianne ne se trouvaient probablement pas bien loin. Par chance, le territoire du Royaume du Congrès était assez clément avec les fouilleurs d'archives. Dès le début du XIXe siècle, et grâce au Code Napoléon, l'ensemble des actes d'état civil du duché de Varsovie avait été établi par les paroisses en deux exemplaires, dont un transmis au dépôt national – plus tard, les règles avaient changé mais l'ordre avait été maintenu[1]. En Galicie, les choses se corsaient.

---

1. Duché de Varsovie – État polonais recréé par Napoléon Ier en 1807. Royaume du Congrès – État polonais autonome sous tutelle russe qui succède au duché de Varsovie suite à la réorganisation de l'Europe lors du Congrès de Vienne en 1815.

Quant aux confins de l'Est, ils s'avéraient un véritable trou noir généalogique – dans la section des annales de Varsovie relative aux territoires situés à l'est de la rivière Bug, il ne restait que des bribes de documents. Donc, en ce qui concernait Marianne, née vers 1814, il ne devrait pas y avoir de problèmes. Pour Jakub – fin du XVIIIe siècle –, on gardait de bonnes chances. Les curés avaient été mieux formés et, en dehors de quelques paroisses exceptionnellement paresseuses, les registres restaient assez complets. De plus, à Sandomierz, on était aidé par le fait que la ville n'avait été détruite ni par les Allemands ni par les Russes durant la dernière guerre. Les inscriptions les plus anciennes dataient des années 1580. Avant cela, de toute manière, on perdait toute trace. Ce n'était qu'après le concile de Trente que l'Église s'était mis en tête de recenser ses ouailles.

Roman se frotta les yeux et se pencha sur les livres disposés devant lui. Donc, il lui fallait les certificats de mariage du diocèse contenant le village de Dwikozy sur la période des deux années précédant le baptême. Une fois qu'il les aurait en main, il tenterait peut-être de chercher directement la mère. Nom de naissance : Kwietniewska, ce qui voulait dire « d'avril ». Hmm... Une petite alarme retentit dans sa tête.

Cela faisait deux ans qu'en dépit des mises en garde d'à peu près tout le monde, il avait créé l'entreprise La Racine d'Or. Il en avait eu l'idée lorsque, réunissant des documents nécessaires à sa thèse dans la salle des Archives centrales des dossiers historiques de Varsovie, il avait commencé à croiser des individus avec une lueur fiévreuse dans le regard. Ceux-ci cherchaient maladroitement des informations concernant leurs ancêtres et s'efforçaient de dessiner leur arbre généalogique. C'est par pitié qu'il avait aidé un premier gars, la fille suivante parce qu'elle avait une poitrine d'une beauté étourdissante, et pour finir Magda parce qu'elle l'attendrissait avec sa planche familiale ressemblant à un arbre de Jessé. Au bout du compte, Magda et sa planche avaient habité chez lui pendant six mois. Cinq de trop. Elle avait déménagé les larmes aux yeux et avec la certitude que son arrière-arrière-grand-mère Cécile avait été une enfant illégitime : c'est une sage-femme qui l'avait présentée au baptême en 1813.

Alors, il avait décidé d'exploiter cette frénésie généalogique et de monnayer sa capacité à utiliser les registres. En déclarant son activité, il était très excité à l'idée de devenir un détective de l'Histoire. Il ne s'attendait pas à ce que le nom de Racine d'Or provoque chez ses clients, tous sans exception, des plaisanteries stupides oscillant entre l'utilisation illicite de certaines plantes hallucinogènes et des références grivoises à la symbolique phallique.

Comme dans les premières pages des romans noirs, au début il avait passé son temps à fixer le plafond et à attendre un coup de fil ; mais, au final, les commandes avaient commencé à affluer. De fil en aiguille et grâce au bouche à oreille, elles étaient devenues de plus en plus nombreuses – sans émaner, malheureusement, de magnifiques brunes aux longues jambes. Il rencontrait essentiellement deux sortes de clients. Les premiers étaient des binoclards complexés en pulls à carreaux dont l'expression faciale semblait dire « mais qu'est-ce que je vous ai encore fait ? », et qui avaient tellement raté leur vie qu'ils espéraient en trouver le sens et la valeur parmi des ancêtres rongés par les vers depuis belle lurette. Avec humilité et soulagement, comme s'ils s'attendaient à ce nouveau coup du sort, ils encaissaient la nouvelle qu'ils provenaient de nulle part et ne descendaient de personne.

Le second genre – celui de Niewolin, son client actuel – laissait entendre dès la première entrevue qu'il ne payait pas pour l'information selon laquelle il serait né d'une lignée de cochers ivrognes et de putains minables, mais bien pour la découverte d'un nom noble, d'un blason et d'un lieu où il pourrait amener ses enfants pour leur dire qu'ici se tenait jadis le manoir ayant abrité l'arrière-grand-père Polycarpe pansant ses plaies ouvertes lors d'une insurrection héroïque. N'importe quelle insurrection. Initialement, Roman avait été honnête à en faire peur, avant de réaliser qu'il dirigeait une entreprise privée et non un institut d'utilité publique. Puisque la noblesse signifiait des primes, des pourboires et de nouvelles commandes, alors noblesse il y aurait. Si quelqu'un cherchait un jour à se faire une opinion de l'histoire de la Pologne sur la seule base de ses recherches, il en viendrait à croire que, malgré les apparences, il ne s'agissait pas d'un pays de paysans primitifs mais d'un peuple d'aristocrates distingués ou, en dernier recours, de bourgeois prospères. En dépit de nombreuses imprécisions, Roman ne mentait jamais ; il se contentait de fouiller les branches secondaires jusqu'à dénicher quelque maître déchu dans sa basse-cour.

Le pire, c'était de tomber sur un Juif. Personne ne se laissait convaincre par les arguments selon lesquels, dans la Pologne de l'entre-deux-guerres, 10 % de la population étaient constitués de Juifs, en conséquence de quoi il était probable de tomber sur un ancêtre de confession hébraïque, surtout en Galicie et sur les terrains du Royaume du Congrès. Ce cas de figure s'était présenté deux fois. La première, il avait été insulté, et la seconde, il avait failli recevoir une droite à la mâchoire. Au début, ces réactions l'avaient grandement étonné, puis il y avait réfléchi quelques jours avant d'en venir à la conclusion que le client est roi. En général, il abordait le sujet dès le premier entretien et si la possibilité d'une ascendance hébraïque provoquait des émotions trop vives, il se montrait prêt à faire glisser un éventuel papy Isaac sous le tapis. Ces situations demeuraient cependant très rares – la Shoah avait coupé la couronne de l'arbre généalogique juif.

Et la voilà qui ressurgissait dans les documents vieux de plus de cent ans relatifs à Marianne Niewolin, née Kwietniewska. Cela ne devait pas être une règle absolue, mais les noms de famille dérivés de noms de mois étaient souvent des patronymes de convertis, formés à partir du mois où le baptême avait eu lieu. Il en était de même pour les noms contenant des jours de semaine ou ceux qui commençaient par Nowa, « nouveau ». Aussi, le nom Dobrowolski, signifiant « libre choix », tendait à prouver qu'un aïeul avait librement consenti à passer de la foi hébraïque au christianisme. Roman aimait croire que de telles histoires cachaient de grandes amours. Que les gens qui devaient se décider entre religion et sentiments choisissaient les seconds. Et, puisque le catholicisme était majoritaire, c'est principalement dans ce sens que s'effectuaient les conversions.

Tout bien considéré, Roman Myszyński aurait pu abandonner cette piste en l'état. Il était déjà surpris de découvrir que les origines documentées de Niewolin remontaient aussi loin. Mais premièrement, il était curieux, et deuxièmement, ce lourdaud arrogant lui avait déjà agité devant le nez sa chevalière vide de tout blason d'une manière passablement irritante.

Sur son ordinateur portable, Roman ouvrit l'un de ses principaux outils de travail, la version numérisée du *Dictionnaire géographique du royaume de Pologne et des autres pays slaves*, une œuvre monumentale du XIXᵉ siècle dans laquelle on avait décrit quasiment chaque village de la République d'avant le Partage[1]. Il retrouva le mot-clé Dwikozy et apprit qu'il s'agissait d'une bourgade et d'une métairie paroissiale, comptant 77 maisons et 548 habitants. Pas un mot au sujet d'un hameau hébraïque, ce qui semblait naturel dans la mesure où les Juifs n'étaient en général pas autorisés à s'établir sur les terres de l'Église. Donc, si Marianne appartenait à une famille locale de convertis, il fallait chercher sa trace à Sandomierz ou dans le village de Zawichost. Il parcourut les pages scannées et découvrit qu'à cette époque-là, Sandomierz abritait cinq auberges juives, une synagogue, 3 250 catholiques, cinquante orthodoxes, un protestant et 2 715 Juifs. À Zawichost en revanche, sur une population de 3 948 personnes, 2 401 se déclaraient de confession hébraïque. C'était un nombre important. Il consulta la carte des environs. Son intuition lui disait que Zawichost constituait la meilleure piste.

Il chassa de son esprit l'impression de perdre son temps, se leva, fit quelques assouplissements – il grimaça en entendant ses genoux craquer – et quitta la salle de lecture. Il appuya sur l'interrupteur du corridor obscur, mais rien ne se produisit. Il appuya une nouvelle fois. Toujours rien. Il regarda autour de lui.

---

1. Partages de la Pologne – annexions successives des terres polonaises et lituaniennes par l'Empire austro-hongrois, l'Empire russe et le royaume de Prusse en 1772, 1793 et 1795.

Bien qu'il fût un vétéran des veillées nocturnes dans les salles d'archives, il ressentit un léger malaise. *Genius loci*, se dit-il. L'esprit du lieu. Il soupira de honte face à sa propre couardise.

Impatient, il appuya plus fort sur le bouton et, après quelques brefs éclairs, la lumière lugubre des néons éclaira la cage d'escalier. Roman regarda en bas, en direction de la porte gothique séparant les bureaux administratifs de la salle des registres. Le portail semblait, comment dire… particulièrement menaçant.

Afin de couvrir le silence, il se racla la gorge et descendit l'escalier en se disant que l'affaire de son client et de son arrière-arrière-grand-mère – rebaptisée « d'avril » – prenait une tournure d'autant plus piquante que les archives municipales de Sandomierz se trouvaient dans l'ancienne synagogue, construite au XVIIIe siècle. La salle d'étude et les bureaux des employés avaient été aménagés dans l'immeuble accolé au temple, celui du *kahal*, le conseil des notables de la commune. Les actes eux-mêmes étaient conservés dans l'ancienne salle de Prière. Il s'agissait d'un des lieux les plus curieux de tous ceux qu'il avait été amené à visiter durant sa carrière de détective historique.

Une fois en bas, il poussa l'épaisse porte incrustée de larges clous de fer. La senteur noisette du vieux papier heurta ses narines.

La salle de prière, en forme de grand cube, avait été adaptée aux besoins des archives d'une manière intéressante. Au milieu de la pièce, on avait construit une sorte d'immense dé en claire-voie, formé de passerelles métalliques et avant tout d'étagères. La construction était à peine plus petite que la salle : on pouvait la contourner en longeant les murs, on pouvait pénétrer à l'intérieur, dans un labyrinthe de couloirs étroits, ou encore monter aux niveaux supérieurs pour plonger parmi d'autres vieux dossiers. Sa situation faisait de cet échafaudage une sorte de *bimah* démesurée où, au lieu de la Torah, on aurait étudié des documents relatifs aux naissances, aux mariages, aux avis d'imposition et aux condamnations. La paperasserie comme livre saint de l'ère moderne ! Sans allumer la lumière, Roman longea la structure ; sa main parcourait l'enduit froid des parois. Il arriva ainsi au mur est où, dans l'arche sainte *Aron Kodesh*, on avait conservé les rouleaux de la Torah quelques décennies plus tôt. Roman alluma sa lampe torche, ce qui fit apparaître les particules de poussière suspendues dans l'air et extirpa de l'obscurité un griffon d'or qui tenait une table recouverte d'écritures hébraïques. Il devait s'agir de l'une des tables de la Loi. Il orienta le faisceau lumineux vers le plafond, mais les fresques situées à cette hauteur disparaissaient dans les ténèbres.

Puis il monta jusqu'au niveau le plus élevé par un escalier abrupt en tôle percée qui renvoyait l'écho métallique de ses pas. Il se retrouva juste en dessous de la voûte. Se promenant dans les travées entre les étagères, il commença à observer, grâce à sa lampe torche, les représentations des signes du zodiaque qui ornaient la voûte de la salle. Au niveau du crocodile, il fronça les sourcils. Un crocodile ? Il regarda le signe suivant – le Sagittaire – et comprit que son reptile devait en fait illustrer un scorpion. Il se demanda si cela avait une justification. Il se souvenait que le judaïsme interdisait la représentation d'humains. Il s'approcha des Gémeaux. En dépit de cette règle, ils avaient des corps d'hommes, mais sans les têtes. Un frisson parcourut son échine.

Il en avait assez de cette promenade. De plus, il

venait d'apercevoir un Léviathan enroulé autour d'une lucarne. Le spectre de la destruction et de la mort encerclait la source de lumière blafarde comme s'il s'agissait de l'entrée de son monde sous-marin. Roman en fut troublé. Il ressentit le besoin urgent de quitter les archives mais, exactement à ce moment-là, il perçut un mouvement derrière la fenêtre ronde. Même en plongeant sa tête à l'intérieur du monstre, il fut incapable d'en voir davantage par la vitre sale.

Une latte grinça à l'autre bout de la pièce, le chercheur sursauta et l'arrière de son crâne heurta le rebord. Il jura et s'éloigna de la lucarne. Un autre grincement.

« Oh ! Il y a quelqu'un ? »

Le faisceau de sa lampe torche balayait les environs mais Roman ne voyait que les dossiers, la poussière et les signes du zodiaque.

Cette fois, le grincement retentit tout près de lui. Il cria de surprise. Il lui fallut un moment pour calmer sa respiration galopante. Parfait, songea-t-il, je devrais m'offrir encore moins de sommeil et encore plus de café.

Par l'étroite passerelle en fer, il se dirigea d'un pas énergique vers l'escalier. Seule une frêle barrière le séparait du gouffre sombre qui s'ouvrait le long du mur. Parce que le niveau le plus élevé était également celui des fenêtres qui éclairaient la salle, Roman passait devant d'extravagantes constructions qui permettaient de les ouvrir ou de les laver. C'étaient presque des ponts-levis, présentement placés à la verticale. Pour atteindre la vitre, il fallait débloquer une épaisse corde et baisser le pont. Il s'agissait là d'un mécanisme assez curieux : après tout, ni la construction interne ni *a fortiori* les murs massifs de la synagogue ne semblaient éphémères, on aurait pu les souder définitivement l'un à l'autre. À présent, cela lui faisait penser à un bateau aux passerelles retirées, prêt à lever l'ancre. Il explora l'installation à la lueur de sa lampe et s'approcha des escaliers. Il venait de poser son pied sur la première marche lorsqu'un grondement terrible résonna dans la pièce, une secousse traversa la construction, il perdit l'équilibre et n'évita la chute qu'en agrippant la barrière à deux mains. La lampe lui glissa des doigts, rebondit deux fois en tombant et s'éteignit.

Roman se redressa, le cœur battant à un rythme effréné. Pris d'une brève hystérie, il analysa à la hâte son environnement. C'était le pont-levis près duquel il était passé qui s'était tout à coup abaissé, provoquant tout ce tumulte. Il l'observait, respirant lourdement. Puis il se mit à rire. Il avait dû toucher quelque chose sans le faire exprès. De la physique, oui ; du paranormal, certainement pas. Élémentaire. En tout cas, c'était bien la dernière fois qu'il travaillait après le coucher du soleil au milieu de tous ces macchabées.

Presque à tâtons, il s'approcha du mécanisme et agrippa la corde pour le remettre dans sa position initiale. Bien sûr, c'était coincé. Insultant la planète entière, le chercheur avança à genoux jusqu'à la niche de la fenêtre. Elle donnait sur les mêmes buissons que la lucarne surveillée par le Léviathan.

Le monde derrière la vitre fournissait désormais l'unique source de lumière et il s'agissait d'une clarté pour le moins médiocre. À l'intérieur de la bâtisse, on ne voyait pratiquement rien. À l'extérieur, l'aube se transformait timidement en une aurore printanière, les arbres émergeaient des ténèbres, tout comme le fond du fossé qui entourait le centre-ville historique de Sandomierz, tout comme les villas construites sur l'autre versant de la falaise, tout comme le mur de l'ancien monastère des franciscains. La brume noirâtre devenait grise, le paysage était trouble et flou, tel un reflet dans une eau savonneuse.

Roman observa les buissons au pied des vestiges de la muraille où il avait cru percevoir du mouvement un peu plus tôt. Il se concentra et vit apparaître une chose d'une blancheur immaculée sur cette mer de grisaille. Du bout de sa manche, il essuya la vitre, mais l'existence d'un mécanisme complexe pour l'atteindre n'avait visiblement poussé personne à la laver régulièrement et il ne fit qu'étaler la crasse sur le verre.

Il ouvrit la fenêtre, cligna des yeux. Un courant d'air froid glissa sur son visage.

On dirait une poupée de porcelaine en train de nager dans le brouillard, se dit Roman Myszyński en découvrant le cadavre étendu au pied de la synagogue. D'une blancheur inquiétante, celui-ci ne semblait guère naturel. Il brillait par son manque de couleur.

Derrière lui, la lourde porte de la vieille synagogue battit avec fracas, comme si tous les fantômes s'étaient envolés en même temps pour voir ce qui s'était passé.

2

Le procureur Teodore Szacki n'arrivait pas à trouver le sommeil. Le jour se levait et il n'avait pas fermé l'œil de la nuit. Pire, cette petite nymphomane ne l'avait pas fermé non plus. Il aurait aimé tendre la main vers un bouquin, au lieu de quoi il restait couché, immobile, faisant semblant de dormir. Elle le chatouilla derrière l'oreille.

« Tu dors ? »

Il marmonna quelque chose pour qu'elle s'arrête.

« Parce que moi, je ne dors pas. »

Il dut faire appel à toute sa bonne volonté pour ne pas soupirer très fort. Complètement crispé, il attendit la suite des événements. Le corps torride étendu dans son dos remua sous la couette et gazouilla tel un personnage de dessin animé qui viendrait de mettre au point un plan pour prendre le contrôle de la planète. Ensuite, Teodore sentit une morsure douloureuse sur l'omoplate. Il bondit hors du lit – un qualificatif particulièrement injurieux buta au dernier moment sur la ligne de ses dents.

« Tu es devenue folle ? »

La fille se souleva sur un coude et le regarda d'un air fripon.

« Eh bien, c'est possible. Me voilà folle parce que je me disais que tu pourrais me faire du bien encore une fois. Mince alors, je suis vraiment insupportable... »

Szacki leva les mains au ciel dans un geste d'autodéfense et s'éclipsa vers la cuisine pour allumer une cigarette. Il se tenait déjà au-dessus de l'évier lorsqu'un « Je t'attends » charmeur parvint à ses oreilles. Tu peux attendre tant que tu veux, se dit-il en enfilant un pull. Il fit marcher son briquet, puis actionna la bouilloire. De l'autre côté de la fenêtre, des toitures gris foncé se détachaient sur un fond de pâturages gris clair, séparés du désert pâle des Carpates par le ruban plus sombre de la Vistule. Une voiture traversa le pont et deux entonnoirs de lumière fendirent le brouillard. Tout, dans ce tableau, était monochrome, y compris le cadre blanc de la fenêtre à la peinture craquelée, y compris le reflet du visage blême de Szacki, de ses cheveux blancs et de ses vêtements noirs.

Quel trou paumé ! pensa le procureur en inspirant la fumée. La pointe incandescente de sa cigarette brisa la composition uniforme du paysage. Un trou paumé dans lequel il était coincé depuis plusieurs mois – et si quelqu'un lui avait demandé comment il en était arrivé là, il aurait sans doute haussé les épaules en signe d'impuissance.

Au début, il y avait eu l'Affaire. Il y a toujours une affaire. Celle-ci, précisément, l'avait enlisé dans des emmerdements imprévisibles. Tout avait commencé par le meurtre d'une prostituée ukrainienne dans un bordel rue Krucza, à Varsovie, à cent mètres à peine du siège du parquet et de son propre bureau. En général, dans ce genre de cas, la découverte du corps constituait le point final du dossier. Les souteneurs et les autres putains se volatilisaient en un quart d'heure ; ils ne trouvaient aucun témoin pour des raisons évidentes et ceux qui se déclaraient parfois ne se souvenaient de rien. On pouvait s'estimer heureux lorsqu'on réussissait à identifier la victime.

Cette fois-là, les choses s'étaient déroulées différemment : une amie de la morte avait surgi comme par magie, le corps avait hérité du prénom d'Irina et le maquereau d'une bouille d'assez beau gosse sur le portrait-robot. La piste menant à la voïvodie de Sainte-Croix, au sud-est de la Pologne, était apparue quand l'affaire avait pris de l'ampleur. Szacki avait passé deux semaines à parcourir les environs des villes de

Sandomierz et de Tarnobrzeg en compagnie d'Olga, d'un interprète et d'un guide, afin de dénicher l'endroit où les filles avaient été gardées captives après leur venue de l'Est. Olga leur décrivait ce qu'elle avait vu à travers différentes fenêtres ou par les vitres des voitures, le traducteur traduisait et le guide se demandait où le paysage en question pouvait bien se trouver, tout en jacassant pendant des heures, habitude qui avait précipité Szacki au bord de la crise de nerfs. Un policier local conduisait ; chacun de ses muscles faciaux affirmait que son temps était utilisé en vain car – comme il l'avait indiqué dès le départ – l'unique bordel de Sandomierz avait été fermé l'été précédent, en même temps qu'on enfermait Mme Kasia et Mme Beata qui arrondissaient leurs fins de mois en tapinant après leurs heures de travail à la supérette et à la maternelle. Pour le reste, il s'agissait de petites joueuses du lycée technique agroalimentaire. Dans les villes de Tarnobrzeg ou de Kielce en revanche, c'était autre chose !

Malgré cela, ils avaient fini par découvrir une maison à l'écart dans la zone industrielle de Sandomierz. *La* maison. Dans une serre transformée en dortoir, ils étaient tombés sur une frêle blonde biélorusse qui semblait agoniser tant elle avait l'air épuisée – une gastro-entérite apparemment. En dehors d'elle, il n'y avait personne. La fille répétait sans cesse qu'« ils » étaient partis au marché et qu'« ils » allaient la tuer. Sa frayeur avait fait forte impression sur le reste du groupe, mais aucune sur Szacki. En revanche, le mot « marché » l'avait interpellé. En effet, le dortoir dans la serre avait des dimensions conséquentes, en supplément de quoi la propriété se composait aussi d'une grande maison, d'un atelier et d'un hangar. Teodore

Szacki avait mentalement placé la ville de Sandomierz sur la carte de Pologne. Un patelin perdu, avec seulement deux prostituées à temps partiel. Des églises par douzaines. Le calme plat – il ne s'y passait jamais rien. Proche de l'Ukraine. Non loin de la Biélorussie. Deux cents kilomètres à peine de la capitale et encore moins de Łódź ou de Cracovie. En somme, pas la plus idiote des localisations pour un point d'aiguillage et de vente de chair fraîche. Le « marché ».

Il s'était avéré qu'un marché existait bien, et pas des moindres. Un bazar immense appelé « la Centrale » par les locaux : une bourse de marchandises située entre le quartier historique et la Vistule, le long de la rocade, où l'on trouvait absolument de tout. Il avait demandé au policier ce qui s'y passait. Celui-ci lui avait rétorqué qu'il y avait des trafics en tous genres, mais que les Ruskofs réglaient leurs affaires entre eux et que, si on y fourrait son nez, on arriverait juste à amocher les statistiques de la police municipale. Parfois, les flics ramassaient un gamin avec des CD de contrefaçon ou un peu d'herbe, pour que personne ne puisse leur reprocher quoi que ce soit.

D'un côté, cela paraissait peu probable qu'il y ait des mafieux assez stupides pour négocier des filles en plein milieu d'un bazar. De l'autre, il y avait peut-être des raisons pour lesquelles ces gars-là ne manipulaient pas un accélérateur de particules ou n'introduisaient pas leurs entreprises en bourse. Et puis, la Centrale, c'était pratiquement une zone franche.

Szacki et ses acolytes avaient embarqué la fille qui tenait à peine debout, s'étaient rendus sur place et avaient trouvé ce qu'il y avait à trouver. À savoir deux grandes camionnettes entre des stands de mode, théoriquement remplies de fringues, dans les faits occupées par vingt jeunes femmes ligotées venues à la recherche d'un monde meilleur. Ce coup de filet avait constitué le succès le plus retentissant de la police locale depuis la récupération de la bicyclette volée du père Mateusz. Les journaux régionaux n'avaient parlé que de cela pendant un mois entier et Szacki était devenu un court instant une célébrité de province. L'automne avait été fabuleux.

Et le coin lui avait plu.

Et il s'était dit : pourquoi pas ?

Ils étaient en train de picoler à la pizzeria Modena, non loin du bureau du procureur, Teodore était déjà passablement éméché et il avait demandé de but en blanc s'ils n'avaient pas un poste vacant. Ils en avaient un. Cela leur arrivait une fois tous les vingt ans, mais, oui, justement, ils en avaient un.

Teodore Szacki devait commencer une nouvelle vie, une belle vie. Séduire des filles dans les discothèques, courir le long du fleuve chaque matin, se délecter de l'air frais, vivre des aventures et des moments de ravissement et, pour finir, rencontrer le véritable amour de sa vie et vieillir à ses côtés dans une maison recouverte de vigne quelque part près de la rue Piszczeli. De sorte que la promenade ne soit pas trop longue jusqu'à la place du marché, qu'on puisse s'asseoir à la brasserie Mala ou au restaurant Kordegard et y savourer une tasse de café. Quand il avait emménagé ici, cette vision avait été si précise qu'il ne pouvait plus l'appeler encore projet ou rêverie. C'était la réalité qui s'emparait de sa vie et commençait à devenir vraie. En toute simplicité. Il se souvenait du moment où, prenant un bain de soleil automnal sur les bancs du château, il avait vu son avenir de manière si claire que les larmes lui en étaient venues aux yeux. Enfin ! Enfin, il savait précisément ce qu'il souhaitait.

Bien. Pour le dire gentiment : il s'était trompé. Pour le dire moins gentiment, il avait noyé sa vie patiemment construite dans un puits d'excréments à cause d'une saloperie de mirage. Il avait fini les mains tellement vides que ça donnait presque une impression de purification. Les mains totalement, absolument vides.

Au lieu de demeurer la vedette spécialisée dans les meurtres au parquet de Varsovie, il était devenu un étranger suspect dans une ville de province, ville qui paraissait morte après 18 heures, mais malheureusement pas parce que ses habitants s'étaient entre-tués. Ils ne s'entre-tuaient jamais. N'essayaient même pas de le faire. Ils ne se violaient pas, ne se réunissaient pas pour commettre des crimes. Ils ne s'agressaient que très rarement. Quand le procureur Teodore Szacki dressa mentalement la liste des affaires dont il s'occupait, il sentit la bile lui monter à la gorge. Non, tout ça ne pouvait pas être réel.

En lieu et place d'une famille – la solitude. Au lieu du grand amour – la solitude. Au lieu de l'intimité – la solitude. La crise provoquée par une liaison courte, pathétique et ne satisfaisant véritablement personne avec la journaliste Monika Grzelka avait précipité son mariage dans un gouffre dont il n'avait plus maintenant aucune chance de s'extraire. Avec sa femme, ils avaient fait traîner les choses encore un peu, soi-disant pour le bien de l'enfant, mais ce n'avait plus été qu'une longue agonie drapée de lâcheté. Il avait toujours cru qu'il méritait mieux et que c'était Weronika qui le tirait vers le bas. Cependant, six mois ne s'étaient pas écoulés depuis leur séparation définitive qu'elle avait commencé à fréquenter un avocat prisé, d'un an son cadet. Quelques semaines avant le départ de Teodore, elle avait fini par l'informer laconiquement qu'elle avait décidé d'emménager dans la villa de Tomasz, son amant, dans le quartier chic du Wawer s'il vous plaît, et qu'il devrait peut-être le rencontrer, vu que Tomasz allait dès lors élever sa fille.

À bien y réfléchir, il avait perdu tout ce qu'il était possible de perdre. Il ne possédait plus rien ni personne et était devenu de son propre fait un exilé dans une terre étrangère qu'il n'aimait pas et qui le lui rendait bien. Le fait d'avoir rappelé Klara – qu'il avait séduite un mois plus tôt dans une discothèque et larguée trois jours plus tard car, à la lumière du jour, elle ne lui avait paru ni jolie, ni maligne, ni intéressante – était un acte désespéré et la preuve ultime de sa déchéance.

Il éteignit sa cigarette et revint dans son monde monochromatique. Pour un court instant seulement, car des ongles rouges et longs firent leur apparition sur son pull. Il ferma les yeux pour masquer son exaspération. Il n'était pas capable de méchanceté envers cette fille qu'il avait d'abord conquise, puis repoussée avant de la rappeler et à qui il donnait à nouveau de faux espoirs sur un avenir possible à deux.

Il retourna sagement au lit pour une partie de jambes en l'air assez ennuyeuse. Klara se tortillait sous lui comme si elle comptait compenser par là un manque de fantaisie et de sensibilité. Elle le regarda et dut découvrir sur son visage un signe qui la poussa à faire davantage d'efforts, car elle commença à se débattre et à gémir bruyamment.

« Oh oui ! Défonce-moi ! Je suis à toi, je veux te sentir au fond de moi ! »

Le procureur Teodore Szacki essaya de se retenir, mais n'y parvint pas et éclata de rire.

3

Si aucun cadavre n'est joli à voir, certains le sont moins que d'autres. Le corps étendu dans le fossé sous la muraille moyenâgeuse de Sandomierz appartenait à cette seconde catégorie. L'un des policiers masquait pudiquement sa nudité avec un drap lorsque la procureur arriva sur les lieux.

« Ne la recouvre pas encore. »

Le policier leva la tête.

« Déconne pas, je la connais depuis la maternelle. Je ne peux pas la laisser comme ça.

— Je la connaissais aussi, Piotr. Mais ça n'a vraiment aucune importance aujourd'hui. »

La procureur Barbara Sobieraj écarta quelques branches dépourvues de feuilles et s'agenouilla près de la dépouille. Son image fut brouillée par des larmes. Bien des fois elle avait vu des corps, le plus souvent encastrés dans des épaves de voitures accidentées sur la rocade, parfois de gens qu'elle connaissait de vue. Mais jamais d'une personne qu'elle avait fréquentée elle-même. Et surtout pas d'une amie de longue date. Plus que quiconque, Barbara avait conscience que les gens commettaient des crimes et qu'on pouvait en devenir la victime. Mais ça, non, ça ne pouvait pas être vrai.

Elle se racla la gorge pour s'éclaircir la voix.

« Greg a été prévenu ?

— J'ai cru que tu lui dirais. Tu sais... »

Barbara regarda le flic et faillit s'énerver, mais comprit à temps que le « Maréchal », comme on appelait ce policier dans le service, avait parfaitement raison. Elle était l'amie de l'heureux couple Ela et Greg Budnik depuis de nombreuses années. D'ailleurs, ils étaient si proches que des rumeurs s'étaient répandues en ville : on disait que si Ela ne rentrait pas à temps de Cracovie, alors qui sait, certains en mettaient déjà leur main à couper... De vieux ragots de l'ancien temps mais, en effet, si quelqu'un devait prévenir Greg, c'était bien elle. Malheureusement.

Elle soupira. Ce n'était pas un accident. Ce n'était ni un tabassage, ni une agression, ni un viol commis par des poivrots. Quelqu'un avait dû se donner beaucoup de mal pour la tuer, la déshabiller et la disposer aussi soigneusement dans les buissons. Et puis ceci... Barbara essayait de ne pas le fixer, mais son regard revenait sans cesse vers le cou massacré de la victime. La gorge lacérée à de nombreuses reprises ressemblait à des branchies. De fins lambeaux de peau laissaient apparaître les artères, le larynx et l'œsophage. Le visage au-dessus des plaies paraissait pourtant étrangement paisible, presque souriant. Associée à la blancheur nacrée et inhabituelle de sa peau, cette expression lui donnait l'apparence irréelle d'une statue de marbre. Barbara se dit qu'on avait peut-être assassiné Ela dans son sommeil ou alors qu'elle était inconsciente. Elle s'accrocha à cette idée, elle tenait vraiment à s'en convaincre.

Le Maréchal s'approcha d'elle et lui posa la main sur l'épaule.

« Je suis vraiment désolé, Barbara. »

Elle hocha la tête et lui fit signe de recouvrir le corps.

4

Ce genre de trou paumé avait ses bons côtés. Par exemple, tout était à portée de main. À peine avait-il reçu le coup de fil de sa chef qu'il abandonnait Klara en soupirant de soulagement et quittait son studio loué dans un immeuble de la rue Długosz. L'appartement était petit, moche et délabré, mais il avait un grand avantage : son emplacement. Situé dans la vieille ville, il avait vue sur la Vistule et sur l'ancien lycée classé monument historique, ouvert au XVIIe siècle par les jésuites. Il sortit de la cage d'escalier et avança d'un pas vif vers la place du marché, patinant un peu sur les pavés humides. L'air était encore frais et vivifiant, comme en hiver, mais on sentait qu'il s'agissait des dernières matinées de la sorte. Le brouillard se dissipait de minute en minute et Szacki comptait vivre une première journée de printemps radieuse. Vraiment, il avait besoin de vibrations positives dans sa vie. La chaleur du soleil allait lui faire le plus grand bien.

Il traversa la place du marché, complètement désertée à cette heure, dépassa le bureau de poste situé dans un magnifique immeuble à colonnades et arriva rue Żydowska – « rue Juive » –, apercevant de loin les pulsations lumineuses des gyrophares. Celles-ci firent vibrer une corde sensible en lui. Repérer les crêtes des voitures de police faisait partie d'un rituel. D'abord, recevoir un coup de fil aux aurores, s'extraire des bras chauds de Weronika, s'habiller dans le vestibule plongé dans le noir, poser un baiser sur le front de son enfant endormie. Ensuite, conduire à travers la capitale qui s'éveille à la vie, au milieu des lampadaires en train de s'éteindre et des bus de nuit rentrant au dépôt. Sur les lieux du crime, voir le sourire sceptique du commissaire Kuzniecov, puis le macchabée, et aller boire un café dans un pub de la place des Trois-Croix. Enfin, se confronter à sa patronne grincheuse au siège du parquet. « *Nos bureaux doivent se situer dans des dimensions parallèles de l'espace-temps, monsieur le procureur.* »

Ses entrailles se tordirent de nostalgie quand il passa devant la synagogue et descendit dans le fossé en se tenant à une branche. Dès le premier coup d'œil, il reconnut la tignasse rousse de Barbara Sobieraj, sa bureaucrate frigide de collègue. Elle se tenait tête basse, comme si elle était venue réciter une prière pour les morts et non diriger une enquête. Un flic bedonnant la tenait par l'épaule et la rejoignait dans sa douleur. Comme Teodore Szacki l'avait prévu, une ville qui possédait plus d'églises que de bars devait exercer sur ses habitants une influence néfaste. Barbara se tourna vers Szacki et fut trop surprise pour gommer l'expression d'hostilité qui s'imprima sur son visage.

Il salua tout le monde d'un hochement de menton, s'approcha du cadavre et enleva sans ménagement le drap de Cellophane qui le recouvrait. Une femme. Entre quarante et cinquante ans. La gorge affreusement lacérée, aucune autre blessure apparente. Ça ne ressemblait pas à une agression, plutôt à un étrange crime passionnel. Un vrai cadavre, enfin ! Il voulait recouvrir le corps à nouveau, mais quelque chose le tracassait. Il l'analysa encore deux fois du front aux orteils, scanna du regard le lieu du crime. Quelque chose n'allait pas, quelque chose n'allait vraiment pas et il ne savait pas quoi. Cette impression l'inquiétait. Il jeta le drap en plastique sur la pelouse et la majeure partie des policiers détourna le regard. Bande d'amateurs !

Voilà, il savait ce qui n'allait pas. La blancheur. La blancheur irréelle du corps de la victime, une blancheur inhabituelle à l'état naturel. Mais il y avait encore autre chose.

« Excusez-moi, c'est une amie, annonça Barbara Sobieraj dans son dos.

— C'*était* une amie, répliqua sèchement Szacki. Où sont les gars du labo ? »

Silence. Il se retourna et fixa le policier replet, chauve et arborant une moustache touffue. Quel était son surnom, déjà ? Le Maréchal ? Comme c'est original.

« Où sont les techniciens ? demanda-t-il encore une fois.

— Maria ne devrait pas tarder. »

Tout le monde se tutoyait dans ce bled. Rien que des potes, bordel, une putain de secte de province.

« Faites aussi venir l'équipe de Kielce, qu'ils apportent tous leurs joujoux. Avant qu'ils s'amènent, recouvrez le corps, délimitez un périmètre de cinquante mètres autour, ne laissez passer personne. Maintenez les voyeurs le plus loin possible. L'officier en charge est déjà là ? »

Le Maréchal leva la main, regarda Szacki comme s'il débarquait de Mars et interrogea Sobieraj du regard, mais celle-ci restait tétanisée.

« Parfait. Je sais que le brouillard, que la nuit, qu'on n'y voit que dalle et patati et patata, mais tous les habitants de ces immeubles... »

Teodore pointa du doigt les édifices de la rue Żydowska.

« ... et des maisons derrière... »

Il se retourna et indiqua les villas sur le versant d'en face.

« ... doivent être interrogés. Peut-être qu'il y a un insomniaque, un malade de la prostate, une maîtresse de maison cinglée qui cuisine avant d'aller au boulot. Quelqu'un a pu voir quelque chose. C'est clair ? »

Le Maréchal opina du bonnet. Cependant, Barbara Sobieraj sortit de sa torpeur et s'approcha si près du procureur qu'il put sentir sa respiration. Elle était assez grande pour une femme, leurs yeux se trouvaient presque à la même hauteur. Szacki eut une pensée vacharde : il y a toujours des bonnes femmes bien costaudes à la campagne, se dit-il en attendant patiemment la suite des événements.

« Excusez-moi, mais c'est vous qui menez cette enquête ?

— Ouais.

— Et puis-je savoir pourquoi ?

— Laissez-moi deviner. Parce qu'exceptionnellement, il ne s'agit pas d'un cycliste ivre ou d'un vol de portable à l'école primaire ? »

Les yeux sombres de Sobieraj devinrent complètement noirs.

« Je file chez Ourson », siffla-t-elle à travers ses dents.

Teodore puisa dans des niveaux de volonté auxquels il ne faisait d'ordinaire jamais appel la force de se contrôler et de ne pas éclater de rire. Sainte Marie mère de Dieu, ils appelaient vraiment leur patronne Ourson !

« Plus vite vous le ferez, mieux ce sera, répondit-il. C'est elle qui m'a tiré du plumard, où je passais mon temps de manière furieusement passionnante, et c'est encore elle qui m'a ordonné de prendre les choses en main. »

Un court instant, Barbara parut sur le point d'exploser, puis elle pivota sur ses talons et s'éloigna en balançant des hanches. Des hanches étroites et peu attirantes, estima Szacki en la suivant du regard. Il se tourna vers le Maréchal.

« Il y aura quelqu'un de la judiciaire ? Ou est-ce qu'ils commencent le boulot à 10 heures du matin ?

— Je suis là, fiston, je suis là », entendit-il derrière lui.

Un papy moustachu – ils portaient presque tous la moustache par ici – était assis sur un tabouret de pêcheur et fumait une clope sans filtre. Pas sa première. D'un côté de son siège pliant, on voyait plusieurs filtres arrachés, de l'autre s'entassaient quelques mégots. Szacki masqua son étonnement et s'avança vers lui. Ses cheveux étaient blancs et coupés en brosse, son visage labouré de rides comme sur l'autoportrait de Léonard de Vinci, ses yeux clairs, couleur d'eau. Sa moustache en revanche, courte et bien entretenue, restait d'une noirceur profonde, ce qui donnait au grand-père une apparence menaçante, voire démoniaque. Il devait avoir soixante-dix ans. S'il en avait moins, c'est que sa vie avait été pleine de rebondissements singuliers. Le papy le regardait avec une mine lasse. Le procureur lui tendit la main.

« Teodore Szacki. »

Le vieux flic renifla, jeta son mégot du bon côté du tabouret et la lui serra sans se lever.

« Leon. »

Il retint la main de Szacki et en profita pour se mettre debout. Il était grand et très maigre. Sous son blouson épais et son écharpe, il devait ressembler à une gousse de vanille : mince, mou et fripé. Teodore lâcha sa main et attendit la suite d'une présentation qui ne vint pas. Le vieillard regarda en direction du Maréchal et celui-ci accourut comme s'il était monté sur ressorts.

« Monsieur le commissaire ? »

Ça devait être une erreur. Un grade bien trop élevé pour un chien de chasse d'une antenne provinciale de la police judiciaire.

« Faites ce que le procureur vous a dit. Les techniciens de Kielce seront là dans vingt minutes.

— Du calme. C'est à près de cent bornes d'ici, répliqua Szacki.

— Je les ai appelés il y a une heure, murmura le papy. Après ça, j'ai attendu que ces messieurs-dames du parquet daignent arriver. Heureusement que j'ai pris ma chaise. Café ?

— Pardon ?

— Vous buvez du café, monsieur le procureur ? Ils ouvrent le Ciżemka à 7 heures.

— Tant qu'on n'est pas obligé d'y manger... »

Le papy approuva d'un hochement de tête.

« C'est jeune, c'est pas d'ici, mais ça apprend vite... On y va. Je veux être de retour quand les gamins déploieront leurs joujoux. »

5

La salle du restaurant Ciżemka, situé au meilleur emplacement touristique de la ville – au bord de la place du marché, sur le chemin de la cathédrale et du château –, était tout ce que les salles de restaurants avaient cessé d'être dans les endroits civilisés depuis plus d'une décennie. Un grand espace hostile, des tables recouvertes de nappes en tissu et de serviettes en papier ajouré, des chaises aux dossiers hauts, tapissés de daim. Des bougeoirs aux murs, de grands chandeliers sous la voûte. La serveuse qui martelait le sol de ses talons devait franchir une distance telle que, Teodore en était sûr, son café aurait refroidi en chemin.

Il n'avait pas refroidi, mais Szacki détecta dans son goût une lointaine note de torchon moisi, preuve que la machine à expresso de ce haut lieu gastronomique régional n'était pas en tête de la liste des choses à nettoyer tous les jours. Y a-t-il quelque chose d'étonnant là-dedans ? se demanda Szacki. Non, absolument pas.

Le commissaire Leon buvait sans un mot, contemplant à travers la vitre l'attique de l'hôtel de ville. Teodore aurait tout aussi bien pu ne pas être là. Il décida de suivre le rythme du grand-père et d'attendre patiemment qu'on lui apprenne pourquoi il avait été traîné jusqu'ici. Le policier finit par reposer sa tasse. Il toussa et arracha le filtre d'une cigarette, soupira.

« Je vais vous aider. »

Il avait une voix désagréable, comme extraite d'une machine mal huilée. Szacki l'interrogea du regard.

« Vous avez déjà vécu en dehors de Varsovie ? demanda le grand-père.

— Non, c'est la première fois.

— Donc vous ne savez rien de la vie. »

Teodore ne commenta pas.

« Ceci dit, ce n'est pas une tare. Aucun jeunot ne connaît la vie. Mais je vais vous aider. »

L'irritation grandissait dans l'esprit du procureur.

« Est-ce que votre proposition couvre uniquement vos obligations professionnelles ou est-ce que vous y ajoutez un supplément ? On ne se connaît pas et il m'est difficile d'évaluer à quel point vous avez bon cœur. »

Ce n'est qu'à cet instant que Leon observa le procureur plus attentivement.

« Pas très bon, je le crains, répondit-il sans un sourire. Mais je suis très curieux d'apprendre qui a liquidé et balancé dans les buissons la femme de ce péquenot de Budnik. Et mon intuition me dit que vous allez le découvrir. Cependant, vous n'êtes pas d'ici. Tout le monde parlera avec vous, mais personne ne vous dira rien. Ce n'est peut-être pas plus mal. Moins d'informations permet de garder un esprit plus propre.

— Plus d'informations permet de trouver la vérité, répliqua Szacki.

— La vérité, c'est la vérité, elle ne devient pas plus limpide lorsqu'on patauge dans l'égout d'un savoir inutile, dit le commissaire – sa voix grinça péniblement. Et ne m'interrompez pas, jeune homme. Parfois, vous aurez envie de comprendre qui va avec qui et pourquoi. Alors je vous aiderai.

— Vous êtes ami avec tout le monde ?

— Je ne suis pas très amical. Et ne me posez plus

de questions dont les réponses n'ont pas d'importance ou je vais perdre la bonne opinion que j'ai de vous. »

Teodore avait plusieurs questions dont les réponses importaient, mais il les laissa pour plus tard.

« Et je préférerais qu'on s'en tienne à des échanges de politesse », annonça le policier pour conclure.

Szacki ne laissa en rien paraître à quel point cette proposition lui convenait. Il se contenta de hocher la tête en signe d'accord.

6

Les badauds étaient de plus en plus nombreux. Par chance, ils se tenaient tranquilles. Teodore pêcha dans le flot des conversations entendues en passant le nom de M. ou de Mme Budnik. Il se demanda un moment si savoir qui était la victime lui apporterait présentement quelque chose. Il conclut que non. Ce qui importait avant tout, c'était une reconnaissance détaillée du corps et des environs. Le reste pouvait attendre.

En compagnie du commissaire, dont l'identité s'était enrichie d'un nom de famille, Wilczur, ce qui voulait dire « chien-loup », il patientait auprès du paravent qui entourait le cadavre. Un technicien du laboratoire de Kielce photographiait la dépouille. Szacki fixait la gorge tailladée avec application, comme préparée pour un cours d'anatomie. Il s'agaçait en son for intérieur de ne pas pouvoir identifier la cause de l'insupportable sonnette d'alarme qui retentissait sous son crâne. Quelque chose ne tournait pas rond. Bien sûr, il finirait par en comprendre la raison, mais il aurait préféré le faire avant de passer aux interrogatoires et à la revue d'éventuelles trouvailles des agents de terrain. Le superviseur de l'équipe de recherche s'approcha d'eux. C'était un trentenaire sympathique aux yeux exorbités, avec une corpulence de judoka. Après s'être présenté, il posa son regard de poisson sur Teodore.

« Par curiosité, vous débarquez d'où, monsieur le procureur ? demanda-t-il.

— De Varsovie.

— Ouh ! De la grande capitale ? »

L'homme n'avait même pas essayé de masquer son étonnement, comme si la question suivante devait porter sur les raisons possibles de sa mutation, à savoir alcoolisme, drogues dures ou harcèlement sexuel.

« Comme je l'ai dit, de Varsovie. »

Szacki détestait quand on parlait de la « grande capitale » sur ce ton.

« Mais vous avez foiré un truc ou quelque chose du genre ?

— Quelque chose du genre.

— Je vois... »

Un instant, le policier attendit la suite de cette conversation cordiale, puis il finit par renoncer.

« En dehors du corps, nous n'avons trouvé ni vêtements, ni sac à main, ni bijoux. On n'a pas traîné le cadavre. Pas de signes de lutte non plus. Tout semble indiquer qu'elle a été apportée ici. Nous avons moulé une empreinte de pneu en bas et une autre d'une chaussure plus haut, les deux paraissaient fraîches. Tout sera indiqué dans le procès-verbal, mais je n'en espérerais pas grand-chose si j'étais vous. À moins que le légiste ne trouve un indice. »

Teodore hocha la tête. Non pas qu'il fût particulièrement affecté par la nouvelle. Toutes ses affaires passées avaient été résolues sur la base de preuves personnelles et non matérielles. Évidemment, il aurait été appréciable de trouver l'arme du crime et la carte d'identité du meurtrier dans les buissons, mais il avait depuis longtemps compris que ce qui était appréciable ne faisait pas partie du quotidien de Teodore Szacki.

« Monsieur le commissaire ! » hurla l'un des techniciens qui passaient au peigne fin les broussailles sur la pente du fossé.

L'homme aux yeux de poisson leur demanda de l'excuser un instant et grimpa vers les vestiges de la muraille qui enserrait hermétiquement la ville au Moyen Âge et qui ne servait plus, à l'heure actuelle, qu'à fournir un coin tranquille où vider quelques bouteilles de vinasse polonaise. Szacki suivit le chef d'équipe et rejoignit le technicien qui s'était accroupi près du mur et fouillait parmi les branches sans feuilles et dans les tas d'herbe sèche coupée l'année précédente. L'homme aux grands yeux tendit sa main gantée vers l'endroit indiqué et souleva quelque chose du bout des doigts. Le soleil venait justement de percer les nuages et ses rayons se reflétèrent intensément sur l'objet trouvé, éblouissant Szacki une fraction de seconde. Ce n'est qu'après avoir cligné plusieurs fois des yeux, afin de faire disparaître les taches noires qui dansaient devant ses pupilles, qu'il s'aperçut que le chef d'équipe tenait un étrange couteau à la main. Il le plongea prudemment dans un sac hermétique et le présenta au procureur. L'outil devait être diablement aiguisé, car sous l'effet de son seul poids la lame perça le sac et tomba par terre. Du moins, elle serait tombée par terre si le jeune technicien accroupi ne l'avait attrapée en vol par le manche.

« Tu aurais pu y laisser tes doigts, remarqua calmement l'homme au regard de poisson.

— Tu aurais pu dégueulasser de ton sang l'arme du crime, espèce de demeuré », renchérit tout aussi calmement Wilczur.

Szacki se tourna vers le policier vétéran.

« Qu'est-ce qui vous fait croire qu'il s'agit de l'arme du crime ?

— Une supposition. Puisqu'on trouve une gorge soigneusement tranchée sous un buisson et un immense rasoir, affûté comme un sabre de samouraï, sous un autre, je me dis qu'il peut y avoir un lien. »

« Rasoir » était le mot juste pour définir le couteau placé par le chef aux yeux exorbités dans un autre sac plastique, plus délicatement cette fois. Il avait une surface rectangulaire, aussi réfléchissante qu'un miroir, sans pointe aiguisée ni aucune courbure de lame. Le manche en bois sombre semblait trop subtil par rapport à la surface métallique, presque mal assorti. En revanche, la lame était imposante. Longue d'une trentaine de centimètres, large d'une dizaine. Un rasoir. Un rasoir pour la barbe d'un géant qui aurait une gueule de la taille d'une camionnette. Tant le métal que le bois étaient dépourvus de décorations, du moins à première vue. Ce n'était pas le jouet d'un collectionneur, mais un outil. L'outil d'un meurtre peut-être, mais avant tout un outil avec une raison d'être, une fonction autre que d'épiler les jambes d'une femme de quinze mètres de haut.

Szacki récita une liste :

« Empreintes digitales, traces microscopiques, sang, fluides corporels, ADN, chimie. Aussi vite que possible. Et je veux des photos détaillées de ce bijou dès cet après-midi. »

Il offrit sa carte de visite à l'homme au regard de merlu et celui-ci la rangea dans une poche, contemplant l'arme avec suspicion.

Wilczur arracha le filtre d'une nouvelle cigarette.

« J'aime pas ça, fit-il. C'est trop réfléchi. »

7

Le procureur Teodore Szacki n'avait pas de chance avec ses patronnes. La précédente avait été une peste technocrate, froide et aussi appétissante qu'un cadavre extrait d'une congère. Plus d'une fois il s'était tenu assis dans son cabinet, inhalant passivement la fumée de ses cigarettes et souffrant de l'impression terrible qu'une femme dénuée de toute féminité tentait de l'aguicher – il s'était demandé alors si on pouvait tomber plus bas. Son malicieux destin avait eu tôt fait de répondre à cette question.

« Vraiment, je vous conseille de goûter. »

Maria Miszczyk, surnommée par tout le monde Ourson, ce qui terrifiait Szacki, venait de lui fourrer sous les yeux un gâteau sur un plateau. Il se composait de plusieurs couches d'une sorte de pâte chocolatée aux noix, de génoise et de meringue.

Sa supérieure lui adressa un sourire radieux.

« Sous la meringue, j'ai mis un peu de confiture de pruneaux. Il m'en restait de l'automne dernier. Allez-y, vous m'en direz des nouvelles. »

Teodore n'en avait nulle envie, mais le sourire affectueux de sa directrice était comme le regard d'un charmeur de cobra. Une main soustraite au contrôle de son esprit se tendit vers le gâteau, en saisit un morceau, suivant en cela la volonté de sa supérieure, et le fourra dans sa bouche sans qu'il puisse s'y opposer. Il sourit aigrement, saupoudrant son costume de miettes.

« Très bien. Barbara, dis-nous ce qui te tracasse », dit Maria en reposant le plateau.

La procureur Sobieraj se tenait très raide sur un sofa en cuir dans le pur style communiste des années 1980. Carré dans un fauteuil assorti, Szacki était séparé de sa collègue par une table basse en verre. Si leur patronne avait voulu recréer dans son bureau l'atmosphère chaleureuse d'un foyer en prenant pour modèle l'ameublement standard d'une maison familiale polonaise, alors elle avait réussi.

« J'aimerais comprendre une chose. »

Barbara Sobieraj n'arrivait pas ou ne tentait pas de masquer l'irritation dans sa voix.

« Pourquoi suis-je écartée du meurtre d'Ela après avoir mené mes propres investigations au parquet depuis plus de sept ans ? Et pourquoi est-ce M. Szacki qui devrait diriger cette affaire ? Je ne remets pas en cause ses succès passés, mais il ne connaît ni la ville ni ses spécificités. Je tiens aussi à ajouter que j'ai été peinée de l'apprendre de cette façon. Tu aurais pu me prévenir, Ourson. »

Le visage de la directrice se remplit d'une sollicitude réellement maternelle. Une telle chaleur, une telle compréhension émanaient des traits de cette femme que Teodore crut un instant percevoir le parfum de la cantine de son école élémentaire. Il était en sécurité, la maîtresse résoudrait certainement ce malentendu de manière à ce que personne ne soit triste. Et après, elle leur ferait un câlin.

« Je sais, Barbara, et je te demande pardon. Mais quand j'ai su pour Ela, je devais agir vite. Normalement, une telle affaire te serait revenue, mais ce n'est pas un cas normal. Tu étais amie avec Ela. Greg fait également partie de tes proches. Tu les fréquentais. N'importe quel avocaillon aurait pu retourner ça contre nous. »

Sobieraj se mordit la lèvre.

« Et puis, les émotions n'aident pas dans une enquête », renchérit Szacki.

Il s'empara d'une deuxième part de gâteau et répondit par un sourire charmeur au regard assassin qu'on lui lançait.

« Vous ne savez rien de mes émotions !

— C'est vrai, Dieu soit loué ! »

Miszczyk frappa dans ses mains et les observa, l'air de dire : « Allons, les enfants, tenez-vous un peu tranquilles. » Teodore s'efforça de ne pas baisser les yeux et de supporter les reproches contenus dans ce regard maternant, mielleux et suave.

« Vous pourrez vous chamailler plus tard, mes chéris. Pour l'heure, je vais vous rappeler quelques aspects de votre situation professionnelle. »

Barbara sembla sur le point de répliquer. Combien de bonnes femmes névrosées de la sorte Szacki avait-il vues dans sa vie ? Des légions.

« J'espère que tu… »

La directrice lui coupa la parole.

« Barbara… Je serai ravie d'entendre vos opinions et vos suggestions à tous les deux. Tu sais que j'écoute toujours avec plaisir, n'est-ce pas ? Mais pour le moment, il est de mon devoir de vous rappeler certains impératifs de votre métier. »

Sobieraj se tut aussitôt et Teodore regarda attentivement sa patronne. Elle ressemblait toujours à une maman au regard doux, avec son sourire de thérapeute pour enfants et sa voix qui sentait la vanille et la levure à pâtisserie. Mais si on dépouillait le dernier message de sa forme, il ne restait plus qu'une remise en place sévère à l'adresse d'une subalterne.

La directrice versa du thé dans les trois tasses.

« Je connaissais Ela Budnik, dit-elle. Je connais aussi son mari. Comme à peu près tout le monde dans la ville, d'ailleurs. On n'a pas à l'apprécier ou à être d'accord avec lui, mais le moins qu'on puisse dire, c'est qu'il ne passe pas inaperçu. Ce sera une enquête retentissante. Ça l'est déjà. L'éventualité qu'elle soit menée par une très bonne amie de la victime…

— Et du principal suspect », ajouta Szacki.

Sobieraj protesta.

« Faites attention à ce que vous dites ! Vous ne connaissez pas cet homme.

— Et je n'ai pas à le connaître. C'est le mari de la victime. À cette étape de l'investigation, ça fait de lui le principal suspect. »

Sobieraj leva les bras d'un air de triomphe.

« Et voilà ! C'est précisément pour ça qu'il devrait se tenir loin de cette enquête. »

La directrice attendit un moment que le silence s'installe de nouveau.

« Non seulement le procureur Szacki ne se tiendra pas loin de l'enquête, mais c'est justement la raison pour laquelle il la dirigera. Je veux éviter la situation dans laquelle la victime, les suspects et les investigateurs seraient un groupe d'amis qui se seraient réunis la veille autour d'un barbecue. Tu as néanmoins raison sur un point, Barbara : M. Szacki est nouveau dans le coin. C'est pourquoi tu lui apporteras ton soutien, tes conseils et lui feras bénéficier de ta connaissance de la ville et de ses habitants. »

Teodore soupira de soulagement lorsque la grande bouchée du gâteau finit par traverser son œsophage. Nous voilà partis pour une fiesta mémorable, se dit-il. Plus que jamais rigide sur son sofa, Barbara boudait ostensiblement. La directrice enveloppa de son regard maternel sa tasse de thé et le gâteau, fit tourner le plateau de cent quatre-vingts degrés.

« Il y a davantage de confiture de ce côté-ci », annonça-t-elle avec emphase avant de saisir un morceau.

Szacki attendit un instant. Considérant que l'audience était terminée, il se leva. Mais sa patronne lui fit signe de la main pour lui indiquer que, dès qu'elle aurait avalé sa bouchée, elle dirait encore quelque chose.

« On se retrouve ici demain à 19 heures. Je veux voir les premiers procès-verbaux et le plan détaillé de l'enquête. Dites à la presse de s'adresser directement à moi. Et si je constate qu'une animosité personnelle perturbe le bon déroulement de cette affaire... »

Sobieraj et Szacki posèrent simultanément leurs regards sur les lèvres pulpeuses et couvertes de miettes de leur directrice. Elle leur sourit avec chaleur.

« ... Je vous ferai vivre un enfer que vous ne serez pas près d'oublier. De tous les emplois disponibles dans la fonction publique, il ne vous restera plus que ceux d'agents de propreté en milieu carcéral. Est-ce compris ? »

Teodore hocha la tête, salua les deux dames et posa la main sur la poignée de porte.

« Il faut que je transmette mes affaires en cours à quelqu'un », dit-il.

La directrice lui sourit tendrement. Il comprit que cette remarque était superflue, qu'il l'insultait presque en supposant qu'elle n'y avait pas déjà songé. Les dispositions avaient déjà été prises et la secrétaire enlevait en ce moment même les dossiers de son bureau.

« Ne racontez pas n'importe quoi. Au boulot ! »

8

Debout dans son cabinet, le procureur Teodore Szacki regardait par la fenêtre et se disait que la province avait ses bons côtés. Il occupait seul une pièce qu'on aurait divisée en trois bureaux de deux personnes à Varsovie. Il avait une belle vue arborée, sur le quartier des villas et sur les tours de la vieille ville au loin. Il habitait à vingt minutes à pied du boulot. Son lieu de travail était équipé d'un coffre-fort où il enfermait les documents relatifs à ses huit affaires en cours – soit quatre-vingt-dix-sept de moins très précisément qu'à la capitale six mois plus tôt. Il touchait le même salaire qu'avant, alors que l'excellent expresso servi dans son café préféré rue Sokolnickiego ne coûtait que 5 zlotys. Et surtout (il avait honte de se l'avouer mais n'arrivait pas à contenir sa satisfaction), il avait enfin un vrai cadavre ! Soudain ce trou paumé, cauchemardesque et endormi devenait un lieu assez supportable.

La porte claqua. Teodore se retourna et ajouta à la liste des originalités provinciales une collègue qui avait fait du management professionnel un mode de vie. Par réflexe, il revêtit son masque de procureur impassible, neutre et distant, et observa la bureaucrate frigide Barbara Sobieraj s'approcher de lui un dossier à la main.

« Ça vient d'arriver. On devrait le regarder ensemble. »

Il l'invita à s'asseoir sur son canapé (oui, il avait un canapé dans son bureau) et prit place à ses côtés. Il tenta machinalement de jeter un coup d'œil à son décolleté, sans rien y trouver de remarquable, car celui-ci était complètement masqué par un pull à col roulé. Il ouvrit la pochette cartonnée. La première photographie montrait un gros plan de la gorge tranchée de la victime. Barbara inspira profondément et détourna les yeux. Teodore faillit faire un commentaire, mais eut pitié et garda ses méchancetés pour lui. Ce n'était pas leur faute, et encore moins une tare, si tous les employés de ce bureau réunis avaient vu moins de cadavres au cours de leur vie qu'il en avait vu à lui seul en une année de carrière.

Il mit de côté les photos de la dépouille.

« De toute façon, on doit attendre le rapport du légiste. Vous irez avec moi rue Oczka ? »

Elle le regarda sans comprendre et il se mordit la langue : il venait de donner l'adresse de l'institut médico-légal de Varsovie.

« Pardon, je voulais dire à l'hôpital. Pour l'autopsie. »

Une étincelle de panique s'alluma dans les pupilles de sa collègue, mais elle se maîtrisa rapidement.

« On devrait probablement y aller tous les deux », admit-elle.

Szacki hocha la tête et disposa sur la table une douzaine de clichés de l'immense rasoir. D'après la règle posée à ses côtés, l'arme mesurait plus de quarante centimètres de long, dont trente rien que pour la lame rectangulaire. Le manche était recouvert de bois sombre et une inscription était gravée dans la monture en laiton. Teodore rechercha la photographie de l'agrandissement. Malgré l'usure, on pouvait lire : C. RUNEWALD. Sur une autre des images, on distinguait la main du photographe en reflet dans la surface lisse de la lame. De Mme la photographe, une femme mariée, à en juger par l'alliance. Le métal bleuté était dépourvu de taches, de rayures ou d'entailles sur le tranchant. Sans nul doute, un chef-d'œuvre de métallurgie. Un chef-d'œuvre ancien.

« Vous pensez que c'est l'arme du crime, monsieur le procureur ? »

Ces formules de politesse étaient fatigantes à la longue, se dit Szacki ; elles risquaient de devenir réellement pénibles au cours de l'enquête.

« Je trouve tout cela étrange et très théâtral. Un corps nu à la gorge lacérée et une machette historique abandonnée à peu de distance. Aucune trace de lutte.

— Ni de sang sur la lame.

— Laissons aux gars du labo une chance de faire leurs preuves. Il y aura forcément du sang, des microtraces, de l'ADN. On apprendra davantage de ce couteau que ce qu'a prévu celui qui l'a déposé.

— Déposé ?

— Une lame aussi nette, lustrée, immaculée ? Quelqu'un l'a fait exprès. Même lors des meurtres les plus crasseux commis en état d'ébriété, n'importe quel poivrot pense à emporter l'arme du crime avec lui. Ça m'étonnerait que celle-là soit restée dans les buissons par hasard. »

Barbara Sobieraj sortit une paire de lunettes de vue de son sac à main, se mit à analyser les photographies. Les montures épaisses et marron lui allaient très bien. Szacki réfléchissait : si le rasoir-machette était une information, alors il fallait trouver quelqu'un qui saurait la lire. Bon sang, quel expert assermenté pourrait s'en occuper ? Un spécialiste des armes blanches ? Un militaire ? Un historien d'art ? Un putain de métallo ?

Barbara lui rendit l'image avec l'agrandissement du manche en bois et enleva ses lunettes.

« Il faut trouver un expert en armes blanches. Un historien si possible. Il connaîtra peut-être cette entreprise.

— C. Runewald ? » demanda Szacki.

Sobieraj éclata de rire.

« Grünewald. Il est temps de songer à des lunettes, monsieur le procureur. »

Teodore décida de garder son calme. Aucune grimace, aucun signe de nervosité, aucune réplique.

« Et il est temps pour vous de me parler de la victime et de sa famille », dit-il.

Barbara Sobieraj perdit son sourire.

9

Le procureur Teodore Szacki était mécontent. Le portrait des époux Budnik dressé par Barbara Sobieraj s'était avéré une bonne source d'information, mais également d'émotions. La morte avait cessé d'être la conséquence d'un acte illégal dont l'auteur devait être appréhendé et puni ; le mari de la victime avait cessé d'être le suspect n° 1 ; grâce au récit coloré et sensible de sa collègue, les protagonistes de son enquête étaient devenus des êtres de chair et de sang, la frontière entre information et interprétation avait été franchie. Malgré lui, en pensant à la victime, Teodore voyait maintenant une enseignante souriante qui organisait des sorties de classe à vélo et sensibilisait ses élèves aux charmes de la nature. Son époux n'était plus seulement un postulant à la prison à vie, mais un militant associatif prêt à se battre jusqu'au bout pour de nombreuses causes tant qu'elles impliquaient des bénéfices pour la ville. Szacki doutait qu'il existât dans ce pays un autre élu sans étiquette capable de pousser un conseil municipal à un vote unanime pour le bien de Sandomierz. Assez, assez, assez ! – il ne voulait plus songer aux Budnik tant qu'il n'aurait pas parlé avec le policier vétéran, car celui-ci lui avait déjà signifié le peu d'estime qu'il avait pour les citoyens modèles.

Il tenta d'occuper son esprit en recherchant des informations sur le mystérieux rasoir-machette, mais trouva là une autre source de mécontentement. Teodore Szacki n'avait en général que peu de confiance en son prochain. Et, en ceux qui consacraient leur vie à un hobby quelconque, absolument aucune. Il considérait les passions, en particulier celles relatives à des collections, comme des troubles de la personnalité et les gens focalisés sur un sujet unique comme potentiellement dangereux. Il avait enquêté sur un suicide causé par la perte d'une collection de monnaies anciennes. Il avait aussi connu deux cas d'épouses dont les fautes respectives étaient d'avoir déchiré le timbre le plus précieux d'un ensemble et d'avoir brûlé des éditions d'avant-guerre des nouvelles *Les Demoiselles de Wilko* et *Le Bois de bouleaux* de Jarosław Iwaszkiewicz. Toutes deux avaient été tuées. Leurs époux-assassins avaient réagi de manière identique : en veillant le corps, pleurant et répétant sans cesse qu'ils ne comprenaient pas ce qui s'était passé.

Ainsi, le monde des couteaux se révélait être un agrégat de passionnés et de collectionneurs. Ils avaient même leur périodique : *Sztych*, « l'estoc ». Sa mission consistait, d'après ses auteurs, à « vous fournir, cher lecteur, des informations fiables à propos d'armes blanches et de sujets connexes. Les curiosités ne manquent évidemment pas, et on peut citer comme exemple "le fouet", largement décrit dans le prochain numéro, arme qu'on croirait exotique et qui est pourtant tressée en Pologne depuis des siècles. Il va de soi que l'essentiel des articles traite de magnifiques lames longues. »

Des fouets, des sabres et des couteaux de boucher, en voilà un joli hobby ! Szacki se retrouvait à pester devant des forums Internet remplis de discussions qui portaient sur les tranchants, les pommeaux, les gardes, les manières d'aiguiser, de forger et de percer. Il lut le laïus d'un auteur qui créait ses propres sabres de samouraï ; il découvrit la biographie du « père du poignard de Damas moderne » qui maîtrisait la technique de reproduction de l'acier de Damas ; il compara les photos de dagues d'apparat, de couteaux de chasse pour dépecer le gibier, d'épées, de baïonnettes, de rapières et de glaives. Jamais il n'aurait cru que l'humanité avait conçu un si grand nombre d'objets tranchants.

Cependant, il ne trouva pas son rasoir-machette.

Dans un acte désespéré, il prit quelques photos de la probable arme du crime avec son téléphone portable et les attacha en pièce jointe à un e-mail envoyé aux rédacteurs du *Sztych*, leur demandant si l'objet leur évoquait quoi que ce soit.

10

Le printemps n'avait fait que passer. Le soir, Teodore ressentit de nouveau un froid perçant comme il marchait dans la rue Mickiewicz en direction de la pizzeria Modena où il avait donné rendez-vous à Leon Wilczur. Le vieux flic ne s'était pas laissé tenter

par un des restaurants de la place du marché, arguant
« qu'il en avait ras-le-bol de ce putain de musée », et
Szacki vivait à Sandomierz depuis suffisamment de
temps pour le comprendre.

La ville se composait en fait de deux, voire de trois
villes. La troisième, c'était Huta, le quartier manufac-
turier qui s'étendait de l'autre côté du fleuve, stigmate
d'une époque où les communistes avaient essayé de
transformer ce village bourgeois et ecclésiastique en
une agglomération industrielle en y implantant une
immense verrerie. Ce quartier laid et sinistre épouvantait par sa gare abandonnée, son ignoble église et
l'immense cheminée de l'usine qui, à toute heure du
jour et de la nuit, massacrait le panorama des Basses
Carpates visible depuis la rive gauche de la Vistule.

La ville n° 2, c'était le Sandomierz moderne où
se déroulait la véritable vie de la cité. On trouvait là
quelques barres d'immeubles, par chance assez dis-
crètes, des maisons individuelles, des écoles, des parcs,
un cimetière, la caserne militaire, le commissariat de
police, des commerces, grands ou petits, la gare routière
et la bibliothèque. Une petite commune de province en
somme, peut-être un brin plus soignée et mieux située
que les autres, car répartie sur des collines. Mais elle
ne serait jamais sortie du lot des innombrables patelins
polonais sans la ville n° 1.

La ville n° 1, c'était le Sandomierz des cartes pos-
tales, le décor de la série policière à succès *Le Père
Mateusz* et le lieu de séjour fétiche du romancier
Jarosław Iwaszkiewicz. C'était le bijou architectural
perché sur une falaise dont la vue enchantait invariablement tout le monde et dont Szacki s'était amouraché
en son temps. Il pouvait encore faire une promenade

jusqu'au pont rien que pour admirer les immeubles anciens qui s'étageaient sur la colline, la forme majestueuse du Collegium Gostomianum, les tours de l'hôtel de ville et de la cathédrale, la pointe renaissance de la Porte Opatowska et l'imposante silhouette du château. Selon la saison et le moment de la journée, ce tableau n'était jamais le même, et ne laissait jamais indifférent.

Malheureusement, ce que Szacki avait appris à ses dépens, c'est que ce cadre ne produisait une impression italienne, toscane, qu'à cette distance. Au cœur de la vieille ville, tout était déjà très polonais. Sandomierz était située trop loin de Cracovie, et surtout, trop loin de la capitale pour devenir une destination touristique à l'image de Kazimierz Dolny, située un peu plus haut sur le fleuve. Consécration qu'elle aurait méritée cent fois plus, étant une ville magnifique et non un patelin avec trois façades renaissance et plusieurs douzaines d'hôtels permettant à tous les directeurs polonais de trousser tranquillement leur maîtresse. Sa position à l'écart des principaux axes routiers conférait aux splendides ruelles de Sandomierz une atmosphère d'ennui, de vide, de consternation typiquement polonaise – et, en effet, de putain de musée. Les groupes scolaires disparaissaient dès le début de l'après-midi, les occupants âgés des immeubles historiques s'enfermaient chez eux peu après, on tirait les rideaux des rares commerces et des restaurants dans l'heure qui suivait. Après 18 heures, il était parfois arrivé à Teodore de traverser la vieille ville, depuis le château jusqu'à la porte gothique, sans croiser âme qui vive. L'un des endroits les plus majestueux de Pologne était désert, éteint et déprimant.

Szacki se sentit véritablement mieux lorsqu'il descendit par la rue Sokolnickiego jusqu'au pied de la colline et qu'il commença à marcher le long de l'avenue Mickiewicz en direction de la pizzeria Modena. Les voitures faisaient leur apparition, les passants aussi, les boutiques étaient encore pleines, les gamins caquetaient par portables interposés, quelqu'un mangeait un beignet, quelqu'un courait pour attraper son bus, quelqu'un criait à une femme sur le trottoir d'en face que oui, oui, dans une minute. Teodore soupira de soulagement. Il avait du mal à le reconnaître, mais la ville lui manquait terriblement. Elle lui manquait tant que même ce modeste ersatz que constituait le Sandomierz moderne lui fouettait le sang.

La Modena était une gargote de province qui empestait la bière, mais il fallait admettre qu'on y servait les meilleures pizzas de la ville. Grâce à la succulente Romantica, lestée d'une double dose de mozzarella, le taux de cholestérol de Szacki était déjà monté en flèche plus d'une fois. Comme tout bon vieux flic qui se respecte, le commissaire Wilczur était tapi dos au mur dans le coin le plus sombre de l'établissement. Sans son blouson, il avait l'air encore plus maigre et il rappela à Teodore les miroirs déformants des fêtes foraines de ses vacances. C'était à peine croyable qu'un homme puisse être étique à ce point – l'ensemble évoquait une tête de carnaval plantée pour plaisanter sur un tas de vieilles fringues.

Il s'assit en face du vétéran sans le saluer. Une liste de questions défila dans sa tête.

« Savez-vous qui a fait ça ? »

Leon approuva la demande du regard.

« Non, je n'en ai aucune idée. Et je ne connais

personne qui aurait voulu le faire. Pire, je ne connais personne à qui cette mort aurait bénéficié. J'aurais bien dit que ce n'était pas quelqu'un du coin, si ce n'est que ça doit être quelqu'un du coin. Je ne crois pas à l'hypothèse du vagabond de passage qui se serait donné autant de mal. »

Ceci fournissait les réponses à bon nombre des questions principales de Szacki, même s'il comptait toujours répondre en personne à chacune d'entre elles. Il était temps de passer aux questions subsidiaires :
« Bière ou vodka ?
— De l'eau. »

Le procureur commanda de l'eau, un Coca et une Romantica. Après quoi il écouta longuement la voix grinçante de Wilczur, complétant en pensée une liste de divergences entre le discours du vieux policier et le récit émouvant et sensible entendu de la bouche de Barbara Sobieraj un peu plus tôt. Les informations brutes se révélaient identiques. Greg Budnik était « depuis toujours » – soit depuis 1990 – un élu municipal dont l'ambition inassouvie était de devenir maire ; sa défunte épouse Ela, paix à son âme, de quinze ans sa cadette, était professeur d'anglais au fameux lycée n° 1 qui occupait l'immeuble de l'ancien collège jésuite. Elle dirigeait des ateliers artistiques pour enfants et s'investissait dans toutes les manifestations culturelles de la commune. Mme et M. Budnik habitaient rue Katedralna, dans une petite maison occupée jadis par l'écrivain Iwaszkiewicz en personne. C'étaient des acteurs sociaux sans grands revenus, sans enfants et vieillissants. Libres de toute attache partisane. Si on avait vraiment cherché à leur coller une étiquette politique, alors le mari aurait été rouge, de par son passé au Conseil national communiste, et sa femme aurait été noire, à cause de son engagement dans les actions de la paroisse et de sa foi catholique qu'elle affichait pourtant très peu.

« D'une certaine manière, c'était le symbole de cette ville, avait dit Barbara Sobieraj. Deux personnes dont les opinions divergeaient, avec des histoires différentes, occupant en théorie les versants opposés de la barricade, mais qui étaient capables de trouver un accord dès qu'il s'agissait du bien de la cité. »

« D'une certaine manière, c'est le symbole de ce trou paumé, répéta à sa manière Wilczur. Au début, les Rouges et les Noirs ont eu quelque chose à prouver, chacun leur tour. À la fin, ils ont convenu de collaborer pour le bien de leurs affaires. Ce n'est pas pour rien que le conseil municipal a son siège dans un vieux monastère dominicain, avec vue sur la synagogue et l'ancien quartier juif. Comme ça, ils n'oublient pas ce qui est bon pour le *gesheft*, le business. » Il ricana, fier d'avoir employé un mot yiddish. « Je ne vais pas vous faire un cours d'histoire, mais du temps des communistes la ville n'était pas bien vue. Les coins avec le vent en poupe, c'étaient Tarnobrzeg, grâce à sa mine de soufre, éventuellement la verrerie industrielle de l'autre côté du fleuve, mais le quartier historique, c'était un parc d'attractions pour intellos, des intellos en soutane qui plus est. Sur la route de Varsovie, même les panneaux n'indiquaient que Tarnobrzeg. Le lieu où nous sommes n'était que misère, pauvreté et musée en plein air. En 1989, le nouveau régime est arrivé, les gens ont exulté de joie, mais pas pour longtemps, parce qu'on s'est soudainement aperçu que la ville n'était pas une ville, mais une tumeur laïque sur le tissu sain de l'Église. Même le cinéma a été transformé en centre catholique. Ils ont commencé à célébrer des messes en plein milieu de la place du marché. Sur les berges, ils ont dressé une statue de Jean-Paul II de la taille d'un phare maritime, histoire d'avoir une raison d'y interdire toutes sortes de festivités, et aujourd'hui il n'y a plus guère que les chiens pour y aller chier. Et le putain de musée en plein air a repris ses droits : on a davantage d'églises que de bars. Après quoi les Rouges sont revenus aux affaires et, une fois la consternation initiale digérée, on a découvert que lorsqu'on a un bon *gesheft*, alors oui, formidable, tout le monde peut en profiter. Que si on rend des terrains à l'Église pour y construire une supérette ou une station-service, tout le monde est ravi.

— Et Budnik a trempé dans ces arrangements ? »

Wilczur hésita. Il commanda une nouvelle eau d'un geste digne d'un whisky single malt.

« Je travaillais à Tarnobrzeg en ce temps-là, mais les gens m'ont dit des choses...

— C'est la Pologne, les gens disent toujours des choses. Moi, j'ai entendu dire qu'il n'avait jamais rien magouillé.

— Officiellement, non. Mais l'Église n'est pas tenue d'organiser des appels d'offres. Elle peut vendre ce qu'elle veut, à qui elle veut, au prix qu'elle veut. Ça a été assez étrange de voir que la mairie restituait assez facilement des parcelles au diocèse, sous prétexte de réparer les torts faits par les communistes, et qu'on les vendait immédiatement après pour y construire un supermarché ou un lot d'appartements. On ne sait pas qui achetait, on ne sait pas pour quelle somme. Et Greg Budnik était le grand orateur qui claironnait : rendez à l'Église ce qui est à l'Église, rendez aux Juifs ce qui est aux Juifs. »

Teodore haussa les épaules. Il s'ennuyait. Il était las de constater que tous les propos de Wilczur avaient une résonance négative, qu'ils étaient saturés du traditionnel venin polonais et aussi poisseux que les tables de la Modena.

« C'est un business grand comme la Pologne, jugea Szacki. Quelle importance ça peut bien avoir ? Est-ce que Budnik s'est créé des ennemis ? Il n'a pas fait ce qu'il avait promis de faire ? Il ne l'a pas fait comme il fallait ? Il s'est arrangé avec la mafia ? Pour l'heure, ça m'a tout l'air de petites magouilles de campagne, d'un scoop digne du journal de l'école primaire du coin. Rien qui justifierait qu'on tranche la gorge de son épouse. »

Leon Wilczur leva un index maigre et fripé.

« Les terrains ne valent peut-être pas aussi cher par ici que le long de l'avenue Marszałkowska à la capitale, mais personne ne les distribue gratuitement. »

Il se tut, la mine pensive. Et Teodore patienta, observant le policier. Il avait beau essayer de le voir comme un flic local expérimenté, quelque chose chez lui le rebutait. Il avait l'air d'un pochard, d'une pochardise incrustée si profondément en lui qu'il pourrait s'habiller comme il voulait, boire ce qu'il voulait, il ressemblerait toujours à un ivrogne. Même si aucun élément rationnel n'appuyait cette thèse, le crédit de confiance que lui accordait Szacki fondait comme neige au soleil. Le commissaire Kuzniecov lui manquait. Il lui manquait terriblement.

« Vous voyez de quoi cette ville a l'air, continuait Wilczur. Elle est peut-être encore endormie, mais c'est un bijou comme il n'y en a pas deux dans ce pays, avec le potentiel d'un Kazimierz Dolny ou mieux. Ils vont y construire un petit embarcadère, quelques Spas, l'autoroute prévue va filer de Varsovie à Rzeszów puis encore plus loin jusqu'en Ukraine. Un peu à côté, il y aura l'autoroute Varsovie-Cracovie. Dans cinq ans, on aura ici des embouteillages de BMW chaque vendredi soir dans toutes les directions. Quel sera alors le prix des terrains ? Multiplié par dix ? Par vingt ? Par cent ? Pas besoin d'être un génie pour prévoir ça. Et maintenant, pensez-y cinq minutes. Vous connaissez la ville, vous avez beaucoup d'argent et de grands projets : des hôtels, des restaurants, des quartiers résidentiels, des attractions touristiques. Il y a vraiment des milliards à puiser dans cette terre. Et vous êtes conscient de ça, mais vous pouvez au mieux construire une cabane au fond de votre jardin, parce que tous les terrains de la ville reviennent dans la gloire du Christ au diocèse pour être ensuite distribués en toute discrétion aux mieux informés et à ceux qui connaissent les gens qu'il faut. Où est-ce que vous habitez ?

— Je loue un studio rue Długosz.

— Et avez-vous vérifié combien coûtait un appartement dans ce coin-là ? Ou une maison ? Ou un terrain ?

— Bien sûr. Un appartement de soixante mètres carrés, dans les 200 000. Une maison, trois fois plus.

— À Kazimierz Dolny, un appartement de cette taille coûte entre 500 000 et 1 million. Pour une maison, il n'y a pas vraiment de plafond, mais on commence à discuter à partir du million s'il s'agit d'un taudis en périphérie. »

Teodore Szacki s'imagina en train de contracter le plus grand crédit possible pour acheter trois appartements dans le coin et devenir un heureux rentier dans quelques années. Sympa, très sympa.

« OK, dit-il calmement. Question suivante : qui serait le plus furax parmi les constructeurs de cabanes au fond du jardin ? »

En guise de réponse, Leon Wilczur arracha le filtre d'une cigarette qu'il alluma.

« Vous devez comprendre une chose, dit-il. Personne n'aime Greg Budnik par ici. »

Teodore commença à s'agiter sur son siège. Il s'attendait à un flic perspicace et était tombé à la place sur une espèce de paranoïaque.

« C'est curieux, on vient de me peindre un portrait des époux Budnik en couleurs pastel. Comme les chouchous de la communauté, comme des citoyens modèles. C'est vrai que c'est eux qui ont fait venir *Le Père Mateusz* par ici ?

— C'est vrai. Ils devaient le tourner à Nidzica, mais Greg Budnik connaissait quelqu'un à la télé nationale et a fait pencher la balance en faveur de Sandomierz.

— Est-ce vrai aussi que, grâce à lui, les broussailles du boulevard Piłsudski se transforment en parc et en quais ?

— C'est la pure vérité.

— Et est-ce vrai qu'il a fait rénover la rue Piszczeli ?

— L'exacte vérité. J'avoue que ça m'a impressionné aussi. J'étais persuadé qu'il n'y avait pas d'avenir pour ce repaire d'assassins et de violeurs. »

Teodore se dit qu'il n'avait jamais entendu parler d'assassins ou de violeurs à Sandomierz, à moins qu'on prenne en compte les bistrots du coin où les saveurs étaient assassinées et les palais brutalement violés. Il garda cette réflexion pour lui.

« Alors, c'est quoi le problème ? » demanda-t-il.

Le commissaire Wilczur fit un geste indéfini qui devait signifier qu'il tentait de transmettre une vérité inexprimable par la parole.

« Connaissez-vous ce genre d'élu municipal qui ne tolère aucune opposition parce qu'il est toujours en plein milieu d'une croisade ? »

Szacki hocha la tête.

« Budnik, c'est ce type de gars. Peu importe s'il a raison ou pas, il est toujours sacrément exaspérant. Je connais des gens qui votaient selon son idée rien que pour qu'il les laisse en paix. Pour qu'il ne les harangue plus dans la rue, pour qu'il ne les appelle plus la nuit, pour qu'il cesse d'aller voir les journaux.

— C'est maigre, commenta Teodore. Ça reste trop maigre. Un élu qui agace, qui concocte sa petite cuisine de cambrousse, ce n'est toujours pas assez. On n'a pas crevé les pneus de sa voiture, on n'a pas brisé sa vitre, on ne lui a pas buté son chien. On a cruellement et délibérément assassiné sa femme. »

Barbara Sobieraj avait décrit la victime de manière idyllique : merveilleuse, gentille, sans aucun défaut, le cœur sur la main. Et quand bien même son mari aurait été trop agressif lors de ses batailles, quand bien même il aurait suscité des animosités, en sa présence à elle tout le monde baissait la garde. Elle parlementait, elle conseillait, elle apaisait les conflits. C'était la bonté incarnée, un idéal jusqu'au bout des ongles. Mme la procureur Barbara Sobieraj avait entonné un péan dénué de toute objectivité en son honneur, après quoi elle avait fondu en larmes. Ç'en avait été gênant. Mais crédible malgré tout. En revanche, Szacki avait un problème avec le récit du vieux flic. Quelque chose n'allait pas. Il ne savait pas encore quoi, mais un truc clochait.

« Sainte Mère Ela des Anges, voilà comment les gens l'appelaient, annonça Wilczur.

— Comme le personnage d'Iwaszkiewicz ? La Mère Jeanne des Anges ? Elle était cinglée ? »

Leon fit non de la tête.

« Bien au contraire. La gentillesse même.

— Dans la nouvelle, l'héroïne est folle.

— Vous le savez et moi aussi. Ela Budnik ne l'ignorait pas non plus et elle détestait ce surnom. Mais c'est comme ça que les gens l'appelaient, croyant la complimenter. Je vais être franc avec vous : elle n'était pas de mon milieu, mais elle méritait toutes les louanges qu'on a pu lui faire. C'était vraiment quelqu'un de bien. Je ne vais pas me répéter, mais tout ce que vous avez entendu à son propos et tout ce que vous entendrez encore, c'est la pure vérité.

— Peut-être qu'elle aussi était agaçante ? Trop engagée ? Trop catholique ? Je n'en sais rien, moi, peut-être qu'elle n'achetait pas assez de produits locaux au marché ? On est en Pologne, bordel, ils devaient bien la haïr pour une raison ou pour une autre, casser du sucre sur son dos, la jalouser. »

Le commissaire haussa les épaules.

« Non.

— Non et c'est tout ? Fin de votre brillante analyse ? »

Le policier hocha la tête et arracha un énième filtre d'une énième cigarette. Szacki se sentit ignorant et résigné. Il voulait retourner à Varsovie. Maintenant. Tout de suite. Immédiatement.

« Et leur vie de couple ?

— Les gens se choisissent en général au sein d'une même catégorie, vous connaissez sans doute cette loi universelle. Les beaux avec les belles, les cons avec les connes, les bons vivants avec les joviales. Alors que là, Mme Budnik était, disons, deux, trois échelons au-dessus de son mari. Comment vous expliquer ça... »

Le vieux flic devint pensif et sa face prit des allures de mort-vivant. Dans la lumière lugubre de la pizzeria, derrière le voile de fumée de sa cigarette, il avait l'air d'une momie gauchement articulée.

« Les gens supportent Greg Budnik seulement parce que sa femme l'a choisi. Ils se disent : d'accord, il est assommant, mais au fond il a raison, et si une telle femme se tient à ses côtés, c'est qu'il ne peut pas être totalement mauvais. Et il en a conscience. Il sait que c'est contre nature. »

Barbara Sobieraj avait dit : « J'aurais voulu qu'un homme soit amoureux de moi pendant autant d'années. J'aurais voulu voir une telle admiration chaque jour dans un regard. De l'extérieur, ils pouvaient donner l'impression d'être mal assortis. Mais je souhaite un tel amour, une telle adoration à tout le monde. »

Wilczur continuait à répandre son venin :

« Il l'adorait, mais il y avait quelque chose de malsain dans son adoration. Quelque chose de possessif, je dirais même de gluant. Mon ex travaillait à l'hosto il y a une quinzaine d'années, quand il est devenu clair qu'Ela Budnik n'aurait jamais d'enfants. Elle était désespérée. Lui, pas du tout. Il a dit qu'au moins, il n'aurait pas à la partager avec qui que ce soit. C'était une passion, c'est sûr. Mais vous savez comment c'est avec les passionnés... »

Teodore savait, mais ne voulait pas se montrer d'accord avec Wilczur parce qu'il l'appréciait de moins en moins et que toute sorte de fraternisation avec cet individu lui aurait été insupportable. De plus, il ne souhaitait pas que cette conversation traîne en longueur. Deux personnes lui avaient décrit les époux Budnik au cours de cette journée et il avait toujours l'impression de ne rien savoir. Il n'avait que faire de ces demi-vérités teintées d'émotions et de jugements de valeur.

« Avez-vous interrogé M. Budnik ? demanda-t-il pour finir.

— Il est dans un état lamentable. Je lui ai posé quelques questions techniques, je vous laisse le privilège du reste. Je l'ai placé sous surveillance discrète.

— Où se trouvait-il hier ?

— À la maison.

— Et elle ?

— À la maison aussi.

— Pardon ?

— C'est ce qu'il soutient. Ils ont regardé la télé, ils ont fait un câlin et se sont endormis. Il s'est levé au petit matin pour boire de l'eau. Elle n'était plus là. Avant qu'il ait eu le temps de s'inquiéter réellement, il a reçu le coup de fil de Barbara Sobieraj. »

Szacki n'en croyait pas ses oreilles.

« C'est de la connerie en barre. Le mensonge le plus débile que j'aie entendu au cours de ma carrière. »

Le commissaire hocha la tête en signe d'approbation.

11

Teodore Szacki jeta à la poubelle les restes de charcuterie et de fromage qui remplissaient son frigo, ainsi qu'une boîte de pâté à moitié entamée et un quartier de tomate. Il hésita un instant quant au contenu de la poêle, mais la sauce bolognaise de l'avant-veille finit elle aussi aux ordures. Soit la majeure partie de ce qu'il avait préparé. Il cuisinait toujours trop, assez pour une famille de trois personnes plus quelques amis de passage. À Sandomierz, il n'avait ni famille, ni amis, ni invités, mais il s'obligeait parfois à se mijoter quelque chose de frais, même si se mettre aux fourneaux tout seul et manger de même était un rituel épouvantable. Il avait bien essayé de prendre ses repas la radio allumée ou devant la télé, mais ce simulacre de présence ne faisait qu'empirer la situation. Impossible d'avaler une bouchée, la nourriture restait coincée dans sa gorge ; s'alimenter devenait une corvée si déprimante qu'il mettait du temps à récupérer après chaque dîner. De plus en plus de temps.

Faire les courses était également un supplice. Il devait apprendre à acheter en petites quantités. Au début, à l'instar de sa façon de cuisiner, il prenait autant qu'à l'accoutumée, habitué à ce que tout ce qu'il choisisse finisse par disparaître du réfrigérateur. Quelqu'un se ferait un sandwich, quelqu'un rentrerait affamé, quelqu'un grignoterait un bout devant le programme du soir. Dans son studio, il n'y avait que lui. D'abord, il avait renoncé à tous les produits emballés. Les portions de charcuterie sous vide et de fromage étaient trop grandes pour une personne seule – chaque jour, une partie finissait à la poubelle. Il avait donc commencé à acheter au poids, mais il en prenait encore trop. 200 grammes de jambon, 150, 100… Un matin, il s'était présenté à la caisse d'une sombre supérette près de la place du marché : un petit pain, une mini-barquette de fromage blanc, une briquette de jus d'orange avec sa paille, 50 grammes de jambon fumé, une tomate. La caissière avait plaisanté au sujet de son appétit faiblissant. Il était sorti sans un mot, se maîtrisant encore tant bien que mal sur le chemin, mais, une fois revenu chez lui, il avait pleuré en préparant son petit déjeuner, et quand il s'était assis devant son assiette avec ses deux morceaux de sandwich il avait sangloté, pris d'hystérie, sans parvenir à s'arrêter, les larmes et la morve s'étalant sur son visage. Et il avait gémi, il s'était balancé d'avant en arrière, incapable de détacher son regard de son casse-croûte au jambon fumé. Il avait compris qu'il avait perdu tout ce qu'il aimait et que jamais il n'arriverait à le reconquérir.

Après son déménagement de Varsovie, il avait perdu 15 kilos. Personne ne le connaissait ici, tout le monde croyait qu'il avait toujours été maigrichon. Mais il flottait dans ses costumes, ses cols de chemise bâillaient et il avait dû percer des trous supplémentaires dans ses ceintures avec un clou chauffé à la gazinière.

Il avait pensé se jeter dans le tourbillon du travail, mais il n'avait pas assez de travail dans le coin. Il avait pensé revenir à la capitale, mais il n'avait pas de place où revenir. Il avait songé à trouver la compagnie de quelqu'un qui ne serait pas seulement là pour partager son lit, mais il n'avait pas assez d'énergie pour faire cet effort. Il restait longuement couché, il cogitait beaucoup. Parfois, il avait l'impression que ça allait mieux, qu'il marchait enfin sur des fondations solides – le sol s'effritait alors et il devait faire un pas en arrière. De l'autre côté de la crevasse, il y avait sa vie d'avant : Weronika, sa petite Hela, Kuzniecov, ses amis. De la lumière, du tumulte et des rires. De son côté, il voyait les ténèbres dans son dos et le gouffre face à lui. Le jour d'après, un nouveau glissement de terrain avait lieu et il devait faire un autre pas en arrière. À la fin, l'obscurité l'entourait de toute part, mais il reculait encore d'un pas. Il avait accepté qu'il en serait toujours ainsi.

Il versa un peu d'eau dans la poêle et la reposa sur la gazinière. Il ferait la vaisselle plus tard.

Il ne peut pas en être ainsi, se dit-il, refoulant soigneusement l'idée qu'il ne se répétait cette phrase chaque jour que pour mieux s'en convaincre. Ça n'est pas possible. Les gens vivent en bonne entente après leur divorce, ils deviennent parfois amis, ils élèvent leurs enfants ensemble. Demi Moore avait bien assisté au second mariage de Bruce Willis et vice versa. On n'est pas obligé de dormir dans le même lit ou de vivre sous le même toit pour former une famille. Weronika, Hela et lui seraient toujours une famille, peu importe ce qui s'était passé et ce qui se passerait encore.

Il prit son téléphone portable. Weronika figurait toujours dans sa liste de numéros raccourcis. À ceci près qu'elle y apparaissait maintenant sous le nom de Weronika et non celui de « Chaton ».

« Oui ?

— Salut, c'est moi.

— Salut, je vois bien que c'est toi. Qu'est-ce que tu veux ? »

Elle avait le droit d'être désagréable. Il comprenait.

« J'appelle juste comme ça, pour savoir si tout va bien. Comment vas-tu ? Comment va Hela ? »

Un bref silence.

« Encore ?

— Comment ça, encore ? Excuse-moi, mais il y a un délai avant que je puisse rappeler et demander ce que devient ma fille ? »

Un soupir.

« Ta fille va bien. Je l'oblige à faire ses devoirs parce qu'elle a un contrôle demain. »

À en juger par sa voix, Weronika était épuisée, comme si elle accomplissait une corvée pénible. Szacki sentit une boule d'agressivité grossir dans sa gorge.

« Un contrôle de quoi ?

— De biologie. Teo, tu veux quelque chose de précis ? Excuse-moi, mais je suis un peu occupée.

— Comme chose précise, je voudrais apprendre avec précision quand ma fille viendra me voir. J'ai l'impression que tu l'empêches d'entrer en contact avec moi.

— Ne sois pas parano. Tu sais bien qu'elle n'aime pas aller dans ton bled.

— Pourquoi ? Parce que si elle commence à aimer ça, son beau-père aura de la concurrence et ta magnifique relation ne sera plus aussi magnifique ?

— Teo...

— OK, mais elle devrait comprendre que j'habite ici maintenant. »

Il se haïssait d'avoir fait sonner des notes larmoyantes dans sa voix.

« Explique-le-lui toi-même. »

Il ne savait pas quoi répondre à ça. Hela lui parlait

à contrecœur, ne l'écoutait presque plus. Elle appréciait la maison de son beau-père. La tanière de célibataire de son père, éloignée de deux cents kilomètres, beaucoup moins. Au début, elle avait essayé de cacher sa répugnance ; dernièrement, plus du tout.

« D'accord. Alors c'est peut-être moi qui viendrai.

— Peut-être. Comme tu veux. Teo… je t'en prie, si tu n'as rien de précis…

— Non, rien, merci. Embrasse ma princesse pour moi. OK ?

— OK. »

Elle attendait de savoir s'il dirait encore quelque chose. Il sentait sa rancune et son impatience. Il guettait les bruits qui lui parvenaient de l'autre côté de la ligne. Le son de la télé, le tintement d'une casserole, un rire, celui d'une enfant. Weronika raccrocha et un lourd silence s'abattit sur le studio de la rue Długosz à Sandomierz.

Szacki devait faire quelque chose pour ne pas penser. Le travail – après tout, il avait enfin une véritable affaire. Il devait préparer un planning d'investigation, réfléchir, établir une liste de tâches, inscrire l'ensemble dans un calendrier. Pourquoi ne le faisait-il pas ? En temps normal, il aurait déjà trois carnets remplis de notes. Il ouvrit son ordinateur portable d'un geste brutal pour chercher des informations et préparer l'interrogatoire de Greg Budnik. En sa qualité d'élu, ce dernier devait avoir fréquemment parlé à la presse. Idem pour sa femme. Il faudrait dénicher des commentaires, des rumeurs, des comptes rendus de conseil municipal. Tout.

L'inimitable bruit de téléportation emprunté au jeu vidéo *Myst* l'informa de l'arrivée d'un nouvel e-mail.

De : redakcja@sztych.com.pl
Sujet : Re : Demande du procureur à propos d'un rasoir-machette
À : teodor.szacki@gmail.com
Envoyé : mercredi 15 avril 2009 19 : 44 HEC

Bonjour !

Vous m'avez bien fait flipper avec votre procureur. J'ai cru qu'on avait violé un article de loi en montrant des images d'épées trop massives ! :-)

En ce qui concerne votre demande, j'ai dû poser la question à quelques collectionneurs sérieux pour qu'ils confirment ma propre analyse. Tout le monde s'accorde à dire que votre « rasoir-machette » est en fait un halef, *soit un couteau utilisé pour l'abattage rituel d'animaux par un* shohet, *un boucher juif.*

D'après ses dimensions, on peut déduire que l'arme est destinée à l'abattage de bovins (on en utilise de plus petits pour les agneaux et les volailles) et d'après son apparence, je dirais qu'elle pourrait encore trouver aisément sa place dans n'importe quel abattoir casher. Vous devez garder à l'esprit que seules les lames parfaitement conservées peuvent être utilisées pour un abattage rituel. Toute irrégularité ou entaille les élimine. On vérifie le tranchant du bout de l'ongle avant et après chaque utilisation. Ceci parce que seul un couteau parfaitement aiguisé peut couper d'un seul coup l'œsophage, le larynx, la principale veine jugulaire et l'artère, et ce sont là les conditions incontournables de la shehita, *le rituel qui rend la viande casher. Les Juifs pensent que c'est la manière la plus humaine et la moins douloureuse de tuer (à quel point c'est vrai, c'est une autre histoire).*

J'espère vous avoir aidé et que ce couteau (j'aime beaucoup le nom de « rasoir-machette », soit dit en passant) n'a pas été utilisé lors d'un acte impur ; -)

*Cordialement,
Janek Wiewiórski
Rédacteur*

Teodore relut l'e-mail à plusieurs reprises, sans songer une seconde de plus à ses propres problèmes. Ainsi, il devait mener une enquête dans une ville épiscopale au passé antisémite à propos du meurtre d'une militante associative réputée ayant été égorgée rituellement comme une vache dans un abattoir juif.

Quelqu'un frappa à la porte.

Ça va vraiment être un sacré bordel ! se dit Szacki en se reprochant mentalement un choix de mots inappropriés. Puis il ouvrit. Klara se tenait derrière le seuil, en tenue d'Ève. Il regarda son corps divin, sa peau ferme, ses seins jeunes et pointus, ses bouclettes châtain qui se déversaient le long de son cou. Il lui sourit, ravi et encourageant, sans rien ressentir pour elle.

Mais son sourire était sincère. Le procureur Teodore Szacki avait enfin une vraie affaire entre les mains et il se sentait très heureux.

Jeudi 16 avril 2009

Pour la diaspora juive, c'est le dernier jour de Pessa'h, célébré en grande pompe ; pour les chrétiens, c'est le cinquième jour de l'octave de Pâques ; pour les Polonais, le dernier du deuil national. L'Armée polonaise fête le jour du Sapeur, l'actrice Alina Janowska son quatre-vingt-sixième anniversaire et la Bourse de Varsovie, son dix-huitième. À Włocławek, la police municipale embarque un curé et un enfant de chœur adolescent, tous deux en habits liturgiques, complètement ivres et agressifs ; ils s'avèrent être des imposteurs ayant subtilisé leurs tenues à la mère de l'un d'entre eux, une couturière. Un consortium britannique découvre d'énormes réserves de gaz naturel près de la ville de Poznań, tandis que la presse anglaise soutient que la chanson *My Way* de Frank Sinatra est l'œuvre la plus diffusée lors des enterrements – *Highway to hell* d'AC/DC se trouve également très haut dans la liste. Les matchs retour des quarts de finale de la coupe UEFA aboutissent à des demi-finales fratricides : le Dynamo Kiev jouera contre le Chakhtar Donetsk et le Werder Brême contre le Hambourg SV. La ville de Sandomierz est outrée par la relocalisation de son marché agricole qui doit céder la place au parking du nouveau stade. Indépendamment de leur opinion au sujet du « bazar vert », les habitants subissent une nouvelle journée fraîche pour la saison : la température ne dépasse toujours pas les quatorze degrés mais, au moins, il fait beau et il ne pleut pas.

1

Le procureur Teodore Szacki détestait le froid, les affaires stupides, les avocats incompétents et les tribunaux de province. Ce matin-là, il reçut une dose de cheval de chacune de ces substances. Il regarda le calendrier : le printemps. Il regarda par la fenêtre : le printemps. Il enfila son costume, un imperméable léger, jeta sa robe sur l'épaule et décida de faire une promenade revigorante jusqu'au palais de justice. Dès la rue Sokolnickiego, glissant sur des pavés recouverts de givre, il réalisa que ça n'avait pas été une très bonne idée. Aux environs de la porte Opatowska, ses oreilles s'étaient engourdies ; près du château d'eau, il ne sentait plus ses doigts ; quand il tourna enfin dans la rue Kościuszko et pénétra dans l'immeuble vertmoisi du tribunal, il était tellement frigorifié qu'il mit plusieurs minutes à revenir à lui, soufflant dans ses mains raidies. Quelle vallée glaciale, quelle maudite cambrousse, quel trou paumé, quel putain de patelin !

Le palais de justice était moche. Sa forme avait pu passer pour moderne lorsqu'il avait été créé dans les années 1990, mais à présent il évoquait plutôt un palais tzigane transformé en bâtisse d'utilité publique. Ses marches, ses barrières chromées, ses vitres vertes, ses lignes brisées – l'immeuble ne se mariait pas avec l'architecture environnante et ne ressemblait à rien. Il y avait comme une forme d'excuse dans sa couleur verte, comme si le bâtiment tentait de camoufler sa propre laideur en se fondant aux arbres du cimetière. La salle d'audience prolongeait la logique stylistique de la façade : l'élément le plus caractéristique de cette pièce (qui rappelait à s'y méprendre une salle de conférences de second ordre) résidait dans ses verticales vertes.

Renfrogné, dégoûté, Teodore insultait encore en pensée la terre entière en s'asseyant, vêtu de sa robe, à la place réservée au procureur. En face de lui, l'accusé et son avocat étaient déjà arrivés. Hubert Huby était un septuagénaire agréable. Il avait des cheveux denses, poivre et sel, des lunettes à monture d'écaille, un sourire charmant et modeste. Son défenseur, sans doute commis d'office, était la personnification même de la misère et du désespoir. Sa robe n'était pas boutonnée, sa chevelure grasse, ses chaussures à peine briquées – il dégageait une légère odeur aigre. Comme toute cette affaire, se dit Szacki avec une irritation croissante, se souvenant que clore l'ensemble des dossiers de son prédécesseur avait été la condition pour accéder au poste de procureur dans cette ville.

Enfin, l'honorable juge pénétra dans la salle. Une gamine, on aurait dit qu'elle venait à peine de passer son bac. Au moins le procès débutait.

« Monsieur le procureur ? »

Une fois accomplie la formalité d'ouverture de la session, la juge lui sourit. À Varsovie, aucun juge ne lui souriait jamais, à moins que ce ne fût avec malice, après avoir découvert une lacune dans sa connaissance des réglementations.

Teodore se leva, lissa machinalement sa robe.

« Madame la présidente, le ministère public maintient les thèses contenues dans l'acte d'accusation. Le prévenu a reconnu tous les faits qui lui sont reprochés, sa culpabilité ne fait guère de doute, ni du point de vue de ses aveux, ni selon les témoignages des femmes victimes. Je ne souhaite pas prolonger ce procès et je demande donc que l'accusé soit reconnu coupable d'avoir usé d'une ruse pour pousser plusieurs personnes à de multiples reprises à se soumettre à une activité sexuelle, ce qui concorde avec les caractéristiques du crime décrit dans l'article 197, paragraphe 2 du code pénal. Je demande que le prévenu soit condamné à six mois de détention, ce qui, je le rappelle, constitue la fourchette basse des peines prévues par la loi. »

Szacki se rassit. Le cas était évident, il voulait simplement que ça se finisse au plus vite. Il avait fait exprès de demander la peine la plus légère car il était d'humeur trop massacrante pour discuter. Dans son esprit, il planifiait déjà l'interrogatoire de Greg Budnik : il jonglait avec les sujets et les questions, en changeait l'ordre, tentait de prévoir les évolutions possibles de leur conversation afin d'anticiper toutes les éventualités. L'époux Budnik mentait sûrement à propos de la dernière soirée qu'il avait passée avec sa femme. Mais tous les gens mentaient, ce qui ne faisait pas d'eux des meurtriers pour autant. Budnik pouvait avoir une maîtresse, ils pouvaient s'être disputés, ils pouvaient avoir eu un mauvais jour, il pouvait s'être soûlé avec des copains. *Rewind*, il fallait barrer l'option de la maîtresse : si Barbara Sobieraj et Leon Wilczur disaient la vérité, alors Greg Budnik était l'homme le plus amoureux du monde. *Rewind* encore, il ne fallait rien barrer du tout : on était au cœur d'un minable microcosme de province et Dieu seul sait qui raconte quoi et pourquoi. Leon Wilczur ne lui inspirait pas confiance et Barbara Sobieraj était une amie de la famille.

« Monsieur le procureur ! »

La voix rude de la juge le sortit de sa rêverie. Il réalisa qu'il n'avait entendu qu'un mot sur trois des conclusions de la défense.

Il se leva.

« Oui, madame la présidente ?

— Pourriez-vous prendre position quant à la demande de la partie civile ? »

Merde, il n'avait aucune idée de quelle demande on parlait. À Varsovie, à de rares exceptions près, le tribunal ne consultait jamais le ministère public ; il se contentait d'entendre avec lassitude les deux parties, puis il se retirait, délibérait, rendait son verdict et c'était tout, merci, au suivant s'il vous plaît.

À Sandomierz, la juge eut pitié de lui :

« ... La demande de commuer la qualification des faits reprochés en ceux décrits à l'article 217, paragraphe 1 ? »

Le contenu de l'article s'afficha dans l'esprit de Szacki. Il regarda l'avocat comme on regarde un demeuré.

« Ma position serait qu'il doit s'agir d'une plaisanterie. Maître, vous devriez vous familiariser avec les interprétations basiques et la jurisprudence. L'article 217 concerne la violation de l'intégrité corporelle et, dans les faits, on ne l'applique qu'aux cas de bagarres sans gravité ou lorsqu'un homme politique balance son poing dans la figure d'un de ses collègues. Bien sûr, je comprends les intentions de l'avocat de la défense. La violation de l'intégrité corporelle n'est poursuivie qu'à condition d'une demande privée de la victime et la peine encourue ne peut pas dépasser une année de réclusion. Il n'y a aucun point commun avec le harcèlement, puni de six mois à huit ans de prison. Et c'est précisément ce que faisait votre client, maître. »

L'avocat se leva. Il interrogea la juge du regard et la fille hocha la tête.

« Je voudrais également rappeler que suite à une médiation, presque toutes les victimes ont pardonné à mon client, ce qui devrait conduire à l'abandon des charges. »

Teodore n'attendit pas la permission de parler :

« Encore une fois, veuillez relire votre code, maître, grogna-t-il. Premièrement, le "presque" fait une sacrée différence et, deuxièmement, l'abandon des charges suite à une médiation n'est admissible que pour les crimes punis de moins de trois ans de réclusion criminelle. Dans votre cas, vous pouvez au mieux demander une diminution exceptionnelle de la peine, qui est déjà honteusement basse compte tenu des exploits de votre client. »

L'avocat sourit et écarta les mains dans un geste d'étonnement. Trop de films, pas assez de lectures professionnelles, pensa aussitôt Szacki.

« Mais est-ce qu'il a fait du tort à quelqu'un ? Est-ce que ça a été désagréable pour quiconque ? Ce sont des choses de la vie, entre personnes adultes... »

Un rideau rouge tomba sur les yeux du procureur. Il compta jusqu'à trois pour se calmer. Il inspira profondément, se redressa et regarda la juge. Celle-ci hocha la tête, intriguée.

« Cher maître, le ministère public s'étonne de votre ignorance de la loi et des coutumes des sociétés civilisées. Je rappelle que l'accusé Huby s'est déplacé durant de longs mois dans la commune de Sandomierz équipé d'une blouse blanche et d'une sacoche médicale, prétendant être un médecin. Ce seul fait est déjà répréhensible. Il se présentait comme, je cite, "un spécialiste de la mammographie par palpation" et proposait des dépistages gratuits, poussant les femmes rencontrées à se dévêtir et à le laisser accéder à leurs charmes. Ce qui tombe sous la définition du viol. Je voudrais également rappeler que l'accusé assurait la plupart de ses "patientes" de leur parfaite condition, ce qui pouvait ne pas être vrai et aboutir à un manque de suivi médical, ainsi qu'à de graves problèmes de santé. D'ailleurs, c'est la principale raison pour laquelle l'une des victimes n'a pas souhaité participer à la médiation.

— Mais mon client a détecté une grosseur chez deux de ces dames et les a engagées à se faire soigner, ce qui leur a probablement sauvé la vie ! répliqua l'avocat avec emphase.

— Alors que ces deux dames lui décernent un prix ou lui envoient des colis en prison. Nous sommes ici parce que l'accusé a commis un acte illégal et doit en subir les conséquences. On n'a pas le droit d'aller de maison en maison pour mentir et peloter des femmes, tout comme on n'a pas le droit de marcher dans les rues et de casser les dents des passants en espérant que des problèmes plus graves seront ensuite détectés et soignés par leurs dentistes. »

Szacki vit que la juge réprimait un éclat de rire.

« Cette affaire a provoqué une discussion sérieuse au sujet des examens préventifs et de la nécessité

d'effectuer des mammographies dans la région, tenta l'imperturbable avocat.
— Est-ce une motion formelle ? »
Teodore se sentait las.
« Ce sont des circonstances atténuantes qui devraient être prises en compte, répliqua le défenseur.
— Madame la présidente ?
— Je vais clore cette audience. J'énoncerai mon verdict lundi à 10 heures. Quant à vous, monsieur le procureur, veuillez me suivre dans mon bureau un instant, s'il vous plaît. »

Le cabinet de Mme la juge qui, après consultation du registre de l'audience, avait hérité du nom de Maria Tatarska, était certes aussi laid que le reste de l'immeuble, déclinant les mêmes détestables tons de vert pourri, mais il avait l'avantage d'être spacieux. Teodore frappa à la porte et entra, après y avoir été invité, au moment où la juge enlevait sa robe. Une bouilloire électrique bruissait déjà sur un placard bas.
« Café ? » demanda-t-elle en raccrochant son uniforme.
Szacki voulut répondre que oui, avec plaisir, une cuillère, sans sucre, beaucoup de lait, mais à ce moment précis la juge Tatarska se retourna et le procureur dut se concentrer pour qu'aucun signe ne trahisse son émotion. Et pour ne pas déglutir ostensiblement. Sous sa robe, la juge Tatarska était une véritable bombe : dotée d'un corps de fille de calendrier pour camionneurs, tandis que le décolleté de son haut violet aurait été considéré comme osé en boîte de nuit.
« Avec plaisir, une cuillère, sans sucre, beaucoup de lait. »

Ils parlèrent un peu du cas pendant qu'elle préparait le café. Une conversation simple, rien de remarquable. Il se dit qu'elle l'avait fait venir ici dans un but précis. Un autre but que le plaisir de côtoyer sa froideur professionnelle, sa silhouette amaigrie et la face grise d'un gars qui aurait quarante ans dans quelques mois et qui venait de passer un hiver en dépression à négliger sa forme physique. Il avait conscience d'avoir l'air d'un fonctionnaire. D'habitude, il s'en fichait, mais, là, il aurait voulu mieux présenter. Il voulait également qu'elle passe à l'objectif de cette entrevue, car il devait partir d'ici cinq minutes.

« J'ai entendu parler de vous, de vos affaires. Les collègues de la capitale m'ont informée. »

Il l'observait attentivement. Que devait-il répondre ? Qu'il la connaissait aussi de réputation ?

« Je l'avoue, nous avons fait notre petite enquête quand le bruit a couru que vous resteriez chez nous. Vous vous êtes sans doute déjà rendu compte que les changements d'affectation ne sont pas monnaie courante en province. De votre côté, vous ne l'avez sans doute pas remarqué, mais dans le milieu, ça a fait l'effet d'une petite bombe. »

Encore une fois, il ne sut pas quoi répondre.

« J'ai aussi fouillé dans la presse, j'ai lu des articles au sujet de vos procès. Certains d'entre eux sont des enquêtes policières de première catégorie, des histoires médiatisées. J'ai été particulièrement intriguée par celle du meurtre lors d'une thérapie de constellation familiale d'Hellinger[1] ».

Teodore haussa les épaules. Maudit soit cet Hellinger.

---

1. *Les Impliqués*, Mirobole Éditions, 2013 ; Pocket n° 16160.

S'il n'y avait pas eu cette affaire, sa liaison, ces vieilles histoires de police secrète communiste, il serait sans doute en ce moment même en train de manger un œuf dur en sauce tartare (de la sauce « tatarski », comme le nom de la juge !) à la cantine du palais de justice de Varsovie, avenue Solidarność, puis il aurait passé un coup de fil à Weronika pour convenir de qui devait passer chercher leur fille à l'école. Sans ce foutu Hellinger, il aurait encore une vie.

« Il fut un temps où je me suis intéressée aux thérapies d'Hellinger. Je suis même allée à Kielce pour participer à une constellation familiale, mais ça a été annulé au dernier moment et je n'ai pas eu le courage de m'y rendre une seconde fois. Vous savez comment c'est : une femme célibataire, de longues soirées, trop de temps pour réfléchir, on se dit que peut-être on ne va pas bien, qu'on aurait besoin d'une thérapie. C'est bête. »

Szacki n'en croyait pas ses oreilles. Elle le draguait. Ce canon diplômé en droit tentait de le séduire. Il adopta d'abord une vieille posture d'homme marié. Il se crispa en songeant à un flirt, à des rendez-vous secrets, aux mensonges, aux SMS envoyés en douce, au téléphone portable en mode silencieux, aux horaires de bureau prétendument allongés pour des rencontres en catimini.

Puis il comprit que sa première réaction d'homme marié n'était qu'un réflexe, une seconde nature, rien de plus. Il était libre, disponible, il avait un appartement avec vue sur la Vistule. Il pouvait fixer un rencard à cette poule de province et la prendre debout contre la table de la cuisine. C'était aussi simple que ça. Sans états d'âme, sans manigances, sans calculs et sans bobards au sujet d'une amitié ou d'une relation innocente.

Il devait filer. Mais ils prirent rendez-vous pour le soir. Hellinger, bien sûr, ça, c'était une sacrée affaire ! Il la raconterait avec plaisir.

Auparavant, il devait rompre avec Klara.

2

Procès-verbal d'audition de témoin. Greg Budnik, né le 4 décembre 1950, domicilié 27, rue Katedralna, à Sandomierz, diplômé d'études supérieures en chimie, membre du conseil municipal de la ville de Sandomierz. Relation avec les parties : époux d'Ela Budnik, née Szuszkiewicz (la victime). Jamais condamné pour fausses déclarations.

Prévenu de sa responsabilité selon l'article 233 du code pénal, le témoin déclare ce qui suit :

« J'ai rencontré Ela Szuszkiewicz au cours de l'hiver 1992 à l'occasion de l'action "L'Hiver en ville". Elle était venue de Cracovie pour diriger des ateliers de théâtre pour enfants. Je ne l'avais jamais rencontrée auparavant, même si elle avait passé son enfance à Sandomierz. Je coordonnais à l'époque toutes les manifestations culturelles de la mairie. Je n'ai pas pu ne pas la

remarquer parce que pour certains, ce genre de spectacle est une corvée, tandis qu'elle avait créé avec les enfants une œuvre d'une telle qualité que les gens se sont levés pour applaudir à la fin. Les Histoires *pour enfants, d'Isaac Singer. Elle était jeune, belle, pleine d'énergie, elle n'avait pas trente ans. Je suis tombé fou amoureux, sans véritable espoir – un fonctionnaire de province et une fille de la grande ville diplômée de l'école nationale supérieure de théâtre. Mais deux ans plus tard, nous nous sommes mariés à la cathédrale de Sandomierz lors du dimanche de la divine Miséricorde. Malheureusement, nous n'avons jamais eu d'enfants, même si nous en avons voulu. Quand il s'est avéré que nous devrions passer par toutes ces procédures médicales, nous avons d'abord envisagé une adoption, avant de convenir que nous continuerions de nous occuper des enfants sur un plan social. Moi, relativement peu, à cause de mes responsabilités à la mairie ; Ela, elle, s'y est consacrée totalement. Elle enseignait à l'école, mais avant tout elle organisait des événements, faisait venir des artistes, imaginait des ateliers incroyables. Nous avions un rêve commun, celui de créer un lieu spécial, une sorte de centre artistique pour enfants. Un endroit où nous pourrions organiser des ateliers de longue durée, un peu dans le style américain. Mais nous repoussions toujours sa réalisation, il y avait toujours une broutille à terminer avant. On devait s'y mettre sérieusement cette année, trouver le bien immobilier adéquat, prendre un crédit.*

Notre vie de couple allait bien, nos disputes étaient sporadiques, nous menions une vie sociale, peut-être un peu moins intense ces temps derniers car l'hiver se prolonge et notre maison est plus agréable quand on peut s'asseoir dans le jardin. »

Teodore se sentait épuisé. Ce bref compte rendu était le fruit d'une conversation de trois heures. Greg Budnik s'engageait dans de longues digressions, ou des silences, il pleurait parfois, se sentant obligé d'affirmer sans cesse à quel point il aimait sa femme, de raconter une anecdote de leur vie commune. Il lui arrivait d'être si convaincant que le cœur de Szacki se serrait de pitié. Mais seulement de temps en temps. À d'autres moments, son flair de procureur lui permettait de détecter la désagréable odeur du mensonge. Budnik disait certainement la vérité sur un point : son amour pour sa femme était profond et sincère. Pour le reste, il mentait comme un arracheur de dents.

« Ma femme et moi, nous avons passé l'essentiel de ces derniers jours ensemble. Cet hiver, nous avons beaucoup travaillé, c'est pourquoi nous avions décidé de passer Pâques rien qu'à deux. Il est vrai que nous n'avions nulle part où aller et personne à inviter. Ma sœur est partie rendre visite à notre frère qui vit en Allemagne et les parents d'Ela sont montés à Zakopane pour faire des randonnées. Tout le monde devait revenir maintenant, ce dimanche, pour notre quinzième anniversaire de mariage. Nous voulions organiser une fête, une sorte de secondes épousailles.

Depuis samedi dernier, nous n'avons vu personne – nous avons bien croisé des connaissances lors de la bénédiction de la nourriture de Pâques ; nous ne sommes pas allés à la cathédrale pour ça, mais à l'église Saint-Paul, afin de nous balader un peu. Après ça, plus personne : nous ne nous sommes pas réveillés à temps pour la messe de la Résurrection, nous avons pris un petit déjeuner modeste mais solennel, nous avons un peu lu, un peu parlé, un peu regardé la télé. Le soir, nous avons fait une promenade, puis nous sommes passés à la cathédrale, mais pas pour une messe, simplement pour prier à deux sur le Tombeau. Je ne me souviens plus s'il y avait d'autres visiteurs, j'imagine que oui. Le lundi, nous l'avons passé pratiquement sans sortir du lit : Ela avait mal à la gorge, il faisait affreusement froid durant ces fêtes. Le mardi, elle ne se sentait toujours pas très bien, nous n'avions aucune obligation donc nous sommes encore restés à la maison. À tout hasard, nous avons annulé notre visite chez des amis, Olga et Tadeusz Bojarski. Je ne m'en souviens pas clairement, mais je suis presque sûr que c'est ma femme qui les a prévenus par téléphone, le lundi soir ou le mardi matin. Personnellement, j'ai fait un bref saut au bureau le mardi, quelques collègues pourront confirmer. Je suis rentré dans l'après-midi, j'ai ramené un dîner à emporter du restaurant Trzydziestka, Ela se sentait bien mieux, elle avait l'air guérie et nous avons même regretté d'avoir annulé notre rendez-vous. Le soir, nous avons regardé un film sur la première chaîne, avec Redford, une histoire de prison, je ne me souviens plus du titre. Puis nous nous sommes couchés. Très tôt. J'avais mal à la tête. Je ne me suis pas levé de la nuit. Je n'ai aucun problème de prostate. Quand je me suis réveillé, Ela n'était plus là. Avant que je puisse m'inquiéter, Barbara Sobieraj m'a appelé. »

« Je suis heureux que ce soit vous qui m'interrogiez, admit Budnik. Pour Barbara, ça aurait pu être trop difficile.
— Je vous interroge parce que je mène cette enquête. Les questions émotionnelles n'ont rien à voir là-dedans. »
Greg Budnik hocha la tête en silence. Son apparence était affreuse. Après avoir entendu toutes ces histoires à propos du légendaire conseiller municipal, Teodore s'attendait à une sommité corpulente avec une moustache ou une barbichette blanche, une calvitie avancée et un gilet boutonné sur le ventre, en un mot, un de ces maires ou de ces députés de la télé. Or Greg Budnik était plutôt du genre marathonien à la retraite : petit, maigre, arborant la musculature prédatrice caractéristique des personnes qui n'ont presque aucune cellule graisseuse dans le corps. En temps normal, il aurait sans doute été capable de vaincre au bras de fer plus d'un balèze de la salle de musculation locale, mais ce jour-là il ressemblait à un homme qui venait de perdre un long combat contre une maladie mortelle. Sa barbe courte et rousse ne parvenait pas à masquer ses joues creusées, tandis que ses cheveux gras et sales lui collaient au crâne. Des cernes entouraient ses yeux rougis par les pleurs, des yeux brouillés par l'ingestion probable de

calmants. Voûté et replié sur lui-même, il évoquait davantage les poivrots que Szacki interrogeait chaque jour à la capitale que l'élu inflexible, le président du conseil municipal, la terreur des fonctionnaires de la ville et de ses adversaires politiques. Le tableau très « grandeur et décadence » était complété par un large pansement collé à son front. Greg Budnik ressemblait à un sans-abri, non à un employé de la mairie.

« Que vous est-il arrivé à la tête ?

— J'ai trébuché et je me suis cogné à une casserole.

— À une casserole ?

— J'ai perdu l'équilibre, j'ai agité mon bras, j'ai tapé dans le manche d'une poêle, elle est partie en l'air et m'a atteint en plein front. Rien de bien grave.

— Nous devrons effectuer un examen médico-légal.

— Ce n'est rien de grave.

— Pas parce que nous nous préoccupons de votre santé, mais parce que nous devons vérifier si ce n'est pas le résultat d'une bagarre ou d'un coup porté.

— Vous ne me croyez pas ? »

Teodore le dévisagea avec calme. Il ne croyait personne.

« Vous savez que vous pouvez refuser de témoigner ou de répondre à certaines questions spécifiques ?

— Oui.

— Et pourtant vous préférez mentir. Pourquoi ? »

Budnik se redressa fièrement, comme pour protester de la véracité de ses dires.

« Quand avez-vous vu votre femme pour la dernière fois ? demanda Teodore sans permettre à Budnik de parler en premier.

— Je vous ai déjà dit que...

— Je sais ce que vous m'avez dit. Maintenant, je

vous demande de me dire quand vous avez vraiment vu votre femme pour la dernière fois. Et pourquoi vous avez menti. Dans le cas contraire, je vous place en garde à vue pour quarante-huit heures, je vous accuse du meurtre de votre femme et je demande à la cour de vous mettre en détention préventive. Vous avez trente secondes. »

Greg Budnik perdit sa posture fière et ses yeux rougis, contrastant désagréablement avec son teint pâle, se remplirent de larmes. L'image du Gollum du *Seigneur des Anneaux* vint à l'esprit du procureur.

« Vingt. »

Le Gollum chuchotant sans cesse « mon précieux », inexistant sans son trésor, dépendant d'une chose qui n'avait jamais pu lui appartenir. Est-ce à ça que ressemblait la relation entre Ela et Greg Budnik ? Un Gollum de province, un fonctionnaire laid et une fille de la grande ville, belle, intelligente et gentille, une star du championnat de première division en visite chez une équipe de juniors. Pourquoi était-elle restée ? Pourquoi l'avait-elle épousé ?

« Dix.

— Je vous l'ai déjà dit… »

Pas un muscle du visage de Teodore ne frémit. Il composa le numéro téléphonique tout en prenant dans un tiroir un formulaire de mise en accusation.

« Szacki à l'appareil. Je voudrais parler au commissaire Wilczur. »

Budnik posa sa main sur le socle du combiné téléphonique.

« Le lundi.

— Pourquoi avoir menti ? »

Le conseiller municipal bougea comme s'il avait voulu hausser les épaules mais que les forces lui avaient manqué. Teodore fit glisser le procès-verbal devant lui et fit cliquer son stylo-bille.

« Je vous écoute. »

> *« Je change ma déposition. J'ai vu ma femme Ela pour la dernière fois le lundi de Pâques aux environs de 14 heures. Nous nous sommes quittés fâchés. Nous nous étions disputés au sujet de nos plans : elle soutenait que le temps passait, que nous étions de plus en plus vieux et que si nous voulions réaliser nos rêves d'un centre pour enfants, nous devions commencer tout de suite. Quant à moi, je préférais attendre jusqu'aux élections municipales de l'année prochaine et être candidat à la mairie. Si ça venait à marcher, tout aurait été plus facile ensuite. Après quoi, comme dans toutes les disputes, nous nous sommes reproché d'autres choses. Elle me disait que je repoussais tout à plus tard, que je menais la même politique à l'hôtel de ville qu'à la maison. Moi, je lui disais qu'elle rêvait tout debout si elle croyait qu'il suffisait de vouloir fortement une chose pour que celle-ci se réalise. Nous avons crié, nous nous sommes insultés. »*

« Bon Dieu, quand je pense que la dernière chose que je lui ai dite, c'est qu'elle ramasse son vieux cul et qu'elle reparte à Cracovie… »

Budnik commença à sangloter discrètement. Teodore attendit qu'il se calme. Il avait envie de fumer.

> *« À la fin, elle a pris son manteau et est sortie sans me dire où elle allait. Je ne l'ai pas*

retenue, je ne l'ai pas cherchée, j'étais furieux. Je ne voulais pas me faire pardonner, je ne voulais pas me confondre en excuses, je voulais rester seul. Elle a une tonne d'amis, je pensais qu'elle était partie chez Barbara Sobieraj. Je ne l'ai contactée ni le lundi soir ni le mardi. J'ai lu, j'ai regardé la télé, j'ai bu un peu de bière. Le mardi, elle a commencé à me manquer. Le film avec Robert Redford était bon, mais j'étais triste de le regarder tout seul. La fierté m'a empêché de l'appeler le soir. Je me suis dit que j'irais en personne chez Barbara Sobieraj le lendemain matin.

J'ai omis de mentionner ces événements car je craignais que notre dispute et mon manque de réaction après son départ puissent m'incriminer aux yeux des organes de la loi et m'exposer à des poursuites. »

« Et il ne vous est pas venu à l'esprit que ces faits peuvent avoir une importance pour l'enquête ? La découverte de l'assassin ne vous intéresse pas ? »

Budnik faillit hausser les épaules une nouvelle fois.

« Non. Plus rien ne m'intéresse. »

Szacki lui soumit le procès-verbal pour relecture, tout en se demandant s'il fallait placer Budnik en garde à vue ou non. D'ordinaire, il se fiait à son intuition dans ce genre de cas. Mais cette fois-ci, sa boussole se déréglait. Greg Budnik était un politicien. Un politicien de province, certes, mais un politicien quand même, ce qui faisait de lui un menteur professionnel et un baratineur. Et Teodore était sûr que, pour des raisons qu'il ignorait encore mais qu'il finirait par découvrir, cet homme ne lui avait pas dit toute la vérité. Malgré cela, sa tristesse semblait authentique. Une tristesse pleine de résignation après une perte irréversible et non la peine tremblante et apeurée d'un meurtrier. Szacki avait eu bien trop d'occasions d'observer ces deux émotions, il avait appris à les différencier.

Du tiroir de son bureau, il sortit l'enveloppe avec les photographies et remplit le cadre associé du protocole de présentation des pièces à conviction.

« Avez-vous déjà vu cet outil ? »

Découvrant l'image du rasoir-machette, Budnik blêmit et Teodore s'étonna que ce fût encore possible avec son teint de craie.

« Est-ce...
— Veuillez répondre à la question.
— Non, je n'ai jamais vu un tel outil.
— Est-ce que vous savez à quoi ça sert ?
— Je n'en ai aucune idée. »

3

Vers 16 heures, en plein soleil, une onde de chaleur perça enfin l'air de cette journée, une timide promesse de printemps. Le procureur Teodore Szacki tourna son visage vers les rayons lumineux et but une gorgée de Coca-Cola à même la canette. Il n'admettait aucune autre forme de Coca.

Après avoir interrogé Budnik, il avait rencontré le commissaire Wilczur et lui avait demandé de trouver tous ceux qui auraient pu apercevoir les époux Budnik lors des fêtes de Pâques. À l'église, en promenade, dans un café, n'importe où. Chaque élément de l'interrogatoire devait être vérifié, chaque ami questionné. Kuzniecov aurait été pris de palpitations à la moitié de cette liste d'exigences, mais Leon Wilczur n'avait fait que hocher sa maigre tête. Dans son costume noir, il avait l'air de la mort qui reçoit une suite de noms à moissonner. Teodore se sentait définitivement mal à l'aise en compagnie du vieux policier.

À présent, il attendait Barbara Sobieraj devant le commissariat en vue d'une promenade romantique jusqu'à la section médico-légale de l'hôpital. Pour être tout à fait franc, il était étonné que la ville possédât un service d'anatomo-pathologie – il aurait cru qu'il faudrait aller jusqu'à Kielce ou Tarnobrzeg pour ça.

En entendant le klaxon, il ouvrit paresseusement un œil. Sa collègue lui faisait signe depuis le siège conducteur d'une caisse sans âme. Il soupira et se leva du banc. Une Opel Astra...

« Je pensais qu'on irait à pied. »

Pourquoi était-ce toujours pareil ? Plus le trou était paumé, plus souvent les gens s'y déplaçaient en voiture.

« Et mettre trois quarts d'heure ? Je ne pense pas en avoir envie. Même en votre compagnie, monsieur le procureur. »

En trois quarts d'heure, c'est jusqu'à la ville d'Opatów qu'on pourrait aller ! Et visiter chaque patelin sur le parcours. Il se mordit la langue et monta dans le véhicule. L'intérieur sentait le désodorisant et le nettoyant pour plastique. La voiture devait avoir quelques années, mais paraissait fraîchement sortie de chez le concessionnaire. Le cendrier était vide, un *smooth* quelconque suintait des haut-parleurs, pas une seule miette nulle part. Donc, elle n'avait pas d'enfants. Mais elle était mariée, baguée et tout, elle devait avoir à peu près trente-cinq ans. Ils n'en voulaient pas ? Ne pouvaient pas ?

« Pourquoi les Budnik ne pouvaient pas avoir d'enfants ? » demanda-t-il.

Elle le regarda avec suspicion en s'insérant dans le trafic de la rue Mickiewicz. Ils roulaient vers la rocade, direction Varsovie.

« C'est lui qui ne pouvait pas, n'est-ce pas ? dit Szacki, devançant sa réponse.

— Oui. Pourquoi cette question ?

— Une intuition. Je ne sais pas encore précisément, mais c'est important. La façon dont Greg Budnik en parlait, comme si de rien n'était, presque en passant. C'est la manière dont en parlent les hommes qui ont tellement entendu dire que ce n'était pas grave qu'ils y ont presque cru. »

Elle le dévisagea. Ils venaient de dépasser le tribunal.

« Mon mari ne peut pas avoir d'enfants non plus. Je lui dis moi aussi que ça n'a pas d'importance, qu'il y a d'autres choses qui comptent.

— Et elles comptent ?

— Moins. »

Teodore se tut. Après le rond-point, ils passèrent à côté d'une ignoble église moderne : un tas de briques rouges dressé comme les portes de l'enfer, moche, étouffant, sans lien avec l'environnement ni l'esprit de la ville.

« J'ai une fille de onze ans. Elle vit à Varsovie avec sa mère. J'ai l'impression qu'elle devient une étrangère jour après jour, qu'elle s'évanouit.

— Je vous envie malgré tout. »

Il se tut à nouveau. Il s'attendait à tout sauf à une conversation de ce genre. Ils arrivèrent sur la rocade – c'était un bien grand mot – et tournèrent en direction du fleuve.

« On a commencé du mauvais pied », dit-elle sans quitter la route des yeux. Szacki ne la regardait pas non plus. « C'est ce que je me suis dit hier. Nous sommes prisonniers de stéréotypes. D'après vous, je suis une simplette de province et, pour moi, vous êtes un arrogant de la capitale. Bien sûr, on peut jouer à ce petit jeu encore longtemps, à ceci près que je souhaite vraiment retrouver l'assassin d'Ela. »

Elle quitta la rocade, tourna dans une rue latérale et se gara devant un hôpital étonnamment grand. En forme de L, six étages, style années 1980. Mieux que ce qu'il aurait cru.

« Vous pouvez vous moquer en disant que mon exaltation est digne d'une petite ville, mais Ela était différente. Meilleure, lumineuse, pure, c'est difficile à expliquer. Je la connaissais, je connais tous ceux qui la connaissaient, je connais cette ville mieux que je ne l'aurais voulu. Et vous, soyons honnêtes, je sais combien de fois on vous a proposé une promotion au parquet régional ou à la cour d'appel, quelle carrière on vous a prédit. J'ai entendu parler de vos affaires, j'ai découvert les opinions et les légendes au sujet du grand Teodore Szacki aux cheveux blancs, le héros de Thémis. »

Ils se regardèrent enfin. Szacki lui tendit la main qu'elle serra délicatement.

« Teo.
— Basia.

— Tu t'es garée sur une place pour handicapés, Basia. »

Elle extirpa de sa portière le macaron bleu avec le logo blanc, prouvant son handicap, et le disposa sur le tableau de bord.

« Le cœur. Deux infarctus. De toute manière, je n'aurais probablement pas pu accoucher. »

4

« Artur Żmijewski devrait s'établir définitivement ici », annonça Szacki en découvrant la salle d'attente soignée de l'hôpital de Sandomierz. Il faisait référence à un acteur de télévision, célèbre pour son rôle de curé détective basé dans la ville, ainsi que pour celui de chirurgien dans une série filmée sans interruption depuis 1999. « Il pourrait rouler à vélo depuis sa paroisse jusqu'à sa salle d'opération.

— Il vient ici bien assez souvent », répliqua Sobieraj lorsqu'ils s'engagèrent dans un escalier menant au sous-sol. « Quand ils ont tourné *Le Père Mateusz*, il s'est tellement bourré la gueule qu'il a atterri en soins intensifs. Il a fallu qu'ils lui rééquilibrent ses électrolytes. Ça a fait grand bruit. T'es vraiment pas au courant ? »

Il fit un geste vague de la main. Que devait-il répondre ? Qu'il n'était pas au courant parce qu'il n'avait pas de vie sociale, parce qu'il avait passé sa dépression plongé dans la solitude ? Il détourna la conversation sur le sujet de l'hôpital. Vraiment, il était agréablement surpris, il s'attendait à un bâtiment lugubre qui sentirait la moisissure, à une vieille caserne militaire reconvertie ; au lieu de quoi, en dépit de son architecture des années 1980, l'intérieur de cet immeuble était presque joli. Une décoration modeste, agréable, des médecins souriants, de jeunes infirmières, on l'aurait dit sorti tout droit d'une publicité pour la Sécurité sociale. Même la salle d'autopsie n'était pas repoussante. Comparée à l'immonde morgue de Varsovie, saturée de cadavres, elle était comme un charmant gîte de campagne par rapport à une baraque de camp de concentration.

La dépouille laiteuse d'Ela Budnik était couchée sur l'une des tables.

Le procureur Teodore Szacki eut beau tenter de penser à elle en tant qu'épouse de Greg Budnik, il en fut incapable. Il ne l'avait jamais avoué à personne mais, en découvrant un corps, il ne le visualisait pas comme un être humain encore en vie peu de temps auparavant. Bien qu'il ait si souvent contemplé la mort, traiter les cadavres comme des bouts de viande était pour lui la seule manière de ne pas devenir fou. Il savait qu'un processus similaire s'accomplissait dans l'esprit des médecins légistes.

Il voyait cette dépouille d'une blancheur inquiétante et, bien sûr, il en distinguait les différentes parties : sa chevelure blond foncé, son nez légèrement retroussé, ses lèvres fines. Ela était de constitution fragile, elle avait de petits pieds, des hanches étroites aux os saillants, une poitrine modeste. Elle aurait sans doute été différente si elle avait eu des enfants. Était-elle jolie ?

Il n'aurait su le dire. Un cadavre n'est jamais qu'un cadavre.

Son regard glissait sans cesse vers la gorge découpée plusieurs fois et pratiquement jusqu'à la colonne vertébrale. Selon les Juifs, et probablement aussi selon les Arabes, c'était la manière la plus humaine de donner la mort. Est-ce que ça voulait dire qu'elle n'avait pas souffert ? Il en doutait sincèrement. D'ailleurs, la prétendue humanité des abattoirs casher était loin de le convaincre.

La porte claqua, Teodore se retourna et, par miracle, il réussit premièrement à ne pas afficher une mine étonnée et, deuxièmement, à ne pas reculer d'un pas. Vêtu d'une blouse de médecin légiste, le nouvel entrant descendait d'une race d'humanoïdes géants. Deux mètres de haut, autant de largeur d'épaules, une corpulence d'ours, il aurait pu verser du charbon dans un four avec ses paluches plus vite qu'avec une pelle. Sur ce corps imposant, on avait planté une tête au visage rose, bienveillant, des cheveux couleur de blé réunis en une petite queue-de-cheval. Un boucher issu d'une longue lignée de bouchers polonais qui avait le dépeçage de carcasses dans le sang. Pouvait-on trouver poste plus adéquat pour cet homme ?

Dépassant son appréhension, Szacki fit un pas en avant et lui tendit la main.

« Teodore Szacki, procureur de district. »

Le géant sourit d'un air débonnaire et, timidement, enroula les doigts de Szacki dans la montagne de chair attachée à son avant-bras.

« Paweł Boucher, ravi de faire votre connaissance. Basia m'a parlé de vous. »

À tout hasard, ne sachant si c'était une plaisanterie,

Szacki prit pour argent comptant ce nom d'origine française. Il datait peut-être des guerres napoléoniennes. Le géant prit des gants en plastique dans la poche de sa blouse, les enfila en les faisant claquer et s'approcha de la table. Le docteur frappa dans ses mains et l'effet de souffle fit trembler la porte d'entrée.

« Mince alors, elle était en train de monter une pièce de théâtre avec mes gamins.

— Je suis désolée, Paweł, fit Barbara. Je l'aurais envoyée ailleurs, mais je te fais confiance. En revanche, si c'est trop difficile... Je sais que tu connaissais Ela...

— Ce n'est plus Ela, répondit Paweł en appuyant sur le bouton du Dictaphone. Nous sommes le 16 avril 2009, l'examen extérieur et l'autopsie du corps d'Ela Budnik, quarante-quatre ans, seront conduits par Paweł Boucher, expert assermenté de médecine légale rattaché au département d'anatomo-pathologie du groupe autonome de santé publique de Sandomierz. Également présents : les procureurs Barbara Sobieraj et Teodore Szacki. Examen extérieur... »

Par chance, Boucher masquait par sa corpulence l'essentiel des actions qu'il effectuait. Szacki et Sobieraj purent discuter à leur aise ; ce n'était pas la peine de harceler le géant de questions avant qu'il n'en sache plus qu'eux. Teodore relata à Barbara sa conversation avec Greg Budnik. Bien évidemment, la morte n'était venue chez les Sobieraj ni le lundi, ni à aucun autre moment : leur dernier contact remontait au dimanche, quand elles s'étaient souhaité de joyeuses Pâques par téléphone.

« Comment savais-tu qu'il mentait ? L'intuition ?
— L'expérience. »

Ensuite, il lui décrivit son échange d'e-mails avec le

rédacteur du mensuel *Sztych*. À mesure qu'il parlait, le sang quittait le visage de sa collègue et ses yeux s'agrandissaient.

« Dis-moi que c'est une blague, chuchota-t-elle à la fin.

— Non, répondit Szacki, surpris par sa réaction.

— Tu ne sais pas ce que ça signifie, n'est-ce pas ? »

Elle avait dû élever la voix pour couvrir le bruit de la scie mécanique que le légiste utilisait pour découper le sternum.

« Ça veut dire que celui qui a abandonné le couteau espérait que l'affaire fuiterait jusqu'aux médias et que ça provoquerait l'habituelle hystérie polono-juive, répondit-il. Et qu'il nous serait difficile de travailler en pleine hystérie parce qu'on passerait plus de temps en conférence de presse qu'ailleurs. Sois tranquille, j'en ai vu d'autres, j'ai traversé plus d'une tempête médiatique. Les journaux se lassent de tout après trois jours. »

Barbara l'écoutait tout en secouant la tête. Elle grimaça en entendant un craquement désagréable. C'était Paweł Boucher qui découpait les côtes du cadavre.

« Ce ne sera pas une hystérie ordinaire, annonça-t-elle. Les journalistes vont tourner dans le coin pendant des semaines. Sandomierz est le centre de la légende du sang. Et tu sais que l'histoire des relations polono-juives est une cohabitation paisible parsemée d'épisodes d'accusations et de pogroms sanglants. Les derniers meurtres antisémites ont eu lieu dans la région juste après la guerre. Et si quelqu'un, Dieu nous en préserve, utilise la formulation de "meurtre rituel", ce sera la cata.

— Les meurtres rituels sont une légende, répondit

Szacki avec calme. Et tout le monde sait que c'est une fable qu'on racontait aux enfants pour qu'ils se tiennent tranquilles, sinon un méchant Juif viendrait les prendre et les manger. Ne paniquons pas.

— Ce n'est pas tant une fable que ça. Un Juif, ce n'est pas un loup ou une reine cruelle, c'est une vraie personne à qui on peut faire des reproches. Tu sais de quoi ça avait l'air. Une mère catholique n'avait pas réussi à garder un œil sur ses enfants, donc elle se mettait à hurler que les Juifs les avaient enlevés et les avaient tués. De fil en aiguille, on s'apercevait qu'au final, ces Juifs, personne ne les aimait vraiment, que quelqu'un leur devait de l'argent et que, puisqu'on avait trouvé un si bon prétexte, il ne serait sans doute pas con de leur cramer quelques baraques et autant d'ateliers.

— D'accord, ce n'est pas une fable mais c'est de l'histoire ancienne. Il n'y a plus de Juifs, il n'y a plus d'ateliers, on ne peut plus accuser personne, on ne peut plus brûler personne. En tout cas, celui qui a balancé ce rasoir souhaite qu'on suive cette piste. »

Barbara soupira. Au fond de la pièce, le géant dictait d'une voix monocorde que les organes successifs ne portaient aucune trace de blessures ou de changements pathologiques.

« Réveille-toi, Teo. Je te le répète, Sandomierz, c'est la capitale mondiale du meurtre rituel. C'est la ville où les enlèvements d'enfants et les pogroms qui en résultaient étaient aussi cycliques que les saisons d'une année. C'est la ville où l'Église encourageait cette bestialité, l'avait presque érigée en institution. Dans notre cathédrale, on voit encore aujourd'hui un tableau représentant le meurtre d'enfants catholiques par des Juifs. On a tout fait par ici pour balayer ce pan de l'histoire sous le tapis. Quand j'y pense maintenant, Bon Dieu, c'est vraiment dégueulasse... »

Teodore observait la table d'autopsie dévoilée par le docteur Boucher qui découpait sur un plateau latéral les organes internes d'Ela Budnik. Il n'aurait pas utilisé le mot « dégueulasse ». Le tableau qu'il avait devant les yeux – un cadavre ouvert dont la peau pendait sur les flancs, dont les pointes blanches des côtes dépassaient de la cage thoracique – était horrible, mais pas dégueulasse. La mort, dans sa finalité, était caractérisée par une élégance physiologique. Par de la tranquillité.

« C'est dégueulasse que quelqu'un essaye de relier ça à Ela et à Greg. »

Il interrogea sa collègue du regard.

« Greg a tenté toute sa vie de combattre cette superstition. Il lutte pour qu'on en parle de manière adéquate, comme d'une page sombre de notre histoire et non comme d'une sorte de tradition fantaisiste de nos ancêtres. Pendant de longues années, il a cherché à faire enlever cette peinture, ou du moins à y adjoindre une pancarte explicative, selon laquelle la toile resterait accrochée en guise de témoignage de l'ancien antisémitisme polonais, en tant que rappel des extrémités auxquelles la haine peut conduire.

— Et alors ?

— L'Église règle ces affaires à sa manière. Ils n'ont pas enlevé la peinture, ils n'ont pas mis de pancarte. Quand l'affaire a fait du bruit, ils l'ont cachée derrière un rideau sur lequel ils ont accroché le portrait du pape et maintenant, ils font comme si de rien n'était. Si ça n'avait pas été un tableau mais une mosaïque au sol, ils l'auraient certainement recouverte d'un tapis.

— Tout ça est très intéressant, mais n'a aucune importance. Celui qui nous balance un couteau rituel veut nous forcer à nous disperser. Dans des peintures, des histoires, des légendes, il veut qu'on commence à visiter des églises, des bibliothèques, qu'on se mette à interroger des experts. C'est du bourre-mou, j'en suis sûr. Ce qui m'inquiète en revanche, c'est que c'est du bourrage de crâne sacrément bien préparé. Si quelqu'un se donne autant de mal pour nous dévier sur ces rails, il pourrait bien être trop malin pour que cette affaire soit un jour résolue. »

Paweł Boucher s'approcha d'eux, tenant dans sa main gigantesque un sac plastique contenant un petit objet métallique. Sa blouse était étonnamment propre, pratiquement sans aucune trace de sang.

« Mon assistant va la recoudre. Allons parler. »

Ils buvaient du café dans des gobelets en plastique. Son goût était si affreux qu'au final, Teodore en était persuadé, tous les patients devaient revenir ici pour troubles gastriques. Le légiste, que Sobieraj surnommait « Jack » (quelle originalité !), s'était changé et, dans son pull à col roulé gris, on aurait dit un immense rocher surmonté d'un ballon rose.

« Je vais tout vous décrire en détail dans mon compte rendu, mais l'affaire me semble évidente. Quelqu'un lui a tranché la gorge avec un outil extrêmement aiguisé, quasi chirurgical. Cependant, ce n'était ni un scalpel ni un rasoir parce que les entailles sont trop profondes. L'immense machette que vous m'avez montrée pourrait parfaitement coller. Tout ça est arrivé quand elle était encore en vie, mais elle devait être inconsciente, sinon elle se serait débattue et ça n'aurait pas eu l'air si... » Il chercha le bon terme pendant un instant. « ... si net. Et elle était certainement en vie parce que son corps ne contient plus aucune goutte de sang. Pardon pour ces détails, mais ça veut dire qu'au moment du découpage de l'artère du cou, il y avait encore suffisamment de pression dans son circuit sanguin pour que son cœur puisse pomper le sang hors de son organisme. Par ailleurs, elle a du sang séché dans les oreilles, ce qui signifie *a priori* qu'au moment de la mort elle était suspendue la tête en bas comme... » Une grimace s'inscrivit sur les traits du médecin. « ... excusez-moi, mais comme une vache dans un abattoir, putain. Quel foutu pervers peut avoir fait une chose pareille ? En plus, il s'est donné la peine de la laver parce qu'elle devait être recouverte de sang.

— Nous devons chercher ce sang, dit Szacki en exprimant sa pensée à voix haute.

— Vous devez aussi découvrir ce que c'est que ça », annonça le docteur Boucher en leur présentant le sac plastique pour les pièces à conviction.

Teodore regarda à l'intérieur et déglutit à cause de l'odeur de morgue qui s'en échappait. Le sachet contenait un insigne métallique en diagonale d'un centimètre environ, une sorte d'épinglette à porter sur une blouse ou sur le revers d'un veston. Sans agrafe, mais avec une broche épaisse sur laquelle on vissait un fermoir de l'autre côté du vêtement. Ça avait l'air vieux. Barbara se pencha pour analyser l'objet et ses cheveux roux chatouillèrent la joue de Szacki. Ils sentaient la camomille. Le procureur observa son front plissé par la concentration, ses taches de rousseur denses qui avaient réussi à poindre à travers une couche de maquillage. Quelque chose l'émut dans cette image. Une fillette rouquine qui avait grandi, mûri, mais qui continuait à cacher les taches de rousseur de son nez.

« J'ai déjà vu ça quelque part, dit-elle. Je ne sais plus où, mais je suis certaine de l'avoir déjà vu. »

L'insigne était rouge et rectangulaire. Il ne portait aucune inscription, seulement un symbole blanc et géométrique. Cela ressemblait à la lettre S allongée et schématisée : deux tronçons plus courts partaient du plus long en formant un angle droit. C'était exactement une moitié de croix gammée. Pour finir, un minuscule bitoniau repartait du bras inférieur vers le haut.

« Elle tenait ça dans son poing serré. J'ai dû lui casser les doigts pour l'enlever », dit Paweł Boucher comme pour lui-même, tandis que son regard bleu et paisible voguait vers un point lointain derrière la fenêtre, peut-être vers l'une des tours historiques du vieux Sandomierz.

Teodore, lui, observait le profil sympathique de la fonctionnaire frigide Barbara Sobieraj ; il scrutait ses pattes d'oie aux coins des yeux, ses rides d'expression à la commissure des lèvres qui indiquaient qu'elle souriait beaucoup et avait une belle vie. Et il se demandait pourquoi Greg Budnik ne voulait pas être interrogé par la procureur. Parce qu'il craignait que ce fût trop difficile pour elle ? Foutaises. Il ne voulait pas qu'elle remarque quelque chose. Mais quoi ?

5

Au moment précis où, sous la lumière des halogènes de la morgue de Sandomierz, l'assistant de « Jack » Boucher fourrait de vieux journaux le cadavre de la citoyenne la plus appréciée de la ville, les procureurs Teodore Szacki et Barbara Sobieraj patientaient sur le sofa dans le bureau de leur directrice et engloutissaient leur troisième part de gâteau au pavot, bien qu'ils se fussent volontiers arrêtés à la seconde.

Ils lui narrèrent l'interrogatoire de Greg Budnik, l'autopsie, l'insigne avec un étrange symbole, le couteau qui, peut-être, avait servi aux abattages rituels. Ourson écoutait tout cela avec un sourire maternel aux lèvres, ne les interrompait pas, ajoutait un mot par-ci ou par-là afin de les aider à poursuivre leur récit, telle une étudiante assidue en cours d'écoute active. Quand ils eurent terminé, elle alluma une bougie parfumée. Une odeur de vanille flotta dans la pièce, qui, couplée au coucher de soleil derrière la fenêtre et à la lueur ambrée de la lampe de bureau, créa une atmosphère agréable de fête familiale.

Teodore eut envie d'une tasse de thé au sirop de framboise, mais se demanda s'il ne tirerait pas un peu sur la corde en en réclamant une.

« L'heure de la mort ? » demanda la directrice en chassant des miettes tombées entre ses seins mous, certainement usés par une ribambelle d'enfants. Szacki la regarda droit dans les yeux.

« Il y a un petit problème avec ça, la fourchette est

assez large, répondit-il. Au moins cinq ou six heures avant la découverte du corps, si on prend en compte la rigidité cadavérique. Ainsi, on l'a tuée au plus tard le mardi aux environs de minuit. Et au plus tôt ? Le légiste soutient qu'elle aurait pu avoir été morte depuis le lundi de Pâques. Le sang a été extrait du corps, donc on ne peut rien déduire des lividités. Il faisait un froid sibérien, si bien qu'aucun processus de décomposition n'a commencé. On en saura un peu plus si jamais quelqu'un l'a vue. Pour le moment, on prend en compte la période qui va du moment où elle a quitté son domicile le lundi jusqu'à minuit le lendemain. Cela, bien sûr, à condition que son mari ait dit la vérité. Sa mort peut tout aussi bien remonter au dimanche.

— Et est-ce qu'il dit la vérité ?

— Non. Je ne sais pas distinguer le vrai du faux dans ses déclarations, mais il ne nous dit pas tout. On l'a placé sous surveillance continue. On va voir ce que donne la perquisition de sa maison et de son jardin. Pour le moment, il reste notre principal suspect. Il nous a menti, il n'a aucun alibi. C'était peut-être une sainte, mais il semblerait que tout n'allait pas parfaitement bien entre eux.

— Les gens disent toujours ça quand un couple est heureux, protesta Sobieraj.

— Tu sais que dans chaque légende il y a un fond de vérité, riposta Szacki.

— Et les autres options ? »

Barbara piocha une feuille dans ses documents.

« À l'heure qu'il est, nous excluons le meurtre sur fond de vol ou d'agression sexuelle. Il n'y a aucune trace de viol et, pour un vol, c'est bien trop compliqué. Nous vérifions les emplois du temps de toutes les personnes avec lesquelles elle entrait en contact, sa famille, le cercle de ses amis artistes. Surtout ce dernier groupe. Ela était liée au théâtre et vous avouerez que l'ensemble procède d'une certaine mise en scène.

— Un canular, commenta Szacki, mais aujourd'hui, ça ne me perturbe pas. Avant toute chose, nous chercherons le sang. Nous devons retrouver la trace de ces quelques litres qui se sont échappés d'elle. La police va fouiller les lieux publics dans la ville et sous la ville, chaque local privé qui apparaîtra au cours de l'enquête sera vérifié sous cet angle.

— Nous parlons beaucoup de sang. » La directrice suspendit sa voix et soupira profondément, comme si poursuivre sa phrase lui était pénible. « *Quid* de la piste du meurtre rituel ?

— Bien sûr, nous enfermerons tous les Juifs des environs, répondit Szacki avec une mine impassible.

— Teo plaisante, coupa Barbara avant que ne résonne la dernière syllabe de la phrase de son collègue.

— Je n'aurais jamais cru que vous commenceriez à vous tutoyer si vite... Vous avez interdiction formelle de communiquer avec la presse. Surtout vous, monsieur le procureur plaisantin. Vous renverrez tout le monde vers moi. Je ferai en sorte que cet œuf pourri ne se casse pas. »

Teodore avait déjà son avis sur la question : le tueur ne s'était pas donné autant de mal pour ne pas s'assurer que cela se sache. Szacki était prêt à parier beaucoup d'argent que, dès le lendemain matin, ils n'arriveraient plus à se faufiler entre les camionnettes de télévision. Mais puisque Ourson voulait gérer la presse, alors soit – ce n'était plus son cirque, ce n'étaient plus ses singes. Il garda ces réflexions pour lui, en compagnie de la remarque selon laquelle Mme la procureur régionale venait de s'inscrire dans la tradition pluriséculaire polonaise de balayer ce genre d'affaires sous le tapis. Elle aurait fait une brillante carrière dans les rangs de l'Église.

6

C'était peut-être parce que le commissaire Kuzniecov était totalement différent. Imposant, paillard, jovial, lançant une plaisanterie idiote chaque fois qu'il ouvrait la bouche. C'était peut-être parce qu'il connaissait Kuzniecov depuis des années, parce qu'ils avaient travaillé ensemble, bu ensemble, fréquenté leurs foyers respectifs. Ou bien c'était parce que Kuzniecov était un véritable ami et que le procureur Teodore Szacki l'aimait comme un frère. C'est pour cette raison qu'il ne pouvait pas et ne voulait pas apprécier Leon Wilczur.

D'un autre côté, le commissaire Wilczur n'était pas très appréciable. Il avait pris rendez-vous avec lui dans le bar dit de l'hôtel de ville, un boui-boui malfamé enterré au sous-sol d'un immeuble de la place du marché, puant les mégots qui s'incrustaient dans chaque élément du décor depuis des décennies, rempli de clients bizarres et de serveurs qui ne l'étaient pas moins. Teodore était persuadé qu'au fond de l'établissement, des cuistots bizarres préparaient bizarrement une viande bizarre, et c'est pourquoi il s'était borné à prendre un café et une part de cheese-cake. Le gâteau sentait le vieux canapé sur lequel tout le monde s'assoit mais que personne n'a envie de laver. Le café, c'était du soluble.

Leon Wilczur ressemblait à un démon. Dans la pénombre et à travers la fumée des cigarettes, ses yeux jaunes profondément ancrés dans son crâne brillaient d'une lueur maladive, son long nez jetait une ombre sur la moitié de son visage, ses joues se creusaient à chaque inspiration approfondie par l'envie de nicotine.

« Messieurs, un petit verre peut-être ? »

La voix du serveur semblait provenir d'outre-tombe, comme s'il proposait un verre de sang frais.

Ils refusèrent. Le commissaire attendit que le serveur s'éloigne avant de commencer à parler, regardant de temps en temps les papiers disposés devant lui ou l'écran d'un petit ordinateur portable dont l'existence avait initialement surpris Szacki. À première vue, Leon Wilczur avait plutôt l'air d'un type pour qui l'explication du concept de SMS serait une torture.

« Nous connaissons la version de Greg Budnik et nous pouvons maintenant la compléter avec quelques témoignages. Le dimanche, les Budnik se sont effectivement rendus à la cathédrale aux environs de 18 heures. Ce qui est sûr aussi, c'est qu'ils l'ont quittée avant la messe de 19 heures. Nous avons deux témoins qui peuvent confirmer cela. Ensuite, ils ont fait une promenade : la caméra de surveillance de la rue Mariacka les a enregistrés à 19 h 15. »

Le commissaire retourna l'ordinateur. Le bref enregistrement montrait deux silhouettes imprécises en train de marcher côte à côte. Teodore agrandit l'image et put voir Ela Budnik en vie pour la première fois.

Elle était de même taille que son mari, sa chevelure blond foncé se déversait sur son blouson de sport, elle ne portait ni bonnet ni chapeau. Elle devait raconter quelque chose car elle gesticulait vivement de sa main libre. Elle s'arrêta un instant pour tirer sur le haut de sa bottine, tandis que son mari faisait quelques pas supplémentaires. Elle le rattrapa en trois petits sauts, comme une fillette et non une femme mûre. En présence de cet homme si sérieux, vêtu d'un manteau marron et d'un bonnet de feutre, elle avait l'air d'être sa fille et non son épouse. Elle rejoignit son mari à la lisière du cadre, se colla à son épaule et lui glissa la main dans la poche. Puis ils disparurent.

« Tout va bien, n'est-ce pas ? » Wilczur arracha le filtre d'une nouvelle cigarette.

Teodore savait à quoi il faisait allusion. On ne voyait entre eux ni la tension d'une dispute récente ni un silence têtu. Rien de plus qu'un couple en balade le soir du dimanche de Pâques. Ce qui tendait à valider la version de Greg Budnik qui avait affirmé qu'ils avaient passé des fêtes tranquilles, ils s'étaient disputés un peu, elle était sortie et... justement, et quoi ?

« Elle n'a pas été enregistrée par cette caméra le lundi ou le mardi ? demanda-t-il.

— Non. J'ai assigné deux hommes au visionnage de cette bande depuis ce moment-là jusqu'à la découverte du corps hier matin. Ils ont regardé chaque minute. Elle n'est pas là. Nous avons vérifié cette caméra et une autre, près du château. Si on veut partir de la rue Katedralna pour aller en ville, il faut obligatoirement passer devant l'une d'entre elles. Aucun autre chemin n'est possible, à moins de passer par les buissons ou de sauter par-dessus le mur pour traverser le jardin de la cathédrale.

— Les voisins ?

— Rien, zéro. Mais regardez ça. »

Le second enregistrement provenait de la caméra de la place du marché qui filmait une partie de la zone des restaurants : le Ciżemnka, le Staromiejska, le Trzydziestka, et cet autre café dont Teodore avait oublié le nom car il n'y mettait jamais les pieds. Les chiffres montraient que la scène se déroulait le mardi à 16 heures et des poussières. Il ne se passait rien, en dehors du mouvement habituel de quelques promeneurs isolés. Les portes du Trzydziestka s'ouvrirent et Greg Budnik en émergea. Dans un sac plastique transparent, il portait deux boîtes en polystyrène contenant des repas à emporter. Il tourna énergiquement en direction de la rue Mariacka et disparut du champ de vision de la caméra.

Szacki comprit immédiatement pourquoi Leon Wliczur lui montrait cette vidéo.

« Intéressant, n'est-ce pas ? »

Le vieux policier s'appuya sur le dossier de sa chaise et s'enfonça si profondément dans le coin le plus sombre de la pièce qu'une partie de lui devait déjà se trouver dans l'immeuble voisin.

« Très intéressant. Parce que, s'il est vrai qu'Ela Budnik a quitté son mari le lundi...

— Alors pourquoi lui porte-t-il à manger le mardi ?

— Ce qui pourrait coller, en effet, mais avec sa première version, celle qui est absolument invraisemblable et que même lui a abandonnée. »

Wilczur hocha la tête et son long nez blême remua dans la pénombre. Szacki réfléchissait en silence. Il n'avait fumé qu'une seule cigarette ce jour-là, donc il lui en restait deux de sa dose quotidienne. Son intuition lui suggérait de les garder pour le rendez-vous avec la juge Tatarska. De plus, il venait de fumer passivement un paquet et demi rien qu'en demeurant dans cette salle. Il sortit pourtant une cigarette et Leon Wilczur lui offrit du feu. S'il avait été surpris de découvrir que le procureur fumait, le commissaire n'en laissa rien paraître. Il resta muet, tandis que Teodore étudiait les divers scénarios possibles. Les pièces du puzzle virevoltaient dans son esprit, mais chacune semblait provenir d'une boîte différente, et il sentait qu'elles ne s'emboîtaient qu'en forçant.

Dimanche, les époux Budnik étaient encore ensemble, pensa-t-il. Après quoi, Greg réapparaît mardi dans un resto et y commande deux dîners à emporter. Et Ela n'émerge que le mercredi, sous la forme d'un cadavre d'albâtre dans les buissons près de l'ancienne synagogue. Qu'est-ce qui s'est passé entre-temps ?

Supposons qu'ils se soient vraiment disputés le lundi. Elle est sortie furieuse et s'est dirigée à travers champs en direction de la Vistule, échappant ainsi à l'œil des caméras. Là, un forcené mystérieux l'a coincée et l'a assassinée. Mais dans ce cas, pourquoi Greg Budnik a acheté deux repas le lendemain ? Pourquoi le corps de la victime ne porte-t-il aucune trace de lutte ou de tentative de fuite, pourquoi ne retrouve-t-on pas la marque du coup qui l'aurait assommée ?

Supposons qu'ils se soient disputés si fort que Budnik a tabassé sa femme à mort. *Rewind* : il n'y a pas de traces sur le corps. Supposons qu'ils se soient disputés très fort et que le soir, il l'ait étouffée avec un oreiller, l'ait égorgée dans la cave et vidée de son sang. *Rewind* : il n'y a pas une goutte de sang dans la maison. Dans ce cas, il l'a transportée dans un endroit discret pour l'assassiner. *Rewind* : les caméras n'ont pas enregistré de mouvements de Budnik au volant de sa voiture. Donc, il l'a portée à travers les buissons – bien emmitouflée, puisqu'une fois de plus le corps ne porte aucune trace – jusqu'à un lieu isolé pour la tuer et la saigner. Feignant un rythme de vie normal, il est allé au bureau le mardi, avant de commander deux dîners le soir pour se constituer un alibi. La nuit suivante, il l'a traînée une fois de plus à travers les buissons jusqu'à l'autre bout du quartier historique où il l'a abandonnée. Est-ce que ça a l'air crédible ? Absolument pas.

Dans ce cas, supposons qu'il ait préparé son plan depuis des lustres et qu'il ait des mobiles dont, pour le moment, nous ne savons rien. Il travaille à la mairie, il connaît le système de sécurité municipal et l'emplacement des caméras. Il a défilé à dessein devant l'une d'entre elles le dimanche, puis il a invité sa femme à faire une promenade près de l'endroit où on a retrouvé le cadavre. Ceci afin d'éviter de traîner le corps d'un bout à l'autre de la ville. Il l'a assommée, tuée, vidée. Pour finir, il l'a balancée dans le fossé.

« Peu importe sous quel angle on regarde, on n'y voit que dalle, pas vrai ? » La voix de Wilczur grinça dans l'obscurité.

Szacki acquiesça du menton. Malheureusement, aucun mobile, aucune preuve n'apparaissait et l'arme du crime s'était avérée aussi propre qu'un outil de chirurgie stérilisé avant une opération.

« Ça vient d'une autre caméra. » Wilczur poussa l'ordinateur portable vers Teodore.

L'image sur l'écran était complètement blanche, les contours des immeubles blêmes au point d'être pratiquement invisibles. Le film *Silent Hill* vint à l'esprit du procureur.

« Où est-ce ?

— Rue Żydowska. La caméra est suspendue au mur de la synagogue. »

Szacki nota que le commissaire ne désignait jamais ce bâtiment par sa fonction d'archives municipales.

« L'objectif est orienté vers le château. À droite, il y a le parking et derrière le parking, les buissons où on a trouvé Ela Budnik. L'enregistrement date du mercredi matin, quelques minutes avant qu'on reçoive l'appel. Regardez ça. »

Teodore regarda. Les secondes défilaient, puis les minutes ; la brume se dissipait, le jour se levait, on voyait désormais que la caméra surplombait la rue et n'était pas plongée dans un bol de lait. Soudain, un demi-cercle noir apparut en bas de l'écran et Szacki frissonna. La forme se déplaçait vers le bas de l'allée. Au fur et à mesure qu'elle s'éloignait de la caméra, on comprenait qu'il s'agissait en fait du sommet d'une sorte de chapeau melon, au bord très large. Sous le chapeau, un manteau noir, suffisamment long pour masquer les jambes et les chaussures, touchait terre. L'effet était terrifiant. Le spectre flotta un instant dans la grisaille avant de disparaître tout à fait. Szacki rembobina la vidéo, appuya sur pause. Il aurait sincèrement voulu que l'image lui évoquât autre chose, mais il n'y avait rien à faire : au milieu de la « rue Juive » de Sandomierz se dressait le fantôme d'un Juif orthodoxe hassidique.

Il regarda Wilczur.

« Vous savez, bien sûr, ce qu'il y avait, dans le temps, à l'endroit où on a trouvé Mme Budnik ? demanda le policier d'une voix grinçante.

— Les fortifications médiévales de la ville ?
— Non, ça, c'était plus haut et il y a plus longtemps encore. Sur le lieu dont on parle, on avait autre chose. Un *kirkut*. Son cadavre a été déposé précisément au milieu de l'ancien cimetière juif. »

L'air froid du soir était comme un remède, un antidote à l'atmosphère pesante du bar. Szacki inspira à pleins poumons. Wilczur enroula une écharpe autour de son cou et alluma une cigarette. La porte claqua derrière eux. L'un des poivrots sortit de l'établissement et les regarda d'un air indécis.

« Monsieur le commissaire...
— Fichez-moi la paix, Gąsiorowski ! Ça n'est pas la première fois... Et ça finit toujours de la même manière, n'est-ce pas ?
— Je sais, monsieur le commissaire, mais...
— Mais quoi ?
— Mais ça fait déjà une semaine qu'Anatole a disparu...
— Gąsiorowski, par pitié. La police vire les vagabonds, elle ne les recherche pas. Et certainement pas ceux des autres départements.
— Mais...
— Il n'y a pas de mais. Le sujet est clos. Au revoir. »

Le poivrot se cacha derrière le battant de la porte et Szacki interrogea le policier du regard. Leon Wilczur n'avait pas l'air pressé de fournir des explications et Teodore considéra qu'il n'avait pas à connaître tous les menus tracas des forces de l'ordre de la ville. Ils se saluèrent sommairement.

« Nous devons découvrir où se trouve le sang d'Ela

Budnik, lança Szacki pour finir en boutonnant le col de son manteau, car l'air était redevenu glacial.

— Dans du pain azyme », grogna Wilczur avant de s'évanouir dans les ténèbres.

7

L'achat d'une bouteille de vin correcte dans les boutiques du plus beau quartier historique de Pologne s'était révélé un défi insurmontable. Dans ces supérettes moisies, on ne trouvait que d'étranges vinaigres et, pour finir, Teodore avait décidé qu'il valait encore mieux descendre en courant les escaliers de la colline et acheter une bouteille d'un *Frontera* chilien dans la station-service Orlen près de la rocade. Aussitôt dit, aussitôt fait. Par la même occasion, il s'était mis en quête d'un gâteau au chocolat Wedel, ce qui lui paraissait être un cadeau aux accents sympathiques de la capitale mais, malheureusement, il n'en avait pas trouvé. Il avait choisi à la place une bonbonnière qui hurlait à qui voulait bien l'entendre qu'on l'avait achetée dans une station-service. Et une boîte de préservatifs. Il avait gravi à nouveau la colline en s'efforçant de ne pas suer outre mesure, car son intuition lui avait indiqué qu'il aurait à se dévêtir dès ce soir. L'autre hémisphère de son cerveau, plus rationnel, lui avait expliqué que tous les mecs avaient ce genre d'intuitions et que ça ne se vérifiait que rarement. Mais il avait malgré tout surveillé le rythme de ses pas.

À présent, il se tenait au milieu du salon de la juge Maria Tatarska, dans sa villa située rue Żeromski, et il était étonné. Il était même triplement étonné.

Par le décor de la pièce, d'abord. Il avait déjà compris que le manque qu'il ressentait en visitant les appartements de Sandomierz était un manque d'Ikea. À Varsovie, il était impensable qu'un logement standard de classe moyenne ne soit pas équipé au moins pour moitié de mobilier fabriqué par la firme suédoise. Par ici, dans les bonnes maisons, le style bourgeois de Cracovie était de rigueur, c'est-à-dire une multitude d'étoffes saturées de poussière, capables d'abattre un allergique en un clin d'œil, des buffets sculptés et des miroirs troublés par l'âge. Les habitants aisés sans pedigree aménageaient leurs villas avec des boiseries reposantes. Les pauvres occupaient les tours où régnaient des parois de bois brun et des meubles traînés là depuis la Centrale. Chez la juge Tatarska, Szacki aurait misé sur une bourgeoisie poussiéreuse, éventuellement sur une modernité pastel imitant l'Ikea. À la place, il découvrit… Hmm… Il y avait dans cette pièce quelque chose d'une salle d'hôpital. De la blancheur, du chrome, des miroirs et du verre. Le salon était blanc, immaculé, au point que les livres disposés sur les rares étagères avaient été soigneusement enveloppés de papier blanc sur lequel on avait inscrit à la main les titres et les noms des auteurs.

Par les vêtements de la maîtresse de maison, ensuite. La juge Maria Tatarska portait une robe de soirée simple et rouge, ainsi que des escarpins assortis. Non qu'il se soit attendu à la trouver en gros pull et pantoufles, mais sa tenue était bien trop fastueuse pour une soirée informelle autour d'un verre de vin. Dans ce décorum blanc, la magistrate évoquait une tache de sang ; l'effet était peut-être volontaire. Conscient d'être observé, Teodore haussa les épaules en pensée. Il aimait le simple et le normal, le m'as-tu-vu ne l'impressionnait pas, et éveillait tout au plus en lui une sorte de tristesse devant des personnes capables de passer autant de temps et de fournir autant d'efforts pour de telles futilités.

Enfin, par la vue de la cour. Oui, surtout par la vue de la cour, parce que le jardin de la juge Tatarska était un cimetière. Non pas métaphoriquement, mais littéralement. Szacki l'avait toujours contemplé depuis le bord opposé, par la grille du portail principal, passant à pied ou roulant le long de la rue Mickiewicz. La belle nécropole, parsemée d'arbres, s'étendait pratiquement jusqu'à la rue Żeromski, située plus bas, où se trouvaient divers ateliers de tailleurs de pierre et la maison de la juge Tatarska. Le salon du premier étage était placé un brin au-dessus des pierres tombales, juste à côté du mur d'enceinte. La lumière qui passait par les fenêtres était suffisante pour que Teodore puisse s'amuser à lire les noms gravés dans le marbre ou le granit. Il découvrit avec inquiétude que trois quadragénaires reposaient là. Précisément des quadragénaires, d'ailleurs, pas une année de plus. Alors que son propre anniversaire se profilait dans quelques mois à peine.

Il se retourna. La juge Tatarska était assise dans son canapé, un verre de vin à la main. Le blanc, le rouge et un parterre de cadavres en fond, comme c'est patriotique ! pensa Szacki.

« *Memento mori* », dit-elle, plaçant son pied et son escarpin rouge sur le siège du canapé. Elle ne portait pas de culotte.

Vendredi 17 avril 2009

Pour les catholiques, c'est le sixième jour de l'octave de Pâques ; les chrétiens orthodoxes célèbrent le Vendredi saint. Les Juifs entameront leur soirée de sabbat au coucher du soleil, soit à 18 h 31 à Sandomierz. Selon les hypothèses de Molnar, exactement 2 015 années se sont écoulées depuis la naissance du Christ ; d'autres personnalités soufflent également leurs bougies, comme la star du rock Jan Borysewicz, le champion de ski Apoloniusz Tajner et la chanteuse Victoria Beckham. Rien de passionnant en Pologne : le Premier ministre grimpe dans les sondages, tandis que son gouvernement descend et le président avec lui. Lech Wałęsa jure qu'il n'a jamais été un agent communiste et demande à être frappé par la foudre s'il ment. Dans le monde, la Maison-Blanche admet que Bush avait autorisé la torture de prisonniers, l'Union européenne annonce que les attentats terroristes, tant ratés que réussis, sont en baisse, et la police écossaise partage l'information selon laquelle dix adeptes de la religion jedi travaillent dans ses rangs. Le Vatican exprime ses regrets de voir le gouvernement belge critiquer la position de Benoît XVI vis-à-vis de l'utilisation des préservatifs. Au cinéma, c'est la première du film *Vicky Cristina Barcelona* de Woody Allen et celle du sous-estimé *Général Nil*, avec un grand Olgierd Łukaszewicz dans le rôle de Fieldorf. Le Legia Varsovie remporte 1 à o son match contre le Piast Gliwice et prend la tête du championnat. Le printemps est dans l'air : la température maximale atteint les vingt degrés à Sandomierz. Malheureusement, ce n'est pas grâce au soleil, car le ciel est nuageux et il pleut des trombes.

1

Le procureur Teodore Szacki avait reçu une éducation classique. Il savait donc qu'Eros et Thanatos marchent toujours main dans la main, il connaissait la légende de Tristan et Iseult, il avait lu Racine et les nouvelles d'Iwaszkiewicz sur les amours maudites, tels *Le Bois de bouleaux* ou *Les Amants de Marone*. Il fut un temps où il ne s'endormait pas sans s'être administré quelques gouttes du désespoir érotique de ce grand romancier. Mais jamais au cours de sa vie ces deux éléments ne s'étaient trouvés liés de façon aussi concrète et saisissante. Il se réveilla avec la gueule de bois et un goût de trop-plein de vin sur la langue mais, avant même de se rendre compte où il se trouvait, il réalisa que ce n'était pas la soif qui l'avait ranimé, mais bien une insupportable douleur pulsatile dans le pénis. À mesure qu'il émergeait de ses songes, les souvenirs de la soirée de la veille lui revenaient, soirée au cours de laquelle la juge Tatarska l'avait exploité d'une manière qu'il n'avait auparavant jamais connue, pas même dans les films pornographiques. Il aurait été inapproprié de s'éclipser après le premier verre, parce que, selon toutes les apparences, la juge s'était monté la tête avec leur rendez-vous, et il n'avait pas eu envie de passer pour un goujat ; c'est pourquoi il avait pris part, sans enthousiasme, à des exercices érotiques dont une bonne moitié était louche, l'autre simplement stupide et le tout parfaitement éreintant. À les décrire, on aurait pu croire à une de ces aventures dont on parle pendant des années et qu'on se remémore pendant des décennies, alors qu'en réalité Teodore souhaitait l'oublier au plus vite. En outre, il avait grandement besoin d'une douche.

Il ouvrit un œil, craignant de découvrir le regard de la juge guettant son réveil, mais, une fois de plus, il fut surpris. À cinquante centimètres de son nez, il y avait une vitre ; un mètre derrière la vitre, il y avait une stèle de granit avec l'inscription « Veillez donc, puisque vous ne savez ni le jour ni l'heure ». Szacki referma son œil. Il refusait d'admettre que, après une séance de perversions bestiales, il venait de se réveiller sur une pierre tombale ornée d'une citation évangélique provenant, si ses souvenirs étaient bons, de la parabole des vierges sages et des vierges folles. Oh, comme il aurait voulu la veille avoir été une vierge folle à qui on aurait claqué la porte au nez, lui interdisant de se joindre à la fête, et à qui la juge Tatarska aurait annoncé « Je vous le dis en vérité, je ne vous connais pas » avant de la chasser hors de chez elle ! Il tourna le dos à la dépouille de Mariusz Wypycha, cinquante-deux ans, et à l'inscription de l'Évangile selon Matthieu inscrite sur sa tombe. De l'autre côté, à l'intérieur de l'appartement, les choses ne se présentaient pas beaucoup mieux : la juge Tatarska ronflait, couchée sur le dos, la bouche entrouverte, le visage brillant et enflé – sa poitrine généreuse avait coulé sous les aisselles. À la lumière de cette journée d'avril, son salon n'était plus blanc comme neige, mais plutôt d'un gris délavé. Szacki regarda l'horloge, jura et s'enfuit au plus vite de cette succursale orgiaque des pompes funèbres.

Une heure et demie plus tard, lavé et peigné, il s'asseyait à son bureau, espérant que la démangeaison ressentie au moment d'uriner était due à un simple frottement et non à une infection mystérieuse. Étrangement persuadé que ses agissements nocturnes se trouvaient inscrits sur son visage, il ferma la porte de son cabinet et se plongea dans l'univers des symboles. Au bout d'une heure de recherches, il avait la conviction que leur monde était pire que celui des armes blanches : il y en avait des millions ! Le nombre de signes graphiques, de logos et globalement de pages Internet qui leur étaient consacrées semblait infini. Il décida de les étudier de manière systématique.

Il commença bien évidemment par les signes juifs et fut rapidement déçu, car il n'y en avait pas tant que ça. L'étoile de David, la *menorah*, les rouleaux de la Torah, les tables de la Loi et, à son grand étonnement, la main de Fatima. Il avait toujours associé ce symbole aux musulmans, alors que, à l'origine, c'était une amulette juive. Apparemment, les cultures étaient comme les mariés : plus elles se ressemblaient et plus elles se sautaient à la gorge. Teodore se rappela comment une fois, à Varsovie, dans une boucherie halal, il avait par erreur appelé « casher » la viande du présentoir. Le propriétaire avait failli se faire exploser de rage pour lui apprendre à faire la distinction. Szacki parcourut attentivement les lettres de l'alphabet hébreu, mais n'y trouva rien d'approchant. La lecture d'un article sur la Kabbale était intéressante, mais sur aucun dessin, aucun schéma, dans aucun des écrits mystiques, il ne trouva de signe qui aurait rappelé, au moins en partie, l'épinglette posée sur le bureau devant lui.

L'analyse infructueuse des sectes juives le conduisit au christianisme. Du christianisme, il arriva à la croix et à son millier de variantes. Pendant un instant, il crut reconnaître dans l'insigne une version de la croix orthodoxe, le symbole de sa moitié, emblème d'un ordre de moines, mais non, rien de tel.

De la croix chrétienne, il aboutit à la croix gammée, également appelée svastika. Un signe ancestral, existant sous diverses formes, dont il examina chacune, puisque le dessin tenu par Ela Budnik ressemblait à s'y méprendre à une moitié du symbole nazi avec un bitoniau à sa base. En passant, il perdit quelques minutes à admirer des photos de l'actrice bangladaise Swastika Mukherjee aux charmes particulièrement appétissants. Quelques heures plus tôt, il avait juré de ne plus jamais faire l'amour de sa vie, mais pour elle il aurait fait une exception. Il s'étonna de découvrir le grand nombre d'organisations polonaises ayant pris la croix gammée pour emblème avant qu'elle ne devienne le symbole de Hitler et de ses idées d'ordre aryen. Dans la région montagneuse de Podhale surtout, ç'avait été un talisman populaire, de nos jours honteusement dissimulé ou, comme dans le refuge de la vallée Gąsienicowa, affublé d'une pancarte explicative afin qu'aucun touriste ne tombe dans les pommes d'indignation. Le svastika typiquement polonais, ou plus généralement slave, était appelé *swarga*. En suivant cette piste, le procureur arriva à la symbolique slave, parcourut fastidieusement le catalogue des signes qui apparaissaient par exemple sur les poteries des temps païens, les bas-reliefs sculptés, les ornements des gâteaux rituels, les motifs peints sur les œufs de Pâques ou brodés sur les dentelles folkloriques. Et donc ? Et donc rien.

Son cœur cogna plus fort lorsqu'il se rappela l'existence de la franc-maçonnerie – rien – ou lorsqu'il se plongea dans le monde grouillant de symboles du satanisme et des fumisteries connexes, dont les adeptes aimaient à se tatouer un truc sur le cul ou à se le coudre sur un blouson. Rien de chez rien.

Il se balança sur sa chaise ; sa tête explosait à cause de la gueule de bois et ses yeux à cause de l'ordinateur. Tout cela ressemblait à une immense plaisanterie, à un complot où quelqu'un se serait donné la peine de parcourir tous les logos de la planète afin d'en créer un qui ne correspondrait à aucun d'entre eux. Szacki devait réfléchir. Dans plusieurs fenêtres de son écran, des étoiles inversées disputaient la place à des faces de satanistes ou à des démonstrations censées prouver qu'un pentagramme était inscrit dans le plan des rues de Varsovie. Un alphabet runique attira également son attention. Il bâilla et se plongea dans ces nouveaux symboles. Il découvrit les runes imaginées par Tolkien pour *Le Seigneur des Anneaux*, comprit les différences entre les diverses versions de cette ancienne écriture germanique et, à la fin, remporta une semi-victoire. Si on ne tenait pas compte du petit bitoniau du bas, son symbole ressemblait à la rune *eihwaz*. Une rune magnétique, représentant l'if, emblème de la transformation, correspondant au signe zodiacal du Verseau, une amulette idéale pour un guide spirituel, un fonctionnaire d'État ou un pompier. Mais qu'est-ce qui en découlait ? Rien, absolument rien. Du vide, du temps gâché. Et puis, il manquait le bitoniau.

Exaspéré, il se leva de sa chaise. Il avait sommeil, sa tête et son pénis le faisaient souffrir, il avait un mauvais goût en bouche à cause du vin et un mauvais ressenti en tête à cause des folies de son corps. Pour finir, la météo était telle qu'on pouvait soit se coucher, soit aller au bar. Les nuages pendaient bas ; il tombait sans discontinuer une pluie légère, mais emmerdante ; l'eau s'accumulait sur la vitre et coulait par traînées éparses. Il songea à Ela Budnik, suspendue la tête en bas dans un entrepôt quelconque, et au meurtrier qui avait observé le sang couler de plus en plus lentement de sa gorge. Avait-il placé un seau en dessous ? Une bassine ? Avait-il laissé le liquide rouge s'écouler dans une grille d'égout ? Plus il imaginait la scène et plus le secret désir d'une justice populaire, et non plus du tout d'une justice légale, montait en lui. Il y avait quelque chose de charmant chez cette Ela Budnik de l'enregistrement vidéo. Une jolie femme, bien sûr, mais avec une touche de petite fille : une femme qui n'avait pas oublié ce que c'était que de courir en bondissant, de rire à haute voix au cinéma ou de manger une gaufre à la chantilly l'été en laissant volontairement une tache de crème sur le bout de son nez. Une femme qui avait l'énergie d'organiser des ateliers pour enfants, des spectacles, des fêtes, la plupart certainement bénévolement ou pour des clopinettes. Une femme qui avait probablement déjà rempli son emploi du temps pour les vacances, qui savait qui viendrait et quel jour, quand auraient lieu les visites, quand était le concert et quand on ferait la sortie au château d'Ujazd. Une femme flattée pour son travail lorsque les mères lui disaient regretter que leurs enfants partent pour l'été, alors que tant de choses se déroulaient en ville.

Elle était encore en vie lorsqu'il l'avait suspendue la tête en bas et lui avait tranché la gorge. Du sang clair avait d'abord giclé de l'artère, puis avait moussé, avant de couler sur son visage au rythme des dernières pulsations cardiaques.

Pour la première fois, Szacki sentit qu'il avait très envie de voir le coupable dans une salle d'audience. Même s'il lui fallait pour ça regarder chaque putain de symbole que l'humanité avait créé au cours des âges !

Il retourna devant l'ordinateur, recopia ce qu'il avait trouvé au sujet de la rune *eihwaz* et se mit à vérifier les emblèmes nationaux. Peut-être qu'au lieu de la piste juive, la piste antisémite serait plus adaptée ? La lecture des sites nationalistes fut une réelle surprise : il s'attendait à des appels du genre « Mort aux Juifs » ou « Gazons les pédés », le tout agrémenté de dessins dignes des pamphlets antisémites d'avant-guerre, mais découvrit des pages élégantes et bien rédigées. Hélas, nulle trace de la rune au bitoniau. Il y avait l'épée ébréchée, symbole de la Falanga, un groupuscule nationaliste radical polonais ; il y avait la croix celtique des skinheads et, bien sûr, le signe homophobe « Interdit de pédaler ». Lassé, il était sur le point de renoncer, mais cliqua par acquit de conscience sur le lien des patriotes de la Petite-Pologne et soupira : sur l'en-tête de la page, à côté de l'aigle blanc couronné, emblème de la Pologne, se trouvait la rune au bitoniau – ou peu importe ce qu'elle était en réalité.

« Alléluia ! s'exclama-t-il, et, au même moment, la

tête rouquine de Barbara Sobieraj passa par l'embrasure de la porte.

— Béni soit le Seigneur, ajouta-t-elle. J'ai décrit notre étrange symbole à mon mari ce matin et il dit que c'est le *rodło*, le symbole de l'Union des Polonais d'Allemagne. Et qu'on devrait probablement retourner sur les bancs de l'école si on ne l'a pas reconnu tout de suite. J'ai fouillé un peu à ce propos et... tu as une minute ? »

Szacki ferma à la hâte toutes les fenêtres de son navigateur.

« Bien sûr. Je mettais juste de l'ordre dans mes paperasses. Et évidemment, c'est le *rodło*, je devais être très fatigué hier pour ne pas y avoir songé sur le coup. »

Barbara lui lança un regard lourd de sens, mais ne commenta pas. Elle s'assit à côté de lui, entourée d'un nuage de parfum – un nuage assez fruité, trop fruité pour ce début de printemps – et étala sur le bureau plusieurs feuilles fraîchement imprimées. Sur l'une d'entre elles, le symbole du *rodło* était superposé à la carte de la Pologne.

« Regarde bien, Teodore. » Il ne se souvenait pas quand, pour la dernière fois, quelqu'un s'était adressé à lui sur ce ton. Sa maîtresse à l'école primaire, peut-être. « Notre mystérieuse moitié de croix gammée avec un bout en plus est en fait le schéma de la Vistule qui traverse le pays. Elle coule vers la droite, puis très longtemps en biais vers le haut, puis de nouveau à droite avant de se jeter dans la Baltique. Et le petit morceau supplémentaire en bas, c'est l'emplacement de Cracovie sur son cours. Ce symbole a été créé en 1933, au moment de la prise de pouvoir de Hitler. Les nazis ont introduit la croix gammée et ont formellement interdit d'utiliser tout autre signe que ceux validés au préalable. Il n'était donc plus question de brandir l'aigle blanc, son interdiction ayant cours d'ailleurs de manière ininterrompue depuis l'époque de la Prusse. Et maintenant, regarde ce qu'imaginent nos malins compatriotes en Allemagne. Ils créent ce symbole et disent aux Allemands que c'est une moitié de svastika. Les Boches font des mines d'érudits, hochent la tête et disent : oui, ça a du sens. Les véritables Allemands ont une croix gammée complète, alors que les Polonais d'Allemagne n'en ont qu'une moitié, *gut, gut, sicher, gentille petite polnische schweine, verstanden* ? »

Teodore hocha la tête.

« Bien sûr, pour les nôtres, c'était en opposition totale à la croix gammée, enfin, à ce qu'elle représentait. Le *rodło* a été à l'époque et est toujours aujourd'hui le symbole du lien de la diaspora polonaise avec son pays d'origine.

— Et alors, l'Union existe-t-elle toujours ? demanda Szacki.

— Plus que jamais. De ce que j'ai réussi à apprendre, elle est fortement active, son siège se trouve à Bochum. C'est une organisation qui aide nos émigrés, les représente devant les administrations, les soutient en cas de problème. C'est une sorte de consulat non-gouvernemental. Ils possèdent également une mythologie nationale très développée. L'Union a été créée dans les années 1920, elle devait agir au temps de la montée du nazisme, tu peux imaginer ce que ça impliquait.

— Spoliations, illégalité, arrestations, exécutions, camps d'extermination.

— Exactement. C'est pourquoi aujourd'hui, le *rodło* est aussi le symbole des martyrs, des valeurs polonaises et de l'inflexibilité des organisations nationalistes. Plusieurs groupes de scouts utilisent cet emblème.

— Nationalistes, comme dans "un gars, une fille, c'est ça une vraie famille" ?

— Non, plutôt des raisonnablement nationalistes, des patriotiques.

— Des raisonnablement nationalistes ? s'esclaffa Teodore. On joue aux oxymores maintenant ? »

Barbara haussa les épaules.

« À Varsovie, ce n'est peut-être pas à la mode, mais en province, certains se considèrent fiers d'être polonais.

— Pas plus tard qu'hier, tu m'expliquais que se sentir un vrai polonais à Sandomierz pouvait avoir une facette très sombre.

— J'ai peut-être oublié d'ajouter qu'entre le refus total de la nation et le fait d'incendier des synagogues en son nom, il y a une marge vaste pour des gens raisonnables. »

Teodore ne voulait pas s'engager dans la polémique. Il n'aimait décidément pas les gens qui avaient des hobbies. Pire, il les craignait. La nation, c'était selon lui une sorte de hobby. Une passion qui ne servait à rien, mais qui accaparait tellement qu'en des temps difficiles elle pouvait pousser à des actes épouvantables. Un procureur ne devait pas s'identifier à la nation, il devait ne croire en rien et ne pas avoir l'esprit couvert par le voile de l'affect. Le code pénal était précis, il ne divisait pas les gens en bons et en mauvais, il n'incluait pas la foi ou la fierté patriotique. Et le procureur devait être le serviteur du code, le gardien de l'ordre et de la loi.

Barbara se leva, s'appuya au rebord de la fenêtre.

« En parlant de synagogues en flammes... » dit-elle, indiquant d'un mouvement de la tête quelque chose derrière la vitre.

Teodore regarda dehors. Une camionnette de la chaîne de télévision Polsat était garée de l'autre côté de la rue et les techniciens déployaient la parabole installée sur le toit. Bon, ce n'était pas son cirque, ce n'étaient pas ses singes. Il réfléchit aux prochaines actions à entreprendre. La victime avait tenu dans la main le signe de l'Union des Polonais d'Allemagne, utilisé également par certaines organisations nationalistes ou patriotiques. Il faudrait parler aux nationalistes du coin, si tant est qu'ils existaient, vérifier les scouts et les militants de droite.

« Jurek Szyller est un membre d'honneur de l'Union des Polonais d'Allemagne, dit Barbara tout bas, comme pour elle-même. Cette affaire devient de plus en plus bizarre.

— Et qui est Jurek Szyller ? »

La tête rousse de la procureur Barbara Sobieraj se tourna très lentement dans sa direction. Il y avait des moments où elle lui semblait jolie, d'une façon sympathique, très féminine, non vulgaire, non intrusive. Sur son joli visage, l'étonnement et l'incrédulité s'étaient inscrits avec précision, comme s'il venait de demander qui avait été le précédent pape ou comment il était possible que le président Kaczyński puisse se trouver à deux endroits en même temps.

« Tu plaisantes, pas vrai ? »

Non, il ne plaisantait pas.

2

Il écouta ce que Barbara Sobieraj avait à lui dire au sujet de Jurek Szyller et, dès qu'elle eut quitté son bureau, il appela Leon Wilczur en lui ordonnant de venir sur-le-champ. Il avait à nouveau besoin d'un remède contre le panégyrique prononcé par sa chère collègue aux taches de rousseur. Elle avait dressé le portrait d'un patriote séduisant, d'un businessman honnête, d'un citoyen qui payait des impôts considérables dans les délais, d'un amateur d'art, d'un érudit, d'un homme du monde. Pour résumer, une autre personne sans défauts dans une ville sans défauts, Sandomierz, dont les habitants restaient droits, intègres et magnanimes, à moins qu'ils n'embrochent un Juif de temps en temps ou qu'ils n'égorgent quelqu'un pour le balancer dans les buissons.

Le policier plongea dans son fauteuil sans même enlever son manteau. L'humidité, la fraîcheur de l'air et son nez rouge au milieu d'une face jaunâtre l'avaient accompagné. La pièce s'était brusquement assombrie et Szacki alluma une lampe avant d'exposer au commissaire les motifs de sa convocation.

« Pas une semaine ne passe sans qu'on reçoive une plainte concernant Szyller, commença Wilczur en arrachant le filtre d'une cigarette. On nous rapporte qu'il s'est mal garé sous la porte Opatowska, que les arbres devant son bureau masquent le soleil, que son chien a chié sur le paillasson d'un voisin, qu'il a deux voitures, dont une avec une grille, alors que c'est une limousine et non un véhicule destiné au transport de marchandises, qu'il a traversé au feu rouge la rue Mickiewicz, créant un danger immédiat pour la circulation, qu'il est coupable de tapage nocturne, qu'il s'est mouché sous la statue de Jean-Paul II, insultant ainsi les croyances religieuses des catholiques de la ville et enfreignant par la même occasion l'article 196 du code pénal...

— La dernière, c'est une blague ?

— Pas du tout. Et c'est loin d'être une exception. Je voudrais recevoir 1 złoty par mois de chaque habitant de la ville qui le hait de toute son âme. »

Plongé dans un nuage de fumée, Leon Wilczur devint pensif – il imaginait certainement ce qu'il ferait d'une telle fortune.

« Le détestent-ils pour une raison précise ? »

Le commissaire ricana d'une voix rauque.

« On voit que vous n'avez jamais vécu dans une petite ville, cher procureur. Ils le détestent parce qu'il est riche et beau, parce qu'il possède une grande maison et une voiture de luxe. Dans un monde catholique, ça ne peut vouloir dire qu'une chose : que c'est un voleur, un oppresseur des pauvres, un malfrat qui s'est enrichi sur le dos des autres.

— Et la vérité ?

— La vérité, c'est que Jurek Szyller est un habile promoteur immobilier et qu'il exerce ses talents tant chez nous qu'en Allemagne. Il se spécialise dans les endroits attractifs touristiquement parlant. J'ai entendu dire qu'il avait racheté les parcelles des paysans à Kazimierz Dolny il y a quelques années. Parfois, il investit aussi dans les infrastructures. Il possède par exemple ce nouvel hôtel rue Zawichojska. Je sais qu'il a été plus d'une fois mis sur le gril par des inspecteurs des impôts ou d'autres services administratifs, mais il s'en est toujours sorti indemne. C'est un bonhomme assez particulier, vous vous en rendrez compte par vous-même.

— Quels étaient ses rapports avec les Budnik ?

— Il ne porte certainement pas Greg Budnik dans son cœur. À cause de ses magouilles et de sa tendance à restituer des terres à l'Église, plus d'une parcelle intéressante a filé sous le nez de Szyller. Pour Ela Budnik, je n'en ai aucune idée. Le gars est un peu philanthrope, je suis sûr qu'il a financé certains de ses spectacles pour enfants. Mais bon, ils n'étaient pas du même monde. Les Budnik, c'étaient des intellos gauchisants, le genre lecteurs de *Gazeta Wyborcza*, alors que Szyller achèterait plutôt des quotidiens du type *Gazeta Polska* et planterait un drapeau blanc et rouge sur un mât devant sa baraque. Pour lui, ils étaient cryptocommunistes et pour eux, il était un brin facho. Ils ne prenaient certainement pas l'apéro ensemble. »

Leon Wilczur souffrait d'un mal typiquement polonais : même lorsqu'il décrivait une personne de manière positive ou neutre, cela sonnait comme une série d'invectives. Un ton las, une légère torsion des lèvres, un sourcil levé, une inspiration de fumée de cigarette à la place d'une virgule, une autre inspiration, une manière crasseuse de faire tomber sa cendre à la place du point. Son mépris général du monde salissait tous ceux dont parlait le vieux flic.

« Szyller… Un Juif ? »

Un sourire narquois passa sur les lèvres du policier.

« Depuis les récents changements politiques, on ne maintient plus le registre des croyances et des origines. Cependant, si on donne foi aux lettres de délation, il est juif jusqu'au bout des ongles. Mais aussi pédé, zoophile et sataniste. »

Pour souligner son effet, Leon Wilczur tendit sa main droite en levant le petit doigt et l'index. Il avait désormais l'air du grand frère de Keith Richards, en plus moche et plus délabré.

3

Sur le répondeur de Jurek Szyller, une voix charmante et basse priait humblement en polonais et en allemand de laisser un message après le signal sonore. Teodore en enregistra un sans grande conviction, mais à peine un quart d'heure plus tard, Szyller rappela en s'excusant de n'avoir pas pu décrocher. Lorsque Szacki commença à expliquer la raison de ce contact, l'homme d'affaires l'interrompit poliment, mais fermement :

« Bien sûr, je comprends. Dans une certaine mesure, je m'attendais à ce coup de fil. Tant M. et Mme Budnik que moi-même sommes des personnalités publiques à Sandomierz. Nous maintenions... » Il marqua une pause à peine perceptible. « ... des relations, quoi qu'on en dise. J'avoue avoir annulé un déplacement en Allemagne en prévision de ma convocation devant les organes de la justice. Si je peux me rendre utile...

— Dans ce cas, je vous attends à mon bureau, rue Koseły.

— J'ai peur de ne pas être un citoyen exemplaire à ce point. J'ai repoussé mon voyage en Allemagne, certes, mais j'en ai profité pour régler des affaires à Varsovie. Je suis encore à la capitale... » Szacki apprécia que Szyller utilise ce terme. « ... on approche de l'heure de pointe du vendredi, avant que je ne m'extraie des bouchons... Serait-ce un vrai problème si nous nous rencontrions seulement demain ? Pardonnez-moi. Bien évidemment, je peux prendre le volant dès que vous le souhaitez, mais j'ai bien peur que, quoi que je fasse, je ne puisse arriver avant 20 heures ce soir. »

L'expérience prouvait qu'à chaque minute qui passait après la découverte d'un cadavre, l'affaire se diluait et les chances de retrouver le coupable diminuaient. Teodore était sur le point de réagir sèchement, mais il se persuada que ces quelques heures nocturnes n'avaient pas une grande importance.

« D'accord, rencontrons-nous demain.
— À quelle heure dois-je me présenter au parquet ?
— C'est moi qui me présenterai chez vous à 15 heures. »

Le procureur n'avait aucune idée de la raison qui l'avait poussé à répondre de la sorte. Ça avait été une réaction spontanée, déclenchée par son sixième sens d'enquêteur.

« Bien sûr. Dans ce cas, au revoir ?
— Au revoir », répondit Szacki avant de raccrocher, tout en se demandant pourquoi Jurek Szyller avait terminé par une question. Serait-ce parce que ses bonnes manières lui interdisaient de clore une conversation qu'il n'avait pas initiée ? Ou parce qu'il laissait ouverte l'éventualité qu'ils ne se rencontrent pas, après tout ?

L'entrée de la secrétaire de la directrice dans son bureau interrompit ses réflexions.

4

Teodore Szacki était une personne éduquée, il connaissait les bases de la psychologie et savait donc qu'un portrait en creux était une voie sans issue. Un homme devait se définir par ce qu'il aimait, par ce qui le rendait heureux, par ce qui lui apportait du bonheur. Le fait de construire son identité sur ce qui irrite et exaspère était le début de la pente de l'amertume, pente sur laquelle on glissait de plus en plus vite jusqu'à devenir un frustré vomissant sa haine.

Il le savait, il s'efforçait de combattre cette tendance de toutes ses forces, mais, par moments, ce n'était tout simplement pas possible. Et il vivait justement l'un de ces moments. Dans son costume impeccable avec cravate assortie, le procureur Teodore Szacki se tenait droit comme un *i*. Grâce à l'élégante blancheur de ses cheveux et à son regard sévère, il semblait incarner la justice. Figé de la sorte, il contemplait le groupe d'une quinzaine de journalistes qui avait pris place de l'autre côté de la table de conférence de presse improvisée et il se concentrait sur sa respiration, refrénant les mimiques de dédain qui voulaient s'inscrire sur ses traits et que les caméras auraient pu détecter.

Oui, il haïssait sincèrement les médias. Il les haïssait pour plusieurs raisons. Tout d'abord parce qu'ils étaient impitoyablement et douloureusement ennuyeux, au point de lui provoquer des torsions aux intestins. Mais aussi parce qu'ils mentaient en regardant droit dans les yeux et fabulaient selon le besoin du moment, jonglant avec les faits de manière à ce qu'ils collent à une thèse définie par avance. Et enfin parce qu'ils déformaient l'image du monde, grossissant chaque comportement marginal jusqu'à lui conférer l'apparence de la norme, jusqu'au moment où toutes les excentricités paraissaient banales. Ils pouvaient alors ressasser vingt-quatre heures sur vingt-quatre les mêmes infos prédigérées.

Tout cela aurait pu être supportable, à condition de ranger les médias dans le tiroir des distractions pour personnes émotionnellement perturbées. Untel aimait regarder les matchs de foot, un autre des pornos zoophiles, un troisième les infos sur TVN24 – voilà, différentes personnalités, différentes passions. Et si Teodore Szacki n'avait pas été procureur, il aurait probablement catalogué les journalistes à côté des amateurs de labradors et en serait resté là. Malheureusement, les débiles revendiquant le respect du droit des citoyens à l'information avaient si souvent perturbé ses enquêtes, l'étalage malsain des détails les plus sanglants et les plus gores avait si souvent biaisé le jugement de ses témoins, la publication des faits sensibles, en dépit de ses mises en garde et de ses supplications, avait si souvent fait reculer ses investigations des semaines ou des mois en arrière, que si le Bon Dieu lui avait demandé quel groupe professionnel il souhaiterait voir soudainement disparaître, il n'aurait pas hésité une seconde.

Or il apparaissait que si le cirque ne lui appartenait pas, les singes, en revanche, étaient bien de son ressort.

« Avez-vous placé des suspects en garde à vue ?

— Pour le moment, nous n'écartons aucune possibilité. Cela signifie que nous suivons différentes pistes, que nous menons différents interrogatoires, mais que nous n'avons à cette heure interpellé personne. »

Ourson parlait comme on caresse, sans se départir une seule seconde de son sourire maternel. C'était une énième question stupide et Szacki constata avec consternation que les journaleux de province étaient encore plus incompétents que ceux de Varsovie.

« Comment commenteriez-vous le fait que la victime ait été brutalement assassinée avec un couteau destiné à l'abattage rituel d'animaux casher ? »

Un silence soudain se fit dans la salle, des deux côtés de la table. Teodore ouvrait déjà la bouche pour répondre quand résonna la voix aiguë et agréable de Barbara Sobieraj :

« Messieurs, mesdames, j'ai l'impression malheureuse que quelqu'un tente de compliquer l'enquête en répandant de fausses rumeurs. Et que vous les suivez comme des moutons qu'on mène à l'abattoir, avec ou sans rituel. On a tué la victime en lui tranchant l'artère du cou d'une manière très désagréable, c'est un fait. Et on a utilisé pour cela un outil extrêmement aiguisé, c'est un autre fait. Mais nous n'avons jamais évoqué un abattage rituel. Ni casher, ni halal, ni aucun autre.

— Mais parle-t-on d'un rituel juif ou arabe ?

— Cher monsieur, intervint Szacki, nous ne parlons d'aucun rituel. Je le répète : d'aucun. D'où vous viennent ces idées ? Est-ce que j'ai raté quelque chose ? Est-ce une nouvelle mode d'appeler les meurtres des abattages rituels ? Une tragédie a eu lieu, une femme a perdu la vie, nous travaillons tous d'arrache-pied pour expliquer ce crime et appréhender le coupable au plus vite. Les circonstances de ce meurtre ne sont en aucun cas plus étranges que celles des dizaines de meurtres dont j'ai eu à m'occuper au cours de ma carrière, et j'ai passé quinze ans au parquet de Varsovie, donc j'en ai vu d'autres, croyez-moi. »

La directrice le regarda avec reconnaissance, pour une fois sans une once d'approbation maternelle. Une journaliste en pull vert se leva, ne se présenta évidemment pas, tout le monde était certainement censé la connaître par ici.

« Est-ce que la victime était juive ?

— Ça n'a pas d'importance pour l'enquête, répondit Szacki.

— Dois-je en déduire que si la victime avait été homosexuelle, cela non plus n'aurait pas eu d'importance pour vous ? »

Pour une raison mystérieuse, la journaliste avait l'air vexée.

« Cela en aurait autant si elle aimait jouer aux échecs ou aller à la pêche...

— L'orientation sexuelle, c'est aussi peu important qu'un hobby pour vous ? »

Une salve de rires ; Szacki patienta.

« Tout ce qui a trait à la victime ou aux suspects a de l'importance pour les enquêteurs et tout est vérifié. Mais l'expérience nous apprend que les motifs d'un meurtre sont rarement liés aux convictions religieuses ou autres.

— Et à quoi sont-ils liés, alors ? cria quelqu'un au fond de la salle.

— L'alcool, l'argent, les relations familiales.

— Mais une telle dérive antisémite mérite certainement un traitement particulier, non ? insista la journaliste. Surtout dans la ville des pogroms, dans un pays où l'antisémitisme fleurit toujours et où on assiste régulièrement à des agressions xénophobes ?

— Si vous êtes au courant d'une quelconque dérive antisémite, veuillez faire une déposition au commissariat. Personnellement, je ne sais rien à ce sujet, et l'investigation sur le meurtre d'Ela B. n'a certainement rien à y voir.

— Mais moi, moi, monsieur, je veux simplement écrire la vérité ! Les Polonais méritent de connaître la vérité sur eux-mêmes et pas seulement de revoir sans cesse cette image héroïque, cent fois lavée et repassée. »

Quelques personnes applaudirent. Teodore se rappela comment des journalistes avaient applaudi le politicien populiste Andrzej Lepper qui gloussait en se demandant tout haut si on pouvait vraiment violer une prostituée. Oui, cette scène avait exprimé la quintessence de la nature des médias polonais. Szacki était en l'occurrence d'accord avec la dernière remarque de la journaliste, les gens mériteraient de connaître la vérité sur eux-mêmes, mais une impression d'absurdité et de temps perdu montait malgré tout en lui. Il jeta un coup d'œil à sa chef et à Barbara Sobieraj qui se tenaient devant les caméras comme si cette farce ne devait jamais devoir finir.

« Bien, écrivez donc la vérité. » Malheureusement, il n'avait pas réussi à masquer son mépris, il le voyait sur le visage de la journaliste. « Vous montrerez peut-être la voie à vos estimés collègues. Dernière question, s'il vous plaît, nous devons repartir au travail.

— Êtes-vous antisémite, monsieur le procureur ?

— Si vous êtes juive, alors oui, je suis antisémite. »

5

Il était furieux. Après la conférence, il s'était enfui jusqu'à son bureau pour éviter de croiser sa patronne. Il n'avait fait qu'échanger quelques mots avec Barbara et avait aussitôt appelé Leon Wilczur pour vérifier les avancées de l'enquête, mais il n'y en avait pas. Aucun témoin ne s'était présenté, aucune trace de sang n'avait été découverte, le visionnage des enregistrements des autres caméras de surveillance n'avait rien donné et Greg Budnik n'avait pas bougé de chez lui. Les interrogatoires des amis successifs d'Ela Budnik ne faisaient que confirmer qu'elle avait été une personne formidable, gaie, volontaire et pleine de vie. Tout le monde n'avait pas une haute opinion de leur mariage, mais les gens s'accordaient à dire qu'ils « devaient au moins être amis ». Plus son dossier s'épaississait et plus Ela Budnik devenait statufiée, plus on manquait de nouvelles pistes et plus Szacki se sentait frustré. Il ne se retint qu'à grand-peine de prendre le volant et de retrouver Jurek Szyller sur la route, à mi-chemin entre Sandomierz et Varsovie, pour l'interroger sur l'aire de repos d'une station-service Statoil et apprendre ainsi quelque chose, avancer au moins un peu.

Avide de nouvelles pistes et d'un bol d'air frais, il quitta l'immeuble du parquet, passa devant le stade municipal, où comme toujours des disputes à propos d'emplacements de vendeurs de patates avaient lieu, et emprunta la rue Staromiejska en direction de l'église Saint-Paul, le long des villas de l'élite citadine et du parc Piszczeli, aménagé dans le petit canyon du même nom. Teodore n'avait pas connu cet endroit avant sa réhabilitation, mais ça avait visiblement été un coin typique placé sous le patronage de Sainte-Vinasse-Pas-Chère où, à toute heure du jour et de la nuit, on pouvait perdre sa virginité contre son gré. Szacki marchait vite et avec énergie. La température était suffisamment élevée pour qu'il ouvre son manteau ; une légère bruine se déposait sur ses vêtements, l'enveloppant d'une armure luisante et éthérée.

Il atteignit l'église flanquée d'un cimetière très pittoresque. Les nuages s'étaient assez dispersés pour qu'on ait une vue magnifique sur la colline de la vieille ville. Teodore en était désormais séparé par une gorge aux pentes douces. D'ici, la cité ressemblait à un bateau naviguant sur des terrains verdoyants. Le clocher élancé de la cathédrale marquait la proue, les bâtisses anciennes figuraient les containers disposés sur le pont, le mât de la tour de l'hôtel de ville était planté en plein milieu du navire et la poupe se composait de la silhouette imposante de la porte Opatowska. Teodore distinguait précisément le profil ramassé et si caractéristique de la synagogue, ainsi que les buissons qui s'étendaient à ses pieds et où on avait trouvé le cadavre.

En entamant sa descente vers le quartier historique, il multipliait dans sa tête les divers scénarios possibles. Chacun commençait par une hypothèse clé : soit Greg Budnik était le meurtrier, soit il ne l'était pas. Et chacun finissait par paraître absurde et improbable. Sentant la frustration monter dans sa chair, il pressa le pas, passa devant le château et, lorsqu'il s'arrêta enfin devant la cathédrale, la sueur coulait sur ses tempes.

La basilique était quelconque : ni jolie, ni moche. Une construction assez vaste en briques rouges, gothique, agrémentée d'éléments baroques collés sur la façade. Tous les guides touristiques déversaient probablement des tonneaux de sucre et de miel sur cette bâtisse, narrant avec emphase ses temps les plus anciens, mais elle ne provoquait pas d'émotion particulière chez le procureur, d'autant moins qu'il avait appris que sa partie la plus séduisante, à savoir la flèche saillante du clocher, était le fruit d'une transformation néogothique de la fin du XIXe siècle. Il s'approcha de la porte latérale ; une pancarte à la peinture fraîche, probablement rédigée le jour même, y prévenait de l'« Interdiction absolue de filmer ou de photographier !!! ». Visiblement, les journalistes avaient déjà fait des misères aux braves curetons.

Il pénétra à l'intérieur.

Pour un jour de la période de Pâques, l'église était étonnamment vide. Une seule personne, aux airs de touriste, flânait à l'intérieur. Les bancs étaient déserts. Près du chœur, un homme et une femme lavaient le sol en cadence. Teodore respira cette odeur unique de vieille église, qu'on ne pouvait confondre avec quoi que ce soit d'autre. Il attendit que ses yeux s'habituent à la pénombre, puis parcourut les lieux du regard. C'était sa première visite de la basilique. Alors qu'il s'attendait à une crudité gothique, à une sorte de double de la cathédrale Saint-Jean de Varsovie, la basilique de Sandomierz n'étouffait pas par sa majesté ecclésiastique. Szacki apprécia que le squelette architectural, c'est-à-dire les colonnes et les voûtes, ne soit pas fait de briques rouges, mais de pierres blanches, ce qui conférait à l'ensemble une grande élégance.

De ce pas lent qui s'enclenchait toujours chez lui lorsqu'il pénétrait dans une église, il passa entre les bancs et s'immobilisa au milieu de la nef principale, sous un chandelier de cristal des plus imposants. D'un côté, il y avait le chœur surmonté par la couronne de l'orgue, de l'autre l'autel principal et le pupitre, le tout d'un baroque délicieux. Le baptistère de marbre sur son pied renflé, les cadres dorés des autels latéraux, chaque ornement tarabiscoté, chaque chérubin dodu et chaque peinture aux teintes sombres hurlaient aux passants : « Eh, nous avons été créés au XVIIIe siècle ! »

Il se promenait en zigzaguant entre les colonnes et observait sans enthousiasme les sculptures et les images saintes. Il s'arrêta un instant devant l'entrée de la sacristie, ornée par un Giotto local avec des scènes du Nouveau Testament assez réussies. Teodore contempla le dernier repas du Christ, la résurrection de Lazare, il reconnut Pilate, Judas et Thomas, cet ensemble de motifs immortels qui offraient à deux milliards d'individus, paraît-il, le sentiment de quiétude, la certitude de pouvoir faire ce qu'ils voulaient, puisqu'à la fin Dieu préférerait quoi qu'il arrive ses fils prodigues. Un autre hobby débile pour d'autres foutus névrosés ! Szacki se cacha le visage dans les mains : il se sentait affreusement las.

Il se détourna brusquement de l'autel. Après tout, il n'était pas entré dans la basilique pour admirer de l'art européen de seconde catégorie. Il descendit la nef principale d'un pas vif en direction du chœur. Sous le lustre, il tenta de contourner l'homme qui balayait le sol d'un geste monotone de robot, agitant sa serpillière tel un métronome.

« Pas sur le mouillé », le mit en garde l'inconnu.

Teodore s'immobilisa. L'homme s'interrompit et le fixa droit dans les yeux. Il avait le teint cireux, le regard triste et une chemise noire boutonnée jusqu'au cou. Moitié zombie, moitié poivrot – un vrai catholique, joyeux et heureux que Dieu lui ait ouvert un chemin lumineux jusqu'au ciel. Sans un mot, le procureur recula d'un bon mètre et se glissa *via* une portion de sol sec jusqu'à la nef latérale. Le bruit de ses pas fut étouffé par le frottement de la serpillière qui avait repris son mouvement.

On ne pouvait avoir de doutes sur la localisation du célèbre tableau. Quatre grandes toiles étaient accrochées sur le mur ouest, de chaque côté du porche du vestibule. Les deux premières représentaient dans un style assez naturaliste deux massacres – à en juger par l'apparence des assaillants, une invasion mongole ou tatare. Sur la première peinture, les infidèles taillaient en pièces les habitants de Sandomierz ; sur la deuxième, ils faisaient de même avec des moines dominicains aisément reconnaissables à leurs habits blancs. De l'autre côté de l'entrée, on découvrait encore un massacre et un château en flammes. Cette fois, ça ne ressemblait pas aux Tatares, mais plutôt au Déluge suédois : personne n'avait une telle propension aux incendies et aux détonations que les Scandinaves – de vrais passionnés d'explosifs, et cela bien avant Alfred Nobel. Et le quatrième tableau ? Le procureur Teodore Szacki se plaça devant et croisa les bras sur son torse. Était-ce possible que cette image ait quelque chose à voir avec le meurtre d'Ela Budnik ? Fallait-il vraiment chercher un fanatique religieux ? Il se retourna vers l'autel et supplia Dieu tout bas pour que ce ne soit pas le cas. Les affaires de forcenés étaient de loin les pires. Un forcené impliquait des tonnes de dossiers, un défilé d'experts assermentés et un débat au sujet de sa capacité à répondre de ses actes ; en un mot, un supplice. Quant au verdict, c'était la loterie et peu importait la qualité des éléments à charge.

Szacki réfléchissait et priait. À sa gauche, les bruits du toilettage de l'église approchaient inexorablement. Cette fois, il s'agissait de la femme. Elle déplaça son seau et recommença à frotter le sol, jusqu'à atteindre les pieds du procureur. Elle interrompit sa besogne et le dévisagea, figée dans l'expectative. Elle était tout aussi radieuse et pleine de joie dans la foi que son acolyte. Teodore recula d'un pas, puis se dirigea vers la sortie par l'étroite bande de sol sec. Fixer sans fin le linceul rouge qui recouvrait le tableau controversé n'avait pas grand intérêt. En guise de lot de consolation, un portrait de Jean-Paul II était accroché par-dessus, sans doute pour que personne ne puisse dire qu'il n'y avait rien à voir.

Szacki savait à quoi ressemblait la toile, il l'avait vue sur Internet. Charles de Prevot n'avait peut-être pas été un grand peintre, mais il avait eu un penchant certain pour le macabre et une capacité de narration digne d'un créateur de bande dessinée, ce qui avait plu à l'archidiacre de la cathédrale de l'époque et l'avait poussé à commander à l'artiste la décoration du lieu de culte. Et puisque l'archidiacre Żuchowski avait été un vrai chrétien et un bouffeur de Juifs patenté, Charles de Prevot avait documenté les crimes des Juifs contre les enfants de Sandomierz. Sur le tableau, on distinguait des Israélites achetant des enfants à leurs mères et vérifiant leur état de santé, tel du bétail sur la place du marché, on voyait des Juifs qui assassinaient les petits et des spécialistes qui récupéraient leur sang grâce à un tonneau hérissé de clous, sans parler du chien qui dévorait les membres qu'on lui avait lancés. L'image de fragments de nourrissons dispersés par terre s'était intensément gravée dans la mémoire du procureur.

Il ne réussit pas à atteindre la porte : trois mètres de sol mouillé et fraîchement lavé le séparaient de la sortie de la nef latérale. Il voulut simplement faire trois grands pas, mais quelque chose l'arrêta. Il n'entendait plus le frottement. L'homme et la femme se tenaient appuyés sur leurs balais, dans des poses identiques, et l'observaient attentivement. Au début, il pensa hausser simplement les épaules et sortir, mais il décela une telle tristesse dans leurs yeux qu'il soupira et commença à chercher un chemin sec. La piste serpentait, il se sentait comme un rat emprisonné dans un labyrinthe et déboucha enfin sur l'autre flanc de l'église, très loin de la sortie. Cependant, il semblait qu'il aurait d'ici une voie dégagée jusqu'à l'autel et qu'il pourrait atteindre la porte. Tranquillisés par son attitude, l'homme et la femme se remirent au travail.

Marchant le long du mur, Teodore contemplait les tableaux qui y étaient accrochés, œuvres elles aussi du dessinateur baroque Charles de Prevot. Il ralentit le pas jusqu'à s'arrêter. Son éducation catholique ne lui permettait pas d'utiliser le mot « pornographie » pour décrire ce qu'il voyait, mais aucun autre mot n'évoquait aussi bien la réalité de la chose. Les immenses toiles n'avaient qu'un seul sujet : la mort. Une mort réaliste, sanglante, suppliciée et sous des centaines de formes. Dans un premier temps, Szacki ne comprit pas pourquoi chaque macchabée portait un numéro, puis il remarqua que les tableaux étaient affublés de noms de mois en latin et réalisa que l'ensemble formait une sorte de calendrier pervers. Rien de tel qu'une petite atrocité pour chaque jour de l'année. Il se tenait justement devant le mois de mars : les tortures étaient si sophistiquées qu'elles semblaient vouloir traduire toute la froide et boueuse morosité du début de printemps polonais. Le 10 mars, Aphrodosius agonisait, cloué à un arbre avec des lances ; deux jours plus tard, une pelle tranchait le cou de Micodonius et, enfin, le regard de Teodore tomba sur des boyaux qui s'enroulaient en un filament sanglant autour de l'objet cranté qui avait transpercé le compère martyr des deux premiers, prénommé Benjamin. En avril, cela allait déjà un peu mieux : on balançait les gens dans le fleuve du haut d'une falaise, on leur coupait la tête, on les traînait derrière un cheval ou on les faisait mettre en pièces par des bêtes sauvages. L'un des hommes avait probablement été cuit vivant, car son expression faciale n'indiquait pas le plaisir d'un bain chaud. Le 12 mai, il découvrit un Teodore. Son homonyme avait bénéficié d'une mise à mort relativement clémente : il avait été noyé avec un poids au cou. Szacki ressentit un soulagement absurde en se disant qu'il ne s'agissait pas de son saint patron, car il célébrait sa fête le jour du souvenir de Théodore de Tarse, un moine et intellectuel du VIIe siècle.

Il continua son chemin ; les peintures macabres le repoussaient et l'attiraient simultanément, telle la victime d'un accident de voiture couchée sur le bas-côté. Il admira l'inventivité de Charles de Prevot, car malgré le besoin d'illustrer 365 jours dans l'année, étonnamment peu de tortures étaient répétées, bien que les crucifixions et les égorgements occupassent indiscutablement le haut de la liste.

Il réussit enfin à atteindre les environs de la porte et pressa le pas, car les sacristains en noir tentaient visiblement de coloniser le dernier pan de sol sec près de la sortie. Néanmoins, il s'arrêta devant le mois de novembre : son anniversaire tombait le 11. Bien, il fallait admettre que ce martyr avait réellement mérité d'être canonisé. Non content de l'avoir suspendu à un crochet d'une manière très désagréable, on lui avait aussi lesté les jambes avec un poids et transpercé le corps d'une lance pour plus de sûreté. Teodore se dit sombrement que c'était là un message lugubre, comme si quelqu'un essayait de prouver qu'il y avait toujours de la place pour un supplément de souffrance.

Le sacristain se racla la gorge. Szacki détacha son regard des visions du pornographe baroque.

« J'ai trouvé mon anniversaire, laissa-t-il échapper.
— Ce n'est pas un anniversaire, répondit l'homme sur un ton étonnamment gai. C'est une prophétie. »

Dehors, on aurait dit novembre. Il faisait humide, froid et gris. Le procureur Teodore Szacki boutonna son imperméable, traversa le portillon, puis remonta la rue Kościelna vers la place du marché. Il regarda la caméra de surveillance, celle-là même qui avait surpris Ela Budnik en vie pour la dernière fois, quand elle tirait sur l'arrière de sa bottine et rattrapait son époux en trois petits bonds. Il songea à rendre visite à Greg Budnik, mais finit par renoncer à cette idée.

Samedi 18 avril 2009

C'est le septième et avant-dernier jour de l'octave de Pâques pour les catholiques et le Samedi saint pour les chrétiens orthodoxes ; c'est aussi jour de sabbat dans l'ensemble du monde juif. L'ancien Premier ministre Tadeusz Mazowiecki, premier chef de gouvernement de la Pologne libre, célèbre son quatre-vingt-deuxième anniversaire. Un Premier ministre plus récent, Jarosław Kaczyński, soutient que seul son parti, Droit et Justice, peut sauver la démocratie en Pologne, tandis que son opposant de gauche, Leszek Miller, tente de persuader le public qu'aucune affaire Rywin n'a jamais eu lieu sous son gouvernement, ni aucun scandale de corruption d'ailleurs. Dans le monde, le parlement somalien instaure la charia dans l'ensemble du pays et la Bulgarie panique lorsqu'un astrologue reconnu prédit un tremblement de terre. Dans la ville tchèque d'Ústí nad Labem, des centaines de néofascistes de Slovaquie, de Hongrie, de République tchèque et d'Allemagne célèbrent l'approche de l'anniversaire d'Hitler en attaquant une cité de Roms. Le gardien de but polonais Łukasz « Flappyhandski » Fabiański défend mal ses filets le jour de son vingt-quatrième anniversaire et Arsenal perd contre Chelsea en demi-finale de la Coupe d'Angleterre. À Sandomierz, des voleurs abattent six pommiers et un prunier ; la valeur de ces arbres sexagénaires était d'un millier de zlotys. Le soir, un concert retentissant est organisé au club des souterrains de l'hôtel de ville : Sandomierska Strefa Rocka. C'est la première journée à peu près printanière. Il fait beau et chaud, il ne pleut pas.

1

« Écoutez ça. Un rabbin et un curé partagent un compartiment de train. Ils lisent en silence, dans une atmosphère pleine de culture. Quelques minutes passent, le curé repose son livre et dit : "Je sais que vous n'avez pas le droit de manger du porc, mais, par curiosité... vous n'avez jamais essayé ?" Le rabbin ferme son journal, sourit et répond : "Franchement ? Ça m'est arrivé." Après un instant, il ajoute : " Je sais que vous avez fait vœu de chasteté, mais, par curiosité..." Le curé l'interrompt : "Je comprends ce à quoi vous faites allusion et je vais vous répondre sur-le-champ. Oui, j'ai cédé une fois à la tentation." Ils se sourient, indulgents face à leurs imperfections ; le curé reprend son livre, le rabbin rouvre son journal, ils lisent, le silence revient. Soudain, le rabbin demande : "Et alors, c'est meilleur que le porc, pas vrai ?"»

Teodore connaissait cette histoire, mais rit malgré tout de bon cœur. Il appréciait les blagues sur les Juifs.

« Bien, alors encore une...
— Jędrek, je t'en prie...
— La dernière, promis. C'est le jour du Pessa'h,

une belle journée, Moshe emporte un pique-nique au parc, s'assoit sur un banc et se l'enfile. Un aveugle prend place à côté de lui et comme Moshe se sent d'humeur conviviale en ce jour saint, il offre à l'inconnu un morceau de pain azyme. L'aveugle prend le pain, le retourne dans ses mains, grimace de dégoût et finit par dire : "Qui a écrit cette merde ?"»

Cette fois, Szacki partit d'un éclat de rire sans retenue aucune. L'histoire drôle était géniale, parfaitement racontée qui plus est.

« Jędrek, arrête ! Teo finira par penser qu'on est des antisémites ou je ne sais quoi.

— Mais non, juste une famille classique de la voïvodie de Sainte-Croix. Tu lui as raconté comment on s'est rencontrés lors d'une convention du Camp national-radical ? Quelle nuit mémorable ! À la lumière des torches enflammées, tu ressemblais à une reine aryenne… Aïe ! »

Jędrek Sobieraj avait esquivé le morceau de pain lancé par son épouse, mais l'avait fait de manière si maladroite qu'il s'était cogné le coude contre l'arête de la table. Il la regarda d'un air de reproche. Teodore ressentait toujours une sorte d'inconfort lorsqu'il s'insinuait malgré lui dans l'intimité d'un couple, c'est pourquoi il ne fit que sourire en coin et verser une bonne dose de moutarde sur son morceau de saucisse. Une impression étrange l'envahissait et des émotions qu'il était incapable de définir se mêlaient en lui.

Le mari de la fonctionnaire frigide Barbara Sobieraj – malgré son affection croissante pour elle, Szacki n'arrivait toujours pas à la qualifier autrement – était un homme-nounours assez classique. Le genre de gars qui n'avait jamais été un amant, pas même du temps de sa splendeur : aucune femme n'avait jamais rêvé de lui, aucune n'avait soupiré d'envie en le voyant, mais toutes l'appréciaient parce qu'on pouvait lui confier ses secrets, rire avec lui et se sentir à l'aise en sa compagnie. Après, bien évidemment, elles jetaient leur dévolu sur des beaux gosses mystérieux, des alcoolos et des noceurs infidèles, persuadées que l'amour les transformerait, tandis que le nounours confiant finissait entre les griffes d'une garce en quête d'une victime à mépriser et à qui déléguer ses tâches ménagères. En dépit de sa rigidité, Barbara n'avait pas l'air si horrible, ce nounours-ci avait eu la main plus heureuse. Et c'était précisément de quoi il avait l'air : heureux. Heureux et sympathique. Enfoncée dans son vieux jean premier prix, sa chemise à carreaux était sympathique. Sa silhouette trapue, un peu replète, nourrie au barbecue et à la bière, était sympathique également. Ses yeux tranquilles, sa moustache courbée vers la bouche, ses tempes dégarnies comme deux virgules dans une forêt de cheveux ondulés, poivre et sel, tout cela était sympa, sympa, sympa.

« Calme-toi, c'est rien, dit Jędrek le sympa à sa femme la frigide en retournant des saucisses sur la grille du barbecue. De tous nos invités potentiels, M. le procureur serait bien le dernier à s'offusquer d'une dose d'antisémitisme. Du moins si on en croit les journaux... »

Barbara se mit à rire. Teodore sourit poliment. Hélas, la conférence de presse de la veille s'était répandue dans les médias. Pire encore, presque tous les articles parlaient d'un « meurtre mystérieux », d'un « contexte antisémite » et d'un « fond néofasciste ». L'un des quotidiens rappelait avec moult détails l'histoire de la ville et suggérait dans son éditorial qu'on n'était « pas totalement sûr que les enquêteurs aient pris conscience du caractère sensible du sujet auquel ils se confrontaient ». Et ce n'était qu'un début : s'ils ne résolvaient pas l'affaire très vite ou si un nouveau scandale n'éclatait pas ailleurs pour que ces charognards aient une autre carcasse à dépecer, ça irait de mal en pis.

« À propos, pourquoi on parle d'antisémitisme, déjà ? demanda l'époux Sobieraj. D'après ce que je sais, Ela n'était pas juive, elle n'avait rien à voir avec eux, elle n'organisait même pas de concerts klezmer. Son seul contact avec le judaïsme, c'était le récital de chansons d'*Un Violon sur le toit* il y a quelques années. Son meurtre ne serait donc pas un acte antisémite, si ? Et la seule apparition du mot "juif" dans un contexte libre ne signifie pas obligatoirement que le fondement soit antisémite.

— Chaton, arrête de faire l'intello. » Barbara coupa net son analyse. « Ela a été tuée avec un couteau juif destiné à l'abattage rituel des animaux.

— Oui, je sais, mais si on met de côté l'hystérie, il serait plus logique dans ce cas d'interroger les bouchers juifs que ceux qui haïssent les bouchers juifs, pas vrai ? Ou sommes-nous déjà si politiquement corrects que nous ne pouvons même pas envisager que le coupable soit juif ou qu'il entretienne des liens étroits avec leur culture ? Et que cela expliquerait son accès à ces outils ? »

Pendant un instant, Teodore analysa les mots qui lui parvenaient du nuage de fumée au-dessus du barbecue.

« Ce n'est pas tout à fait exact, répondit-il. D'un côté, tu as raison, les gens s'entre-tuent avec ce qu'ils trouvent sous la main. Un boucher avec un hachoir, un mécano avec un démonte-pneu, un coiffeur avec des ciseaux. Mais d'un autre côté, la première chose qu'ils font, d'habitude, c'est d'essayer d'effacer ce type de trace. Et dans notre cas, l'arme du crime a été déposée près du cadavre, lavée, stérilisée, préparée avec soin pour ne nous fournir aucune piste autre que celle-là, celle qui tendrait à nous orienter vers une sale affaire antisémite. C'est pourquoi nous croyons que c'est une arnaque.

— D'accord, c'est peut-être une arnaque, mais si je comprends bien, on n'achète pas ce genre de machette à la supérette du coin.

— Non, en effet, admit Szacki. Nous essayons donc de découvrir d'où elle provient.

— Avec des résultats peu concluants pour l'heure, intervint Barbara. Sur le manche, on trouve une inscription partiellement effacée, Grünewald. Je suis en lien avec le musée du couteau de Solingen pour tenter d'y voir un peu plus clair. Ils soutiennent qu'il pourrait s'agir d'un petit atelier d'avant-guerre du quartier Grünewald, à Solingen justement. On y produit encore aujourd'hui toutes sortes de lames, de couteaux et de rasoirs, et durant l'entre-deux-guerres, des ateliers et des fabriques, il y en avait des dizaines. Dont certainement une partie tenue par des Juifs. On verra. L'arme est dans un état impeccable, elle ressemble plus à une antiquité, à un objet de collection qu'à un *halef* utilisé récemment. »

Teodore grimaça, le mot « collection » lui faisait penser au mot « hobby » qu'il détestait tant. Mais, en parallèle, ces mots avaient orienté le flot de ses pensées sur un chemin différent. Un couteau, c'est une collection ; une collection, c'est un hobby ; un hobby, c'est une boutique et une boutique, c'est... Il se leva. Il lui était plus facile de réfléchir en marchant.

« Et donc, où est-ce qu'on achète des machins pareils ? » Barbara verbalisa les pensées de Szacki. « Aux enchères ? Chez un antiquaire ? Dans un repaire de voleurs ?

— Sur Internet, répondit Teodore. Allegro, eBay. Il n'y a pas un antiquaire sur cette planète qui n'a pas sa boutique en ligne aujourd'hui. »

Il échangea un regard complice avec Barbara : si le couteau avait été acheté en ligne, alors des traces de la transaction devaient demeurer enregistrées quelque part. Szacki lista dans son esprit les vérifications qu'il devrait effectuer lundi à ce sujet. Pensif, il s'éloigna du barbecue vers le fond du jardin, laissant derrière lui les Sobieraj et leur maison. Lorsqu'il fit demi-tour, contournant un pommier, il avait déjà une liste prête dans sa tête, mais au lieu de la satisfaction ressentie d'ordinaire devant une nouvelle piste, il demeurait inquiet. Il avait raté quelque chose, n'avait pas prêté assez d'attention à un élément, avait commis une erreur. Il en était intimement persuadé. Il malaxait dans son esprit les événements de ces derniers jours pour découvrir l'accroc, mais ne voyait rien. C'était comme un nom de famille qu'on a sur le bout de la langue mais dont on est incapable de se souvenir. Une démangeaison insupportable au fond du crâne.

De l'endroit où il se trouvait, il avait une vue imprenable sur la villa des Sobieraj, ou plutôt sur leur petite maison. Elle se trouvait au cœur du quartier Kruków, soit, pour la moyenne de Sandomierz, assez loin du centre-ville et assez près de la rocade. Derrière la cheminée, de l'autre côté de la rue, on voyait le toit de l'église dont la forme très caractéristique faisait penser à une barque renversée. Teodore avait du mal à se faire à l'idée que posséder sa propre maison dans cette région n'équivalait pas, comme à Varsovie, au luxe, à l'appartenance à l'élite qui avait réussi à échapper aux tours d'appartements, qu'il s'agissait là du même standard de classe moyenne qu'un cinquante mètres carrés dans une agglomération importante. Mais un standard tellement plus humain. Cela paraissait si naturel de sortir du salon sur la terrasse ou dans un jardin planté de quelques pommiers, au cours d'un samedi paresseux passé allongé dans des chaises longues près du barbecue, à respirer les premières senteurs du printemps.

Il ne connaissait pas ce mode de vie, mais celui-ci lui paraissait extrêmement plaisant et il enviait ceux qui ne l'appréciaient pas à sa juste valeur et qui pouvaient se plaindre sans fin de leur maison et de leur bout de terrain, du travail immense qu'une telle propriété demandait, du fait qu'il y avait toujours quelque chose à y faire. Même si c'était vrai, les samedis citadins passés dans les appartements, dans les piscines municipales, les centres commerciaux et au milieu d'avenues polluées semblaient, en comparaison, une douloureuse punition. Teodore se faisait l'effet d'un prisonnier qui, après quarante ans au trou, vient d'être remis en liberté. L'attitude à adopter n'était pas évidente, il ressentait toujours l'inconfort de ne pas se sentir comme eux. Tout en lui se distinguait de leur quotidien : sa solitude de leur amitié – car il n'était pas sûr de leur amour –, sa froideur citadine de leur nid douillet de province, ses répliques ciselées de leurs bavardages continus et futiles, son costume repassé de leurs fringues de sport et, enfin, son Coca de leurs bières. Il tentait de se persuader que sans l'interrogatoire à venir, il se tiendrait affalé sur une de ces chaises longues, vêtu d'un pull et finissant une deuxième binouze, mais il se connaissait trop bien pour ça. C'était là toute l'ironie de la situation, le procureur Teodore Szacki ne se tiendrait jamais affalé sur une chaise longue vêtu d'un sweat.

Le cœur lourd, il revint près de Barbara d'un pas lent, alors que son mari venait de disparaître dans la maison. La pelouse avait étouffé le bruit de ses pas ; soit sa collègue ne l'avait pas entendu arriver, soit elle avait fait semblant de ne pas l'entendre. Elle avait tourné son visage taché de rousseur vers le soleil, avait ramené ses cheveux roux, longs jusqu'aux épaules, derrière ses oreilles – il distinguait des repousses au niveau des racines, de la couleur typique d'une souris des champs avec quelques traces de cheveux blancs. Un petit nez, de magnifiques lèvres pleines aux reflets abricot qui, même sans maquillage, contrastaient sensiblement avec son teint pâle. Elle portait un pull à col roulé en mohair et une longue jupe à plis, ses pieds nus reposaient sur un tabouret typiquement polonais, avec un siège verdâtre et des pieds blancs. Elle agitait de manière amusante ses orteils, comme si elle voulait les réchauffer ou souhaitait battre le rythme d'une chanson imaginaire. Aux yeux de Szacki, elle paraissait paisible et chaleureuse. Infiniment éloignée des femmes qu'il fréquentait ces temps-ci : épilation intégrale, gros mots et baise vigoureuse en talons aiguilles. Teodore songea au rendez-vous en boîte de nuit qu'il avait fixé à Klara et soupira pesamment. Barbara tourna paresseusement la tête vers lui et le regarda.

« Tes taches de rousseur ressortent au soleil, dit-il.

— Je n'ai pas de taches de rousseur. »
Il sourit.
« Tu sais pourquoi je t'ai invité ?
— Parce que tu as remarqué à quel point j'étais seul et que tu t'es dit que si je me foutais une balle, tout ce bordel juif te retomberait dessus ?
— Oui, c'est la raison n° 1. Et la raison n° 2... tu vas sourire encore une fois ? »
Il sourit tristement.
« Voilà. Je ne sais pas comment s'est déroulé ta vie, Teo, mais un homme avec un tel sourire mérite davantage que ce que tu crois mériter en ce moment. Tu comprends ce que je veux dire ? »
Elle le prit par la main. Elle avait les paumes sèches et froides d'une personne souffrant d'hypotension. Il serra ses mains à son tour, mais que pouvait-il répondre ? Il se contenta de hausser les épaules.
« À Sandomierz, les hivers peuvent être terribles, comme partout à la campagne, mais, à présent, le printemps arrive, annonça-t-elle sans lâcher sa main. Je ne vais pas te raconter ce que ça implique, tu verras bien. Et... » Elle hésita. « ... Je ne sais pas pourquoi, mais je me suis dit que tu devais quitter ce lieu sombre où tu passes ton temps libre. »
Ne sachant quoi rétorquer, il se tint coi. La boule d'émotion qui grandissait dans sa poitrine échappait à son contrôle. La gêne, l'émoi, l'embarras, la jalousie, la tristesse, la douleur du temps qui passe, la satisfaction d'être touché par la main froide de Barbara, la jalousie une fois de plus – il n'arrivait pas à maîtriser l'avalanche de ses sentiments. Mais il ressentait une grande peine en constatant qu'une chose aussi simple que le fait de passer avec quelqu'un une matinée

printanière et paresseuse dans le jardin d'une villa n'avait jamais fait partie de son quotidien. Une vie avec un tel manque n'avait guère de sens.

Jędrek Sobieraj revint sur la terrasse avec deux bouteilles de bière ; la paume de sa femme se relâcha et Szacki retira sa main.

« Faut que je file à cet interrogatoire », dit-il brièvement.

Il leur adressa un salut rigide et s'éloigna sans se retourner. Sur le chemin, il boutonna mécaniquement le haut de sa veste gris métallisé. En fermant le portillon du jardin des Sobieraj, il préparait déjà les scénarios possibles de sa conversation avec Jurek Szyller. Rien d'autre ne l'intéressait.

2

Teodore était sur le point d'enfoncer le bouton de la sonnette, mais il retira sa main et se mit à marcher le long de la clôture de la propriété. Est-ce que Szyller l'observait ? Il ne distinguait ni visage à travers la fenêtre, ni mouvement de rideau, ni caméras de surveillance. Buvait-il un café ? Regardait-il la télé ? Lisait-il l'interview de Leszek Miller en pestant contre la terre entière ? À moins qu'il ne s'agisse d'un de ces patriotes qui ne toucherait jamais le journal de gauche *Gazeta Wyborcza* sous prétexte que son rédacteur en chef était juif ? S'il avait été à sa place, à attendre un procureur qui dirigeait une enquête pour meurtre, Szacki n'arriverait probablement pas à se concentrer sur ses activités quotidiennes. Il se serait posté derrière une vitre ou serait sorti sur le perron en dépassant sa limite quotidienne de cigarettes.

La villa de Jurek Szyller était placée sur un versant du canyon des Piszczeli – à quel autre endroit aurait-on pu trouver la maison de l'un des habitants les plus réputés et les plus riches de la ville ? À en juger par la taille des parcelles environnantes, le propriétaire de celle-ci avait dû en réunir deux ou trois, grâce à quoi ce mini-manoir polonais plein de goût pouvait être entouré d'un jardin très soigné. Aucune exubérance, aucun sentier pavé de granit, aucune fontaine ni temple dédié à la déesse Diane, rien que quelques noyers, une pelouse fraîche, printanière, et une vigne enveloppant une véranda sur l'un de ses flancs. Sans le portique très singulier reposant sur des colonnes rebondies et sans le drapeau blanc et rouge qui pendouillait assez mollement sur un mât près de l'entrée, Teodore aurait parié sur une maison d'Allemands. Quoique non, à la réflexion, en Allemagne, on aurait senti une stylisation forcée – des fenêtres en plastique auraient été divisées en carreaux par des petits bois dorés – alors que la maison de Szyller avait quelque chose d'authentique. Les colonnes donnaient l'impression d'être en bois et très fatiguées, le toit s'affaissait légèrement sous le poids des bardeaux, la bâtisse dans son ensemble ressemblait à un illustre vieillard qui est en pleine forme, certes, mais dont la jeunesse est loin derrière lui. Une sorte de Max von Sydow de l'immobilier terrien.

Il appuya sur la sonnette ; le propriétaire répondit si

vite qu'il devait avoir tenu la main sur l'Interphone. Quand même.

Jurek Szyller l'ennuyait de sa voix monotone, mais Teodore le laissait parler. En dépit de ses apparences joviales et avenantes, l'hôte était particulièrement nerveux et se comportait un peu comme un patient d'un service d'oncologie, prêt à bavarder sans interruption pour ne pas entendre le verdict. Feignant un intérêt bienveillant, le procureur observait son interlocuteur et l'intérieur de sa maison.

« ... Veuillez me pardonner de garder le nom du lieu où je l'ai acheté pour moi, je ne crois pas qu'il y ait eu quoi que ce soit d'illégal dans ma démarche, mais, bien sûr, je ne voudrais créer de problèmes à personne.

— Et vous avez fait transporter l'ensemble ou seulement une partie ? demanda Szacki, en se disant que Szyller utilisait trop de mots et tentait de masquer sa tension d'une manière qu'il avait observée des centaines de fois.

— Le manoir était assez mal en point. Il avait été construit au milieu du XIXe siècle. Comme vous pouvez vous en douter, personne ne s'en était occupé après la guerre, il tombait en ruine, mais avait eu cette chance que les Biélorusses ne l'avaient pas transformé en ferme d'État ou quelque chose de ce genre. Je pense qu'il était simplement trop petit et les terres environnantes pas assez fertiles. Mes experts ont démonté la maison poutre par poutre et ici, sur place, il a fallu compléter environ 20 % de la structure. Le toit a été reconstitué à partir de photographies d'avant-guerre conservées par la famille Wyczerowski. D'ailleurs, les descendants du comte sont venus me voir il y a deux ans. Je dois reconnaître que ça avait été une très agréable... »

Teodore se mit en mode veille. Dans quelques minutes, il sortirait Szyller de cette narration emmerdante, seulement dans quelques minutes. Pour l'heure, il enregistrait. Le timbre de sa voix, bas et velouté lorsqu'il lui avait souhaité la bienvenue, montait maintenant imperceptiblement dans les aigus. Très bien, qu'il s'énerve un peu. Il ne remarqua aucune alliance à son doigt ni aucune photo de femme ; pas de photos d'enfants non plus, ce qui, considérant la prestance de Szyller et sa situation financière aisée, lui paraissait étrange. Il était peut-être gay. Cette hypothèse pouvait être étayée par sa garde-robe soignée et la décoration de la maison, élégante sans être tape-à-l'œil. En lieu et place de tableaux aux cadres dorés, on trouvait quelques dessins et gravures, dont des copies des illustrations d'Andriolli du récit épique *Pan Tadeusz*. En lieu et place de l'ancêtre au sabre, le portrait de Szyller en personne, peint dans le style de Jerzy Duda-Gracz ou peut-être par Jerzy Duda-Gracz lui-même, allez savoir.

L'homme d'affaires acheva le trop long exposé du transport de son manoir depuis la Biélorussie jusqu'à Sandomierz et tapa dans ses mains avec emphase. L'hypothèse gay plus un point, se dit Teodore. Et il en ajouta un de plus l'instant d'après lorsque son hôte bondit sur ses pieds pour apporter des chocolats disposés – encore un point – sur un petit plateau en cristal. Moins un point pour sa démarche : Szyller se déplaçait vivement et agilement, mais sans exagération aucune, son agilité évoquant davantage les mouvements d'un prédateur.

Il se rassit, croisa les jambes. Il posa la main sur la manchette de sa chemise de ce geste typiquement masculin de l'homme rentré tard à la maison et désireux de se débarrasser des dernières corvées de la journée en retroussant ses manches. Mais il retira son bras avant de toucher les boutons. Szacki garda une mine impassible, mais ressentit une violente vague d'inquiétude. Quelque chose ne tournait pas rond.

« Allons-y », dit-il en saisissant le magnétophone dans la poche de sa veste.

Teodore continua à jouer l'ennuyé et, pour être honnête, il s'ennuyait réellement, mais il voulait endormir la vigilance de Szyller et le laissa bavarder à sa guise. Il avait recueilli les données de l'état civil, avait prévenu l'interrogé de sa capacité à le poursuivre pour fausses déclarations, s'était poliment étonné de découvrir que celui-ci avait cinquante-trois ans – en effet, il n'en paraissait pas plus de quarante cinq – et cela faisait un quart d'heure qu'il subissait le récit de ses relations avec les époux Budnik. Rien que des banalités. Szyller ne serait entré que très rarement en contact avec Greg Budnik : vous savez, les liens entre les hommes d'affaires et les politiques ne sont pas bien vus, ha, ha, ha, mais ils se connaissaient, bien sûr, ils se croisaient lors de réceptions officielles.

Comment aurait-il qualifié la teneur de leurs rapports ? Sporadiques, corrects, peut-être même cordiaux.

« Et la victime ?

— Ela », corrigea Szyller avec insistance.

Szacki ne fit que pointer le magnétophone du doigt.

« Nous nous connaissons avec Ela pratiquement depuis le jour où elle est revenue vivre en ville. »

Il ne s'est pas encore habitué à en parler au passé, remarqua Teodore, mais il ne le corrigea pas.

« Depuis leur mariage ?

— Plus ou moins.

— Quels étaient vos rapports ?

— Vous savez, quand on cherche un sponsor à Sandomierz pour quoi que ce soit, la liste des possibilités est réduite. La verrerie, moi, quelques entreprises, quelques hôtels. Au pire, des restos. Il ne se passe pratiquement pas un jour sans que je sois sollicité. Un concert par-ci, des enfants pauvres par-là, des vieillards malades, des rollers pour le club de la ville, des guitares pour un nouveau groupe, des boissons pour un vernissage. J'ai résolu la question en confiant à un de mes comptables une somme trimestrielle destinée aux œuvres, disons, régionales. C'est lui qui choisit les projets, même si je les valide, bien évidemment.

— Quel est le montant de cette enveloppe ?

— 50 000 par trimestre.

— La victime prenait-elle contact avec lui ?

— Ela, insista Szyller une nouvelle fois. Oui, elle parlait avec mon comptable ou directement avec moi. »

Le procureur commença à lui poser des questions plus précises, le titilla encore deux ou trois fois avec « la victime », mais n'en retira aucune information de valeur. Ela et lui se connaissaient, étaient peut-être même amis, Szyller finançait (ou pas, mais *a priori* oui) ses diverses initiatives bizarroïdes du genre spectacle sur le thème de *Shrek* dans le château de Sandomierz. Szacki avait même l'impression, mais il pouvait se tromper, que l'homme d'affaires dans son manoir biélorusse avait eu un petit faible pour l'épouse Budnik.

« Et vous continuerez à offrir des subventions aussi généreuses à la vie culturelle locale ?

— Bien sûr. À condition que ces projets en vaillent la peine. Je ne suis pas un organisme d'État, j'ai le luxe de pouvoir choisir ce qui me plaît. »

Szacki se promit de vérifier qui obtenait ou non les faveurs du noble seigneur.

« J'ai entendu dire que vous n'appréciez pas... » Il suspendit imperceptiblement la voix pour noter la réaction de son interlocuteur. « ... Greg Budnik ? Que son action à la mairie n'était pas en accord avec vos intérêts ?

— Des racontars.

— Dans chaque racontar, il y a un fond de vérité. D'après ce que je comprends, un promoteur habile qui voudrait agir dans la transparence ne doit pas être totalement satisfait de constater que la ville restitue des biens immobiliers à l'Église, sous prétexte de compenser des torts pluricentenaires, pour en disposer ensuite en dehors du système des appels d'offres publics et à la gloire éternelle de tous les acteurs impliqués. Enfin, tous à part vous, cela va sans dire. »

Szyller l'observa attentivement.

« Je croyais que vous étiez nouveau dans le coin.

— Nouveau, oui, mais pas né de la dernière pluie, répliqua calmement Szacki. Je sais comment fonctionne ce pays.

— Ou comment il ne fonctionne pas. »

Teodore signifia son approbation d'un geste.

« Je suis ravi que vous vous montriez aussi lucide, monsieur le procureur. Surtout en votre qualité de fonctionnaire d'État. Ça restitue une part de ma foi en l'avenir de ce pays. »

Voyez donc ça, ce monsieur si barbant sait aussi se montrer spirituel quand il veut, remarqua Szacki. Mais il n'avait pas de temps à perdre en débats sans consistance.

« Vous êtes patriote ?
— Bien sûr. Pas vous ? »

Teodore ne trouva pas judicieux de répondre à la question, ses opinions n'avaient ici aucune importance.

« Dans ce cas, dit-il, cela ne devrait pas vous agacer outre mesure que quelqu'un agisse dans l'intérêt de l'Église, au nom de la seule foi légitime, la catholique. »

Szyller se leva brusquement. Dès qu'il n'était plus recroquevillé sur son canapé, il retrouvait une stature d'homme puissant. Assez grand, large d'épaules, bien bâti. Le genre de gars qui porterait à son avantage un costume déniché au supermarché. Szacki l'envia : les siens devaient être cousus sur mesure pour ne pas donner l'impression d'être pendus sur un manche à balai. L'hôte avança jusqu'au minibar et Teodore eut un instant l'impression qu'il opterait pour la bouteille de Metaxa, reconnaissable de loin, mais Szyller ramena une eau minérale très snob et leur en servit un verre à chacun.

« Je ne suis pas sûr que ce soit le sujet de notre conversation, mais la plus grande et la plus néfaste stupidité de l'histoire de la Pologne, c'est d'assimiler le patriotisme à cette secte de pédophiles. Excusez mes qualificatifs un peu forts, mais il suffit d'avoir un brin de bon sens pour constater que l'Église n'est pas liée à nos plus grandes réussites, mais principalement à nos défaites. Cette institution, c'est le mythe sanglant des avant-postes du christianisme, c'est le désir pornographique de devenir martyr, c'est l'incessant soupçon envers les riches... »

C'est là que le bât blesse, songea Szacki.

« ... c'est la paresse, la superstition, l'attente passive d'une aide divine et, pour finir, c'est une névrose sexuelle et le désespoir de tous ces couples trop pauvres pour se payer une fécondation *in vitro* dans le privé et qui ne connaîtront jamais la joie d'une descendance, parce que l'État a trop peur d'une mafia d'onanistes en soutanes pour rembourser ce genre d'assistance médicale ! » Szyller dut remarquer que ses émotions le submergeaient car il se maîtrisa. « Donc oui, je suis patriote, j'essaye d'être un bon patriote, je veux que mes actes témoignent de cela et je suis fier de mon pays. Mais ne m'insultez pas, s'il vous plaît, en me soupçonnant de placer au-dessus des autres superstitions une pauvre secte juive ayant réussi et d'appeler cela patriotisme. »

Teodore ressentit une pointe de sympathie pour cet homme-là : jamais personne n'avait exprimé avec autant de justesse ses propres pensées. Il garda cependant cette remarque pour lui.

« Un patriotisme sans catholicisme ni antisémitisme, vraiment, vous entrez dans une nouvelle catégorie. »

Une fois de plus, il orienta la discussion sur des sujets qui l'intéressaient. Et il constatait maintenant que ceux-ci importaient également à son hôte. Ce dernier se déridait, se décontractait, on sentait que des débats d'une teneur similaire avaient été menés à maintes reprises dans cette maison.

« Je ne voudrais pas vous manquer de respect, monsieur le procureur, mais vous pensez par stéréotypes politiquement corrects. On vous a martelé pendant des lustres que le meilleur citoyen était un cosmopolite de gauche un brin amnésique. Et que le patriotisme, c'était une sorte d'occupation honteuse qui allait de pair avec la religion catholique du peuple, la xénophobie et, bien sûr, avec l'antisémitisme.

— Alors que vous, vous êtes un patriote athée qui aime les Juifs.

— Non, disons que je suis un patriote polonais athée et antisémite. »

Szacki haussa un sourcil. Soit le gars n'avait pas lu les journaux, soit il était cinglé, soit il jouait avec lui d'une façon alambiquée. L'intuition lui disait que c'était la dernière des options. Ça ne sentait pas bon.

« Étonné ? » Szyller se cala confortablement dans son canapé. On aurait dit qu'il flottait dans ses convictions. « Vous ne sortez pas le code pénal ? Vous ne me mettez pas en accusation pour incitation à la haine raciale ? »

Teodore ne commenta pas. Il avait des choses plus importantes en tête. De plus, il savait que Szyller finirait bien par dire ce qu'il avait à dire. C'était ce genre de bonhomme.

« Nous vivons une étrange époque, voyez-vous. Depuis la Shoah, on croirait que tous ceux qui ont le cran d'avouer leur antisémitisme se mettent à marcher main dans la main avec Eichmann et sont adeptes du salut hitlérien. On les regarde comme des monstres qui rêveraient de séparer des familles à la descente du train. Pourtant, entre une certaine réserve vis-à-vis du rôle des Juifs dans l'histoire de la Pologne et leur politique actuelle, d'une part, et l'incitation aux pogroms ou à la Solution finale de l'autre, il y a un gouffre, vous m'accorderez ça ?

— Continuez, je vous prie, c'est très intéressant », l'encouragea Szacki, peu désireux de s'engager dans une dispute ouverte.

Il lui aurait fallu répondre sincèrement que n'importe quelle tentative de juger des personnes selon leur appartenance à un groupe national, ethnique ou religieux, lui était complètement insupportable. Et, il en était persuadé, chaque pogrom avait trouvé sa source dans une discussion modérée à propos d'une « certaine réserve ».

« Voyez les exemples de la France et de l'Allemagne de nos jours. Est-ce que, en maintenant leur réserve vis-à-vis des arrivants d'Algérie et de Turquie, ils deviennent des fascistes et des meurtriers ? Ou sont-ils simplement des citoyens inquiets de l'avenir de leur pays, préoccupés par l'accroissement de ghettos, par le manque d'assimilation, l'agressivité, l'élément étranger qui déforme leur culture ?

— Je n'ai pas le souvenir que les Juifs d'avant-guerre brûlaient des voitures, s'organisaient en mafias et vivaient du trafic de stupéfiants. »

Teodore se critiqua en pensée de n'avoir pas contenu sa riposte. Laisse-le parler, bordel, laisse-le parler !

« Vous dites ça parce que vous n'avez pas vécu à cette époque...

— En effet, je suis un peu plus jeune que vous. »

Szyller ne fit que glousser.

« Vous ne savez pas de quoi ça avait l'air. Vous ne savez pas qu'un Polonais et un Juif de deux quartiers voisins n'étaient pas en mesure de communiquer parce qu'ils parlaient deux langues différentes. Que les quartiers juifs n'étaient pas toujours des bastions d'une culture admirable. Mais plutôt des nids de saleté, de misère et de prostitution. En général, c'était un trou noir sur la carte de la ville. C'étaient des gens qui souhaitaient clairement vivre dans une Pologne en plein essor, mais qui ne voulaient pas travailler ou se battre pour son bien. Vous avez entendu parler de bataillons juifs lors d'insurrections nationales ? De divisions de Juifs orthodoxes dans les légions napoléoniennes ? Moi pas. Se tenir tranquille et attendre que les Polonais soient saignés à blanc pour pouvoir investir quelques rues de plus dans une ville décimée, voilà leur tactique. Oui, je crois sincèrement que si j'avais vécu en ce temps-là, je n'aurais pas été leur fan inconditionnel, en dépit du respect que je peux garder pour des poètes comme Tuwim ou Leśmian. De même qu'aujourd'hui, je ne tolère pas que n'importe quelle initiative xénophobe et agressive d'Israël au Moyen-Orient soit absoute dans la seconde sous prétexte de la Shoah. Vous imaginez le tollé que ça provoquerait si les Allemands se mettaient à isoler les quartiers turcs par des murs de plusieurs mètres de haut ? »

Szacki n'imaginait pas ça, non. Pire, il n'avait nulle envie de l'imaginer. Tout comme il n'avait pas envie de parler de Berek Joselewicz, commandant d'un régiment juif lors de l'insurrection de Kościuszko de 1794. Il avait envie de découvrir le meurtrier d'Ela Budnik, si possible avec des preuves irréfutables, de le mettre en accusation et de gagner le procès. En attendant, il restait coincé dans ce salon parfait, auquel on ne pouvait vraiment rien reprocher en dehors de bois de cerf très kitsch accrochés au-dessus du miroir, à écouter les élucubrations géopolitiques de Szyller, et il en avait ras-le-bol. Il sentait que la passion de cet homme était teintée de routine : il s'imagina des invités autour de sa table, des verres de vin à 50 zlotys la bouteille au minimum, des effluves de parfums à 200 les trente millilitres, des tranches d'aloyau à 70 le kilo. Dans ce décor, Szyller, vêtu d'une chemise à 300 zlotys au moins, s'amuse avec une broche à Dieu seul sait combien et demande ce qui se serait passé si les Allemands... Les invités acquiescent, sourient d'un air entendu : quel orateur, ce Jurek bien de chez nous ; lui, il sait mettre des mots sur nos certitudes !

« Cette époque est révolue, dit Szacki, les Juifs sont révolus, vous pouvez remercier qui vous savez.

— Je vous en prie, ce n'est pas digne de vous. » Szyller paraissait réellement outré par la remarque. « Je suis antisémite, d'accord, mais pas un fasciste pervers. Si j'avais le pouvoir divin de revenir dans le temps et d'empêcher l'Holocauste, tout en restant conscient que la Pologne retrouverait ainsi ses problèmes d'avant-guerre, je n'hésiterais pas une seconde. Mais à présent que c'est fait et que nul ne peut le défaire, que c'est un triste épisode de l'Histoire, une balafre sur la face de l'humanité, si vous me demandiez maintenant si la disparition des Juifs de la Pologne lui a été bénéfique, alors je répondrais oui, elle l'a été. De la même manière que la disparition des Arabes de France serait bénéfique pour ce pays.

— Oui, les enfants polonais sont enfin en sécurité.

— Vous parlez du meurtre rituel ? Vous me prenez pour un idiot ? Vous pensez vraiment qu'un homme sain d'esprit peut prendre au sérieux cette connerie, cette légende urbaine aux conséquences réelles et terrifiantes ?

— Il paraît que dans chaque légende, il y a un fond de vérité, provoqua encore Szacki.

— Vous voyez, c'est exactement de ça dont je parle. Il suffit d'un mot de critique et je deviens immédiatement un fasciste prêt à défiler dans les rues une torche enflammée à la main, en criant qu'un enfant polonais a été enlevé pour en faire du pain azyme. Maudit pays de superstitions, de mensonges, de préjugés et d'hystérie. C'est dur d'être patriote par ici. »

L'antisémite moderne s'interrompit, parut méditer ses propres paroles. Il leur avait probablement trouvé une profondeur insoupçonnée, même pour lui.

« Szyller, voici un nom bien polonais, dit Szacki pompeusement.

— Ne vous moquez pas, c'est un nom de la vieille aristocratie polonaise des confins ukrainiens. Vous devriez relire *La Gloire et la Renommée*.

— Je ne suis pas fan d'Andrzejewski.

— D'Iwaszkiewicz. »

Teodore sourit béatement :

« Je confonds toujours ces deux pédés du réalisme socialiste. »

Jurek Szyller le gratifia d'un regard plein de mépris, versa le reste de l'eau minérale dans leurs verres et s'en alla vers la cuisine, probablement en quête d'une nouvelle bouteille. Szacki réfléchissait. La discussion avait assez duré pour qu'il comprenne les réactions de son interlocuteur ; il considérait son détecteur de mensonges interne comme paramétré. De plus, il s'était fait passer pour un idiot inculte, ce qui aidait toujours. Il était temps de passer aux choses sérieuses. Une certaine quiétude l'envahissait, car il était désormais persuadé qu'il ne quitterait pas cette maison les mains vides. Il apprendrait quelque chose. Il ne savait pas encore quoi, mais il y aurait quelque chose. Une chose importante.

3

Irena et Jan Rojski étaient assis l'un à côté de l'autre sur le canapé, regrettant que le septième épisode des aventures du *Père Mateusz* ne passe pas sur Polsat, chaîne où la pause publicitaire durait assez longtemps pour aller aux toilettes, mais aussi pour se faire un thé et discuter de ce qui s'était passé jusque-là dans l'épisode. Artur Żmijewski, qui jouait le curé détective, visitait justement une scène de crime dans une maison de retraite mal entretenue dont l'un des pensionnaires venait de rendre l'âme dans des conditions suspectes.

« Où est-ce qu'ils ont tourné ça ? demanda Jan. Certainement pas chez nous. Ils font tout ce foin et après, le gars ne fait que rouler à vélo dans tous les sens sur la place du marché. Je ne l'envie pas, ceci dit, avec ces putain de pavés. »

Irena n'entretint pas la conversation ; elle avait cessé de prêter attention aux ronchonnements de son mari environ vingt ans plus tôt, à mi-parcours de leur aventure commune. À l'heure actuelle, son cerveau les assimilait à un bruit de fond qui ne couvrait même plus les dialogues de la série.

« Ou alors, ce début débile : t'as vu comment le père Mateusz ouvre en grande pompe un nouveau cinéma en ville ? Un curé ? Un ciné ? À Sandomierz ? Alors que cette mafia en soutane nous a privés de notre cinéma près de la cathédrale ! Parce qu'il s'est avéré que le terrain avait un jour appartenu à l'Église, bah voyons, donc ils l'ont repris, ils y ont foutu une maison de la culture où il ne se passe absolument rien. Tout ça pour que l'évêque n'ait pas à voir de sa fenêtre que les jeunes d'aujourd'hui vont voir des films américains. Faudrait pas que ça le déprime. Et maintenant quoi ? Il n'y a plus de cinéma à Sandomierz ! Ah si, pardon, il y en a un, dans *Le Père Mateusz*…

— Ne blasphème pas.

— Je ne blasphème pas. Je n'ai pas dit un mot de travers sur le Bon Dieu, mais sur les curés et sur les scénaristes, je peux dire tout ce que je veux. Une série policière polonaise, pitié Seigneur, c'est la même merde que tout le reste dans ce foutu pays. C'est quoi cette série policière où il n'y a aucun suspens et où on sait dès le début comment ça va se terminer ? Ah, tiens, Maliniak, comment s'appelle l'acteur qui le joue, déjà ?

— Roman Kłosowski. Dans ce cas, pourquoi tu regardes ?

— Je regarde parce que je veux voir ma ville à la télé. Et, bien sûr, je ne peux pas, parce qu'apparemment ils tournent tout ça quelque part en banlieue de Varsovie. Chez nous, ils ne font ni l'église ni la sacristie, rien que la place du marché et le vélo. Et ils ont foutu le commissariat dans l'immeuble de la caisse régionale d'impôts, c'est pas mal, ça. Dis donc, tu te souviens de la fois où on prenait un café en terrasse et ils étaient justement en train de filmer ? Faut regarder parce qu'on ne sait pas dans quel épisode on sera. Je les enregistre tous, au cas où. Oh, tiens, regarde, Turecki.

— Ce n'est pas Turecki, c'est Gajos. Et lui, là, c'est Siudym.

— Il a l'air en pleine forme. Je ne comprends pas pourquoi cette bande de scribouillards l'a placé dans une maison de retraite.

— Il joue le directeur.

— Ah, d'accord... Tu crois que nos enfants nous placeront en maison de retraite un jour ? Je sais, c'est pas un sujet agréable, mais on devrait peut-être le proposer nous-mêmes ? On se sent toujours jeunes, oui, mais moi, j'ai déjà soixante-dix balais et toi, soixante-sept, il ne faut pas se voiler la face. Pour moi, monter tous les jours nos marches jusqu'au deuxième étage, c'est un défi. Et pour eux, ça serait certainement plus facile, ils sauraient que quelqu'un s'occupe de nous, ils seraient tranquilles. Franchement, cette maison de retraite, ça ne me fait pas peur, tant que nous y sommes ensemble. »

Irena prit son mari par la main et ils ressentirent une émotion commune. À l'écran, Artur Żmijewski, dans sa pseudo-paroisse de Sandomierz près de Varsovie, demandait à ses ouailles de prier pour les personnes seules et pour les souffrants, il leur disait d'embrasser l'amour, leur assurait qu'il n'était jamais trop tard pour aimer et être aimé en retour. Rojski caressa l'avant-bras de sa femme. Parfois, elle se demandait pourquoi il lui parlait sans cesse alors qu'ils étaient capables de se comprendre sans un mot. En voilà une énigme !

« Tu sais, j'ai pensé à Zygmunt.

— Celui de la série ? La victime s'appelait Zygmunt, je crois.
— Non, à notre Zygmunt à nous...
— À ce propos, c'est étrange que tous ceux qui portent ce prénom aient au moins soixante-dix ans. Y compris dans les séries. Tu imagines un nourrisson appelé Zygmunt ? Non, rien que des vieillards croulants...
— Je me suis dit qu'on pourrait aller prier pour les personnes seules, pour qu'ils puissent aimer à nouveau. Zygmunt est si bizarre... Quand sa Ania est morte, il a vieilli de quinze ans d'un coup, je m'inquiète pour lui. Et je me suis dit qu'il y a beaucoup de gens dans son cas. »

Pendant un instant, ils regardèrent la télé en silence. Irena songeait à tous ses amis solitaires et Jan au fait que le bon cœur de son épouse ne cesserait jamais de l'étonner et qu'il était le plus grand veinard de la terre parce que cette fille de boulanger avec une tresse jusqu'à la taille avait un jour voulu de lui.

« Alors, nous pourrions peut-être y aller tout à l'heure ? On va prier et se débarrasser de la messe, on n'aura plus besoin d'y aller demain.
— Non, pas ce soir, je voudrais encore faire des roulades de bœuf pour demain, il se pourrait que Krysia passe nous voir. Et puis, tu sais ce que j'en pense : l'église, faut y aller le dimanche. On n'est pas des Juifs ou autres à célébrer le sabbat le samedi. »

Il l'approuva du menton ; on ne pouvait pas discuter ce point. Mais ce qui l'avait convaincu avant tout, c'étaient les roulades de bœuf. Sa femme était capable de créer de véritables œuvres d'art à partir d'un morceau de viande : si la vache avait pu les voir, elle aurait été fière d'avoir sacrifié sa vie pour des splendeurs pareilles. Rojski répétait à l'envi que s'il devait mourir à cause de son taux de cholestérol, il s'en irait le sourire aux lèvres parce que ça en aurait valu la peine.

« Une conscience qu'on croirait endormie se réveille soudain, annonçait à l'écran l'évêque de Sandomierz avec la voix de Sławomir Orzechowski. Ce n'est pas agréable, parce que cela provoque des sentiments d'impuissance, d'amertume et de douleur. À ce moment-là, le Seigneur nous aide à nous relever. »

Irena et Jan Rojski n'allèrent pas à l'église ce soir-là. Pour elle, la décision avait été prise sur la base d'une opinion culturelle ; pour lui, à cause de roulades de bœuf. Blottis l'un contre l'autre, ils admiraient une splendide image de Sandomierz, filmée vue du ciel dans une des dernières scènes de l'épisode, et ils se disaient qu'ils avaient bien de la chance de vivre dans une ville aussi paisible et aussi innocente.

4

Sous le couvert de ses opinions audacieuses et controversées, Jurek Szyller manquait de profondeur et son érudition n'était rien de plus qu'un maniement habile de stéréotypes. C'est la conclusion à laquelle était arrivé Teodore Szacki en écoutant ses tirades au sujet de l'Allemagne. En tant que membre d'honneur de l'Union des Polonais d'Allemagne, Szyller avait plein de choses à dire sur la question, mais aucune ne présentait de véritable intérêt. L'ensemble de son discours s'avérait également très négatif, puisqu'il suggérait que les Polonais étaient une minorité persécutée. Enfin, Szyller avait une manière très spécifique de parler, une manière qui plaisait à coup sûr aux femmes, mais qui agaçait prodigieusement le procureur. Indépendamment de l'importance du sujet de la discussion, Szyller en débattait avec un engagement et une emphase calculés, sur un ton assez solennel, ce qui pouvait donner l'image d'un homme très viril, sûr de lui et de ses convictions, un homme qui savait ce qu'il voulait et qui l'obtenait la plupart du temps, alors qu'en réalité Jurek Szyller était tout simplement un nombriliste amoureux du son de sa voix et c'était pourquoi il mettait autant de soin à formuler ses répliques.

De l'onanisme verbeux, pensa Teodore en écoutant l'histoire familiale de son hôte. Il descendait en droite ligne d'un des premiers membres de l'Union, d'où son rang élevé et sa qualité de membre d'honneur de cette organisation. Né en Allemagne, il possédait une maison en Rhénanie-Du-Nord-Westphalie, non loin de Bochum, où se trouvait le commandement du *Bund*, comme il appelait l'Union. Pourtant, il passait davantage de temps à Sandomierz ou dans son appartement de Varsovie, qu'il qualifiait sans cesse de chambre de bonne, comme si cela devait être drôle.

« Connaissez-vous ce symbole ? »

C'est avec une certaine réticence que le procureur sortit une feuille imprimée avec un agrandissement du *rodło*, car il avait peur de grimacer en entendant un nouveau « certainement » plein d'emphase.

« Certainement ! C'est le *rodło*, le symbole du *Bund* justement. Pour nous, c'est presque une image sainte. Je ne sais pas si vous connaissez l'histoire de sa création, j'ai eu l'immense privilège de l'entendre de la bouche même de sa conceptrice, Janina Kłopocka…

— Je la connais, l'interrompit Szacki. Excusez-moi si mes questions vous semblent idiotes, mais sous quelle forme utilisez-vous le *rodło* ? Des étendards, des emblèmes, des en-têtes de feuilles de papier, des T-shirts, des pin's pour les revers de vos vestes ?

— Vous savez, nous ne sommes pas une secte. Bien sûr, le *rodło* apparaît partout où l'Union est officiellement présente, mais nous ne l'accrochons pas à côté de l'Aigle blanc. L'ostentation n'est jamais conseillée. »

Szacki sortit une photo de l'épinglette tenue par la victime. Celle qu'il avait spécialement préparée ne suggérait pas que ce fût un indice important dans l'affaire. Il la montra à Szyller.

« Est-ce que les membres de l'Union portent un truc de ce genre ? »

Son hôte contempla l'image.

« Seulement le personnel administratif, parfois les membres d'honneur. Vous n'achèterez pas ça chez le Turc du coin, on ne peut le recevoir que des mains du président de l'Union.

— Vous en avez certainement un ?

— Certainement.

— Puis-je le voir ?

— Certainement. »

L'homme d'affaires se leva et disparut dans les profondeurs de la maison. Teodore patientait et songeait avec effroi à toute la paperasse qu'il lui faudrait remplir après cet interrogatoire. Réécouter l'enregistrement, en extraire la substance, la transcrire, retourner le procès-verbal pour signature, sans oublier d'y joindre un formulaire de présentation de pièce à conviction. Doux Jésus, pourquoi n'avait-il pas d'assistant ?

« C'est étrange… »

Szyller s'immobilisa dans l'embrasure de la porte. Éclairée par les rayons chaleureux de l'après-midi, sa chemise blanche prenait une teinte abricot.

« … mais vous n'arrivez pas à mettre la main dessus, compléta le procureur.

— Non, en effet.

— Où se trouve-t-il d'ordinaire ?

— Dans ma boîte de boutons de manchette. Je ne le porte que pour des occasions très spéciales.

— Quelqu'un est au courant ? Une maîtresse ? Des amis ? »

Szyller fit non de la tête. Il semblait réellement étonné, ce qui n'était pas bon signe. Teodore aurait préféré que son suspect commence à fabuler, à dire que le badge devait être resté dans une veste laissée à Varsovie ou Dieu sait où.

« Puis-je savoir où vous l'avez trouvé ? demanda-t-il enfin au procureur.

— Dans la main de la victime.

— D'Ela, corrigea Szyller mécaniquement, mais son emphase si soignée avait disparu.

— D'Ela, la victime. »

Szyller avança jusqu'au canapé d'un pas lourd et s'assit en face du procureur sans une parole. Il l'interrogea du regard, comme s'il attendait que Szacki lui conseille quoi dire.

« Où avez-vous passé les Fêtes ?

— Le dimanche, j'étais chez ma sœur à Berlin. Je suis revenu par avion le lundi matin. À 13 heures, j'étais déjà à la maison.

— Où vous trouviez-vous le reste du lundi et le mardi ?

— Ici.

— Quelqu'un vous a rendu visite ? Des amis, des connaissances ? »

Nouvelle négation de la tête. Teodore ne fit que l'observer longuement, en silence, planifiant la suite de la conversation. Soudain, une pensée surprenante germa dans son esprit. Une pensée stupide, dénuée de fondement, basée sur sa seule intuition. Mais suffisamment inquiétante pour que le procureur se lève et fasse le tour de la pièce, l'analysant avec soin. Dans ce musée plein de goût de l'aristocratie terrienne, il cherchait des signes qui indiqueraient qu'un homme de chair et de sang vivait réellement là. Des taches de vin, des photos aux murs, des miettes du petit déjeuner, une tasse de café refroidi. Ou encore des bottes boueuses fourrées dans un coin, un plaid dont on peut se couvrir le soir, un bonnet jeté sur le rebord de la fenêtre. Il ne trouva rien. Soit la maison était inutilisée, soit elle était particulièrement bien rangée. Qu'avait-on nettoyé ? De la saleté ? Les preuves d'une présence ? Les traces d'événements compromettants ? Ne craignait-on que cet intérieur puisse en dire davantage sur son propriétaire que ce que celui-ci souhaitait dévoiler ? Les pensées défilaient dans l'esprit du procureur à un rythme effréné. S'il voulait secouer Szyller, il devait choisir une hypothèse, conclure qu'il mentait sur un point précis et l'attaquer selon cet axe. Malheureusement, pour l'instant, c'est l'hypothèse la plus absurde qui se consolidait dans son cerveau.

« On vous rend visite souvent ?

— Je ne suis pas très sociable. Comme je viens de vous le dire, j'ai passé seul la moitié des fêtes de Pâques. Et ce lieu est très spécial pour moi, une sorte de refuge. J'aime bien être seul ici. J'évite les soirées, les conversations bruyantes, les parfums étrangers. »

La tablette au-dessus de la cheminée, soit l'endroit où la poussière et la crasse se redéposent trente secondes après le ménage, était parfaitement stérilisée. Teodore passa le doigt sur la planche de chêne vernie : rien. Les étagères de la bibliothèque, idem. Pas d'écran télé. Aucun des deux hommes ne disait plus rien depuis un bon moment et le procureur se sentit mal à l'aise. Il se trouvait seul dans une maison vide avec un type deux fois plus grand que lui qui pouvait aussi bien être un assassin. Il jeta un coup d'œil à Szyller. L'homme d'affaires l'observait attentivement. Si Szacki avait été paranoïaque, il aurait pu penser que son hôte épiait ses mouvements pour choisir un moment propice à l'assaut. Celui-ci avait probablement déchiffré le regard du procureur, car il prit une mine apeurée, au cas où.

« Ça ne se présente pas très bien pour moi, n'est-ce pas ? demanda-t-il.

— Quand avez-vous vu la victime pour la dernière fois ?

— J'ai vu Ela environ deux semaines avant les Fêtes. Nous parlions des grandes vacances, elle souhaitait organiser un cinéma de plein air sur la place du petit marché. Nous nous demandions comment convaincre les habitants. Vous savez comment c'est, les gens sont toujours contre. Ils voudraient qu'il se passe plein de choses, mais jamais en bas de chez eux. »

Szacki prit une décision. On ne vit qu'une fois ; au pire, il manquerait son coup et Szyller porterait plainte contre lui. Ça ne serait ni la première ni la dernière fois de sa carrière.

« Puis-je voir la photo qu'il y avait sur la cheminée ?
— Pardon ?
— Je voudrais voir la photo qu'il y avait sur la cheminée.
— Mais aucune photo n'a...
— Vous allez me la montrer ou non ? »

Szyller ne répondit pas. Mais son visage devint grave. Tiens, tiens, c'en est probablement fini des anecdotes familiales, on dirait que nous ne sommes plus copains.

« J'ai parlé de vous avec des gens. Rien que des éloges. Un citoyen modèle. Un philanthrope. Un businessman à visage humain... »

Szyller haussa les épaules. S'il avait prévu de jouer au villageois embarrassé et craintif, il renonça à cette posture. Il retroussa enfin ses manches, les muscles de ses avant-bras bronzés frémirent dangereusement. Le grand mécène de Sandomierz prenait soin de son corps de patriote, ça ne faisait guère de doutes.

« ... Une vaste culture. Une intelligence supérieure. J'aurais juré qu'un homme tel que vous comprendrait la situation. Une femme brutalement assassinée serre dans sa main un insigne que vous êtes incapable de retrouver. Tout comme vous êtes incapable d'expliquer ce qui aurait bien pu lui arriver. Vous ne pouvez pas non plus prouver que vous vous trouviez chez vous au moment du meurtre. Et, en dépit de tout cela, vous vous obstinez à me mentir. Cela m'étonne grandement.

— Vous vous étonnez facilement, procureur. Une caractéristique aussi infantile doit poser problème dans votre métier. »

Teodore secoua la tête d'incrédulité. Quelle répartie bas de gamme ! Il avait peut-être surestimé son hôte.

« Je devrais vous enfermer, vous accuser et réfléchir ensuite. »

Il faillit rire en prononçant ces mots. C'était la deuxième fois en quelques jours qu'il menaçait quelqu'un de la sorte. Quelle foutue ville de baratineurs ! Bordel, y avait-il une seule personne à dire la vérité par ici ?

« Qu'est-ce qui vous en empêche ?

— Je ne vois pas de raisons pour que vous tuiez votre maîtresse. Surtout pas de cette manière.

— Ne racontez pas n'importe quoi.

— Tout. Dans les moindres détails. Je veux tout entendre dans l'ordre et dans les moindres détails. Vous pouvez commencer par la photo. »

Jurek Szyller ne remua pas d'un pouce. Ses émotions, son hésitation, son raisonnement paniqué quant à l'attitude à adopter avaient alourdi l'air de la pièce.

« Vous ne comprenez rien... C'est une petite ville. Ils vont la traiter de pute, ça va la salir à tout jamais.

— La photo. Immédiatement. »

Jurek Szyller dut arriver bien vite à la conclusion qu'il valait encore mieux laisser traiter de putain la femme de sa vie que de risquer une incarcération préventive à la prison de Tarnobrzeg. Il apporta toutes les affaires qu'il avait au préalable rangées si soigneusement : la couverture dans laquelle elle s'emmitouflait sur le canapé, son peignoir d'une couleur rigolote, turquoise-fluo, l'album de leurs photos communes et enfin, l'image dans un cadre en bois – choisi avec goût, bien sûr. Teodore le comprenait : s'il avait possédé une telle photographie d'une disparue, il l'aurait traitée comme une relique. Elle avait été prise sur les prés Błonie, à Cracovie. Ils étaient assis sur un banc, on voyait un bout du château Wawel dans le fond. Szyller avait l'air d'un Pierce Brosnan en vacances, Ela Budnik était pendue à son cou dans une pose un brin folle, pleine d'ironie et de joie, pliant une jambe de manière théâtrale, telle Audrey Hepburn, et tendant ses lèvres pour un baiser. Il avait plus de cinquante ans, elle en avait plus de quarante, mais ils ressemblaient à un couple d'adolescents, le bonheur suintait de chaque pore de leurs peaux, irradiait la pellicule – il y avait tant d'amour dans ce petit cliché que Teodore eut pitié de Szyller. Il était peut-être coupable de meurtre, peut-être pas, en tout cas son deuil devait être immense.

Le procureur écouta le récit détaillé de leur liaison et bien qu'il comprît à quel point ces événements avaient été importants pour son hôte, à quel point ils avaient représenté un jalon essentiel dans sa vie, au fond, c'était une histoire banale. Une femme persuadée d'être plus que ce qu'elle était en réalité et qui confondait le syndrome de la porte qui se referme avec l'impression d'être prisonnière dans une cage où elle ne pouvait pas déployer ses ailes. Un mariage qui s'étire en longueur, une routine silencieuse, l'ennui d'une petite ville de province. Et enfin un homme, petit entrepreneur, petit antisémite, certain d'être exceptionnel et érudit au point de réussir à en convaincre la femme également, tous deux se faisant croire que leur aventure de bas étage ressemblait à de la grande littérature. Alors qu'il en existait mille autres comme la leur. Szacki songea, dans un élan de cynisme dont il s'étonna lui-même, que seul le cadavre d'une blancheur de plâtre avait véritablement conféré un peu de grandeur à leur destin.

« Est-ce qu'au cours de cette année et demie que vous avez passée avec elle, le mari de la victime a eu des soupçons ? Vous a-t-elle dit quelque chose à ce sujet ?

— Non, elle ne m'a rien dit. Vous devez comprendre qu'il était facile de cacher des choses dans leur relation. Greg passait son temps à la mairie, il avait des horaires très atypiques. Ela prenait rendez-vous avec des artistes un peu partout et n'importe quand. Grâce à ça, nous avons pu passer quelques séjours merveilleux à Bochum.

— Comptait-elle quitter son mari ? »
Un silence.

« En aviez-vous parlé ? Ça ne devait pas vous être agréable, l'idée qu'elle se couche chaque soir à côté de lui, qu'elle l'embrasse avant d'aller dormir, qu'ils fassent ce que les époux font d'ordinaire. »
Un silence.

« Monsieur Szyller, je comprends que Sandomierz soit une petite ville, mais elle n'est pas petite à ce point. Des rencontres et des divorces, ça doit bien arriver par ici, les gens recommencent à zéro, prennent un nouveau départ. D'après moi, dans votre cas, ça n'aurait pas été très difficile. Sans enfants et avec des métiers libres... Pour tout dire, elle aurait pu lui envoyer les papiers par la poste. »

L'homme d'affaires fit un geste indéfini de la main, laissant entendre que la problématique avait des nuances trop complexes pour être exprimées par des mots. Teodore se rappela Greg Budnik, ses airs de Gollum pour qui rien n'a d'importance hormis son trésor. Qu'aurait-il fait s'il s'était rendu compte que son trésor était sur le point de lui être enlevé ? Pas par n'importe qui, mais par un adversaire bien connu, un homme dont ils avaient peut-être moqué les convictions avec Ela, dont ils avaient peut-être singé l'emphase dans leur lit. Peut-être que, pour brouiller les pistes, elle s'était plainte de devoir aller chez lui, parce que c'est un gars si bizarre, tu sais, il joue trop au mâle dominant, alors que sous ses airs d'aristocrate c'est un bouseux, mais bon, au moins, grâce à lui, on organisera des choses pour les enfants. Et soudain, il apprend qu'elle ne passait pas son temps chez lui avec une mine torturée, mais qu'elle le chevauchait en sueur, qu'elle se tortillait sous son corps, le suppliant de la baiser plus fort, qu'elle se léchait les lèvres couvertes de son sperme.

Je te quitte. Adieu. Tu avais raison de pressentir durant toute notre relation que tu ne me posséderais pas jusqu'au bout. Je suis trop bien pour toi, je l'ai toujours été.

Était-ce assez pour tuer ? Certainement.

« Le lundi, je l'attendais.

— Pardon ?

— Le lundi de Pâques, elle devait venir chez moi et rester. Mardi, nous devions partir et ne plus jamais revenir.

— Est-ce que ça veut dire qu'elle devait tout avouer à son mari ?

— Je ne sais pas. »

Oh, putain de bordel de merde ! Teodore saisit son téléphone et appela Wilczur. Le vieux flic décrocha immédiatement.

« Embarquez-moi Greg Budnik sur-le-champ ! Et j'ai aussi besoin de quelqu'un pour sécuriser la maison de Jurek Szyller rue Słoneczna. On va faire une perquisition, puis organiser une confrontation. Dès que possible ! »

Le commissaire était un pro, il répondit simplement « Compris » et raccrocha. L'homme d'affaires contemplait le procureur, incrédule.

« Comment ça, une perquisition ? Mais je vous ai déjà tout dit ! Je vous ai tout montré.

— Ne soyez pas naïf. On me montre et on me dit des trucs tous les jours. Pour une bonne moitié, ce sont des conneries, des semi-vérités ou des mensonges complets. Tenant compte de votre degré d'intimité avec la victime…

— Ela.

— … je devrais aussi faire labourer votre jardin et vous enfermer jusqu'à la clarification totale des zones d'ombre. D'ailleurs, c'est peut-être ce que je vais faire…

— Mon avocat…

— Votre avocat peut tout au plus porter plainte », grogna Szacki. Une rage qu'il était incapable de maîtriser le submergeait. « Vous rendez-vous seulement compte que vous avez caché des éléments essentiels à l'enquête ? On a assassiné votre maîtresse et vous, en possession d'informations qui pourraient s'avérer cruciales, vous vous planquez dans votre coin parce qu'on pourrait dire un mot de travers sur la défunte ? Quelle sorte de citoyen ou de patriote êtes-vous, si vous n'en avez rien à foutre de la justice ? Je rappelle, la justice, garante du pouvoir et de la pérennité de la République ! Un pauvre petit antisémite d'un patelin de merde, voilà ce que vous êtes. Ça me donne envie de vomir. »

Jurek Szyller bondit sur ses pieds, des plaques rouges envahirent son beau visage, il se rua sur Szacki et, alors que la bagarre semblait inévitable, le téléphone sonna. Wilczur. « Oui ? »

Teodore écouta un instant.

« J'arrive tout de suite. »

Il courut dehors. Au niveau du portillon d'entrée, il percuta un flic en uniforme à qui il ordonna de surveiller Szyller.

5

Le procureur Teodore Szacki finit par s'asseoir sur le canapé du salon des Budnik pour ne pas défaillir. Le sang tambourinait à ses tempes, il n'arrivait plus à concentrer son regard sur un point précis, il ressentait un fourmillement étrange dans les doigts et un goût désagréable et métallique dans la bouche. Il inspira brusquement, mais ça ne le soulagea pas, bien au contraire : un picotement envahit ses poumons, comme si l'air avait été chargé de minuscules aiguilles.

Ou peut-être que ce n'était pas les poumons, mais le

cœur ? Il ferma les yeux, compta jusqu'à dix à l'endroit et à l'envers.

« Tout va bien ? » demanda Barbara Sobieraj.

Ils avaient tous été arrachés à leurs pénates. Barbara portait un vieux jean et une polaire rouge, Leon Wilczur un étrange pantalon marron qui semblait ne pas contenir de jambes et un pull épais à col roulé ; la tenue des deux policiers était agrémentée de coupe-vent si moches qu'on ne pouvait pas se méprendre sur leur métier. Dans son costard cravate, Szacki se sentit sot pour la énième fois de la journée. Mais ce n'était pas l'unique raison à cela.

« Non, Barbara, tout ne va pas bien, répondit-il calmement. Ça ne va pas parce qu'un témoin essentiel et depuis peu le suspect n° 1 dans une affaire de meurtre retentissante et bouleversante, surveillé sans interruption par deux policiers en civil, vient de se volatiliser. Donc, bien que cela n'ait plus aucune espèce d'importance à l'heure qu'il est, je vous en supplie, veuillez satisfaire ma curiosité et m'expliquer, putain, c'est possible ! »

Les deux flics haussèrent leurs épaules simultanément.

« Monsieur le procureur, on n'a pas bougé d'un pouce, je vous le jure. Comme nous avons eu faim tôt, nous avons appelé des collègues pour qu'ils nous amènent à bouffer, ils pourront confirmer. Nous sommes restés devant cette baraque non-stop.

— Il est sorti ?

— Vers midi, trois ou quatre fois dans le jardin. Il a taillé une haie, enclenché l'arroseur automatique, vissé un coin de la boîte aux lettres. Tout est dans le rapport.

— Et après ?
— Il bougeait dans la maison. Quand il a commencé à faire sombre, on voyait des lumières s'allumer et s'éteindre.
— Quelqu'un observait la maison du côté de la falaise ?
— Mais il y a un mur de plus de deux mètres là-bas... »

Teodore regarda Wilczur. Le commissaire fit tomber la cendre de sa cigarette dans le pot d'un ficus et se racla la gorge.

« Nous venons de poster des gars sur toutes les routes de sortie de la ville, nous vérifions les voitures et les autobus. Mais s'il est parti à pied à travers les buissons, j'ai peu d'espoir. »

Bon, il n'y avait plus aucun moyen de gérer ça discrètement.

« Prévenez tous les commissariats régionaux des environs, je vais rédiger un ordre d'interpellation et un mandat d'arrêt, préparez une note et demandez au poste de Kielce de la faire parvenir aux médias au plus vite. Ça vient juste d'avoir lieu, le gars n'est pas un pro, rien qu'un conseiller municipal vieillissant. On se prendra une soufflante à tous les niveaux, mais ça devrait marcher. Au moins, on a un suspect, un truc concret, on va essayer de présenter ça comme un succès des services de l'ordre.

— Ça ne sera pas facile, murmura Sobieraj. Les journalistes vont se déchaîner.

— Tant mieux. Ils claironneront ça partout. Chaque caissière connaîtra la tronche de Budnik avant qu'il ait assez faim pour aller s'acheter une brioche. »

Teodore se leva brusquement et la tête lui tourna.

Par réflexe, il agrippa l'épaule de Barbara et elle le regarda, inquiète.

« Ça va, ce n'est rien. Au boulot. Nous, nous remplissons la paperasse au bureau, vous, vous préparez le communiqué. On se rappelle dans trente minutes et je veux voir ça en bandeau à la télé d'ici une heure. »

Avant de sortir, il observa attentivement le salon bourgeois des Budnik. Encore une fois, une alarme retentit dans sa tête. Il avait l'impression d'être devant un jeu des sept erreurs. Il était sûr que quelque chose clochait. Il recula jusqu'au milieu de la pièce. Les policiers le contournèrent et sortirent, Barbara s'immobilisa sur le pas de la porte.

« Quand est-ce que tu es venue ici pour la dernière fois ? demanda-t-il.

— Je ne sais pas trop... Il y a un mois peut-être ? Juste un instant, pour prendre un café.

— Quelque chose a changé ?

— Plein de trucs changent sans cesse ici, je veux dire changeaient. Ela réorganisait la déco tous les trois mois, elle bougeait les meubles, transformait l'éclairage, ajoutait des fleurs et des étoffes, construisait un nouvel intérieur avec les anciens éléments. Elle soutenait qu'elle préférait introduire des changements contrôlés, au lieu d'attendre que son âme se révolte et décide d'un changement malgré elle. »

Teodore la fixa avec insistance.

« Oui, je sais comment ça sonne aujourd'hui.

— Mais, en dehors du fait que la pièce a l'air réorganisée, il ne manque rien ? Un truc qui aurait toujours été là ? »

Barbara analysa l'intérieur durant un instant.

« En haut du montant de la porte de la cuisine, il

y avait une barre pour faire des tractions. Greg s'en servait parfois, mais elle n'arrêtait pas de se décrocher. J'imagine qu'ils ont fini par la jeter.
— Autre chose ?
— Non, rien, *a priori*. Pourquoi ? »

Il fit un geste de la main pour indiquer que ça n'avait guère d'importance et ils sortirent de la petite maison de la rue Katedralna pour se retrouver au pied de la cathédrale, très imposante. Les formes tranchantes de la bâtisse gothique se détachaient distinctement sur un ciel parsemé d'étoiles. Teodore se rappela la photo d'Ela Budnik accrochée dans le vestibule. Elle devait avoir été prise dix ou quinze ans plus tôt. Ela avait été très belle, très juvénile, comme on dit, pleine de vie. Et très photogénique, songea-t-il encore en repensant au cliché de la cheminée de chez Szyller.

6

Il était presque 21 heures. Barbara Sobieraj venait enfin de rentrer chez elle, leur directrice les avait quittés un peu plus tôt, et le procureur Teodore Szacki restait seul et accablé à son bureau, tendant l'oreille vers le vacarme des conversations adolescentes et la rumeur étouffée d'une discothèque, car une soirée dansante venait de débuter dans la boîte de nuit d'en face. Depuis plusieurs heures, son état de forme laissait à désirer et le procureur ressentait son inquiétude de manière physique, à la manière d'une crainte physiologique qui ne prenait pas sa source dans un danger concret, mais qui restait là et envahissait sa chair. Ses épaules avaient peur, son cou avait peur, ses entrailles avaient peur. Ça aurait pu être risible si ça n'avait été aussi éreintant et aussi durable. C'était comme une décharge de stress qui se serait étalée sur plusieurs heures. Plus il y pensait et moins il se sentait bien.

Il commença à marcher en long et en large dans son bureau.

Rédigée à la va-vite, présentée à Ourson – qui était venue de chez elle avec des sandwichs et une Thermos de thé au sirop de framboise – et déjà jointe au dossier de l'affaire, l'hypothèse d'investigation paraissait tout à fait vraisemblable. Greg Budnik se fait larguer ou apprend par hasard la liaison de sa femme avec Jurek Szyller. La colère du trahi, les reproches, la douleur, mais aussi la conscience que c'est peut-être la fin d'une carrière politique construite pendant des années, on en arrive immanquablement à une dispute. Durant l'engueulade, il l'attrape par le cou et le serre un peu trop fort, Ela Budnik perd connaissance et son mari panique : il a tué sa femme. Il regarde *Les Experts Miami* à la télé, il sait que ses empreintes digitales sont restées sur le cou, c'est pourquoi il décide de camoufler le meurtre en égorgement. Par la même occasion, il choisit de déclencher l'hystérie sur fond de relations polonojuives. Il vient de Sandomierz, il maîtrise le sujet. Peut-être même qu'il s'étonne de voir tous ces litres de sang couler de sa femme, peut-être qu'il réalise trop tard qu'elle était encore en vie. Il connaît la ville, chaque passage dans une arrière-cour lui est familier, ainsi que l'emplacement de chaque caméra de surveillance. Il en profite pour jeter sans être vu le cadavre au pied de la synagogue. Cependant, lorsque Szyller revient à Sandomierz, il craque. Il sait que si les enquêteurs découvrent la liaison, il deviendra le principal suspect. Une fois de plus, il exploite sa connaissance de la ville pour s'éclipser malgré la surveillance de deux policiers.

L'histoire avait ses points faibles : le lieu du meurtre et la manière dont on avait transporté le cadavre restaient mystérieux, l'arme du crime elle-même n'était pas le genre d'outil qu'on garde dans un tiroir de la cuisine au milieu des fourchettes à dessert. Teodore demeurait également préoccupé par l'insigne trouvé dans la main de la défunte. Dès le début, il avait douté que ce fût une preuve contre Szyller ; on ne trouve jamais ce type d'indice dans la vraie vie et le procureur était convaincu que le coupable avait voulu compromettre l'homme d'affaires pour des raisons encore floues. Mais Greg Budnik ? Il devait obligatoirement savoir qu'orienter l'investigation sur Szyller lui reviendrait dans la figure par ricochet.

Pourtant, malgré ces lacunes, l'ensemble paraissait crédible et, en dépit de l'absence physique du suspect, cela avait bien meilleure allure que douze heures plus tôt lorsqu'ils ne savaient absolument rien sur rien et qu'ils envisageaient l'option du fou furieux obsédé par la religion ou la patrie. Ils avaient enfin du concret, pouvaient dire aux médias qu'ils cherchaient un suspect, un homme avec un nom et un visage. On pouvait également attendre que Greg Budnik se fasse prendre dans les jours, voire dans les heures suivantes.

Oui, voilà pour la théorie. En pratique, Szacki

bouillonnait intérieurement. Il tentait de se persuader qu'il mélangeait deux aspects indépendants, que son angoisse était purement d'ordre privé, que son corps réclamait le prix de son déménagement, de sa séparation, de sa solitude, de tous les bouleversements des derniers mois – tous aussi désagréables les uns que les autres, soit dit en passant. Il s'efforçait de s'en convaincre, mais au fond de son être, il gémissait comme un chien de chasse tenu en laisse. Quelque chose ne tournait pas rond.

Il ne souhaitait vraiment pas rester seul ce soir-là. Un peu plus tôt, il avait envoyé paître Klara qui avait voulu le traîner dans une espèce de concert électro au club situé dans les sous-sols de l'hôtel de ville, mais il venait de la rappeler pour lui dire qu'il la rejoindrait. Il faudra lui avouer qu'on ne peut pas poursuivre cette relation, se promit-il. Il faudra mettre un peu d'ordre dans ce quotidien.

7

Il était repassé chez lui pour enlever son costard et enfiler un jean et une chemise de sport, mais il se sentait malgré tout comme un vieux croulant en descendant au bras de Klara au sous-sol de l'hôtel de ville, comme s'il accompagnait sa fille aînée à une boum. De par son expérience de procureur, il connaissait les concepts de la drogue du violeur et du *crystal meth*, mais il n'avait jamais eu personnellement l'occasion de fréquenter un club souterrain. Fallait-il suivre un code, des règles non écrites ? Que faire si une gamine peinturlurée d'une tonne de maquillage lui proposait de lui tailler une pipe ? La remercier poliment ? Appeler la police ? La raccompagner chez ses parents ? Et s'ils voulaient lui offrir des drogues ? Les mettre directement en accusation ? Sa tête craquait sous l'avalanche de questions lorsqu'il se retrouva dans une cave étroite, sous des voûtes de briques.

Le lieu était exigu, mais pittoresque : une grille entremêlée de chaînes pendait au plafond, un morceau d'une statue d'un saint quelconque occupait un coin – d'où probablement le nom du club, Lapidarium. Il s'agissait du sous-sol d'un immeuble ancien et prestigieux, cela ne faisait guère de doutes. Les clients étaient nombreux, mais pas au point de ne pas pouvoir se faufiler jusqu'au bar. Szacki commanda des bières pour Klara et pour lui, tout en observant la population. Force était de constater que celle-ci était déroutante. Aucune demoiselle plastifiée, aucune gamine aux lèvres brillantes de gloss et les seins à l'air, aucun gel-boy au T-shirt opalescent, aucun string blanc qui scintillerait d'une lueur cadavérique dans une lumière ultra-violette et stroboscopique. D'ailleurs, il n'y avait ni stroboscope ni halogène ultra-violet. Et ce n'était pas tout ! Même la classe d'âge de Szacki était assez largement représentée, quelques couples du genre front dégarni et cheveux teints auraient même déjà pu avoir des enfants parmi les plus jeunes participants à la fête.

Il regarda Klara qui venait de rejoindre un groupe d'amis. Ils devaient tous avoir à peu près son âge, soit dans les vingt-six, vingt-sept ans. Quelqu'un lança une plaisanterie, les autres éclatèrent de rire. Ils semblaient sympathiques : un gars aux airs d'administrateur réseau derrière ses lunettes rondes, deux nanas en jeans, une plate et large au niveau du bassin, l'autre mince à gros seins, c'était drôle de les voir côte à côte toutes les deux. Et puis Klara. En jeans, un haut bordeaux décolleté en V, les cheveux réunis en queue-de-cheval. Jeune, jolie, peut-être même la plus séduisante de la pièce. Pourquoi la prenait-il pour une bimbo sans cervelle ? Seulement parce qu'elle était plus féminine que son ex-femme chiffonnée avec laquelle il avait passé la dernière quinzaine d'années ? Est-ce que dorénavant chaque talon aiguille, chaque ongle verni lui paraîtrait vulgaire ? Sa psyché était-elle à ce point chamboulée après l'étape des pantoufles cauchemardesques à 4,99 zlotys de chez Ikea qui traînaient au pied de son lit depuis le jour où la firme suédoise avait investi le marché polonais ?

Il s'approcha du groupe. Au cours de la présentation, ils le regardèrent avec une curiosité bienveillante. Klara, chose étrange, semblait fière qu'un tel papy se trouvât parmi eux.

« Mince alors, un vrai procureur, on ne pourra plus fumer de l'herbe maintenant », plaisanta la plate aux hanches larges, Justyna.

Le visage de Teodore se figea en un masque de pierre.

« Vous ne pourrez plus fumer de l'herbe parce que vous n'avez pas le droit de posséder de l'herbe. Le code de la lutte contre la toxicomanie, paragraphe 62, alinéa 1, prévoit une peine allant jusqu'à trois ans de prison ferme pour tout détenteur de stupéfiants ou de substances psychotropes. »

La compagnie se tut et le fixa, hésitante. Teodore but une longue gorgée de bière. Du pisse-mémé, comme toujours à la pression.

« Mais ne t'inquiète pas, je connais quelques très bons avocats, ils pourront peut-être t'obtenir une cellule individuelle pour la deuxième moitié de ta peine. »

Ils partirent d'un éclat de rire et la discussion redevint légère. Klara commença à raconter quelque chose à propos de l'entame de son cycle de doctorat – il était ébahi, il ne savait même pas qu'elle avait fait des études –, mais fut interrompue en plein milieu par l'intro puissante du groupe de musique. Szacki faillit lâcher sa bière de surprise et cet étonnement ne le quitta plus jusqu'à la fin du concert, le meilleur auquel il avait assisté depuis des années. Il s'avérait qu'on écoutait un sacré son dans ce foutu patelin. La première partie commença par du punk-rock costaud avant de glisser vers des mélodies stylisées à la Iron Maiden. Deux autres groupes suivirent – d'après ce qu'il comprit, les deux puisaient leurs racines dans le groupe Corruption qui, il l'apprenait, venait de Sandomierz –, eux aussi envoyaient du gros rock, sans intermède, sans interruptions rap ni gémissements à propos d'elle et de lui, *yeah, baby*.

Avec chaque morceau qui passait, le public semblait se densifier, les gens hurlaient de plus en plus fort, sautaient de plus en plus haut, les endorphines s'accumulaient sous les voûtes et la sueur se condensait sur la grille accrochée au plafond. Il y avait dans cette expérience quelque chose d'un rite tribal qui rappelait à Szacki les vieux clubs de la capitale où il se rendait des siècles plus tôt à des concerts de Kult. Le premier groupe était certainement meilleur en termes de qualité musicale : parfois, cela ressemblait à Soundgarden, parfois à Megadeath, mais en plus plat, sans surprises. Teodore préféra cependant le second, dont émanait une énergie rapide et fraîche semblable aux albums *Load & Reload* de Metallica. Ils chantaient en polonais, avaient de bons textes, l'ensemble était un million de fois plus intéressant et un milliard de fois plus authentique que les stars en toc qui saturaient les ondes de Radio Zet.

Là-haut, quelque part, la terre tourne. La police routière fouille tous les véhicules quittant la ville par le pont, des patrouilles roulent gyrophares éteints dans les ruelles étroites à la recherche de la silhouette menue et des cheveux roux de Greg Budnik. Jurek Szyller se tient debout dans une cuisine plongée dans le noir et observe les deux hommes qui patientent dans une Opel Vectra marine devant son portillon. Il a gardé la même chemise aux manches retroussées que cet après-midi et n'a aucune envie d'aller dormir. Leon Wilczur revoit sur Polsat le troisième opus d'*Alien* et ne fume pas, car le commissaire ne fume jamais à la maison. Barbara Sobieraj mène une discussion ressassée de vieux couple et, bien qu'il s'agisse du sujet de l'adoption, la conversation sent malgré tout la routine et la certitude qu'elle n'aboutira à rien, comme d'habitude. La juge Maria Tatarska lit *Le Jardin secret* en version originale et tente de se persuader qu'elle exerce ainsi son anglais, alors qu'en réalité, elle veut surtout relire ce livre une nouvelle fois pour pleurer une nouvelle fois d'émotion. Maria « Ourson » Miszczyk engloutit un saucisson sec polonais – elle en a ras la casquette de toutes ces pâtisseries dont elle a fait sa marque de fabrique – et contemple la photographie de Greg Budnik sur Polsat News. L'image a été prise au poste lors du dernier interrogatoire et Ourson se dit que le boulot d'un politique doit être vraiment à chier si Greg a un air aussi misérable, il n'est plus que l'ombre de l'homme qu'elle a connu dans le temps. Sans parler de son pansement. Les époux Rojski sommeillent paisiblement, sans se rendre compte que peu de couples dorment toujours sous la même couverture après quarante ans de mariage. Deux cent vingt kilomètres plus loin, au quartier Grochów de Varsovie, Marcin Ładoń se masturbe passionnément – au même moment que des millions d'autres ados de quatorze ans – et songe à tout sauf au voyage scolaire à Sandomierz qui l'attend la semaine suivante. Enfin, le chercheur en généalogie Roman Myszyński rêve une nouvelle fois qu'un cadavre de porcelaine le poursuit dans les allées de la synagogue de son pas lent de mannequin rigide, mais qu'il est incapable de lui échapper, car il trébuche sans cesse sur des tas de documents remplis de caractères cyrilliques.

En bas, quelque part, le procureur Szacki tournait furieusement au rythme tribal du hard metal. Bras dessus bras dessous avec Klara, ils virevoltaient jusqu'à en perdre l'équilibre, ivres de bière et d'endorphines ; ses cheveux châtain collaient à son front en sueur, son visage brillait, son haut bordeaux marquait des auréoles sous les aisselles. Hors d'haleine, ils trouvèrent encore assez de souffle pour hurler le refrain :

« Je ne peux pas, Seigneur, échapper au malheur ! »

criait Teodore, en accord avec la vérité. « Je ne peux pas, Seigneur, pardonner au pécheur ! »

Il n'attendit pas les rappels, jeta son blouson sur les épaules de Klara et l'entraîna chez lui telle une proie dans la caverne. Elle sentait la sueur, la bière et les cigarettes, chaque centimètre carré de sa peau était ardent, moite et salé, et Szacki se dit pour la première fois que ses gémissements et ses cris n'étaient pas vulgaires.

Ça avait été une soirée fabuleuse et Teodore, s'il ne s'endormit pas heureux, s'endormit au moins paisible. Sa dernière pensée fut qu'il larguerait la gamine au petit matin – pourquoi gâcher un si beau moment pour l'un comme pour l'autre.

Dimanche 19 avril 2009

Joseph Ratzinger fête son quatrième anniversaire en tant que pape Benoît XVI. Avec l'ensemble des catholiques, il clôt l'octave de Pâques en célébrant le Dimanche de la Divine Miséricorde. À Łagiewniki, le cardinal Dziwisz commente l'actualité politique polonaise en déclarant que la condition d'une vie sociale saine est la maîtrise de l'art de l'amour et du pardon. Au même moment, le député Janusz Palikot accuse le président Lech Kaczyński d'alcoolisme sur la base du nombre de mignonnettes commandées par le secrétariat de la présidence. Marek Edelman, le dernier meneur encore en vie de la révolte du ghetto de Varsovie, dépose silencieusement un bouquet de jonquilles au pied du monument des héros du ghetto, en ce jour du soixante-sixième anniversaire du déclenchement du soulèvement armé. D'ordinaire, il le faisait précisément à midi ; aujourd'hui, il doit attendre que se terminent les visites des délégations officielles. Pendant ce temps, en République tchèque, les préparations à l'anniversaire du Führer vont bon train : suite à l'incendie criminel d'une maison de Roms, une fillette de deux ans est transportée à l'hôpital dans un état critique. En Pologne, la police inaugure la saison des balades à moto avec un nouveau slogan de la sécurité routière plein de charme : « Le printemps arrive, on aura des légumes ». Aux abords de Sandomierz, un accident de la route fait une victime : une voiture fauche un pylône électrique et s'enflamme, le conducteur de dix-sept ans meurt sur le coup. Le temps est ensoleillé, mais il fait un froid glacial. La température ne dépasse pas douze degrés et chute durant la nuit jusqu'à zéro.

1

Le procureur Teodore Szacki n'arrivait pas à trouver le préservatif. Ni l'emballage du préservatif. Ni la boîte ouverte de préservatifs. Ni aucun signe suggérant que lors de la dernière nuit de débauche, ils aient utilisé une protection quelconque. Alors qu'ils en avaient utilisé les fois précédentes. Ce qui voulait dire que Klara ne portait pas de stérilet. Et qu'elle ne prenait pas la pilule. Il y a des jours fertiles et il y a des jours infertiles, il y a la possibilité de faire attention et, avant tout, il y a ce foutu Moyen Âge de la contraception : on met des capotes ! À condition qu'il y ait eu une capote. Ce qui était loin d'être certain.

Szacki tournait dans la chambre comme un lion en cage, comme ce M. Hilary de la fable de Tuwim où le personnage met sa maison sens dessus dessous à la recherche de lunettes qu'il porte en fait sur le nez. Mais un M. Hilary en version pour adultes. Il sentait la panique monter, cherchant à tout prix à se rassurer sur le fait que non, c'était hors de question, il n'avait pas pu mettre en cloque cette charmante habitante de Sandomierz, de quinze ans sa cadette, avec laquelle il avait rompu, qui plus est, avant de se rendre compte du fiasco contraceptif. Suite à quoi elle s'était enfermée dans la salle de bains pour pleurer.

La porte claqua. Agenouillé par terre, la tête au ras du sol, Teodore se remit immédiatement debout et composa une expression faciale pleine de compassion et d'empathie. Klara commença à ramasser ses affaires en silence et il put espérer, l'espace d'un instant, qu'il éviterait la conversation.

« J'ai étudié à Varsovie, dit-elle finalement, j'ai étudié à Göttingen, j'ai pas mal voyagé, j'ai vécu dans trois capitales. J'ai aussi eu, je l'admets, quelques hommes dans ma vie. Certains sont restés longtemps, d'autres n'ont fait que passer. Mais tous avaient ce point commun d'être sympas. Même lorsqu'on arrivait à la conclusion qu'on n'était pas faits pour être ensemble, ils restaient sympas. Tu es le premier véritable connard qui ait croisé mon chemin.

— Klara, je t'en prie, on n'est pas obligé d'utiliser ces mots-là, dit-il calmement. Tu savais qui j'étais. Un fonctionnaire d'État, plus vieux d'une décennie et demie, avec un passé et des valises. Qu'est-ce que tu veux construire avec moi ? »

Elle se rapprocha et se plaça si près de lui que leurs nez se touchaient presque. Il sentit une vague de désir monter.

« Maintenant, plus rien, mais hier encore, je n'étais pas sûre. Tu as quelque chose en toi qui me faisait de l'effet. Tu es brillant, drôle, un peu mystérieux, séduisant d'une manière non conventionnelle, tu possèdes un côté masculin qui me parlait. Et tes costards sont adorables, d'une charmante rigidité. » Elle sourit, mais redevint grave dans la seconde. « C'est ce que j'avais vu en toi. Et tant que je croyais que tu avais aussi vu quelque chose en moi, j'avais eu de plus en plus envie de te donner davantage. Mais la seule chose que tu avais vu, c'est une bimbo, un cul de paysanne à baiser, une tailleuse de pipes de province. J'en reviens pas que tu ne m'aies pas amenée au Mc Donald. On t'a pas dit que les garages à bites de la campagne adorent les McDo ?

— Tu n'as pas besoin de devenir vulgaire.

— C'est toi qui es vulgaire, Teo. Dans chacune de tes pensées à mon propos, tu es un misogyne et un sexiste grossier, vulgaire, rustre et primitif. Un triste fonctionnaire aussi, j'avoue, mais seulement dans un second temps. »

Après l'avoir si bien défini, elle se retourna brusquement, s'approcha du lit et fit tomber sa serviette. Elle commença à s'habiller ostensiblement. On approchait 10 heures du matin, le soleil était déjà haut, suffisamment haut pour illuminer précisément sa silhouette de statue grecque. Elle était magnifique. Mince, arrondie de manière très féminine, les seins assez jeunes pour se dresser fièrement malgré leur volume. Ses cheveux longs, ébouriffés durant la nuit, denses, ondulants, n'avaient besoin d'aucun stratagème pour faire leur petit effet. À contre-jour, il distinguait un duvet délicat sur la peau dorée de ses cuisses et de ses bras. Elle mettait ses sous-vêtements sans le quitter du regard et il devenait fou de désir. L'avait-il vraiment trouvée quelconque au début ?

« Retourne-toi », ordonna-t-elle froidement.

Il obtempéra, risible dans son caleçon âgé de plusieurs années qui avait pâli à force de passer à la machine, unique décor de son corps blanc et négligé.

Il faisait froid, il voyait la chair de poule envahir ses cuisses maigres et il comprenait que sans son costard ou sa toge, il était sans défense, une tortue sortie de sa carapace. Il se sentait ridicule. Un sanglot étouffé retentit dans son dos. Il regarda par-dessus son épaule : Klara était assise sur le lit, tête baissée.

« Et qu'est-ce que je vais leur dire, maintenant ? chuchota-t-elle. Je leur ai tellement parlé de toi. Ils me conseillaient d'y aller doucement et moi, je me disputais comme une conne. »

Il fit quelques pas dans sa direction, ce à quoi elle réagit en se levant ; elle renifla, jeta son sac à main sur l'épaule et sortit sans le gratifier du moindre coup d'œil.

« Ah oui, dernière chose, lança-t-elle en s'immobilisant sur le pas de la porte. Hier soir, tu as été délicieusement insistant et agréablement inattentif. Et, pour le dire vite, c'était un très, très mauvais jour pour un manque de précautions. »

Elle sourit tristement et sortit. Elle était splendide au point que Teodore se rappela la scène de *L'Amateur* de Kieslowski où l'épouse quitte son mari obsédé par sa caméra et où il la regarde partir comme s'il s'agissait d'une scène qu'il devrait filmer.

2

La basilique de la Nativité de la Bienheureuse Vierge Marie à Sandomierz était pleine. Un seul esprit et un seul cœur animaient tous les fidèles – du moins, si on en croyait les citations des Actes des Apôtres qui se réverbéraient sur les murs de pierre. Mais, comme c'est souvent le cas à l'église, personne n'écoutait et tout le monde regardait, plongé dans ses pensées.

Irena Rojski observait l'évêque Frankowski et se demandait quel serait le prochain évêque, car celui-ci n'était là que temporairement, depuis qu'on avait transféré l'ancien à Szczecin. On pouvait en rester à Frankowski, mais ce n'était pas sûr. Les gens disaient qu'il militait trop sur les ondes de Radio Maria. C'était peut-être le cas, mais Mme Rojski se souvenait comment il avait défendu les ouvriers du bassin métallurgique Stalowa Wola dans le temps, comment il avait dirigé les grévistes jusqu'à l'église par un souterrain secret, comment les communistes l'avaient harcelé. Du coup, ce n'était pas étonnant qu'il ait une dent contre les Rouges, que ça lui fasse mal de constater qu'on les considérait aujourd'hui comme des Polonais tout aussi respectables que ceux qui avaient croupi en prison. Et où est-ce qu'il pouvait en parler, sinon sur Radio Maria ? Pas à la télé sur TVN, c'était certain.

Jan Rojski détacha un regard plein d'envie du banc en bois où était assise son épouse. Il avait terriblement mal à la jambe à force de rester debout, ça le lançait depuis la colonne vertébrale et les reins jusqu'aux talons.

Mais que pouvait-il y faire, toutes les femmes enceintes et toutes les vieilles peaux du diocèse s'étaient traînées jusqu'à la cathédrale ce jour-là et il n'allait pas demander à Irena de lui céder la place. Il leva la tête vers les peintures, vers un pauvre bougre dévoré par un dragon et un autre, si efficacement empalé sur un pieu que la pointe lui sortait par la clavicule. Ils ont dû endurer leur lot de souffrance pour la foi, je peux bien tenir debout une heure, se dit-il. Il s'ennuyait, il voulait déjà partir pour prendre un café de fête dans un restaurant, s'asseoir dans une chaleur moelleuse, papoter un peu. Il souffla dans ses mains. Encore une journée foutrement glaciale, ce printemps n'arriverait-il donc jamais ?

Maria « Ourson » Miszczyk n'était pas croyante et, même si elle l'avait été, sa paroisse était située à une vingtaine de kilomètres de là, mais quelque chose l'avait poussée à venir ce matin. L'affaire Budnik occupait sans cesse ses pensées, elle tenait toujours une main sur son portable mis sur silencieux pour ne pas rater les vibrations lorsqu'ils appelleraient pour dire qu'ils l'avaient attrapé et que ce cauchemar toucherait bientôt à sa fin. Greg Budnik habitait à côté de la cathédrale, c'était là sa paroisse, et c'était là qu'était accrochée cette saloperie de peinture à cause de laquelle sa ville adorée redevenait de temps en temps la capitale polonaise de l'antisémitisme. La procureur Miszczyk se tenait debout dans la nef latérale gauche, au milieu de la foule, elle sentait le regard de Jean-Paul II posé sur elle, car son portrait ornait la teinture qui recouvrait le tableau. Et elle se demandait s'il sentait les regards des Juifs peints derrière lui, ces Juifs qui vidaient de leur sang les enfants catholiques et enfonçaient des nourrissons dans des tonneaux hérissés de clous. Si oui, qu'aurait-il eu à dire à ce sujet ?

Personne ne le savait, mais l'incroyante procureur Miszczuk avait été très croyante à une époque, si croyante que, avant d'obtenir son diplôme de droit, elle avait étudié à l'université catholique de Lublin, car elle avait voulu en apprendre le plus possible au sujet de son Dieu et de sa religion. Et plus elle étudiait et moins elle devenait croyante. Elle écoutait à présent avec les autres le psaume numéro cent dix-huit, elle écoutait la consigne de louer l'Éternel, car il est bon, car sa miséricorde durera toujours. Et elle se souvenait à quel point elle avait adoré ce psaume jadis. Jusqu'au jour où elle avait appris que la liturgie catholique n'en avait gardé que quelques versets à peine. Que dans son ensemble, il s'agissait du récit de l'aide divine dans le combat et dans la vengeance, de la capacité à éradiquer d'autres peuples au nom du Seigneur. « La droite de l'Éternel est élevée ! La droite de l'Éternel manifeste sa puissance ! » Elle sourit et blêmit à la fois. C'était un étrange concours de circonstances : des fidèles catholiques dans une église décorée d'un gribouillis antisémite célébraient intensément leur Dieu à travers les paroles d'un psaume qui, à l'origine, avait été une action de grâces pour la victoire d'Israël sur ses voisins. Oui, le savoir était le plus grand assassin de la foi et parfois elle regrettait d'avoir appris autant. À la fin, elle entonna le refrain en chœur : « Louez le Seigneur, car il est miséricordieux. »

Affligée par ses considérations religieuses, par le souvenir de sa foi passée et de tout ce qui avait fait partie de sa vie pour ne laisser qu'un grand vide, Maria « Ourson » Miszczyk quitta la cathédrale parmi les premières, monta dans sa voiture et s'éloigna prestement.

C'est pourquoi le procureur Teodore Szacki arriva avant elle sur le lieu du crime.

3

Jan Rojski devait sans doute compenser son mutisme d'une heure, car il avait commencé à parler sans interruption sitôt le porche de l'église franchi. Irena Rojski se dit qu'elle lui mettrait un journal entre les mains au café, que ça permettrait peut-être de le faire taire.

« Tu penses qu'il lui a vraiment fouillé le corps ? demanda-t-il.

— Pardon ? Qui ? Quoi ?

— Saint Thomas. Le corps de Jésus. Tu n'as pas écouté le prêche ?

— Bon Dieu, Jan, et comment je peux savoir ça ? C'est écrit dans les Évangiles, alors ça doit être vrai, oui.

— Parce que je me dis que c'est un peu dégueulasse. Dans le trou de sa paume, encore, il suffit d'enfoncer un doigt, mais dans le flanc ? Il a dû lui mettre une main entière. Tu crois que c'était vide à l'intérieur ou il a senti quelque chose ? Le pancréas par exemple, ou la rate ? Est-ce qu'on a encore une rate après avoir ressuscité ?

— Si tu meurs à l'âge de trente-trois ans, alors non. Ce n'est qu'après la cinquantaine que tu découvres que tu possèdes des organes. Comment va ton pied ?

— Mieux, mentit-il.

— Excuse-moi de ne pas t'avoir cédé la place. Je voyais bien que tu avais mal, mais j'ai des palpitations horribles... »

En guise de réponse, Jan serra son épouse dans ses bras et l'embrassa sur son béret de laine.

« Je ne sais vraiment plus quoi faire. Je devrais peut-être me décider à accepter cette opération.

— À quoi bon te faire charcuter si tu n'en as pas besoin ? Le docteur Fibich t'a bien dit que ce n'était pas méchant, juste désagréable. Et même s'ils te charcutent, c'est pas dit que ça passe, ça pourrait être nerveux.

— Oui je sais, je sais, changeons de sujet. Tu te souviens, à l'époque, on se moquait des vieux qui ne parlaient que de pépins physiques. Et maintenant on fait pareil. Parfois, je m'ennuie moi-même.

— Et moi non, jamais. »

Irena regarda son époux en coin pour vérifier s'il plaisantait, mais non, apparemment, la phrase lui avait échappé en toute sincérité. Elle ne commenta pas pour ne pas lui faire de la peine. Au lieu de quoi, elle le prit par le coude. Elle avait froid et se demandait si c'était la vieillesse ou bien ce printemps trop faiblard cette année : on était déjà fin avril et les pommiers des jardins de la cathédrale restaient grisâtres, pas une seule fleur, si ça continuait ainsi, son sureau fleurirait probablement en juillet. Ils s'arrêtèrent une seconde entre la cathédrale et le château, près du monument à la mémoire des victimes de la Deuxième Guerre mondiale qui ressemblait à une publicité géante pour un jeu de dominos. Le matin, ils s'étaient demandé s'ils ne feraient pas une promenade jusqu'au fleuve après la messe, mais à présent, ils s'engagèrent sans se consulter dans la rue Zamkowa et commencèrent à grimper vers la place du marché. Ils n'avaient pas besoin de discuter leur destination, ils allaient toujours au café Mała. Parce que là-bas, c'était peut-être un brin plus cher, mais ça paraissait différent, plus joli. Et on y saupoudrait du sucre glace sur la chantilly du café au lait. Une fois, Mme Rojski avait longuement hésité à aller se confesser parce qu'elle avait passé la messe entière à se demander quand ce supplice prendrait fin et quand elle pourrait enfin savourer sa crème sucrée.

« Vraiment, nous ne parlons que de maladies ? » Jan enclenchait son bavardage. « Je dirais que non, c'est ce saint Thomas qui m'a mis ça en tête, j'ai eu cette image devant les yeux, comme quoi il fouille dans les tripes de Jésus, c'est peut-être à cause de ces peintures, je ne sais pas, je déteste attendre sous le mois d'avril, ce sont les pires tortures par là, celui qui est empalé attire toujours mon regard, ça ne rate jamais, en plus il a un truc qui coule sur sa poutre...

— Jan, je t'en prie ! » Irena interrompit sa marche. « Arrête avec toutes ces atrocités. »

Comme pour souligner son indignation, un corbeau bleu-noir se posa à côté de sa tête sur un mur qui entourait un manoir à l'état d'abandon, un oiseau vraiment imposant qui penchait la tête en observant le vieux couple. Ils le regardèrent, ébahis, ils l'avaient à distance de bras. L'oiseau comprit visiblement qu'il avait commis un faux pas, car il sauta rapidement de l'autre côté du mur. Irena se signa, ce à quoi son mari réagit en se tapotant ostensiblement le front. Ils reprirent leur marche en silence et c'est alors que le corbeau revint. Cette fois, il bondit de leur côté du mur, défila en leur coupant la route et s'abrita derrière le portail de la parcelle délaissée. Il se comportait comme un chien qui voudrait montrer quelque chose à son maître.

Anxieuse, Mme Rojski accéléra le pas, tandis que son mari, dont la vue s'affaiblissait moins vite que la sienne, demeura sur place, fixant les dalles du trottoir en granit. Le rapace avait laissé derrière lui des traces triples très typiques, comme s'il avait fait exprès de plonger ses pattes dans une peinture sombre avant de passer.

« Tu viens ou pas ?

— Attends, il s'est passé un truc, je crois. »

Des ailes battirent et plusieurs corbeaux se posèrent sur le mur déchiqueté. Comme hypnotisé, Jan Rojski passa sous la planche ornée d'une pancarte qui prévenait du risque d'écroulement de la bâtisse et pénétra dans le jardin en friche. Péniblement debout au cœur des broussailles, le manoir haut d'un étage était lui aussi recouvert de mauvaises herbes, il dépérissait ici depuis des décennies jusqu'à atteindre cette apparence cadavérique si caractéristique des maisons abandonnées. Verdâtre, le toit partiellement écroulé, les cavités oculaires des fenêtres dépourvues de vitres, il ressemblait à la gueule d'un noyé qui aurait émergé du marécage juste pour entraîner une nouvelle victime au fond.

« Mais tu as perdu la tête ? Jan ! »

Il ne répondit pas, écartant les branches grises des buissons, il avançait lentement en direction du manoir. Sa jambe lançait des salves de douleur de tous les diables, il ne pouvait que la traîner sans la plier. La cour était pleine de corbeaux qui ne volaient pas, ne croassaient pas, ne faisaient que marcher en silence et observer, attentifs. Les orifices noirs de l'immeuble évoquaient les martyrs torturés de la cathédrale, leurs yeux brûlés, leurs grimaces de souffrance, leurs bouches ouvertes pour crier. Dans le fond, Irena Rosjki l'engueulait, le menaçait de ses palpitations et de ne plus jamais faire de roulade de bœuf s'il ne faisait pas immédiatement demi-tour. Il l'entendait, la comprenait, mais ne pouvait plus s'arrêter. Il entra à l'intérieur ; les planches glapirent plus qu'elles ne grincèrent, tellement elles étaient moisies.

Sa vue s'habitua peu à peu à la pénombre, les fenêtres n'étant pas très larges et en partie bouchées de planches. En dépit du beau temps, peu de rayons de soleil pénétraient dans la bâtisse, du moins au rez-de-chaussée, car une grande clarté lui parvenait de l'étage et c'est donc vers là qu'il dirigea ses pas. Les corbeaux demeuraient à l'extérieur. Un seul, le plus imposant, s'était immobilisé sur le seuil, lui coupant la retraite. Le vieil homme s'arrêta au pied de l'escalier et se dit que ce n'était pas une bonne idée, qu'il ne restait plus beaucoup de marches en place et que celles qui restaient n'inspiraient pas confiance. Quand bien même il serait un chat particulièrement grand et téméraire, il devrait renoncer. Pourtant, il entama la montée en se reprochant en pensée d'être un vieux bouc stupide, car le temps béni où, après chaque folie, il reprenait ses esprits en se disant « Eh, fastoche ! » était depuis longtemps révolu.

La rambarde était si glissante d'humidité et de moisissures qu'il était impossible de l'attraper d'une paume nue, il enveloppa donc sa main dans son écharpe. À peine avait-il posé un pied sur la première marche qu'elle céda. Par chance, il s'y était préparé. La deuxième était solide, la troisième idem, ça n'allait pas trop mal jusqu'à la huitième – au cas où, il évita la septième, étrangement bombée. La neuvième manquait, tout comme la onzième et la douzième. Quant à la dixième... enfin, il était arrivé trop loin pour hésiter, il s'appuya dessus et ramena rapidement sa jambe douloureuse. La marche émit un grincement menaçant, commença à pivoter légèrement sur son axe et Rojski sentit ses appuis glisser sur le bois vermoulu. Craignant la chute en arrière, il bondit assez agilement, compte tenu de son âge, par-dessus le trou. Il aurait alors dû s'interrompre pour reprendre son souffle, mais le sol de l'étage semblait presque à portée et la tentation fut trop forte. Il voulut traverser la ligne d'arrivée au plus vite, grimpa deux autres marches, mais sa jambe malade le trahit, il perdit l'équilibre et, par peur de dégringoler jusqu'en bas, plongea en avant dans le halo de lumière. Quelque chose craqua. Malheureusement, ce n'était pas une planche. La douleur de son poignet brisé se répandit dans le corps de Jan telle une vague brûlante et écœurante. En gémissant, il roula sur le dos, les rayons du soleil l'aveuglèrent, il se cacha machinalement les yeux de sa main cassée, la souffrance redoubla, la sensation était horrible, comme si on lui arrachait les os de l'avant-bras avec des pinces. Il hurla et ramena sa main sur la poitrine. Respirant vite et par à-coups, il faillit perdre connaissance, sous ses paupières fermées les taches dues au soleil combattaient un millier de pétales brillants. Pourtant, il réussit à s'agenouiller et à ouvrir les yeux. La première chose qu'il découvrit fut une famille de petits champignons qui émergeait d'une faille dans le plancher rouge. L'image était si absurde qu'il éclata de rire. Quel vieux débile malade, qu'est-ce qui lui avait pris de grimper jusqu'ici ? Et comment allait-il redescendre ? Les pompiers devraient le récupérer comme un chaton coincé dans un arbre.

Un pan de papier goudronné lui tapota délicatement le dos lorsqu'il se redressa. Jan Rojski reprit son souffle et se remit debout, heurtant au passage de la tête un morceau de charpente qui pendait. Il jura et se retourna pour constater que, par malheur, ce n'était ni du papier goudronné ni un bout de charpente. Le cadavre avait été pendu à un crochet sous une poutre du plafond, telle une demi-carcasse chez un boucher, le tronc enfermé dans un tonneau à feuillards métalliques, planté de longs clous. Au-dessus du récipient, la peau était d'une blancheur de plâtre, en dessous, recouverte d'une couche de sang séché : le soleil jouait joyeusement sur le vernis amarante. Un corbeau avait pris place sur la chevelure rousse du macchabée et observait Rojski d'un œil. Sans grande conviction, il picora un morceau de chair qui pendait lugubrement du front de la dépouille.

Jan ferma les yeux. L'horrible spectacle disparut, mais l'image résiduelle resterait à tout jamais sous ses paupières.

4

Accouru sur les lieux avant même le commissaire Wilczur, Teodore Szacki monta par l'échelle juste derrière les flics en uniformes. Les nouvelles allaient vite dans la ville, une foule de curieux s'entassait déjà rue Zamkowa et davantage arrivaient de toutes parts. Le

Maréchal, ce policier replet à la moustache fournie, grimpa immédiatement après lui. Avant même que Szacki ne pût lui donner une quelconque directive, le flic fut secoué de spasmes ; il les combattit une fraction de seconde avant de se vomir dessus, sur son uniforme et sur sa moustache broussailleuse. Pas croyable, se dit Teodore, mais, au fond, il ne lui en voulait pas. La vision était épouvantable, probablement la pire qu'il ait eu à contempler durant sa carrière. Des corps en décomposition, des noyés, des victimes d'incendies, des résultats de bagarres de poivrots aux crânes fracassés, tout cela pâlissait à côté du cadavre de Greg Budnik, l'homme visé jusqu'à peu par un mandat d'arrêt et principal suspect dans l'affaire du meurtre de sa femme, pendu à un crochet.

Le procureur fixait cette image surréaliste dans toute son horreur et son cerveau agressé par un trop-plein de stimuli transformait avec une certaine réticence, comme au ralenti, l'ensemble des informations. Qu'est-ce qui heurtait le plus le regard ?

Certainement le tonneau, cet accessoire infernal qui octroyait à la scène un aspect irréel et théâtral et donnait à Szacki l'impression que le cadavre ouvrirait les yeux dans une seconde et sourirait au public sous une salve d'applaudissements.

Non, plutôt le visage. Teodore avait appris lors d'une formation de criminologie que le cerveau humain était programmé pour reconnaître les visages, les nuances de leurs expressions, les émotions qui s'inscrivaient dessus, toutes ces minuscules variations qui indiquaient s'il fallait sourire à son vis-à-vis ou plutôt prendre ses jambes à son cou. C'est pourquoi nous voyons parfois la Vierge Marie dans une vitre ou une mimique démoniaque inscrite dans le tronc d'un arbre : le cerveau cherche des visages humains, toujours et partout, il tente de les repêcher dans le paysage, de les répartir entre les connus et les nouveaux, de reconnaître leurs intentions. Et le cerveau de Szacki souffrait à la vue de l'expression faciale de Greg Budnik. Les signes distinctifs du conseiller municipal, sa maigreur maladive, ses yeux enfoncés, sa chevelure et sa barbe rousses, cette malheureuse coupure au front, tout cela était déformé par le crochet enfoncé sous le menton et dont la pointe ressortait par une joue. Ses muscles massacrés conféraient au visage un air étrange, inquiétant, comme si Budnik avait jeté un bref coup d'œil en enfer et que les choses qu'il y avait vues l'avaient transformé à jamais. Teodore songea que, selon le degré de sadisme de l'assassin, cette métaphore ne devait pas être très éloignée de la réalité.

Mais le pire, c'étaient les couleurs, impitoyablement intensifiées par la lumière du soleil, assez vive à cette heure. Le corps de Greg Budnik était d'une blancheur neigeuse sur le dessus, privé de sang comme celui de son épouse quelques jours plus tôt, tandis que sa moitié inférieure était luisante de sang. Cela évoquait une installation artistique perverse, un manifeste de créateur iconoclaste, une variation sur le thème du drapeau national. Oyez, voyez les couleurs de votre pays ! Un macchabée polonais à poil, tué selon la légende imaginée par ses ancêtres pour pouvoir assassiner impunément d'autres gens.

Le plancher dans son ensemble était recouvert de sang mêlé à la crasse, la flaque coagulée avait trois mètres de diamètre et son centre se trouvait pile sous les pieds noueux de la victime. Près de l'escalier, la tache avait été étalée, probablement par la personne qui avait trouvé le cadavre.

« On le détache ? » demanda le Maréchal, revenu à lui.

Szacki fit non de la tête.

« D'abord les photos. Ensuite les techniciens devront ramasser les traces. Cette fois, le corps est sur le lieu du crime, il doit y rester des choses. »

Précautionneusement, en prenant garde à toutes les planches du parquet, même les plus pourries, le procureur avança jusqu'au milieu de la pièce. Il avait bien vu : au bord de la flaque circulaire, presque comme sur la tranche d'une pièce, on avait inscrit quelque chose, tracé probablement du bout d'un doigt. Il pria prestement pour que le doigt en question n'ait pas été ganté et pour que le cinglé qui avait créé cette scène soit déjà fiché. Il se pencha au-dessus de la flaque et lut. Pitié, pas ça, pensa-t-il. Pitié, que ça ne soit pas un malade qui a vu trop de films américains et qui compte jouer avec nous au chat et à la souris. Les lettres CMP étaient inscrites dans le sang sec, suivies par trois séries de six chiffres : 241921, 212225, 191621. Ça ne disait pas grand-chose au procureur, qui prit à tout hasard une photo avec son téléphone portable.

Puis il s'obligea à lever la tête vers la face de Greg Budnik. Méconnaissable, il semblait encore plus dévasté que deux jours plus tôt au bureau de Szacki, la mort l'avait privé des derniers résidus de sa forme sportive et agressive. Le pire, c'était ce pansement, déjà pitoyable lorsqu'il tenait collé sur le front, et qui pendait mollement à présent, dévoilant une coupure fraîchement cicatrisée : la cerise sur le gâteau de l'humiliation *post mortem*.

Quand Barbara Sobieraj et Maria Miszczyk arrivèrent simultanément sur les lieux, le cadavre avait déjà été décroché et recouvert d'une bâche plastique noire. Teodore, les mains enveloppées de gants jetables, fouillait le portefeuille de la victime, tandis que Leon Wilczur fumait, appuyé sur le rebord d'une fenêtre brisée.

Barbara éclata aussitôt en sanglots. Lorsque Szacki s'approcha d'elle pour la consoler et lui poser une main amicale sur l'épaule, elle lui tomba dans les bras et l'agrippa fermement. Il sentit son corps secoué de sanglots. Par-dessus l'épaule de sa collègue, il observait sa directrice, espérant que celle-ci ne s'écroulerait pas à son tour, d'abord parce qu'il ne souhaitait pas devoir soutenir son poids d'une centaine de kilos, ensuite parce qu'il craignait qu'elle passe à travers le plancher moisi. Cependant, sur la face trop grasse de sa chef, pas un de ses muscles maternels ne frémit ; elle jeta un regard circulaire sur le lieu du crime, fixa Teodore avec insistance, haussa un sourcil et attendit. Il répondit à sa question muette :

« L'autopsie aura lieu aujourd'hui. On aura dès ce soir les résultats des analyses labo des prélèvements. On saura si la flaque de sang contient également celui d'Ela Budnik. On prépare les hypothèses d'investigation au plus vite, on vous présentera le plan d'enquête. Malheureusement, ça m'a tout l'air d'un fou furieux, il faudrait demander un profil psychologique à des experts, parcourir les bases de données sous l'angle des crimes sur fond religieux. On peut fixer la conférence de presse à demain midi.

— Et qu'est-ce qu'on va leur dire ?

— La vérité. Quel autre choix on a ? Si c'est un fou, le tapage pourrait nous aider. Il pourrait s'en vanter à quelqu'un, il pourrait dire par hasard un truc qui le trahirait.

— Vous voulez faire venir la famille pour l'identification du corps ? »

Szacki fit non de la tête. Ce n'était pas la peine d'accabler d'autres gens avec ce cauchemar, il possédait déjà toutes les données nécessaires dans les papiers de la victime.

« Le sigle CMP, ça vous dit quelque chose ?

— Commissariat municipal de police, pourquoi ? »

5

Szacki détestait le chaos. Il détestait l'impression de perdition au cœur des événements, il détestait la conscience d'avoir mal apprécié les faits, il haïssait l'impossibilité de maintenir ses pensées sur un seul rail, la sensation d'avoir perdu le fil conducteur et, par-dessus tout, il ne pouvait pas supporter les bonds inefficaces et impuissants d'une idée à l'autre. Les résultats venaient toujours de la déduction logique d'une idée à partir de la précédente, du raccordement sensé entre elles, de la construction de mécanismes complexes qui, à la fin, produisaient une résolution juste et pertinente. Cette fois-ci, il en était très loin, les pensées folâtraient dans sa tête comme une bande de morveux dans une cour d'école maternelle, la mort de Greg Budnik avait démonté ses précédentes hypothèses ainsi que les solutions auxquelles il avait eu le temps de s'habituer. Dans une certaine mesure, dès les premiers instants de l'enquête, il avait été intimement persuadé que Greg Budnik était coupable de la mort de sa femme, cela le tranquillisait, lui permettait de rechercher les preuves. Jamais auparavant son intuition ne l'avait trompé à ce point.

Bon Dieu, qu'il était furieux ! Il flanqua un coup de pied rageur dans une canette abandonnée sur le trottoir et une beauté enceinte qui marchait en face de lui lui décocha un regard rempli de réprimandes muettes. Évidemment enceinte. Et évidemment une beauté, comme par ironie. Chaque fois qu'il tentait de connecter deux pensées entre elles, Klara surgissait dans son esprit et détruisait la construction, s'incrustait dans sa conscience, et cela l'épuisait. Et si elle tombait enceinte ? C'était peut-être pour le mieux ; après tout, la soirée de la veille avait été merveilleuse, ça pourrait dire qu'il se stabiliserait enfin aux côtés d'une nouvelle épouse jeune et belle. Mais que faire s'il avait juste cédé à la magie du moment ? Que faire si elle se révélait être vraiment cette poupée plastique sans cervelle qui ne l'avait jamais attiré et qui, une fois seulement, avait réussi à lui faire bonne impression comme par miracle ? Avait-il bien fait de rompre ? Si elle tombait enceinte, lui donnerait-elle une seconde chance ? Ou est-ce que, au contraire, elle se transformerait en une mégère vindicative qui siphonnerait sa pension alimentaire par seaux entiers, comme l'eau d'un puits ? Et si elle ne tombait pas enceinte, est-ce qu'il devrait le regretter ou être soulagé ?

Il avait pensé que la longue promenade entre l'hôpital et l'immeuble du parquet lui ferait du bien, que l'air frais l'aiderait à reprendre ses esprits, mais c'était de pire en pire. Il tourna à l'angle des rues Mickiewicz et Koseły. Encore quelques instants et il serait sur place, dans le bureau de sa directrice, à lui présenter le plan d'enquête. Le plan d'enquête, quelle bonne blague ! Il rit tout haut.

Sur les escaliers du siège du parquet, un groupe de journalistes patientait déjà, quelqu'un poussa une exclamation et tous s'ébrouèrent puis s'avancèrent dans sa direction. Depuis que les télés avaient montré son échange verbal avec l'insupportable reporter en vert, on le reconnaissait. Il redressa les épaules, revêtit son masque imperturbable.

« Monsieur le procureur, un petit mot de commentaire ?

— La conférence aura lieu demain, on vous dira tout.

— Est-ce un tueur en série ?

— Demain. Aujourd'hui, je ne pourrais vous fournir que des ragots. Demain, nous aurons des informations.

— On se contentera de ragots.

— Pas moi.

— On a assassiné le suspect du précédent meurtre. Est-ce que ça veut dire que l'enquête est au point mort ?

— Absolument pas.

— Est-ce qu'on devrait fermer les écoles ? »

Teodore se figea. Jusque-là, il s'était faufilé systématiquement vers l'entrée, mais la question était si stupide qu'il demeura sur place.

« Pourquoi les écoles ?
— Pour protéger les enfants.
— Pardon, mais de quoi ?
— Du rituel du sang.
— Vous avez perdu la tête ? »

Szacki avait l'impression d'avoir entrouvert la porte d'une réalité parallèle. Une réalité ancienne, du moins à ce qu'il croyait, une réalité oubliée ou fausse, ensevelie sous les cadavres de vieux démons. Bien, il suffisait donc de regarder par le trou de la serrure pour constater que les démons étaient loin d'être morts, qu'ils étaient simplement endormis, et qu'ils dormaient d'un sommeil particulièrement léger. Et que maintenant, ravis, ils remuaient leurs queues démoniaques car ils pouvaient enfin s'échapper par la porte entrebâillée à Sandomierz et jouer un peu avec le procureur Szacki. Incroyable. Fallait-il que tous ces stéréotypes qui remplaçaient la réflexion soient profondément ancrés dans la conscience nationale pour que soixante-cinq ans après la Shoah, soixante-trois ans après le dernier pogrom et quarante ans après avoir chassé les ultimes rescapés juifs du pays en 1968, un débile né *a priori* dans les années 1970 puisse débarquer d'on ne sait où et donner foi au rituel du sang ?

« Je n'ai pas perdu la tête et je ne plaisante pas », persista un homme qui, par sa constitution chétive et ses cheveux noirs et bouclés, évoqua à Teodore un Juif des caricatures. Il était vêtu d'un pull-over léger. « Et je ne comprends pas pourquoi nous n'osons pas nous demander à haute voix si, par hasard, après toutes ces années, les meurtres rituels ne sont pas revenus en Pologne. Je ne dis pas que c'est le cas. Je pose seulement la question. »

Teodore attendit que quelqu'un le soulage et fasse taire l'idiot, mais personne ne se pressait, les caméras et les microphones guettaient sa réaction.

« Vous êtes cinglé. Le meurtre rituel n'est qu'une légende antisémite, rien de plus.

— Dans chaque légende, il y a un fond de vérité. Je vous rappelle que beaucoup de Juifs ont été condamnés lors de procès légaux pour enlèvements et meurtres d'enfants.

— Tout comme beaucoup de sorcières. Vous pensez également que les sorcières sont revenues au sein de la République ? Elles forniquent avec le diable, pressent des jus de chats noirs et manigancent pour détrôner Jésus Christ Roi ? »

Le groupuscule de journalistes éclata d'un rire servile. Le débile n'avait ni Dictaphone ni carnet et Szacki comprit qu'en plus des représentants de la presse, le rassemblement contenait aussi des tenants de théories du complot en tous genres.

« Le politiquement correct ne changera pas les faits, monsieur le procureur. Et les faits, ce sont deux personnes tuées selon un ancien rituel juif, le rituel du sang, pratiqué depuis des siècles et dans différentes parties du globe. Vous pouvez essayer de conjurer la réalité, mais à la fin de la journée, vous aurez toujours deux cadavres à la morgue. Ainsi qu'un rituel juif dont l'existence ne se discute même plus. Il y a des documents, il y a des témoignages écrits, et je ne parle pas là de livres médiévaux. Rien qu'au XXe siècle, des tribunaux indépendants ont confirmé l'existence de ce procédé. De plus, j'attire votre attention sur le fait que dans la tradition polonaise, jamais on ne tue les enfants pour punir les parents.

— On ne fait ça dans aucune culture », coupa Szacki. Le rideau rouge qu'il commençait à connaître tombait lentement devant ses yeux. Il détestait la stupidité. Il considérait que c'était l'unique caractéristique réellement préjudiciable, pire que la haine elle-même. « Arrêtez de raconter ces conneries. Vous avez l'air d'ignorer que ce genre de chose est puni par la loi.

— Vous n'arriverez pas à me faire taire. » Le brun bomba ostensiblement le torse sous son pull-over. « Je sais que le pouvoir préfère qu'il n'y ait qu'une seule manière respectable de penser. Mais, par chance, nous pouvons aujourd'hui dire la vérité dans ce pays, nous pouvons dire que le rituel du sang revient et que le sang polonais imbibe à nouveau la terre de Sandomierz. Et nous pouvons dire, même si ça déplaît à certains, que les Polonais sont réduits au rôle de minorité nationale dans leur propre pays. »

Teodore crut se noyer. Il crut sombrer dans le fleuve de cette foutue xénophobie polonaise qui coule toujours sous la surface, indépendamment du moment de l'Histoire, et qui ne fait qu'attendre la possibilité de jaillir et d'inonder les environs. Une Vistule mentale, un flot de superstitions et de préjugés, un cours irrégulier et dangereux, exactement comme dans cette chanson paillarde qui parle de la Vistule jolie qui coule sur ce plat pays. « *Car le peuple polonais a ce charme en soi, Quiconque l'aime une fois ne l'oubliera pas.* » Un charme, je t'en foutrais des charmes, sales fanatiques du patriotisme, sales collectionneurs de dédain.

Szacki, de plus en plus irrité, finit par craquer et prononcer des paroles qu'il allait regretter avant même qu'elles ne passent par sa gorge, mais il était trop tard pour les retenir.

« Maintenant, écoutez-moi bien, parce que je ne vais pas le répéter deux fois. Je suis un fonctionnaire de la République de Pologne et, en tant que tel, une seule chose m'intéresse : trouver et mettre en accusation le responsable de ces deux meurtres. Et peu m'importe que ça soit le pape Jean-Paul II ressuscité, le Ahmed du kebab du coin ou un Juif maigrichon dans votre genre qui prépare son pain azyme dans une cave. Qui que ce soit, je le traînerai par ses papillotes depuis le trou où il s'est caché jusqu'au pied du tribunal. Et il répondra de ses actes, je vous le garantis. »

Le sang quitta le visage du brun, mais Teodore ne le vit pas car, furieux, il avait pivoté sur ses talons et pénétré à l'intérieur de l'immeuble du parquet, sentant que ses poings s'engourdissaient de rage. Il ne savait pas que dans les viseurs des caméras qui le filmaient, cela ressemblait à s'y méprendre à la scène de *L'Amateur* à laquelle il avait songé avant midi.

6

« Une chouquette à la crème ? »

Sa directrice lui mit un plateau d'argent sous le nez. Les pâtisseries y étaient disposées en une pyramide rigoureuse.

Teodore eut envie de répondre qu'elle pouvait se les foutre au cul, ses chouquettes, mais elles avaient l'air si appétissantes qu'il en prit une et l'engloutit en une bouchée. Et une autre immédiatement après, les gâteaux étant indécemment, incroyablement délicieux. Puisque Sandomierz manquait d'endroits convenables pour se procurer des sucreries – exception faite des boîtes de chocolats de la station-service Orlen – et puisque Szacki se sentait depuis des semaines comme un drogué en désintox, il eut envie de bondir en criant « Alléluia ! ».

« C'est très bon », commenta-t-il avec modération.

Ourson lui sourit chaleureusement, comme si elle savait très bien que ses chouquettes étaient parfaites, mais qu'elle comprenait également qu'il serait inconvenant de tomber dans une exaltation prétentieuse. Elle l'interrogea du regard.

« La bonne nouvelle, c'est qu'on a beaucoup plus d'éléments, commença Szacki. Avant tout, nous savons qu'Ela Budnik a été assassinée au même endroit, puisqu'on y trouve des litres de son sang. Nous avons aussi de la matière pour des analyses d'empreintes digitales ou d'empreintes de pas. C'est moins brillant du côté des traces biologiques ou d'échantillons ADN. L'immeuble est sale, crasseux, au bord de l'écroulement et habité depuis des lustres par toutes sortes de bestioles. Ça ne donnera rien de ce côté-là. Même chose pour les traces odorantes. La police a déjà passé quelques empreintes digitales à la moulinette de la base de données, mais rien n'est sorti.

— Un homme ?

— On ne peut pas le déduire. Et l'empreinte trouvée, une chaussure de sport pointure 39.5, ne nous apprend rien non plus.

— Mais il faut une force considérable pour traîner quelqu'un à l'étage.

— Pas nécessairement. » Szacki étala devant sa chef des photos prises sur le lieu du crime. « Le plafond entre les étages n'existe que par endroits. Là où il est absent, on a découvert un système de poulies. D'après les traces laissées dans la poussière, on est presque sûrs que des cordes ont été utilisées pour hisser les victimes. Ela Budnik et son mari étaient plutôt frêles, ça pourrait avoir été fait par une femme. Une femme costaude, certes, mais c'est possible.

— Quelle est la cause de la mort ? »

Ourson posa cette question et tendit la main vers une chouquette, mais la mordit trop vite et de la chantilly fleurit sur sa lèvre inférieure telle une boule de coton. La procureur la lécha très lentement et très soigneusement, d'un mouvement si sensuel que Teodore sentit l'excitation monter en lui, alors qu'il n'avait jamais pensé à sa patronne si maternelle en termes sexuels jusque-là. Soudain, il la vit en train de le chevaucher activement, les plis de sa chair abondante clapoter avec joie, les seins se dandiner sur les côtés et cabrioler, ballottant l'un contre l'autre comme deux chiots en plein jeu...

« La cause de la mort, monsieur le procureur.

— Perte de sang. On lui a administré au préalable un tranquillisant puissant, du Trankiloxil.

— Comment ça s'est passé... » Miszczyk hésita. « ... Je veux dire... de quoi ça avait l'air, vous savez, sous le tonneau ?

— Mieux que ce que j'aurais cru, répliqua Szacki en accord avec la vérité. Greg Budnik a été saigné par incision des artères de l'aine. Le tonneau n'était là que pour le fun, pour le petit effet, c'était une déco de théâtre. Bien sûr, les clous l'ont coupé et l'ont égratigné çà et là, mais ce n'est pas la cause de la mort.

— Et ces numéros inscrits dans le sang ?

— On s'en occupera ce soir avec Barbara. »

Si sa manière très chaleureuse de prononcer ce prénom avait surpris la directrice, elle n'en laissa rien paraître.

« Bien. Et maintenant, les mauvaises nouvelles. Mais d'abord une chouquette pour se remonter le moral. »

Teodore en saisit une sans se faire prier. La petite pâtisserie était idéale. La chantilly fraîche, froide, légèrement acide, se répandait dans la bouche et se mariait parfaitement au gâteau qui sentait les œufs, l'ensemble tapissait les papilles gustatives de manière extatique. La chouquette à la crème de Maria Miszczyk était une œuvre d'art aboutie, c'était l'idée platonicienne de toutes les chouquettes à la crème.

« Premièrement, notre principal suspect a été saigné à blanc et à rouge, à la gloire de la légende antisémite d'un rituel du sang. Ce qui veut dire que l'hystérie médiatique sera bientôt hors de contrôle et que le monde entier va nous déverser dessus une tonne de fachos cinglés à la recherche d'un complot juif, d'une part, et une flopée de défenseurs fanatiques du politiquement correct de l'autre. J'ai eu droit à un échantillon en bas à l'instant. »

Il avala une nouvelle chouquette. Il avait décidé de séparer ainsi toutes les mauvaises nouvelles.

« Deuxièmement, c'était notre unique suspect. Nous ne connaissons personne qui aurait des motifs de tuer les époux Budnik. J'ai envisagé un temps la possibilité que Greg Budnik ait tué sa femme avant d'être assassiné à son tour par Jurek Szyller, l'amant de cette dernière. Mais c'est improbable, Szyller n'aurait aucune raison de répéter le *modus operandi* de Budnik dans sa vengeance. J'aurais plus tôt fait de croire que c'est Szyller qui a assassiné les deux. Il se passait un truc louche et sale entre ces trois-là...

— Et, présentement, M. Szyller...

— ... reste en liberté, mais demeure sous l'étroite surveillance de la police. »

Szacki sentit le regard pesant de sa chef et ajouta que cette fois-ci, surveiller voulait dire que pour disparaître, le suspect devrait soit s'évaporer dans les airs, soit s'enfoncer dans les tuyaux de canalisation.

Chouquette.

« Troisièmement, on ne sait pas très bien pour l'instant comment les victimes se sont retrouvées sur les lieux du crime. Ce qui est sûr, c'est qu'aucune voiture n'est rentrée dans le jardin, nous n'avons pas non plus trouvé de traces d'un passage par les buissons, aucun chariot ni brouette, pire, il n'y a même pas de traces de pas, en dehors de celles laissées par le vieux qui a découvert le corps.

— D'où vient cette pointure 39.5 alors ?

— Marquée dans le sang, au premier. »

Et encore une chouquette. C'était comme de l'héroïne, à chaque prise Teodore avait besoin de réduire le délai d'attente avant la suivante.

« Quatrièmement, les numéros inscrits dans la flaque peuvent indiquer qu'il s'agit d'un fou furieux qui souhaite jouer aux devinettes, aux films américains, aux coups de fil muets et se coudre une redingote en peau humaine.

— Qu'est-ce que vous en pensez ? »

Szacki grimaça.

« J'ai étudié des cas de tueurs en série. Il n'y qu'à Hollywood que ces meurtriers sont des génies du crime. Dans la réalité, ce sont des individus perturbés, accros aux meurtres. La mise à mort les excite trop pour qu'ils s'amusent à créer des stylisations théâtrales, pour qu'ils assemblent un jeu de pistes pour les enquêteurs, mais, avant tout, ils sont trop exaltés pour planifier leurs crimes ou effacer leurs traces. Ils essayent, bien sûr, mais ils enfilent les erreurs comme des perles et la difficulté pour les arrêter vient, finalement, du fait qu'ils ne sont pas originaires de milieux criminogènes, ils ne sont pas fichés et donc difficiles à localiser.

— Dans ce cas, de quoi s'agit-il ici ?

— Honnêtement ? Je n'en ai aucune idée. Certainement d'autre chose que d'un meurtre pour l'art du meurtre. Ela Budnik était une militante associative locale, Greg Budnik un conseiller municipal bien connu, tous les deux étaient très liés à la ville. Le lieu du crime se trouve au milieu des plus grands monuments régionaux, entre le château, la cathédrale et l'hôtel de ville. Les deux corps ont été trouvés dans le quartier historique. Si je devais prendre les paris, je miserais sur le fait qu'on trouvera l'explication de l'énigme dans ces vieux murs et non dans l'esprit tourmenté d'un malade mental.

— Vous miseriez beaucoup ? demanda Miszczyk en tendant la main vers l'une des trois dernières chouquettes restantes.

— Non, probablement pas. »

Elle pouffa de rire et un nuage de chantilly tomba sur son pied disgracieux emprisonné dans un soulier disgracieux. Ourson sortit le pied de sa chaussure et commença à l'essuyer avec un mouchoir ; son membre était large et informe, le collant trempé de sueur près des orteils. Malheureusement, depuis la vision de ses deux seins immenses et flasques en train de rebondir l'un contre l'autre, une barrière s'était brisée en lui et Teodore trouva cette image perversement attirante.

« Nous devons vérifier la piste juive. »

La directrice soupira pesamment mais hocha la tête en signe d'accord.

« Que ça nous plaise ou non, nous devons fouiller ce milieu, examiner les descendants de l'ancienne communauté de la région.

— On va se faire laminer », dit Maria Miszczyk tout bas. Combiné à son apparence de reine des nounous, cela sonna de manière très étrange. « On va se faire laminer si le fait qu'on fouille l'environnement juif à la recherche de l'assassin s'ébruite. Ils nous traiteront de fachos, de nazis, de Polonais pleins de préjugés qui vomissent leur haine et qui croient à la légende du sang. Tous les médias déblatèrent déjà au sujet d'une provocation antisémite et nous ne sommes que dimanche. Demain, ça se déchaînera pour de bon. »

Teodore savait que c'était la vérité, mais il se rappela sa conversation de la veille avec Jędrek Sobieraj devant son barbecue.

« Nous n'avons pas le choix. Nous ne pouvons pas ignorer l'hypothèse que ce soit vraiment l'œuvre d'un Juif dément. L'hypothèse qui vient d'elle-même à l'esprit. Les victimes sont des Polonais, des catholiques, des patriotes. Les meurtres sont mis en scène selon un rituel juif, un rituel légendaire, certes, mais très reconnaissable. La ville est tristement célèbre pour ses tensions entre les communautés catholiques et juives.

Et le peuple d'Israël a fait un long chemin depuis la posture d'une victime de l'Histoire passive jusqu'à l'attitude d'un agresseur qui se bat brutalement pour sa survie et se venge pour les torts qui lui ont été faits. »

Maria Miszczyk fixait son subordonné. Elle s'était totalement figée, seules ses pupilles s'élargissaient davantage à chaque nouvelle phrase entendue.

« Mais ne vous inquiétez pas, je ne répéterai pas cette analyse lors de la conférence de presse. »

Ce n'est que là qu'elle expira l'air de ses poumons.

Durant quelques instants, ils discutèrent encore des plans de leurs actions pour les jours à venir, dressèrent une liste de choses à régler, d'opérations à effectuer pour confirmer ou éliminer certaines hypothèses d'investigations. C'était un processus laborieux, mais Teodore ne se sentait pas accablé. Lors de cette étape-là, chaque seconde pouvait amener une information essentielle, provoquer un tournant décisif. Ils tirèrent à pile ou face celui ou celle qui mangerait la dernière chouquette. Szacki gagna. Il étalait les restes de la pâtisserie sur son palais, songeant déjà à une infusion à la menthe, quand la directrice lança son ultime question :

« Il paraît que vous avez largué Klara Dybus ? »

L'attaque sur sa vie privée était si inattendue que Teodore en resta sans voix. Il n'était pas encore habitué au circuit des nouvelles d'une petite bourgade de province.

« Le bruit court en ville que, depuis ce matin, elle pleure et crie vengeance tandis que ses frères chargent les mousquets. »

Fait chier, il ne savait même pas qu'elle avait des frangins.

« Cette relation n'avait pas d'avenir », dit-il pour dire quelque chose.

Elle gloussa.

« Une relation avec le meilleur parti de Sandomierz n'a pas d'avenir selon vous ? Dans le coin, tous les chevaliers sans peur et sans reproche ont déjà brisé les pattes de leurs étalons blancs en tentant de grimper jusqu'à sa tour d'argent. Quand elle vous a choisi, même un sourd aurait entendu les idées suicidaires résonner dans une centaine de maisons. Belle, intelligente, riche... Dieu m'en est témoin, la moitié des femmes de la ville deviendraient lesbiennes pour elle. Mais pour vous, c'était une relation sans avenir ? »

Teodore haussa les épaules et grimaça de manière idiote. Que pouvait-il faire d'autre ?

7

Le procureur Teodore Szacki puisa avec sa petite cuillère un peu de la mousse de lait qui décorait son café et la lapa avidement. Les particules de sucre glace chatouillèrent son palais. Soit un génie anonyme de Sandomierz avait eu l'idée de saupoudrer le café avec du sucre glace au lieu du chocolat, soit les propriétaires du lieu avaient piqué cette idée quelque part, peu lui importait : la première gorgée de café au restaurant Mała était invariablement délicieuse et Teodore n'avait nulle envie d'aller voir ailleurs. De fait, cet endroit était un de ses préférés, c'était la quintessence du rêve citadin d'un « petit café en bas de chez soi ». Un menu succinct de toasts et de crêpes, du café, du thé, du gâteau maison. Un sofa, quelques chaises, quatre tables à tout casser. Les habitants du quartier pestaient contre des prix dignes de Varsovie, ce qui le faisait doucement rigoler lorsqu'il payait 7 zlotys son café *latte* champion du monde. Et il le payait même un peu moins ces jours-ci, depuis que, pour des raisons inconnues, il avait droit à l'appellation de client régulier, statut aussi agréable qu'inattendu, car il n'échangeait jamais un mot avec quiconque en dehors du moment où il passait commande, ne faisant que boire son café et lire Iwaszkiewicz, l'attitude typique du snob de Sandomierz.

À lire Iwaszkiewicz ou n'importe quoi d'autre déniché chez le bouquiniste d'en face. Cette boutique, de son côté, était la quintessence de la « petite librairie d'à côté », l'antidote à la chaîne Empik qui évoquait toujours à Teodore des prisons surpeuplées sous haute surveillance. Comme si les livres y purgeaient une peine au lieu d'y habiter et d'attendre paisiblement un lecteur. La librairie locale était peut-être un brin miteuse, mais au moins, il ne s'y sentait pas victime d'un viol collectif, les nouveautés n'en ayant pas encore terminé avec lui que les best-sellers et les promotions l'agressaient déjà.

Cette fois-ci, il ne tenait pas de livre ouvert sur la table, il restait assis, les yeux fermés, et réchauffait ses mains contre la tasse de café. Dehors, il faisait déjà nuit, il était presque 21 heures, l'endroit fermerait dans un instant. Il fallait siffler la fin de la récréation et revenir devant l'écran de l'ordinateur. Barbara Sobieraj était assise sur le sofa d'à côté, les jambes croisées en lotus, et feuilletait une bande dessinée pour enfants extraite d'une pile de vieux journaux.

Ils avaient passé deux heures chez lui à tenter de trouver par des méthodes civilisées des liens entre les numéros laissés sur le lieu du crime : 241921, 212225, 191621. Jamais deux sans trois, les trois nombres étaient réunis sur exactement trois pages Internet. Une, arabe, dédiée – s'ils avaient bien déduit sa fonction des noms latins disséminés parmi les gribouillis incompréhensibles – à la vente illégale de substances luttant contre les troubles de l'érection. Une, islandaise, qui se composait d'une dizaine de pages de nombres publiés dans un but informatique. Et une liste bibliographique allemande, les numéros apparaissant dans l'index. C'était tout. Devant l'ampleur du désastre, ils commencèrent à étudier les numéros séparément, égayant leur recherche par des plaisanteries et des remarques spirituelles. Ils avaient essayé de construire des numéros de téléphone, tenté de transformer les nombres en dates, grâce à quoi Szacki avait découvert que le grand marché de Poznań avait été inauguré le 2 avril 1921 ; le même jour, Albert Einstein donnait un cours sur la relativité à New York, tandis que le 4 février 1921 naissait l'homme politique indien Kocheril Raman Narayanan qui allait vivre quatre-vingt-quatre ans. En dépit de leurs efforts, ils n'avaient trouvé aucune piste. De toute manière, l'idée était tirée par les cheveux, seul le premier nombre pouvant fournir une date à peu près contemporaine.

Barbara referma sa BD et la reposa sur le tas de journaux.

« Je dois avoir vieilli parce que ça ne me fait plus du tout rire, alors que j'adorais ça, petite, dit-elle en prenant une feuille de papier dans sa poche. On s'y remet ?

— Je croyais qu'on faisait une pause » gémit-il en saisissant tout de même la feuille.

Sa collègue y avait dressé la liste des interprétations les plus crédibles. Rien que la crème de la crème. Après avoir écarté la numérologie, les identifiants d'utilisateurs sur des sites de rencontres et les références d'objets vendus aux enchères en ligne, la feuille contenait les points suivants :

241921

— Identifiant de « l'Animateur économique pour le développement technologique » dans la classification des métiers au registre du ministère du Travail et de la Politique sociale.

— Numéro d'enregistrement de la compagnie Goldenline, spécialisée dans le commerce communautaire, au répertoire de la chambre du commerce.

212225

— Référence de chaussures sans lacets de chez Gucci.

191621

— Numéro d'un brevet polonais pour une gaine de fibres optiques.

— Astéroïde de la ceinture d'astéroïdes qui sépare les planètes internes et externes du système solaire.

Un massacre. Teodore parcourut la liste du regard.

« On s'y prend mal, dit-il.

— Hmm ? » murmura Barbara. Szacki avait appris à la longue que ce « hmm » poli était sa manière de signifier une écoute active.

« Au lieu de réfléchir, on balance ça sur Google comme si on croyait vraiment que toute la planète se trouve déjà sur Internet. Alors qu'on poursuit un type qui démembre les informaticiens et les pend sur des câbles réseau. Toute l'affaire tourne autour d'anciennes traditions, de préjugés et de monuments. Google ne nous aidera pas. On doit réfléchir. Trois numéros à six chiffres, assez proches les uns des autres, mais pas classés dans l'ordre. On a remarqué que les anciens numéros de téléphone avaient jadis six chiffres, on va les vérifier dans les vieux bottins de la région. Quoi d'autre ?

— Les plaques des policiers ! »

Teodore écarquilla les yeux. Oui, c'était ça. Ça devait être ça. Le sigle CMP voulait dire Commissariat municipal de police et les numéros identifiaient des flics. Il reposa sa tasse de café et appela Leon Wilczur qui, par chance, se trouvait toujours au poste. Il lui demanda d'injecter les nombres dans son système et de le rappeler. Les joues rouges d'excitation, Barbara écoutait Szacki donner des directives de sa voix froide et professionnelle. Elle ressemblait à une fillette rouquine sur la piste du mystère d'un jeu-concours des grandes vacances.

« Quoi d'autre ? demanda Teodore. Qu'est-ce qu'il y a d'autre qui serait défini par des numéros à six chiffres ? Dis tout ce qui te passe par la tête, les associations d'idées les plus loufoques, des choses complètement hors sujet. »

Barbara le regarda attentivement. Si elle avait voulu poser une question, elle renonça, songeuse, et mordilla sa lèvre inférieure.

« Des identifiants de prisonniers des camps ? Des

Allemands, des Juifs, l'antisémitisme. CMP, ça pourrait être la dénomination d'une catégorie.
— Très bien, à vérifier. Quoi d'autre ?
— Les identifiants Skype doivent avoir six chiffres, je ne suis pas sûre.
— À vérifier. Quoi d'autre ? »
Elle mordilla sa lèvre plus fort, fronça les sourcils et se pencha vers lui.
« Je sais ! Le nombre de neurones !
— Quoi ?
— Le nombre de neurones qui meurent à chaque fois qu'au lieu de réfléchir tu donnes des ordres.
— Faut bien que quelqu'un organise le boulot.
— Parfait, je t'écoute. »
Elle joignit les paumes de ses mains, s'adossa au sofa et commença à mouliner rapidement avec ses pouces. Elle était craquante et Teodore sentit qu'il l'appréciait de plus en plus. C'était un peu le genre de copine d'un camp de scouts, une fille avec laquelle on peut patienter toute une nuit durant son tour de garde, bavarder pendant tout le séjour – et quand on pige enfin que c'était davantage qu'une simple amitié, ça fait belle lurette qu'elle est l'épouse de quelqu'un d'autre. Il ferma les yeux et commença à visualiser les chiffres. Il vit un dossier contenant des documents, mais chassa cette image : toutes les numérotations du monde incluaient l'année, ça ne pouvait pas être ça. Pour les mêmes raisons, il élimina les prisonniers et les interpellés ; de plus, leurs numéros n'étaient pas à six chiffres. Il se reprocha mentalement une réflexion trop classique. Il faut retourner le truc, penser à l'envers. Peut-être morceler tout ça ? Pas de numéros à six chiffres, mais des couples de nombres à

trois chiffres ? 241 921 – 212 225 – 191 621. Un peu comme des morceaux de numéros de Sécurité sociale. Un peu comme des numéros de téléphone portable sans la désignation de l'opérateur. Et des triplets à deux chiffres ? 24 19 21 – 21 22 25 – 19 16 21. Il les visualisa, les retourna dans tous les sens.

« Une étrange probabilité... dit-il tout bas.
— Pardon ?
— Une étrange probabilité, répéta-t-il. Si on sépare les numéros en dizaines, aucun d'entre eux n'est supérieur à vingt-cinq. Regarde. »

Il prit son stylo dans la poche interne de sa veste et inscrivit les nombres sur une serviette de table :

24 19 21
21 22 25
19 16 21

Barbara retourna la serviette vers elle.

« Un carré magique ? Un rébus mathématique ? Un code chiffré ? L'alphabet latin a vingt-six lettres. »

Teodore retranscrivit rapidement :

X S U
U V Y
S P U

Ils échangèrent un coup d'œil. Ça n'avait pas l'air d'avoir du sens. Mais Szacki se sentit inquiet. Une idée lui échappait. Quelque chose avait défilé au fond de son crâne. Quand il transformait les chiffres en lettres ? Non, plus tôt. Quand il fixait les nombres répartis sur le papier ? Non, quand elle avait parlé de carré magique. Sans savoir pourquoi, ce carré magique lui avait évoqué l'odeur du vieux papier, un mystère, un livre lu sous la couette à la lueur d'une lampe torche. Qu'est-ce que c'était ? Un truc pour enfants, un alchimiste juif qui ramène à la vie le Golem de Prague en lui mettant une feuille de papier avec un carré magique dans la bouche. Mon Dieu, la cabale faisait-elle réellement son entrée dans son enquête ? C'était une piste, mais ce n'était pas encore ça, une autre idée avait germé dans sa tête quand il avait regardé ces numéros. Des couples de chiffres. Un carré magique. La cabale. Des préjugés. Des légendes. De l'ésotérisme. La foi. Il prit Barbara par la main et lui indiqua d'un doigt levé de ne pas parler, l'idée repêchée était de plus en plus proche, il ne voulait pas la perdre. Des nombres. La cabale. La foi. Allez, encore un peu. Il retint son souffle, ferma les yeux, vit le moment où, du fond du brouillard neuronique, la réponse avançait vers lui.

Et c'est alors que retentit la sonnerie de son téléphone portable. Leon Wilczur. L'idée disparut. Szacki répondit et écouta ce que le vieux policier avait à dire. Barbara le fixait et attendait, posa sa main sur la sienne et Teodore se dit que l'image de deux procureurs qui se tiennent fermement par la main devait être assez surréaliste, mais il ne la retira pas.

« Alors ? demanda-t-elle lorsqu'il eut raccroché.

— Alors rien, répondit-il. Une brigadier-chef de la judiciaire à Brzeg, un gardien de la paix cadet de la routière de Barczewo et un sous-brigadier de la municipale de Gorzów. Différents lieux de naissance, différents noms de famille, aucun point commun ni entre eux ni avec notre affaire. Wilczur m'a promis qu'un de ses copains de Tarnobrzeg vérifiera les archives des identifiants de l'ancienne milice communiste, on aura peut-être plus de chance de ce côté-là. »

Il avait envie de chialer. La solution de l'énigme s'était peut-être trouvée dans sa pensée disparue.

« Hmm, murmura Barbara. Je t'entends parler de Brzeg, de Barczewo et de Gorzów, des points sur une carte... Tu crois que ça pourrait être des coordonnées géographiques ? Tu sais, des degrés, des minutes et des secondes ? »

Teodore vida d'un trait le reste de son café et ils montèrent presque en courant jusqu'à sa tanière de célibataire où il percevait encore le parfum de Klara. Klara, le meilleur parti de la ville.

En essayant sur l'ordinateur diverses combinaisons de notre quart de planète (latitude nord, longitude est), ils réussirent tout au plus à pointer quelques lieux déserts de Libye et du Tchad. D'autres expériences menaient à des coins paumés de Namibie ou dans les profondeurs de l'océan Atlantique.

« Essayons de transposer ça en Pologne », dit Barbara, se penchant par-dessus son épaule. Ses cheveux roux lui chatouillèrent l'oreille.

« Une Libye en Pologne ?

— Je veux dire, vérifions où ces lignes de longitude passent par la Pologne. Tu piges ? Comme dans *Les Enfants du capitaine Grant*. »

Dans le roman de Jules Verne, il s'agissait de parallèles, mais Teodore comprit rapidement l'idée. En effet, si l'ensemble du nombre définissait une longitude, alors toutes traverseraient la Pologne ! 19°16'21'' – de Bielsko-Biała dans le sud, *via* la banlieue de

Łódź au centre et jusqu'à Krynica Morska sur la côte de la mer Baltique. 21°22'25'' commençait par l'autre Krynica, la Krynica Zdrój, pour continuer *via* Ostrowiec – là, ils échangèrent un regard entendu avec Barbara –, traverser les quartiers est de la capitale et atteindre la frontière russe vers Mrągowo. 24°19'21'' passait entièrement en dehors de la Pologne, mais toujours dans la limite de ses frontières d'avant-guerre : la ligne ratait de peu Lviv, Hrodna et Kaunas.

« Ce Ostrowiec, ça pourrait signifier quelque chose, chuchota Sobieraj quasiment à son oreille, tentant visiblement de prouver que pour une véritable optimiste, un verre brisé pouvait rester à moitié plein.

— Je sais même quoi, dit Szacki, se redressant brusquement.

— Hmm ?

— Rien. Que dalle. Un bide. Une bouse de la taille de l'Australie, un immense tas de merde puante ! »

Barbara ramena ses cheveux derrière ses oreilles et attendit patiemment qu'il se calme. Teodore arpentait la chambre d'un mur à l'autre.

« Dans les films américains, il y a toujours un génie qui tente de penser comme le meurtrier, pas vrai ? Il plisse le front, traverse le lieu du crime et, par des rétrospectives brutales en noir et blanc, on découvre que son esprit s'ajuste avant de visualiser exactement la manière dont ça s'est passé. »

Quelque chose scintilla entre le mur et le canapé, quelque chose qui ressemblait à un emballage aluminium. Szacki résista difficilement à l'envie de vérifier si c'était un préservatif intact ou l'emballage vide d'un préservatif.

« Hmm ? »

Cette fois, Barbara avait accompagné son murmure d'un geste d'encouragement. Elle pianota quelque chose d'une main sur le clavier.

« Sauf que les films ont une logique différente de celle de la vie. Ils ont une logique qui, en une heure et demie, doit aboutir à la solution, à la clôture de l'action et à l'interpellation du coupable. Et maintenant, essayons de pénétrer la véritable logique de l'affaire et l'esprit de notre assassin. Il ne souhaite probablement pas qu'on l'arrête au bout d'une heure et demie donc, à moins qu'il soit complètement et irrémédiablement cinglé, il ne va pas nous laisser des charades dont la résolution va nous conduire jusqu'à lui.

— Donc ?

— Donc, il laisse une charade qui va nous orienter sur une fausse piste. Ou pire, ce qui serait de son point de vue un geste encore plus amusant, il nous laisse une charade qui n'a aucun sens ! Une charade qui n'a pas de solution, qui ne mène nulle part et dont l'unique but est de nous faire perdre notre temps à regarder des photos satellites du désert libyen. Et à chaque minute qui passe, lui ou elle est de plus en plus loin, de plus en plus en sécurité.

— OK, dit-elle tranquillement en se balançant sur sa chaise, après avoir croisé ses bras sous le menton. Et qu'est-ce que tu proposes ?

— On va se coucher. »

Barbara haussa lentement un sourcil.

« Je n'ai pas mis ma lingerie en dentelle, donc si tu pouvais remettre ça à une autre fois... »

Teodore éclata de rire. Vraiment, il l'appréciait de plus en plus.

« Vous êtes terriblement lubriques dans ce patelin.

— De longs hivers, de longues nuits, il n'y a plus de ciné, la télé est chiante. Que faire d'autre ?
— Dormir. On va dormir, se reposer. Demain, on reçoit le retour du profiler, les résultats des analyses labo, les enregistrements des caméras de surveillance de la ville. On aura peut-être un élément de plus. »
Elle tourna l'écran vers lui.
« D'abord, jette un coup d'œil à ça. »
Il s'approcha. La mention de sa lingerie fit qu'il la regarda d'abord elle, différemment, mais y vit la même chose que d'ordinaire : un jean, d'épaisses chaussettes de randonnée, une polaire rouge, zéro maquillage. L'exemple parfait d'une secouriste scout catho jusqu'au bout des ongles. La seule dentelle qu'il imaginait sur elle serait le voile de la Vierge Marie. Mais elle sentait bon, se dit-il en se penchant par-dessus son épaule – davantage grâce à son shampoing qu'à un parfum, mais quand même.
Dans la fenêtre du navigateur Web, on voyait une page consacrée à la Conspiration Militaire Polonaise. Évidemment, le CMP. Il repêcha de sa mémoire des bribes de connaissances historiques. Des soldats maudits, des résistants polonais restés dans le maquis après la guerre pour combattre les communistes, leurs tribunaux clandestins, leurs méfaits antisémites. Jurek Szyller ?
« Je te laisse avec ce dilemme. Va savoir si c'est un écran de fumée ou une piste. Je file dormir pour de bon. Je t'appelle une fois que j'aurai mis quelque chose de plus sexy. Bisou. »
Elle l'embrassa amicalement sur la joue et sortit. Il la salua de la main sans détacher son regard de l'ordinateur.

Quelques heures plus tard, il grillait sa première cigarette de la journée à la fenêtre de la cuisine et la fumée piquait ses yeux aussi douloureusement que l'envie de dormir. Mais il en savait beaucoup plus sur la Conspiration Militaire Polonaise. Il en savait assez pour inclure dans le dossier de l'enquête une nouvelle hypothèse d'investigation, une hypothèse funeste qui, plus encore que toutes les autres, impliquait que l'affaire serait une sanglante vengeance juive. Et qui prévoyait, malheureusement, que cela ne devait pas s'arrêter à deux cadavres, bien au contraire.

L'aube s'annonçait par quelques formes imprécises apparues au fond de la cour, des taches sombres dessinées sur un fond de taches plus sombres encore. Teodore se rappela cette nuit quand, quelques jours plus tôt, il fumait au même endroit et qu'à son désespoir les ongles rouges de Klara étaient apparus sur son torse. Il repensa à cette nuit-là, il repensa à Klara qui, ce matin, lui avait ordonné de se retourner parce qu'elle habillait son corps sculptural. Ses larmes, extraites par la fumée et la fatigue, furent rejointes par quelques larmes de tristesse. Le procureur Teodore Szacki avait encore foiré quelque chose. Il se retrouvait à nouveau seul, sans personne et les mains vides.

Mais c'était peut-être mieux ainsi.

Lundi 20 avril 2009

Les chrétiens orthodoxes célèbrent le Lundi saint, début de leur octave de Pâques. Les catholiques sont enfin libres, sauf ceux aux convictions d'extrême droite qui fêtent le 120e anniversaire d'Adolf Hitler. Les autres croyants du Livre ne chôment pas non plus : les musulmans célèbrent le 1442e anniversaire de Mahomet, tandis que les Juifs écoutent le président d'Iran prononcer un discours antisémite lors d'une conférence des Nations Unies dédiée à la lutte contre le racisme. En Pologne, 48 % des citoyens soutiennent qu'il n'y a pas de parti au parlement qui représente leurs intérêts et 31 % qu'aucun parti ne partage leurs opinions politiques. L'Inde met en orbite un satellite espion de fabrication israélienne, la Russie prévient l'OTAN que les manœuvres militaires en Géorgie sont une provocation inutile, alors qu'en Italie la Juventus de Turin est sanctionnée pour les cris racistes de ses supporters : elle devra jouer son prochain match à huis clos. À Sandomierz, un homme de trente-sept ans gare sa Ford Fiesta dans la vitrine d'une boutique de plomberie rue Mickiewicz. Non loin de là débute le XIIIe concours diocésain du savoir biblique. Les quarante-quatre finalistes ont déjà gagné un séjour « formation et vacances » d'une journée au cloître de Rytwiany. Il fait un peu plus chaud, mais ce n'est toujours pas folichon : la température en journée se maintient aux alentours de treize degrés et, comble de l'ironie, le soleil brille.

1

Il avait fait des rêves stupides. Des rêves d'une stupidité cauchemardesque. Il se trouvait à nouveau au club Lapidarium, mais à la place du gros rock, on y passait en boucle des tubes des années 1980. La chanson *Wake Me Up Before You Go-Go* retentissait à ses oreilles chaque fois qu'il tendait la main vers la bouteille d'eau laissée à côté du lit. Au fur et à mesure qu'il retrouvait ses esprits, les bribes du rêve pâlissaient à grande vitesse, pas suffisamment toutefois pour gommer l'étonnement de son visage ensommeillé. On passait Wham ! et il dansait avec diverses femmes, parmi lesquelles, bien sûr, la juge Tatarska, Klara, son ex-femme Weronika et Sobieraj. Barbara ne portait que de la lingerie en dentelle rouge. Tout cela aurait pu être très érotique sans l'arrivée d'Hitler, pile après les mots « *you put the boom boom into my heart* ». Le véritable Hitler, avec sa petite moustache et son uniforme nazi, un gringalet menu et ridicule. Peut-être menu, peut-être ridicule, mais il dansait comme un dieu, il imitait les mouvements de George Michael à la perfection, les filles lui avaient fait une place au

milieu du parquet, tout le monde applaudissait et, au centre du cercle, Hitler dansait. Soudain, il prit Teodore par la main et ils commencèrent à danser tous les deux. Il se rappelait que dans son rêve, le sentiment d'inconvenance de cette danse avec Hitler combattait un plaisir certain, car Hitler dansait sensuellement, il se laissait conduire avec docilité, faisant preuve d'imagination à chacun de ses gestes. La dernière image qu'il gardait, c'était un Hitler rieur qui balançait ses bras au-dessus de sa tête l'un après l'autre, qui le fixait de façon coquette et qui piaulait « *Come on baby, let's not fight, we'll go dancing and everything will be all right* » ou un truc du genre. Quelle connerie !
– Szacki secouait la tête, incrédule, en traînant son corps fatigué de quarantenaire vers les toilettes. En urinant, il céda enfin au besoin qui montait dans sa gorge et chantonna d'une voix éraillée les paroles du refrain à son miroir.

L'éternel dilemme de savoir s'il valait mieux commencer par prendre une douche ou son petit déjeuner fut résolu par un jugement de Salomon : il enfila quelques fringues vite fait et sortit faire des courses pour prendre un peu l'air avant son rendez-vous avec le profiler. Barbara avait déjà travaillé avec lui, Teodore n'avait fait qu'en entendre parler, le gars venait de Cracovie et, dans le sud de la Pologne, il faisait figure de légende. Non seulement de légende, mais aussi d'excentrique. Szacki n'aimait pas ça, il n'appréciait pas les stars, il avait toujours préféré les travailleurs discrets qui accomplissaient leurs tâches avec précision. Un bon enquêteur devait être comme un gardien de but régulier, qui ne ferait peut-être pas d'arrêts improbables, mais qui ne laisserait pas non plus passer de tirs pourris. Il n'y avait pas de place au département de la Justice pour un Barthez ou un Boruc.

Pendant qu'il faisait la queue à la caisse de sa supérette, sa main continuait à battre sur sa cuisse le début du tube de Wham ! – pa, pa, pa, pam, pam –, tandis que ses yeux se baladaient sur le contenu du présentoir réfrigérant des charcuteries. Et c'était là une vision bien terne. Vraiment, il n'avait jamais vu de charcuteries aussi tristes de sa vie. La majorité semblait factice, des imitations en plastique produites par une machine déréglée. Et celles qui paraissaient réelles étaient, pour le coup, trop réelles : elles chatoyaient d'un millier de couleurs, sèches ou gorgées d'eau. En plus, elles affichaient des prix étonnamment bas. C'est pourquoi, même s'il avait envie d'un peu de saucisson *kabanos* pour accompagner son café du matin, il demeura dans la file d'attente en tenant dans ses bras du fromage de campagne, un paquet d'emmental sous vide, du jus de tomates et deux brioches, tout en suivant la conversation menée dans son dos par deux clientes.

« C'est un brave petit, mais si on le laissait faire, il ne lirait que l'Évangile selon saint Jean. Tous ces Jugements derniers et autres monstruosités, pour lui, c'est comme un livre de *fantasy*. Alors que le concours n'inclut pas Jean, justement.

— Et c'est aujourd'hui, ce concours ?

— Oui, à l'institut. Ça commence à peine. Je suis un peu nerveuse. Nous avons encore révisé hier soir et il me demandait si Marie-Madeleine était la femme de Jésus. Où est-ce qu'ils vont chercher des idées pareilles ?

— Chez Dan Brown.

— Enfin, avec ces histoires de Gay Pride, tant qu'il ne me demande pas si Jésus était marié à saint Jean... »

Les deux femmes pouffèrent de rire et Teodore ne put retenir un sourire. En parallèle, cette discussion avait éveillé quelque chose en lui : un chatouillement familier au fond de son crâne. Dan Brown, l'énigme de la veille, la pierre philosophale, la cabale. Encore une fois, il ratait quelque chose. Il devrait soit dormir davantage, soit faire une cure de magnésium.

« Et un peu de nos charcuteries, ça ne vous tente pas ? » La caissière eut un sourire si radieux qu'on aurait cru qu'elle venait de retrouver un fils perdu après des années de séparation. « On vient de nous livrer du saucisson Żywiec délicieux. D'ailleurs, à quoi bon en parler... » Elle se leva et en coupa une tranche généreuse. « ... vous n'avez qu'à le goûter vous-même. Un homme, ça doit prendre des forces, au lieu de carburer aux laitages comme je ne sais quelle actrice. »

Teodore la remercia poliment et mordit dans le bout de saucisson, même s'il détestait manger quoi que ce soit avant sa première gorgée de café. La charcuterie était dégueulasse, on aurait dit qu'elle gonflait dans sa bouche, mais il sourit malgré tout et en commanda six tranches. Il parcourut la supérette du regard à la recherche d'une caméra de télévision ; jamais, dans aucune boutique pendant ses quarante années de vie, personne n'avait été aussi gentil et avenant envers lui. Mais non, il n'y avait pas de caméra, rien que la caissière aux anges et deux mères de collégiens. L'une d'entre elles lui sourit, l'autre plissa les yeux et hocha la tête avec une mine entendue. Absolument surréaliste. Quand il dansait avec Hitler, au moins, il était sûr de rêver, mais là, il avait peur d'avoir perdu l'esprit. Il se dépêcha de payer.

Le temps était à nouveau glacial. Aguiché par le soleil, Teodore n'avait fait qu'enfiler une légère veste et à présent il grelottait. En dépit de la température, il fit un saut à la boulangerie du coin. Il devait manger un beignet, quand bien même il savait qu'il ne serait pas à son goût.

« Mes hommages. » Un vieil homme qui le croisait souleva son chapeau et le salua courtoisement.

Szacki le salua mécaniquement à son tour, en se disant que tout cela devenait vraiment étrange. Il pénétra dans la boulangerie. À l'intérieur, une vieille dame vêtue d'un noir funéraire se tenant près de la caisse s'empressa de s'écarter pour le laisser passer.

« Je vous en prie, dit-elle, il faut encore que je fasse mon choix. »

Il ne dit rien, choisit un beignet étrangement boursouflé et piocha dans sa poche un peu de monnaie.

« Ce n'est pas la peine, annonça la demoiselle à la caisse. On a une promo aujourd'hui.

— Quelle promo ? demanda-t-il, au bord de la rupture nerveuse. Prenez-en un, vous l'aurez gratuitement ?

— Une promo pour notre monsieur le procureur, répliqua la vieille dame derrière lui. Et pour moi, ma petite Natalia, ça sera cette saucisse en pâte feuilletée, celle-ci, là, la mieux cuite. »

Teodore sortit sans un mot ; il sentait un nœud se serrer dans sa gorge, il sentait les muscles de son cou se crisper. Il était en train de rêver du film *Truman Show* et, incapable de se réveiller, il n'arrivait pas à différencier le songe de la réalité. Il devenait fou.

Il revint chez lui d'un pas vif et, passant devant le buraliste où il avait l'habitude de faire ses achats, il heurta un homme à l'allure de mécanicien en costard cravate. Le passant était visiblement plongé dans ses pensées mais, au grand désespoir de Szacki, son visage s'égaya radieusement lorsqu'il reconnut le procureur.

« Félicitations, chuchota-t-il comme s'ils conspiraient ensemble. De nos jours, il faut du cran pour dire ce genre de choses ouvertement. Mais rappelez-vous que nous sommes de tout cœur avec vous.

— Nous qui, Bon Dieu ?

— Nous, les Polonais ordinaires, les vrais Polonais. Bonne chance ! » L'homme lui tapota familièrement l'épaule et s'éloigna en direction de la mairie. Teodore ne connecta qu'à ce moment-là les neurones adéquats de son cerveau. Pitié, songea-t-il, faites que ça ne soit pas vrai. Il se rua à l'intérieur de la boutique, heurta un ado en train de se plaindre à un de ses amis « Sa mère, sérieux, putain, qu'il n'y ait plus d'Ice tea, sérieux, quel genre de patelin c'est, sérieux » et se planta devant le présentoir des quotidiens. L'énigme fut résolue en un claquement de doigts. Il ne rêvait pas, il n'était pas fou, il ne jouait pas dans un remake de *Truman Show*.

Sur la couverture du tabloïd *Fakt*, il se découvrit, vêtu de son costume préféré, le gris métallisé, debout sur les marches du parquet de Sandomierz. Ses deux mains étaient levées dans un geste qui, hier encore, devait signifier « c'est la fin des questions », mais sur la photo, Szacki semblait dresser un barrage contre un danger inconnu, un *non possumus* résolu se dessinait sur ses traits émaciés – il constatait distinctement sa perte de poids. Le titre *Un mystérieux meurtre juif ?* et le bref texte ne laissait guère de doute quant à la menace arrêtée par le procureur.

> « *Le procureur Teodore Szacki (40 ans) a catégoriquement annoncé hier qu'il traquerait le dégénéré qui a déjà assassiné deux personnes à Sandomierz. Les habitants peuvent dormir sur leurs deux oreilles, car en l'absence du père Mateusz, c'est lui qui résoudra l'énigme du possible meurtrier juif. Le shérif en costume a personnellement assuré à l'envoyé spécial de* Fakt *qu'il attrapera le coupable sans regarder s'il est juif ou arabe et ce même s'il devait "le traîner par ses papillotes du trou moisi où il se planque". Bravo, monsieur le procureur ! En pages 4 et 5, vous trouverez les détails de ces tueries bestiales, les déclarations des témoins et la reconstitution graphique des événements.* »

Le procureur Teodore Szacki ferma les yeux. La conscience d'être devenu le héros de la Pologne des petits villages était terrifiante.

2

En réalité, il s'en fichait qu'il n'y ait pas d'Ice tea dans la boutique, il n'en avait nulle envie. Ni de quoi que ce soit d'autre : à ce stade, il voulait simplement donner libre cours à sa déception et utiliser le mot « putain ». Depuis le début, tout dans ce voyage se passait de travers. À l'aube, il avait découvert que sa mère venait de laver son blouson Abercrombie préféré, celui que son oncle Wojtek lui avait ramené de Milan, et qu'il devait donc mettre une polaire pas cool qu'il n'utilisait qu'au ski, et encore, il fermait alors son blouson jusqu'au menton. Malheureusement, une fois devant le collège, il s'était avéré que tout cela n'avait pas grande importance parce qu'Ola était tombée malade et ne participait pas la sortie. Lorsqu'il l'avait appelée, Ola avait fondu en larmes et il avait dû lui remonter le moral ; pendant ce temps, tout le monde était monté dans le bus et, au lieu de s'asseoir au fond et de siroter le mélange vodka-Coca ramené par Walter, il s'était retrouvé au troisième rang à côté de Maciek qui fixait sa console PSP si intensément qu'il avait dû la ranger dans son cartable avant que Kratos n'atteigne la fin du niveau. Ensuite, il avait eu un peu honte : qu'est-ce que ça lui faisait, après tout, il pouvait bien prêter un peu sa PSP à Maciek, il n'en ferait pas une crise de manque. Et quand il avait cru que ça ne pouvait pas devenir pire, la vieille Gołąbkowa s'était penchée au-dessus de lui pour le complimenter à voix haute pour sa rédaction sur la solitude et pour en faire des tartines sur sa sensibilité de garçon, après quoi elle était repartie. Malheureusement, elle n'avait pas emmené Marysia et Stefia, assises derrière lui, qui n'avaient plus arrêté de ricaner dans l'espace entre les sièges au sujet de sa sensibilité de hamster. Non mais sérieux, s'il était vrai que les filles mûrissaient plus vite que les garçons, alors celles-ci devaient avoir une tare génétique. Il avait fini par filer sa PSP à Maciek et avait fait semblant de dormir durant le reste du trajet.

La ville de Sandomierz en elle-même ne constituait pas une grande attraction pour lui car il l'avait déjà visitée à l'automne, quand il faisait encore chaud. Son père l'y avait emmené. Son paternel, depuis sa séparation avec sa mère, c'était une alternance d'absences et de séances d'une flagornerie exaltée. Marcin aurait voulu que son vieux arrête d'en faire des tonnes, au moins une fois, mais il ne savait pas comment le lui dire. Il aurait préféré venir chez lui sans tomber sur un dîner de roi, sans voir un film loué en DVD ou découvrir un nouveau bouquin dans sa chambre. Il aurait voulu débarquer et le trouver en caleçon, mal rasé, en train d'avaler une binouze et l'entendre lui dire que désolé, fiston, c'est vraiment une journée de merde, commande-toi une pizza, mate la télé ou fais ce que tu veux. Au moins, ça aurait été une situation normale, il aurait compris qu'il avait un père et pas une poupée plastoc' appliquant à la lettre un programme lu dans un manuel pour parents divorcés. Bien sûr, il savait que d'autres étaient tombés plus mal, certains pères s'évanouissaient complètement dans la nature ou envoyaient un SMS toutes les deux semaines. Mais peu lui importait, tout cela était merdique de toute façon : pas tant leur séparation, parce que ça ne l'avait pas surpris, mais leur manière de faire des efforts depuis. Sa mère, c'était pareil, il suffisait qu'il la regarde de travers pour qu'elle tende la main vers son porte-monnaie pour consoler son pauvre enfant d'un foyer brisé, et cela même si elle n'avait pas assez d'argent pour payer les factures. Il avait honte de constater leur faiblesse, de réaliser à quel point ils étaient faciles à manipuler, c'était si simple que ça ne lui apportait aucune satisfaction, comme le fait de boucler en trois minutes un jeu pour gamins. Heureusement, il y avait le violon. Le violon était honnête, le violon ne mentait pas, ne promettait pas, ne flattait pas. L'instrument savait remercier, mais il savait aussi se montrer impitoyable, tout dépendait de lui. Oui, sa relation avec le violon, c'était l'arrangement le plus sincère de la vie, assez courte au demeurant, de Marcin Ładoń.

Plongé dans ses pensées lugubres et privé de cet Ice tea dont il n'avait nulle envie, il se posta sur le flanc du groupe et attendit de descendre dans les souterrains de la ville. La prof Gołąbkowa l'observait de son regard humide, elle croyait sans doute qu'il s'isolait volontairement, qu'il se plongeait dans sa solitude, pauvre garçon, trop sensible pour le monde d'aujourd'hui. Vraiment, il l'appréciait, mais parfois c'était une idiote tellement coupée de la réalité qu'elle inspirait pitié. Qu'est-ce qui leur arrivait, à tous ces adultes ? Ils étaient mous, dilués, ils s'étalaient sous son regard comme du papier buvard sous la pluie et après ils s'étonnaient que les enfants ne les respectent plus. Les enfants, la bonne blague ! Il pouvait compter sur les doigts d'une main ses copines de classe encore vierges. Parmi elles Ryśka, trop conne pour écarter les cuisses, et Faustyna, avec sa famille ultra-catho, probablement bouchée avec un pieu trempé dans l'eau bénite et recousue, c'était vraiment pas de bol ce qui lui arrivait. Et puis Ola, mais Ola était différente, bien sûr.

« Mario, t'veux une gorgée ? »

Walter avait déjà les yeux un peu brillants et Marcin se dit que ça pouvait encore partir en vrille. Il but un peu du « Coca » costaud puant la vodka, puis se mit rapidement un chewing-gum frais dans la bouche.

« C'est déjà la deuxième, annonça Walter. La première, on lui a fait un sort avant Radom.
— Trop cool », dit-il pour dire quelque chose.

Walter s'accrochait au goulot d'un geste d'alcoolique héréditaire, un geste tellement manifeste que seul un aveugle ne pouvait pas voir quel genre d'huile il injectait dans sa mécanique de collégien. Marcin se sentit gêné par ses manières ostentatoires, il était mal à l'aise de participer à ce cliché. Alors, il s'enfonça au milieu du groupe qui descendait dans les souterrains. Une grande partie de ses copains n'arrivaient pas à masquer leur excitation devant cette aventure, et cela même s'ils essayaient de faire croire le contraire – seules les nanas demeuraient impassibles devant ce genre d'activités. Marysia se tenait d'une main à l'épaule de Stefia pour ne pas tomber, tout en écrivant de l'autre quelque chose sur son portable. Marcin se demandait bien à qui, car tout le monde était avec eux.

« ... Sandomierz était alors une cité très prospère, l'une des plus riches de Pologne. On y appliquait la loi du dépôt, ce qui voulait dire que tous les commerçants itinérants devaient y exposer leurs marchandises à la vente, grâce à quoi Sandomierz était un gigantesque centre commercial ouvert sans interruption où on pouvait trouver absolument de tout. »

Marysia avait détaché son regard de l'écran une fraction de seconde au son des mots « centre commercial », mais elle laissa aussitôt tomber.

« Les bourgeois de Sandomierz se sont enrichis et, craignant pour leurs objets de valeur, leurs marchandises et leur sécurité, ils ont passé des siècles à creuser des caves sous la ville. Avec les années, celles-ci se sont transformées en un immense labyrinthe souterrain. Les pièces réunies descendaient sur huit étages à l'intérieur de la roche sédimentaire, certains tunnels passaient sous le fleuve jusqu'au château de Baranów ou d'autres villages de la région. À ce jour, personne ne sait combien il y en a réellement. »

La guide avait un ton de voix agréable, un brin taquin, mais elle lassait un peu, surtout quand il fallait écouter la même histoire une deuxième fois en l'espace de quelques mois. Et même si elle n'avait pas ennuyé l'assemblée, cela n'aurait pas changé l'aspect qui avait tant surpris Marcin lors de sa première visite : pourquoi les célèbres oubliettes de Sandomierz ressemblaient-elles aux sous-sols d'une tour HLM ? Des murs en briques, un plafond en béton et un plancher en lino, le tout éclairé par des halogènes. Aucune magie, aucun mystère, rien du tout. Incroyable à quel point ils avaient réussi à gâcher ce lieu si intéressant.

« Et soudain, les Mongols avaient encerclé la ville, dit la guide d'une voix basse, ce qui la ridiculisa au lieu d'ajouter à la dramaturgie de son récit. Halina Krepianka, inconsolable après la perte de toute sa famille, se rendit au campement de l'ennemi. Sur place, elle annonça au chef des Tatars qu'elle conduirait son armée dans la ville par les souterrains secrets, parce qu'elle voulait se venger des habitants qui l'avaient déshonorée... »

La guide s'empourpra soudain, elle ne savait probablement pas si les enfants pouvaient comprendre ce qu'elle voulait dire.

« Déshonorée ? murmura Marysia. Alors pourquoi elle n'en a pas profité, cette conne ?

— LOL, répliqua sa meilleure amie.

— ... et quand les Tatars lui ont fait suffisamment confiance, elle les a menés par le dédale des corridors

durant des heures. Pendant ce temps, les habitants ont muré toutes les issues du souterrain. Tous les envahisseurs sont morts. Cette femme héroïque est morte également...
— Quand ils ont pigé le truc, c'est là qu'ils l'ont déshonorée comme il faut. »
Marysia était inimitable.
« Hé ! Un grand LOL.
— Et pour vous prouver que dans chaque légende il y a un petit fond de vérité, je peux vous dire que le canyon des Piszczeli, ce qui veut dire le canyon des tibias, a pris ce nom parce que de nos jours encore on peut y déterrer des restes humains, peut-être des restes de ces Tatars emmurés vivants. »
Ils avancèrent en traînant les pieds jusqu'à la salle suivante, intéressante parce qu'elle ressemblait au corridor d'une mine. Marcin écouta le récit des efforts accomplis après la Deuxième Guerre mondiale pour sauver la ville de l'écroulement. Ça, c'était intéressant, c'était bien plus intéressant que les légendes de bonnes femmes héroïques. Il avait envie d'entendre comment les mineurs avaient creusé des puits au milieu de la grande place du marché, comment il avait fallu désosser les maisons du quartier historique pour les assembler à nouveau, comment on avait rempli les tunnels et les caves vides avec un matériau spécial pour renforcer la roche trouée comme une passoire. Il s'adossa au mur. Le fait d'écouter attentivement ne l'empêchait pas de regarder la ficelle du string lilas de Marysia qui dépassait de son pantalon fixé sur ses hanches. Il était peut-être vieux jeu, mais ça l'irritait un peu qu'elles s'efforcent presque toutes de ressembler à des putes usagées. Heureusement qu'Ola n'était pas comme ça.

La guide suspendit un instant son exposé et le silence se fit.

Dans le silence, il entendit un hurlement lointain, délicat, qui semblait provenir des entrailles de la terre.

« Vous entendez ? »

Marysia se retourna vers lui et tira son pantalon vers le haut.

« Qu'on entende quoi, sale pervers ?

— Ce hurlement, là, comme venu des profondeurs. Là, taisez-vous, taisez-vous... »

Les filles échangèrent un regard.

« OMG, t'es devenu fou ?

— Mais écoutez, on entend vraiment un hurlement.

— Un hurlement comme si quelqu'un déshonorait quelqu'un ou plutôt un hurlement satanique ? Parce qu'il n'y a que le premier qui m'intéresse...

— LOL.

— Seigneur, t'es vraiment une gonzesse pourav'. Ferme-la une seconde et écoute.

— Et toi, va te faire soigner, psycho freak, j'te jure. Faut que j'le dise à Ola, sérieux. »

Les filles ricanèrent de concert et rejoignirent le groupe qui avançait vers la salle suivante. Marcin resta en retrait, collant son oreille à différents endroits du mur jusqu'à trouver celui où on entendait le mieux le hurlement. C'était un bruit extrêmement étrange, Marcin en avait la chair de poule. Un long gémissement modulé, presque ininterrompu, le gémissement d'un homme ou d'une bête qu'on torture. Quiconque émettait ce son devait se trouver dans un état lamentable. Mais peut-être que ce n'était qu'une illusion, peut-être que ce n'était que le vent, une ventilation bizarre.

3

Le sous-commissaire et docteur ès psychologie Jarosław Klejnocki se tenait assis les jambes croisées, fumait sa pipe et observait les personnes réunies d'un regard paisible, masqué en partie par ses épaisses lunettes. Les verres en étaient vraiment épais, il n'y avait aucune exagération possible sur ce point, suffisamment épais pour qu'on puisse distinguer la forme rebondie des lentilles et pour que la portion du visage visible de l'autre côté apparaisse comme sensiblement plus étroite que le reste. Des cheveux gris et courts, une barbe courte également, un pull à col roulé, une veste en tweed, un pantalon de costume et des chaussures de sport rouges dans le style du docteur House complétaient le tableau.

Ses habits pendouillaient légèrement sur lui et Teodore se dit qu'il n'y avait pas si longtemps, le docteur devait avoir été plus gros. Un certain flétrissement, un surplus de peau au niveau de ses joues, sa manière de se vêtir et ses mouvements ralentis prouvaient qu'il avait passé des années à s'habituer à sa corpulence. Corpulence probablement emportée par la maladie ou par une épouse dévouée ayant décidé d'éviter un veuvage précoce à cause du surpoids.

En dehors du docteur Klejnocki et de Szacki, Barbara Sobieraj et Leon Wilczur se trouvaient également dans la salle de conférences du parquet – le commissaire avait au préalable conduit le scientifique sur les lieux des crimes. Les fenêtres étaient fermées par des volets et on projetait les images des corps des victimes sur un grand écran déroulé. Barbara se tenait assise dos à l'image, elle ne tenait pas à voir ça.

Le docteur Klejnocki inspira encore une bouffée de sa pipe qu'il reposa ensuite sur un support spécial sorti de sa poche. Si quelqu'un voulait organiser un concours pour désigner l'archétype de l'intello de Cracovie, le sous-commissaire aurait été mis devant un choix très simple : soit lauréat du grand prix, soit président du jury. Il ne restait plus qu'à espérer que derrière ce trop-plein de forme se cachait un contenu autre que des exercices de voyance dans un déguisement universitaire.

« Figurez-vous que j'ai pris récemment part au concours du mot le plus polonais qui soit. Savez-vous ce que j'ai proposé ? »

Sa-mère-la-cochère-bigleuse, se dit Szacki, en souriant poliment.

« Żółć, la bile, annonça Klejnocki avec emphase. Pour deux raisons. Premièrement, parce que le mot se compose de signes diacritiques caractéristiques exclusivement de la langue polonaise, ce qui lui confère à la fois une originalité et une totale unicité. »

Bordel de merde, dites-moi que ce n'est pas vrai. Je ne suis pas là, assis, à écouter cet exposé improbable.

« Deuxièmement, parce qu'en dépit de sa singularité sur le plan linguistique, le mot en question contient une certaine signification uniforme et exprime, de manière symbolique, la nature de la communauté qui, avouons-le, ne l'utilise pas très souvent. La bile représente un état mental et psychique très répandu au pays de la Vistule. L'amertume, la frustration, la moquerie teintée de mauvaises ondes et du sentiment de son propre échec, la négativité et l'insatisfaction permanente. »

Le docteur Klejnocki s'interrompit, fit tomber la cendre de sa pipe et, plongé dans ses pensées, se mit à la bourrer à nouveau, puisant le tabac dans une bourse de velours couleur tapis de billard. Une odeur de vanille flotta dans la pièce.

« Pourquoi j'en parle, me demanderez-vous.

— C'est la question qui nous brûle les lèvres. »

Barbara avait craqué et le docteur Klejnocki la salua avec grâce.

« Je n'en doute pas, chère madame la procureur. J'en parle parce que j'ai remarqué qu'en plus du crime passionnel, du crime dans l'affect, il existe un autre crime, appelons-le crime dans la bile. C'est un crime assez caractéristique de cette partie du monde qu'on nomme, qu'on le veuille ou non, la patrie. L'affect est une explosion soudaine d'émotions, un instant d'excitation et d'aveuglement qui emporte tous les freins imposés par la culture. Une cape rouge tombe sur notre esprit et seule une idée importe encore : tuer. La bile, c'est autre chose. La bile s'amasse doucement, goutte à goutte. D'abord, elle nous fait roter de temps en temps, puis elle donne un mauvais goût en bouche, elle gâche la vie, devient un bruit de fond irritant, comme une rage de dents, à cette différence près que la cause de la bile ne peut pas être supprimée par une simple intervention médicale. Peu de gens savent comment s'en débarrasser, alors qu'à chaque minute qui passe, c'est une nouvelle goutte de cette pénible émotion qui tombe. Plouf, plouf, plouf... » Chaque « plouf » fut accompagné d'un petit nuage de fumée. « À la fin, nous ne sentons que la bile, nous ne sommes plus que bile et nous devenons prêts à tout pour y mettre un terme, pour ne plus manger cette amertume, cette humiliation. C'est le moment où les gens envoient paître un environnement, comme lorsque la bile s'amasse dans un milieu professionnel. Certains s'envoient paître eux-mêmes. En sautant d'un pont ou du toit d'un immeuble. D'autres se ruent sur quelqu'un. Sur une épouse, un père, un frère. Et je crois que c'est de ça qu'il s'agit ici. »

Il indiqua du bout de sa pipe le cadavre livide d'Ela Budnik.

« Donc, on en arrive au concret, dit Szacki.

— Très certainement. Vous ne croyiez tout de même pas que j'allais débiter ces conneries pendant des heures ? »

Barbara haussa un sourcil, mais ne commenta pas. Aucun muscle ne frémit sur le visage de Wilczur. Absolument immobile et silencieux jusque-là, le vieux flic devait considérer que les préliminaires étaient terminés, car il se pencha en avant sur son siège – Teodore aurait mis sa main à couper qu'il avait entendu un grincement et que ça n'avait pas été le grincement de la chaise –, arracha le filtre de sa cigarette et l'alluma.

« Je l'avoue, c'est un cas étrange... » commença le docteur, et Szacki se dit que c'était parti pour le baratin : il avait toujours pris les profilers pour des sortes de voyants qui s'évertuaient à donner tellement d'informations que quelque chose devait forcément coller. Personne ne se souvenait après coup des fragments ratés. « S'il n'était pas aussi manifeste que les deux crimes ont été commis par le même coupable, je vous aurais suggéré que le second meurtre était l'œuvre d'un imitateur. Il y a trop de différences.

— Par exemple ? demanda Szacki.

— Les deux victimes ont été saignées à mort. À première vue, c'est une ressemblance. Mais voyons les détails. L'homme a les deux artères des cuisses tranchées avec précision. En quelque sorte, il s'agit là d'une solution élégante. Le sang coule vite, le long des jambes, et c'est fini. La femme en revanche a la gorge lacérée au point qu'on dirait des branchies, ce qui implique de nombreux coups portées avec rage. Il a voulu la punir, l'humilier, l'enlaidir, ça ne le dérangeait pas que le sang coule sur le visage et le corps de la victime, que le liquide le salisse lui-même. Avec cette manière de trancher la gorge, tout devait être recouvert de sang. »

Teodore se rappela la flaque amarante étendue à l'étage du manoir abandonné.

« Ce qui veut dire que le premier crime a été commis "dans la bile" et que ça aurait théoriquement dû clore notre cas. Le meurtre est achevé, la bile s'est écoulée avec le sang de la victime, le calme apparaît, puis la culpabilité et le remords. C'est la dynamique habituelle. Pourquoi a-t-il tué une nouvelle fois ? » Klejnocki se leva et commença à se promener dans la pièce. « Par ailleurs, les deux victimes ont été déshabillées. Ça a l'air d'une ressemblance. Mais voyons les détails. La femme est abandonnée nue dans un lieu public, humiliée une nouvelle fois, tout cela indique clairement à quel point le besoin de tuer était puissant. C'est pourquoi nous pouvons exclure la possibilité d'un coupable étranger à la région ou un passant occasionnel. L'homme, en revanche, a été pendu dans un lieu isolé et, en plus, le tonneau pourrait être considéré comme une sorte de couverture : après tout, il n'a pas fait beaucoup de mal à la victime, c'était plutôt un accessoire. On dirait que cette fois-ci, le coupable a inconsciemment honte de son acte, alors que plus tôt il souhaitait que le monde entier en entende parler. Pourquoi ? Nous ne le savons pas encore, mais je vous conseille d'admettre que la clé du mystère réside dans le premier meurtre et dans les mobiles qui y ont conduit. Le second meurtre est, comment dire, complémentaire, mais pas essentiel. Excusez mon cynisme, mais j'imagine qu'à cette étape de l'enquête vous cherchez avant tout à appréhender le coupable.

— Vous dites sans cesse "il", intervint Barbara. Est-ce que le profil correspond à un homme ?

— Très bonne question, justement, j'allais y venir. Malheureusement, vous ne pouvez pas exclure une coupable femme pour plusieurs raisons. D'abord, la victime n'a pas été violée. Cela arrive très rarement qu'un homme pris d'un désir de meurtre n'abuse pas d'une femme inconsciente, impliquant pour elle une humiliation supplémentaire. Et puis, le visage de la victime est intact, malgré le fait que le coupable ait mis la gorge de la victime en charpie. Cela pourrait être la signature d'une femme. Car pour une femme, le visage est une carte de visite, une manifestation de beauté qui indique une valeur élevée, la fertilité et une position sociale supérieure. Le fait de détruire cette carte de visite est un tabou plus fort chez une femme que chez un homme. Enfin, le point dont je parlais avant : le premier meurtre est un cas typique de crime commis sous l'emprise d'une puissante charge émotionnelle, tandis que le deuxième est perpétré honteusement, par obligation, parce qu'un schéma de vengeance le présupposait par exemple. Les femmes sont en général plus systématiques. Un mec aurait taillé dans le vif, la tension l'aurait quitté, il aurait laissé tomber. La femme a bouclé le point n° 1 de son plan, elle commence donc à réaliser le point n° 2. Bien sûr, je ne déclare pas que le coupable est une femme, je dis simplement qu'on ne peut pas exclure cette éventualité.

— Vous nous aidez grandement, commenta malicieusement Szacki. Vous ne pouvez rien confirmer, rien exclure, tout est possible. Vous ne nous avancez pas.

— Les victimes n'ont pas été tuées au même endroit, répliqua le docteur. Que dites-vous de cette affirmation concrète, procureur ?

— Vous vous trompez, déclara Wilczur de sa voix grinçante.

— Le rang ne garantit pas l'infaillibilité, commissaire, s'offusqua le docteur, laissant entendre par la même occasion qu'il n'avait pas l'habitude qu'un flic de campagne puisse se prévaloir d'une position hiérarchique supérieure à la sienne.

— Les tests nous prouvent que sous la seconde victime, il y avait également le sang de la première.

— Les tests l'ont peut-être montré, il se peut qu'il y en ait eu. Je conseille de vérifier encore, de prendre des échantillons à divers endroits. Il est improbable, psychologiquement parlant, qu'un meurtre commis dans l'émotion soit réalisé avec autant de soin. Le second est froidement mis en scène, mais le premier non, c'est absolument hors de question. En revanche, si le coupable s'est donné autant de mal pour y ajouter le sang de la première victime, cela signifie qu'il tient fortement à ce que vous ne trouviez pas la scène du premier crime. »

Teodore regarda Leon Wilczur et celui-ci hocha la tête. Il faudrait vérifier ça.

« Merci, dit-il au docteur Klejnocki. Confirmer votre supposition serait très important pour nous.

— Est-ce qu'il va frapper à nouveau ? demanda Barbara. Est-ce que ça pourrait être un tueur en série ?

— Non, il ne correspond pas au profil d'un tueur en série. Comme je l'ai dit plus tôt, ça ressemble davantage à la réalisation d'un plan. La vengeance, bien sûr, est un mobile qui s'imposerait. Donc, si le plan suppose d'autres victimes, alors oui, il tuera à nouveau.

— Qu'est-ce qui l'indique ?

— Le texte laissé sur le lieu du crime. Si l'affaire était terminée, il n'aurait pas envie de jouer aux devinettes.

— Alors, c'est un jeu ?

— Ou sa manière de nous communiquer le fondement de sa vengeance. Souvent, les vengeurs ne se satisfont pas de la mort de la personne qu'ils accusent de leurs torts. L'infamie est également importante, le monde doit découvrir la raison de leur punition. Bien évidemment, il existe aussi une troisième possibilité. Après tout, les meurtriers sont plongés dans la même sphère méta-criminelle que nous.

— Je sais ce que vous insinuez, soupira Teodore. Qu'ils regardent les mêmes films que nous et que l'assassin peut avoir gribouillé quelques chiffres aléatoires pour nous embrouiller les idées.

— Exactement. »

Le docteur Klejnocki tendit la main et éteignit le projecteur.

« Pardon, mais je n'en peux plus de voir ce cadavre. »

Le silence se fit dans la pièce. Teodore se dit que la réunion avait été utile malgré tout, et il fallait reconnaître au scientifique son savoir-faire : il réfléchissait de manière très logique et ne permettait pas à la théorie de voiler la réalité.

« En supposant qu'il reste une personne à éliminer selon le plan, qui cela pourrait-il bien être ?

— Quelqu'un qui serait lié aux deux premières victimes, répondit le sous-commissaire comme Szacki s'y attendait. D'abord la femme, puis le mari, ça m'étonnerait que ça soit le tour d'une caissière anonyme de Varsovie. Quelqu'un de la famille plutôt, un ami de longue date, quelqu'un du même milieu. Si vous réussissez à découvrir le fondement de l'affaire, si vous trouvez la prochaine victime avant qu'il ne frappe… »

Klejnocki n'avait pas besoin d'achever sa phrase, Teodore entendait sans cesse le tic-tac de l'horloge dans sa tête depuis le début de cette affaire, le bruit du compte à rebours ne faisait que devenir plus fort et plus rapide. S'ils découvraient la victime potentielle, ils découvriraient le meurtrier. Un homme ou une femme, certainement quelqu'un de proche des Budnik, quelqu'un de connu. Peut-être quelqu'un qu'il avait déjà croisé dans la rue, peut-être quelqu'un qu'il connaissait déjà. Il regarda Barbara qui posait encore des questions sur des détails, il regarda le commissaire Wilczur qui parlait au téléphone dans un coin de la pièce. Il songea aux autres, à Szyller, à Ourson, au mari de Barbara, à l'étrange légiste Boucher, à la juge Tatarska, au gars qui l'avait abordé dans la rue ce matin. D'une manière ou d'une autre, tous ces gens étaient liés entre eux, ils se connaissaient depuis la maternelle, ils allaient aux mêmes fêtes, répétaient les mêmes commérages, trahissaient des secrets, découvraient des cachotteries. Il n'était pas paranoïaque, il ne s'autorisait pas à croire à la conspiration de l'ensemble de la ville ou à la loi du silence, mais il avait remarqué qu'il se censurait de plus en plus souvent lors de ses contacts avec des nouvelles rencontres.

Jusque-là, il n'avait fait que pressentir que la solution de l'énigme se trouverait dans les vieux murs de cette ville construite durant les prémices de l'Histoire de la Pologne. À présent, il en était certain.

4

Pour des raisons évidentes, il n'avait pas été convié à la conférence de presse. Chaque question au sujet du « shérif bouffeur de Juifs » était traitée de la même manière par Ourson : elle constatait d'une voix glaciale que le procureur en charge de l'enquête était occupé sur le terrain. Ils n'avaient pas discuté en détail de la couverture du quotidien *Fakt*, sa directrice n'avait fait que l'informer laconiquement qu'elle avait eu droit à une longue discussion avec le procureur général de la République et que ça n'avait pas été une conversation agréable. La décision de ne pas les dessaisir du dossier pour le transférer au parquet régional de Kielce n'était due qu'au fait que le procureur général détestait les tabloïds depuis qu'il y avait trouvé sa propre photo en slip de bain (sous le titre « *La Justice au sauna* »). D'autre part, un mystérieux citoyen haut placé dans les structures de l'État avait certifié que s'il y avait bien quelqu'un qui pouvait nettoyer cette pagaille de province, c'était le procureur aux cheveux blancs. Teodore était réaliste, il savait que cet appui inattendu ne signifiait qu'une chose : quelqu'un ne souhaitait vraiment pas qu'il revienne à Varsovie. Qu'ils ne s'inquiètent pas là-haut, il n'en avait nulle envie.

Il suivit la conférence à la télé. Un cauchemar, la moitié des questions tournait autour des meurtres rituels juifs et l'autre moitié autour d'un tueur en série. Le quatrième pouvoir avait du mal à cacher son excitation devant l'éventualité qu'un véritable génie du crime apparaisse enfin au bord de la Vistule. Correction : il ne le cachait même plus. La plupart des présentateurs gominés donnaient l'impression de tenir sans arrêt une main dans leur froc et de se branler plus fort chaque fois que les mots « en série » étaient prononcés. Un spectacle affligeant. Il remarqua également que les nationalistes de droite levaient le menton de plus en plus fièrement : les politiciens frappés d'ostracisme à cause de leurs opinions retrouvaient un état de grâce pour donner de la profondeur à ce cirque. Divers conservateurs, dont les membres du parti Ligue des familles polonaises, se pointaient sur des plateaux télé et tentaient de couvrir leur propagande antisémite du voile de la posture intellectuelle suivante : « Je n'affirme pas, je ne fais que poser la question... » Et les médias prétendaient y croire.

« *Il faudrait se poser la question de savoir si le peuple d'Israël n'a vraiment été qu'une victime au cours des âges... Bien sûr, il y a l'horreur de l'Holocauste, mais il y a également cet Ancien Testament si sanguinaire, il y a le bombardement du Liban et le mur qui coupe en deux des familles palestiniennes. Je n'affirme pas que des Juifs sont responsables des événements de Sandomierz, bien que, dans cette ville en particulier, ville qui a connu par le passé différents incidents, cela serait d'une symbolique terrifiante. J'affirme en revanche qu'il serait imprudent de faire croire qu'il existe un peuple sur cette terre intrinsèquement incapable d'agressivité. Parce que dans ce cas précis, une telle supposition pourrait conduire à l'escalade de la tragédie.* »

Bon, il n'existait pas de remède à la stupidité. Teodore décida donc de se couper de ce bourdonnement et de se concentrer sur ses preuves, de revoir une fois encore tous les procès-verbaux, les nouveaux et les anciens. Ça n'avait pas l'air prometteur. Le manoir abandonné de la rue Zamkowa était situé de telle manière que personne ne pouvait avoir vu dans ce secteur quoi que ce soit et, de fait, personne n'avait rien vu. Il n'y avait aucune caméra de surveillance. Les numéros à six chiffres ne correspondaient pas à des cartes de miliciens communistes, la vérification des numéros de prisonniers des camps d'extermination et des identifiants Skype menait également à une impasse. Un petit pas en avant avait été fait suite à la vérification de l'hypothèse du docteur Klejnocki : en effet, Ela Budnik n'avait pas été assassinée au même endroit que son mari. Son sang avait été retrouvé en plusieurs points, mais mélangé dans des proportions étonnamment égales, ce qui n'aurait pas été le cas si elle avait été égorgée sur place. Teodore se rendait compte que c'était une information capitale. Si le coupable tenait tant à ce qu'ils arrêtent de chercher le lieu où avait été commis le premier crime, cela voulait dire que ce lieu révélerait son identité. Ce qui confirmait aussi que ce n'était pas une personne inconnue. C'est pourquoi Szacki avait ordonné de fouiller l'ensemble du domaine du manoir sous l'angle des traces de sang. L'assassin avait peut-être commis une erreur en déversant quelques gouttes dans la direction d'où il était venu, il leur avait peut-être inconsciemment tracé un chemin avec des miettes de pain. Du sang et du pain, encore cette symbolique morbide.

Après la conférence, ils se réunirent une nouvelle fois avec Barbara et Ourson pour revoir tous les aspects avec soin. *Presque* tous les aspects, car Teodore garda pour lui l'aboutissement de sa nuit de recherches au sujet de la Conspiration militaire polonaise. Il l'évoqua, bien sûr, mais ne l'inclut pas dans le dossier et ne le présenta pas comme un thème important. Pourquoi ? Parce qu'il sentait que cela jetterait une ombre trop épaisse sur ce bijou qu'était Sandomierz pour qu'il puisse faire confiance aux habitants élevés ici et amoureux de leur ville. Par ailleurs, il basculait de plus en plus dans la certitude qu'ils n'étaient pas totalement francs avec lui. Il restait un étranger à qui on ne dit que ce qui est nécessaire et pas un mot de plus. C'était peut-être injuste vis-à-vis de Barbara, car les liens d'amitié qui les unissaient se consolidaient à chacune de leurs conversations et la présence de la fonctionnaire frigide rousse lui faisait authentiquement plaisir. Mais elle était d'ici, ce qui signifiait qu'il ne pouvait pas lui faire totalement confiance.

La réunion terminée, il retourna à sa paperasse. Il devait être certain de n'avoir omis aucune phrase, aucun mot, aucun fragment de photographie. Il devait être certain que la clé de l'énigme ne résidait pas déjà dans le dossier.

5

La petite aiguille de l'horloge suspendue au-dessus de la porte s'approchait du nombre dix et il demeurait toujours prostré sur ses papiers ; il retournait mentalement chaque pièce du puzzle, différentes versions apparaissaient dans son cerveau comme dans les films. Concentré, plongé dans son monde, il sursauta de peur lorsqu'un téléphone portable sonna sous son nez. Le commissariat municipal de police. Puis-je parler avec M. le procureur Szacki ? C'est moi. Il avait complètement oublié qu'il était d'astreinte ce soir-là. Il était facile d'oublier ses astreintes à Sandomierz : d'habitude, il ne se passait rien qui nécessitât la présence d'un procureur sur les lieux, à peine un accident de voiture sur la rocade de temps en temps. Il écouta l'officier de garde et se sentit à nouveau comme le matin chez le buraliste. Ça ne pouvait pas être vrai, on se fichait de lui.

« Je serai là dans dix minutes », promit-il.

Dans la voiture, il jeta un dernier coup d'œil au plan de la ville. Il avait l'impression de savoir où ça se trouvait, mais il ne voulait prendre aucun risque. Il n'était pas loin, forcément, tout était près par ici. Sur le chemin, il écouta de la musique sur Radio 3. Il dépassa la gare routière, tourna à gauche et se rangea derrière la fourgonnette de police. L'obscurité derrière le lycée professionnel agroalimentaire était dissipée par l'éclat des torches enflammées. Dès qu'il coupa la radio, un chant commença à s'engouffrer dans sa voiture :

« ... *de nos larmes, de notre sang par pleines rivières. Horreur pour ceux que tu prives de liberté durant des centenaires. Devant tes autels, nous t'implorons...* »

Teodore posa son front sur le volant dans un geste de renoncement. S'il vous plaît, pas ça, pitié. Pas une nouvelle rixe patriotique. Et pour couronner le tout, les paroles de cette graphomanie catholique et xénophobe. Nous meilleurs, vous pires, nous récompensés, vous punis. Vraiment, il ne voyait pas de différence entre le chant patriotique catholique *Dieu pour la Pologne* et l'hymne nazi *Horst Wessel Lied*. Et même, le second était moins gémissant et larmoyant. Il boutonna sa chemise, enfila son masque d'acier de procureur imperturbable et plongea dans la soirée froide qui sentait la brume et l'humidité. Il n'avait pas fait dix pas que le Maréchal émergea de l'ombre et lui barra la route, inquiet.

« Monsieur le procureur, qu'est-ce que vous faites par ici ?

— Je me balade, répliqua Teodore. L'officier de garde m'a appelé, il m'a dit qu'il y avait du grabuge...

— Ahh... » Le Maréchal agita la main. « Le garde fait du zèle. Au fond, il ne se passe rien. Des jeunes qui ont un peu bu, ils s'amusent, les voisins ont eu peur pour pas grand-chose...

— Ils ont tellement bu qu'ils ont allumé des torches ? »

Szacki n'était pas en mesure de comprendre la source de l'anxiété visible dans le regard du policier. De quoi s'agissait-il ? Il le contourna d'un pas décidé et avança en direction du rassemblement qui entonnait alors d'une dizaine de voix l'hymne national, *La Mazurka de Dabrowski*. Mais bien sûr, gémit-il en pensée, comment aurait-on pu s'éviter une bande de nationalistes cinglés dans cette affaire ?

Dans la rue, un groupe d'une quinzaine de garçons, âgés de dix-sept à vingt-cinq ans environ, buvait et agitait des torches. Au début, Teodore se demanda ce qu'ils foutaient là. Il avait entendu des rumeurs sur les nationalistes de Sandomierz et il savait donc que, pour des raisons inconnues, leur point de ralliement était le cimetière des soldats russes aux abords de la ville. Le complexe du lycée agroalimentaire ne collait pas avec son idée d'un rituel patriotique, à moins qu'il ne s'agisse de célébrer le pain ou l'hostie, allez savoir. L'énigme fut vite résolue : immédiatement derrière l'école se trouvait un petit cimetière juif. À la lumière des torches, Teodore put distinguer un monument du souvenir, une pyramide de plusieurs mètres de haut construite avec des éclats d'anciennes pierres tombales.

« *Le Polonais meurt pour la nation, pour la mère patrie !* braillaient les garçons en chemises noires. *Il subit la faim, le froid, repousse la barbarie. Marche, marche, Polonia... »*

Intéressant... Est-ce qu'ils savent que c'est une mélodie ukrainienne ? se demanda Szacki.

Son premier réflexe aurait été de disperser l'assemblée avant l'arrivée de la presse qui ne demandait pas mieux que d'écrire que le shérif de Sandomierz et sa fidèle garde prétorienne poursuivaient à la lumière des torches les coupables du meurtre rituel juif. Bravo, monsieur le procureur ! Continuez comme ça ! *Sieg Heil !* Ceci étant dit, il était curieux de constater que les tabloïds du monde entier étaient identiquement xénophobes. Ils savaient que leur lecteur de base, ivrogne et violent envers sa femme, n'avait besoin que d'une chose, qu'on lui désigne un ennemi à accuser de ses échecs. Après une brève hésitation, Teodore chassa son premier réflexe, appela le Maréchal d'un mouvement de la main et lui ordonna de faire venir Jurek Szyller et trois fourgons de police de Tarnobrzeg.

« Mais pourquoi, monsieur le procureur ? » Le Maréchal en avait pratiquement les larmes aux yeux.

« Immédiatement ! » grogna Szacki, et il devait y avoir quelque chose d'intransigeant dans sa voix car le flic se retrouva dans son véhicule en deux bonds. Mais il revint aussitôt.

« Monsieur... Les jeunes, on le sait, ils s'embêtent, ils n'ont rien dans le ciboulot... » Il recommençait son plaidoyer. « Ils se sont organisé un petit club patriotique, rien de plus, c'est mieux que de se droguer, pas vrai ?

— Un club patriotique ? Des pédés fachos, oui ! »

À chaque seconde qui passait, la fureur de Teodore croissait.

« Mais mon garçon est parmi eux, monsieur le procureur. Pourquoi en faire toute une histoire ? Chassons-les et c'est tout. »

Szacki posa sur lui un regard glacial et fut sur le point de commenter sèchement, mais il songea à Hela qui n'avait plus envie de le voir, qui s'éloignait de lui chaque jour, qui blêmissait même dans ses souvenirs. Qui était-il pour donner des conseils parentaux ? Il eut pitié du policier ; dans n'importe quel autre contexte, il lui aurait dit de ne plus l'embêter avec ça et de disperser les jeunes aux quatre vents. Là, non seulement il avait besoin d'une punition exemplaire, mais il avait déjà commencé ce qu'on pourrait appeler son expérience d'investigation. Par ailleurs, il détestait les nationalistes, tous des passionnés du feu et des torches, qu'ils aillent au diable.

« Liberté de réunion ! hurla dans leur direction un brun hâlé à l'allure très peu aryenne. On peut rester là jusqu'au couvre-feu ! Vous pouvez nous faire que dalle ! »

Szacki lui sourit. En cherchant bien, il aurait trouvé un petit paragraphe applicable, mais il voulait endormir leur vigilance, et aussi les provoquer par sa présence et celle des policiers.

« Et la liberté de la parole ! ajouta un autre jeune, plus dans le type du *Lebensborn*. On peut dire ce qu'on veut. Vous ne fermerez pas la bouche aux Polonais ! »

Une fois de plus, ce n'était pas tout à fait vrai. Teodore continua de sourire.

« Alors, les gars, la valse ? » cria le gars non-aryen à ses compagnons et ils entamèrent tous un nouveau chant sur l'air d'un tube de Jerzy Połomski, très populaire lors de fêtes de mariages.

« *Il était une fois un goy, qui cherchait des noises aux Juifs... Et les Juifs ont dit "oy", il faudrait être plus agressif...* »

Szacki réprima un éclat de rire. Toute cette situation était surréaliste, ça ne faisait pas de doute, et le tube des festins populaires transformé en chansonnette antisémite donnait à l'ensemble un climat de cabaret. Les joyeux garçons arrivèrent au refrain :

« *... Touuuuute la salle tire avec nous et les Youpins tombent par centaines ! Débarrassons-nous des filous, les troupes d'Arafat nous soutiennent...* »

D'un côté, il ressentait de la satisfaction, parce qu'ils venaient de transgresser la loi, de l'autre, il était outré. Il était persuadé que tous les massacres de l'Histoire de l'humanité commençaient par des mots.

« *... les Noirs et les pédés, on les foutra sous barbelés. Les ordures communistes au gaz, leurs cendres dans un vase. C'est notre valse de combat, le jour du sabbat !* »

Pile au moment du dernier point d'exclamation, une fourgonnette de police s'arrêta à proximité et Jurek Szyller en émergea. En jean et col roulé noir, il ressemblait à un loup de mer. Il ne daigna même pas jeter un coup d'œil au chœur nationaliste et s'approcha directement de Szacki.

« C'est quoi cette farce ? grogna-t-il.

— Excusez-moi de vous avoir dérangé, mais j'avais besoin de votre aide. Je me suis dit que vous seriez le mieux placé pour calmer les ardeurs de vos sous-fifres. Faites ça avant que des autocars de pèlerins ne commencent à rappliquer en ville comme dans un parc d'attractions de l'antisémitisme. On a suffisamment de problèmes comme ça.

— Mais c'est quoi ces conneries ? Le fait que je sois patriote ne signifie pas que je connais chaque demeuré en bottes ! »

Teodore s'approcha très près : le vieux truc de l'envahissement de l'espace intime.

« Arrêtez de raconter des bobards, chuchota-t-il. Vous pensez qu'une enquête, ce n'est qu'une conversation polie ? Nous avons passé au peigne fin vos livres de comptes, toute votre activité de mécénat, je sais précisément quelles organisations reçoivent votre argent. Bien sûr, vous nierez tout dans le procès-verbal, on s'apercevra qu'un de vos comptables faisait ça dans votre dos et que de toutes les organisations patriotiques, vous ne connaissez en personne que les cercles de prières. Mais ça, c'est pour plus tard. Pour l'heure, veuillez aller voir vos garçons et leur ordonner de rentrer chez eux avant que ces fachos ivres ne nous créent des problèmes plus graves. »

Les deux hommes ne baissaient pas les yeux. Teodore ne savait pas à quoi pensait Szyller, une seule chose importait : ne pas montrer que l'histoire des finances n'était que du bluff. Après un long instant, le businessman se retourna et s'approcha du jeune non-aryen. Ils parlèrent tout bas.

Bon, voilà qui conclut mon expérience d'investigation, songea Szacki.

« Mon Dieu, merci, monsieur le procureur, dit le Maréchal avec soulagement. J'ai eu peur que vous... alors que ce ne sont que des gamins... Vous devez comprendre que c'est différent chez nous, les gens se connaissent, sont amis... par ici, il s'agit de toute la communauté, il faut qu'on se serre les coudes, pas vrai ? Même lorsqu'ils ont des idées débiles dans la tête, comme fêter l'anniversaire de l'autre malade. Heureusement, on devient moins bête en grandissant... »

Szacki ne savait pas de quel anniversaire il était question, mais il éprouva un peu de tristesse à l'idée de devoir faire de la peine au policier. Les fourgonnettes pénitentiaires venaient d'arriver de Tarnobrzeg, les gyrophares allumés, mais sans sirènes. Elles s'arrêtèrent au moment précis où Szyller revenait de sa mission.

« C'est fait, annonça-t-il froidement.

— Je vais leur dire de repartir, lança le Maréchal, mais Szacki le freina d'un geste.

— Embarquez-les tous, ordonna-t-il avec calme.

— Quoi ? » s'écrièrent simultanément Szyller et le Maréchal.

« Embarquez-les tous et foutez-les-moi au trou pour quarante-huit heures. Je compte quatorze personnes ici, demain matin, je veux avoir quatorze formulaires d'interpellation sur mon bureau. Et que pas un seul ne manque ! Les charges seront présentées d'ici demain soir.

— Mais, monsieur le procureur...

— Espèce de fils de pute, tu m'as...

— On n'a pas commencé à se tutoyer, Szyller, dit Teodore en articulant chaque syllabe. Et après vous être compromis à l'instant avec un groupuscule d'extrême droite, je vous conseillerais un brin d'amabilité envers les représentants de la justice. Veuillez raccompagner M. Szyller à la maison, l'interdiction de quitter la ville reste de rigueur.

— Mais, monsieur le procureur...

— Policiers, enculés ! Policiers, enculés ! commença à scander le cercle du chant patriotique.

— Balance le cochon ! hurla l'un des jeunes. Balance le putain de cochon ! »

Szacki se retourna. L'un des agitateurs, le type du *Lebensborn*, saisit une tête de porcelet dans un sac de toile noire et la lança vers le monument du souvenir. La tête s'immobilisa de manière grotesque entre les dalles brisées, l'oreille rose oscilla en cadence. Immédiatement après le cochon, un pot en verre vola au-dessus de la grille et éclata sur la pyramide ; du liquide rouge coula sur les pierres tombales, remplissant les sillons des caractères hébraïques gravés.

« Du sang pour du sang ! Du sang pour du sang !

— Monsieur le procureur, je vous en prie, gémit le Maréchal.

— Je commence le travail à 8 heures du matin, capitaine. J'espère pour vous que ces formulaires m'attendront sur mon bureau. »

Les fonctionnaires du service d'ordre de Tarnobrzeg menottaient sans émotion les manifestants révoltés et les poussaient dans les fourgonnettes. Szyller repartit. Le Maréchal pleurait et les habitants du coin contemplaient passivement le spectacle.

Le procureur Teodore Szacki pivota sur ses talons et s'approcha de sa voiture. Il était grand temps de siffler la fin de la récré et de se demander qui, de l'extérieur, pourrait l'aider à dénouer ce nœud provincial du crime. Il avait déjà sa petite idée sur la question.

Dans son dos, les interpellés, en accord avec la plus pure tradition de tous les chœurs patriotiques, chantaient un rappel sous forme d'une espèce d'hymne réécrit sur la mélodie de *L'Internationale*.

« *La Pologne nouvelle est en nous. Piétinons le mensonge, la saleté, la bassesse. Nous vaincrons les impurs, les remous, nous construirons une invincible forteresse... »*

Quel foutu pays, je vous jure, pensa Szacki. Rien que des reprises et des plagiats. Comment peut-on être normal par ici ?

6

L'horloge de la tour de l'hôtel de ville annonça une heure pleine par quatre coups, puis sonna onze fois, sans omettre un seul son de cloche – à cette heure, une telle précision paraissait d'une cruauté superflue. D'un autre côté, peu de gens dormaient à Sandomierz à ce moment-là, à part peut-être les enfants et les policiers qui montaient la garde devant le domicile de Jurek Szyller. Tout le monde bavardait. La plupart du temps, ils bavardaient dans les cuisines, car c'est là qu'on bavarde le mieux, mais ils le faisaient aussi dans les chambres à coucher, sur des canapés ou devant des télés au volume baissé. Ils ne parlaient que d'une chose. De ces cadavres si connus, de ces suspects si familiers, de ces voisins-qui-l'ont-certainement-fait et de ces amis-qui-n'y-sont-certainement-pour-rien, des mobiles, des manques de mobiles, des secrets, des mafias, des policiers, des procureurs et encore une fois des cadavres. Mais aussi des vieux préjugés, des anciennes légendes toujours en vie, des mythes transmis de génération en génération, des voisins disparus et, enfin, du fond de vérité.

Ariadna et Mariusz papotaient, quant à eux, devant la chaîne info qui prêchait éternellement la mauvaise parole. Enfin, c'est plutôt lui qui parlait et elle qui écoutait, s'opposant avec parcimonie. Elle ne voulait pas réveiller par des disputes trop enflammées leur garçon qui dormait dans la chambre d'à côté. De plus, elle n'avait même plus la force de se disputer avec son mari depuis qu'elle l'avait officiellement défini comme la pire erreur de sa vie.

« Je pige pas. Le tableau est là, depuis trois cents ans, à l'église, à la cathédrale même. Il y a eu des procès, il y a eu des condamnations, pas plus tard qu'avant-guerre le procédé était universellement connu. Et maintenant, ils jouent les grands étonnés car la vérité a éclaté au grand jour.

— Quelle vérité ? Tu as perdu les pédales ? Personne n'a jamais rien prouvé.

— Personne ne peut prouver que ce n'est pas vrai non plus.

— Mariusz, pitié, ça ne marche pas comme ça. Tu n'as pas besoin de prouver ton innocence, mais la culpabilité. Pas besoin d'être juriste pour savoir ça. Je ne sais pas, moi, c'est... c'est le b.a.-ba de l'humanité, ça.

— C'était une habitude chez les Juifs. Pigé ? Et pas seulement chez nous, il paraît qu'en France aussi et dans d'autres pays. Et puis, à ton avis, qui roulait dans les limousines Volga noires ?

— Laisse-moi deviner. Des Juifs ?

— Et comment sont apparues ces histoires d'enfants

kidnappés dans les limos pour leur sang ? Hmm ? Il y a peut-être quelque chose qui colle dans tout ça.

— Oui, un baratin colle à l'autre, deux bobards identiques. Chaque fois qu'un gamin disparaissait parce que les parents avaient trop bu ou n'étaient pas doués pour la surveillance, des striges apparaissaient, ou des Juifs, des Tziganes, des Volga noires ou un autre truc à la mode. Tu ne comprends pas que ce ne sont que des fables ?

— Ce qui est sûr, c'est que dans chaque fable il y a un peu de vérité, un fond au moins, une petite dose.

— Tu me tues, là. Le sang n'est pas kascher, je te signale. Aucun Juif ne toucherait à du pain azyme avec du sang, tu devrais savoir ça, merde, tu es un type éduqué.

— Et parce que je suis un type éduqué, je sais que rien d'humain n'est tout blanc ou tout noir. Et qu'on peut raconter partout des histoires de kascher et de sabbat, et agir différemment en privé. Tu crois que quand Israël faisait la guerre au Liban, ils s'arrêtaient le samedi ? Bah voyons.

— Mais on ne t'a pas appris à l'école que ce sont les catholiques qui tuaient les Juifs et pas l'inverse ? Que ce sont les Polonais catholiques qui organisaient les pogroms et les incendies occasionnels, et que pendant l'Occupation ils aimaient dénoncer un enfant qui se cachait dans la forêt ou embrocher sur une fourche quelqu'un qui avait réussi à s'échapper par miracle ?

— Ce n'est qu'une version de l'histoire.

— Et dans l'autre version, des gars zonent la nuit, habillés de leurs longs manteaux, et chassent des enfants ? Bon Dieu, c'est pas croyable.

— Disons qu'aujourd'hui ils chassent différemment.

L'argent gouverne mieux les gens que tous ces tonneaux hérissés de clous. Dis-moi quelle banque n'est pas aux mains des Juifs de nos jours ? Quelle banque polonaise est vraiment polonaise ? C'est encore mieux que des clous pour puiser notre sang.

— Sûr. Tu ferais mieux de mettre une seconde serrure à ta porte pour qu'ils n'enlèvent pas ton fiston. Un gamin catho bien grassouillet comme ça, il y aurait de quoi faire du pain azyme pour le village entier.

— Fais gaffe, femme. Je te préviens, fais gaffe. Dis pas n'importe quoi sur mon fils.

— Ou non, pire, ils pourraient lui ouvrir un compte en banque ! Ça, ça serait une tragédie, à chaque versement pour notre petit Kubuś, la mafia en papillotes s'enrichirait. Au nom de Jésus-Christ Notre Seigneur, Roi de Pologne et de l'Univers, ne laissons pas une telle chose arriver ! Notre petit Kubuś gardera toujours son argent dans sa chaussette. »

Mme Helena, comme tous ces anciens habitants de la ville qui avaient connu des Juifs autres que les figurines en bois de la boutique des souvenirs, cessa d'être un poids pour sa famille l'espace d'une journée pour devenir une autorité qui savait comment ça s'était passé à l'époque. Et elle, comme la majorité de ceux qui avaient vécu dans la ville mixte, juive et catholique, d'avant-guerre, ne se souvenait pas des tonneaux hérissés de clous, mais des siestes communes dans les prés les jours de beau temps. Elle songeait justement à ces jours de beau temps, pendant qu'en bas, sa petite-fille discutait avec son mari.

« Sylwia dit qu'elle ne l'enverrait pas, pourquoi prendre le risque. Le gamin peut bien rester un peu à la maison, ça ne lui fera pas de mal. Tu sais, toi, ce qu'on raconte.

— Le légende, la foutue légende. On pourrait demander à mamie, elle s'en souvient certainement de comment c'était, avant la guerre, avec les Youpins.

— Allons la voir là-haut, t'as raison. Mais ne dis pas "Youpins", Rafał, c'est ignoble.

— Comment je dois dire, alors ? Les Hébreux ?

— Les Juifs, un point c'est tout... Fais gaffe à la dernière marche... Mamie, tu dors ?

— J'ai déjà dormi bien assez.

— Je vois que mamie resplendit.

— Se fane, plutôt. Embrasse-moi au lieu de parler, mon petit Rafał, mon petit gendre préféré.

— Mamie, ne le chouchoute pas ainsi. Tu t'en souviens comment c'était avant-guerre, pas vrai ?

— C'était mieux. Les jeunes gens me couraient après.

— Et les Juifs ?

— Bah, c'étaient les plus beaux, les Juifs. Moishe Epsztajn, ah, celui-là, qu'il avait la peau lisse !

— Pas ça, ce qu'on racontait, tu sais, parce que maintenant ils racontent aussi, comme quoi les enfants étaient volés pour faire du pain azyme.

— Ah, c'est du n'importe quoi, c'est tout, mais à l'époque aussi, on racontait des conneries. Je me souviens, j'avais une copine, elle n'était pas bien futée, elle s'en est allée un dimanche à la boutique tenue par une juive au bout de la rue, sa mère l'avait sans doute envoyée chercher un truc. Parce que ça fonctionnait comme ça, dans le temps, les cathos ouvraient le samedi et les juifs le dimanche et tout le monde était content.

— Et cette copine...

— Et cette copine est allée à la boutique le dimanche, mais une procession religieuse passait par là, donc la Juive a refermé discrètement la porte, histoire de ne pas irriter, vous comprenez. Et quand cette copine, je ne me souviens plus de son prénom, Krysia, je crois, quand elle a vu qu'on fermait cette porte, elle a commencé à hurler qu'on voulait l'enlever pour faire du pain azyme. Ça a fait un esclandre de tous les diables, mais ma mère était justement à la boutique et elle a sauvé la situation en mettant une fessée à Krysia et en la raccompagnant chez elle. Mais les hurlements avaient été tels qu'en effet, la moitié du village aurait pu y croire. Voilà leur pain azyme et leurs enlèvements juifs, rien que des bêtises, ça vaut même pas la peine d'en parler.

— Mais c'est affiché à l'église. Si ça n'était pas vrai, ils l'auraient enlevé.

— Parce qu'à l'église, il n'y aurait que la stricte vérité, c'est bien connu ? Mon petit Rafał, réfléchis un peu.

— D'accord, mais avant la guerre, ça n'allait pas très bien entre les Polonais et les Juifs, si ?

— Parce que ça allait bien entre Polonais et Polonais peut-être ? Mais vous avez emménagé dans le coin hier ? Vous venez de Suisse ou quoi ? Parce que les Polonais s'entendent avec quelqu'un en général ? Je vais vous dire que moi, j'habitais d'un côté de la place du marché et, de l'autre côté, il y avait une famille juive qui avait une fille de mon âge, elle s'appelait Mala. Et moi, j'avais souvent des angines et je restais seule à la maison, les copines ne voulaient pas gâcher leurs journées pour me tenir compagnie. Mais Mala, elle passait toujours. Et je disais toujours "Papa, fais venir Mala, je vais jouer avec elle". Mala restait toute la journée et on s'amusait ensemble. Et j'en garde un merveilleux souvenir.

— Et qu'est-ce qui lui est arrivé ?

— Je n'en sais rien, elle est partie quelque part. Laissez-moi, maintenant. Et réfléchissez un peu à ce que je vous dis, parce que ça fait mal au cœur de vous savoir aussi bêtes. Du sang pour du pain azyme, franchement...

— C'est bon, mamie, n'exagère pas...

— Laissez-moi, je vous dis. Je suis fatiguée, il est tard. »

Dès que les jeunes furent partis, mamie Helena Kołyszko, de ce geste exercé depuis des années, enleva le bout du journal roulé en longueur qui servait à bloquer les battants d'une petite armoire dont elle sortit une bouteille de « gnôle de grand-mère ». Elle remplit à moitié un verre enfoncé dans un petit panier en plastique et s'envoya le contenu cul sec avec la maîtrise de celle qui avait vidé son premier verre au mariage de sa cousine Jagódka, en 1936 – elle avait alors seize ans. Ça, ça avait été une fête ! C'était la première fois qu'elle avait embrassé un garçon, le mois de mai avait été si beau et si chaud. La mère de Jagódka possédait un commerce et vivait en bonne entente avec les Juifs, au point de constater en plaisantant à la fête du mariage que peu de Polonais catholiques étaient venus à la cathédrale et que tous les bancs de l'église avaient été remplis de Juifs. Et quand le cortège était passé en ville, formé du groupe entier des invités, chaque Juive était sortie sur le perron et avait crié : « Jagódka, que ta vie brille et que ton chemin soit radieux ! » Elles marchaient à deux, avec Mala, en se tenant par la main et elles riaient aux éclats, et il y avait tant de fleurs, chaque arbre de Sandomierz devait avoir été en fleur.

Oui, mais Mala est partie, se dit mamie Kołyszko en se jetant un autre verre dans le gosier. Elle se souvenait du moment de son départ. Le docteur Weiss était parti le même jour, celui qui soignait ses angines depuis son plus jeune âge. Le docteur était si admiratif des Allemands, c'est un peuple si cultivé, disait-il, un tel peuple ne ferait jamais une telle... il ne ferait jamais de mal aux Juifs. Le père de mamie Kołyszko avait tenté de le convaincre : « Mais docteur, ne signez pas, n'avouez pas votre religion. » Et lui s'était entêté : « Mais non, voyons, les Allemands sont si civilisés. » On disait qu'il s'était empoisonné sur le quai de gare à Dwikozy. Il n'était pas monté dans ce train, il avait préféré mourir ainsi. Elle l'avait vu dans la file des piétons depuis sa fenêtre, elle avait horriblement pleuré parce qu'elle l'aimait beaucoup, son docteur, et qu'il avait regardé intensément leurs fenêtres, comme s'il avait voulu leur dire adieu, mais sa mère ne l'avait pas permis. Derrière lui marchait Mme Kielman avec ses jumelles, deux fillettes de quatre ans, mignonnes et adorables. Un Allemand avait tiré sur l'une des petites, elle était tombée devant leur maison. Quelle sorte d'homme c'était, quel peuple, pour tirer quand une enfant pleurait ? La mère tient sa petite fille par la main et lui, il s'avance et il tire. Son père était revenu à la maison le soir, il avait dit qu'il y avait tant d'amis, qu'ils avaient voulu sauver quelqu'un, au moins leur serrer la main, mais qu'ils n'avaient pas pu tellement ils étaient encerclés.

Et Mala était partie. On disait qu'à Dwikozy, elle

avait trébuché et n'avait pas réussi à sauter par-dessus un fossé que les Allemands avaient creusé en face de la gare pour voir qui était fort et qui pourrait servir. Mais c'étaient des foutaises, comment Mala n'aurait pas réussi à sauter ? Elle était plus agile que toutes les autres réunies.

Après ça, elle n'avait plus jamais eu d'amie comme elle.

7

Quand ils l'avaient déposé devant son portail en lui souhaitant une bonne soirée, il avait failli leur sauter à la gorge. Du bétail, des putain de bestiaux éduqués par les socialos, promus au-dessus de leur rang ! Des pouilleux, la paille leur sortait des chaussettes, la terre leur collait aux semelles ! Et M. le procureur, c'était pas mieux. Il confondait toujours les pédales du réalisme socialiste, pas étonnant, il n'avait probablement rien lu depuis la trilogie de Sienkiewicz au collège !

Il rentra chez lui, jeta sa veste sur le portemanteau et se versa un demi-verre de Metaxa sans allumer la lumière. Il avait un faible pour ce brandy grec trop sucré. Il s'assit dans un fauteuil, ferma les yeux. Cinq minutes plus tard, il chialait comme un veau. Il connaissait la théorie, il savait qu'il était toujours plongé dans la phase d'incrédulité et cette phase lui convenait. Mais parfois, à travers son incrédulité, à travers l'impression que ce n'était qu'un jeu, qu'un bobard, que lorsque le spectacle prendrait fin, tout redeviendrait comme avant, parfois, à travers tout ça, l'insupportable douleur se frayait un chemin jusqu'à lui et il frôlait l'évanouissement. Alors, les images de leurs derniers mois coulaient d'une seule vague, les mois les plus heureux de leur histoire et certainement les plus heureux de son existence à lui. Ela boit son café, la manche de son pull tirée sur sa main pour ne pas se brûler avec la tasse. Ela lit un livre, les jambes posées sur le dossier du canapé, les cheveux réunis sur une seule épaule pour qu'ils ne gênent pas. Ela enroule ses cheveux autour d'un doigt. Ela se baigne, les cheveux en chignon, la tête entourée d'un oreiller de mousse. Ela plaisante. Ela papote. Ela lui crie dessus. Ela, Ela, Ela.

Soudain, il sentit qu'il n'était pas seul. Ses yeux s'étaient suffisamment habitués à l'obscurité pour qu'il aperçoive le fantôme, une silhouette sombre enfoncée dans le fauteuil à l'angle du salon. La silhouette frémit, se leva et avança vers lui d'un pas lent. De ce côté-ci, il faisait plus clair, malgré les lampes éteintes, car la lumière jaune des lampadaires, diffuse à cause du brouillard, leur parvenait depuis la rue. Il distinguait de mieux en mieux les traits de la personne, jusqu'à la reconnaître.

« Je t'attendais », dit-il.

Mardi 21 avril 2009

À 10 heures du matin précisément, Israël se fige pour deux minutes : on commémore ainsi solennellement le Yom HaShoah, la journée du souvenir de l'Holocauste ; la Marche des Vivants a lieu à Auschwitz, le vice-Premier ministre israélien y participe et compare la politique actuelle de l'Iran à celle de l'Allemagne nazie. Le parquet iranien annonce qu'il requerra la peine de mort contre tous les auteurs de sites Internet pornographiques. En Biélorussie, on licencie l'entraîneur de l'équipe de hockey sur glace qui a eu le culot de gagner contre celle du président Alexandre Loukachenko – invaincue jusque-là dans le championnat national, elle ne prenait de raclées que contre des clubs russes. Les députés polonais reçoivent le rapport gouvernemental sur les préparatifs de l'Euro 2012 (ça n'avance pas trop mal), le fisc refuse aux couples vivant en union libre le droit de déclarer leurs enfants ensemble comme chez les couples mariés, tandis que les femmes pompiers de Wrocław se plaignent parce qu'on ne les laisse pas participer aux interventions sous prétexte qu'il manque des vestiaires pour dames dans les casernes ; il apparaît que des vestiaires mixtes ne les dérangeraient ni elles ni, *a fortiori*, leurs collègues masculins. Le temps est le même que la veille : ensoleillé, mais froid.

1

Le pire, c'étaient les cornes. Lors de sa première visite, il avait simplement trouvé qu'elles étaient très kitsch, rien qu'une déco de province, il en avait vu partout de semblables. À présent, chaque tête de sanglier et chaque crâne de cerf semblait se moquer de lui. Impassible en apparence, il haletait intérieurement d'un désir de destruction, d'une envie d'attraper un tisonnier et de déglinguer tout ça, de tout foutre en mille morceaux. Il en avait des fourmis dans les doigts.

« Elle a soixante-dix ans, monsieur le procureur, comment on aurait pu soupçonner... C'est pas Varsovie ici, rien que des gens bien, on s'entraide... » répéta le policier.

Petit, menu, avec un grand nez, il ressemblait à Astérix. Teodore ferma les yeux pour ne pas voir sa tête. S'il avait une seconde de plus son grand pif et ses billes désolées devant les yeux, il pourrait craquer et lui sauter à la gorge. Cela ressemblait à un mauvais rêve. La veille, deux gardiens de la paix en uniforme avaient raccompagné Jurek Szyller à la maison, s'étaient garés devant chez lui et s'étaient préparés pour une nuit de surveillance. Peu après, soit aux alentours de 23 heures, la voisine de Szyller, une dame à l'étrange nom de famille grec, Potelos, avait apporté aux policiers une Thermos de café. Elle faisait ça tous les soirs, car elle avait bon cœur, son fils avait été policier à Rzeszów et elle savait donc que le métier pouvait être ingrat. Elle avait laissé la Thermos, avait discuté un peu, s'était plainte de quelques ennuis de santé et s'était éloignée en leur souhaitant une bonne nuit. Ces paroles s'étaient révélées prémonitoires : une seule tasse de son café avait suffi pour qu'ils plongent dans un sommeil très profond dont ils n'avaient émergé que vers 7 heures du matin, tellement transis de froid que le médecin avait constaté des engelures aux oreilles, au nez et aux doigts. Ce qui, soit dit en passant, en disait long sur la qualité du printemps en l'an de grâce 2009.

« Est-ce qu'il est possible que Szyller l'ait rencontrée ? Peut-il s'être introduit chez elle pour ajouter des somnifères dans le café ?

— Impossible. On l'avait tout le temps sous surveillance, on faisait la ronde le long de sa clôture à tour de rôle. On ne l'a sorti de chez lui qu'une seule fois, quand il a fallu aller rue Sucha, où on vous a rejoint, monsieur le procureur. Au retour, elle est venue immédiatement après que la porte s'est refermée derrière lui. »

Quelque chose grinça derrière Szacki. Leon Wilczur.

« Mme Potelos n'a rien vu, elle ne sait rien, elle est paniquée. Il n'y a pas de traces d'effraction, mais d'un autre côté, elle n'est pas sûre que toutes les portes et toutes les fenêtres aient été bien fermées. Nous avons envoyé la Thermos et la boîte de café au labo. Je parierais sur la Thermos, elle dit avoir été surprise qu'elle soit posée sur le plan de travail et non sur l'égouttoir. Mais à cet âge, on le sait, les gens ne s'étonnent que pendant une seconde. »

Teodore hocha la tête pour signifier qu'il avait enregistré ces informations. Il était essentiellement agacé parce que, à bien y réfléchir, il n'y avait personne à blâmer. Ils n'avaient jamais eu assez d'éléments pour présenter des charges contre Szyller et encore moins pour l'enfermer. En réalité, c'était courtois de sa part de bien vouloir rester à la maison – n'importe quel tribunal aurait levé l'assignation à domicile en moins de cinq minutes. Que les flics aient pris du café des mains d'une vieille voisine qu'ils connaissaient depuis des lustres ? Ouais, ils en avaient pris. Lui aussi en aurait pris à leur place. Le pire, c'est qu'on ne savait pas quoi faire à partir de là. Szyller s'était-il enfui ? L'avait-on kidnappé ? Szacki comprit qu'en vérité, il était furieux contre lui-même. S'il avait réfléchi plus vite, s'il avait mieux relié les événements entre eux, s'il avait réussi à repérer cet infime détail qu'il avait certainement déjà eu sous le nez mais dont il n'avait pas su comprendre l'importance, des si, des si, encore des si...

« Aucune trace de lutte, dit-il.

— Non, aucune, grogna le commissaire. Soit il est sorti, soit on l'a porté dehors.

— J'y ai pensé. Envoyez au labo la bouteille et le verre posés sur le piano. Peut-être qu'ils l'ont drogué lui aussi. Et qu'ils ont laissé des empreintes en passant. Ça nous changerait.

— Un mandat d'arrêt ?

— Pas question, j'ai eu mon quota d'humiliations dans cette affaire. Je ne veux pas apprendre dans cinq minutes qu'un autre de mes principaux suspects a été retrouvé pendu à un crochet dans un coin. Envoyez l'info aux médias en disant que nous recherchons un témoin important. Nous allons nous en tenir à cette version. Un témoin. Un témoin essentiel. »

Barbara émergea de la cuisine de Szyller et les rejoignit.

« Alors ? demanda-t-elle. Tu crois que c'est le suivant sur la liste ? En théorie, c'est le même style. La victime disparaît de chez elle sans laisser de traces et, au bout de quelques jours, on la retrouve vidée de son sang.

— Ne provoque pas le destin, il n'est pas encore réapparu. Croise les doigts pour qu'il soit retrouvé en vie, qu'il avoue tout et bon débarras. »

Un clic. Une nouvelle fois, quelque chose avait fait tilt dans sa tête. Avait-il dit un truc ou était-ce Barbara ?

« Mais, tu as raison, ça y ressemble, j'y ai pensé. Seulement, comment est-il possible que Greg Budnik qui habite en centre-ville se soit volatilisé sous le nez des policiers, alors qu'ici quelqu'un s'est donné la peine de les droguer ? *A priori*, il est plus facile de s'éclipser de cette maison, à travers la cour puis par le parc, que du quartier historique.

— Ce quelqu'un n'a pas voulu prendre de risques.

— Et plus tôt, ça ne le dérangeait pas ? Pourquoi l'enlèvement de Greg Budnik serait-il un risque moindre que l'enlèvement de Szyller ? Quelque chose ne colle pas dans tout ça. »

Barbara haussa les épaules et s'assit sur le canapé. Elle était livide.

« Je ne me sens pas bien… En plus, je devrais rendre visite à mon père à l'hosto », dit-elle tout bas.

Teodore s'étonna :

« Ici, à Sandomierz ?

— Oui, j'ai un peu honte. Ces derniers temps, j'y vais plus souvent pour voir des cadavres que pour m'occuper de lui. Alors que c'est pour lui que je suis revenue dans la région. »

Elle soupira et tendit la main vers un bol de chips posé sur la table basse. Teodore suivit mécaniquement sa main du regard – elle avait un vernis rigolo sur les ongles, un rose très foncé.

« Stop ! » hurla-t-il.

Barbara retira aussitôt sa main et se tourna vers lui. Szacki lui indiqua le bol de chips dans lequel elle avait failli se servir. Il ne contenait ni chips, ni bâtonnets salés, ni petits poissons au pavot, ni craquelins, ni maïs gonflé. Mais – comment aurait-il pu en être autrement – des morceaux de pain azyme percés de manière caractéristique et grillés sur les boursouflures.

« Putain de plaisantin, murmura Szacki. Ça m'étonne qu'il ne l'ait pas noyé de ketchup, faut croire qu'il était pressé. »

Tout le monde se pencha sur le bol en bois pour les gâteaux apéritifs comme s'il s'agissait d'un récipient rituel.

« D'où il sort, ce pain azyme ? demanda l'un des policiers.

— Quand ils fuyaient d'Égypte, ils n'avaient pas le temps d'attendre que la pâte à pain lève, expliqua Wilczur de sa voix d'outre-tombe. Ils devaient cuire de quoi manger à la va-vite et ça a donné du pain azyme. »

Teodore perçut un autre déclic dans sa tête, avec suffisamment de force cette fois pour qu'il comprenne ce qu'il devait faire.

« Repousse à plus tard ta visite chez ton père, dit-il rapidement à sa collègue. Occupe-toi des recherches ici. Cette fois, on n'est pas dans une ruine délabrée, qu'ils fassent les traces microscopiques. Le pain azyme au labo en haute priorité, ça va de soi. Moi, je file.
— Quoi ? Où ? Pourquoi ? »
Barbara se leva, alertée par son empressement.
« À l'église ! » cria Szacki en se ruant dehors.
La procureur Barbara Sobieraj et le commissaire Leon Wilczur échangèrent des regards étonnés. L'instant d'après, elle se rasseyait et il haussait les épaules avant d'arracher le filtre d'une cigarette. Il fit le tour de la pièce à la recherche d'une poubelle ou d'un cendrier, mais n'en trouva pas et finit pas mettre le filtre dans sa poche.

2

La basilique de la Nativité de la Bienheureuse Vierge Marie de Sandomierz ressemblait ces jours-ci à une forteresse assiégée. Des journalistes zonaient le long de la grille, l'accès au bâtiment était gardé par des clercs, par des paroissiens dignes de confiance et par des pancartes calligraphiées à la hâte stipulant *Interdiction de photographier*, *Interdiction d'enregistrer*, *Interdiction de perturber la tranquillité de la Maison du Seigneur* et *Interdiction d'entrer en dehors des plages horaires réservées aux messes*. Teodore pénétra à l'intérieur en profitant de la sortie d'un groupe de touristes du troisième âge. Il s'était préparé à donner des explications et avait même sorti sa carte de procureur de la poche de sa veste, mais personne ne l'inquiéta. Peut-être ont-ils reconnu en moi un des leurs, ce shérif sans faille qui ne courbe pas l'échine devant les Juifs ? songeait-il, d'humeur grincheuse, en passant le portail. Il s'arrêta dans la nef latérale et attendit que ses yeux s'habituent à la pénombre.

Il était seul. Enfin presque. La rumeur ininterrompue d'un frottement sur le sol lui prouva que ses amis de sa précédente visite n'avaient pas bougé d'un pouce. Effectivement, le triste bonhomme émergea de derrière une colonne et commença à laver le sol. L'instant d'après, une traînée humide séparait Szacki du mur ouest de l'église où se trouvaient le vestibule, le chœur, un orgue magnifique et des peintures qui ne l'étaient pas d'un barbouilleur du XVIIIe siècle amateur d'horreurs, Charles de Prevot. Dont l'une honteusement dissimulée sous un rideau bordeaux. Teodore s'orienta dans cette direction d'un pas décidé. Le morne sacristain interrompit sa besogne et le suivit d'un regard vide.

« Pas sur le mouillé », prévint-il, sans grand succès : Teodore fit un geste agacé de la main et avança sur le sol humide sans ralentir. Son cran aurait été digne d'un western s'il n'avait pas glissé, tangué et perdu l'équilibre en battant désespérément des bras. Il ne se sauva *in extremis* qu'en attrapant le pied d'un chérubin sculpté sur une colonne.

« J'avais prévenu pas sur le mouillé... » répéta l'homme, résigné, comme s'il avait vu cette scène des centaines de fois.

Teodore ne répondit pas, s'approcha du rideau, décrocha le portrait de Jean-Paul II et le déposa par terre.

« Hé ! Qu'est-ce que vous faites ? Vous n'avez pas le droit ! hurla l'homme. Żasmina, va chercher le chanoine, c'est encore un vandale !

— Teodore Szacki, procureur régional de Sandomierz, je mène des actions d'investigation ! » cria-t-il en tendant sa carte vers l'homme qui courait dans sa direction. En parallèle, il se dit que même si on lui avait donné mille chances de deviner le prénom de la femme chagrine qui lavait le sol de la cathédrale, il n'aurait pas réussi.

L'homme ralentit, hésitant quant à la manière de traiter l'intrus, mais également très curieux de découvrir ce qui arriverait ensuite. Szacki mit ce temps à profit pour saisir à pleines mains le store de velours et tirer dessus de toutes ses forces. La plupart des pinces à linge cédèrent et, avant de tomber, la tenture rendit son ultime râle sous forme d'un nuage de poussière. Les rayons du soleil qui passaient par un des vitraux heurtèrent l'amas orageux et le transformèrent en une brume de particules brillantes à travers laquelle on ne pouvait rien distinguer. Teodore plissa les paupières et recula de deux pas pour voir l'immense peinture dans sa totalité.

Après tous ces récits, il s'attendait à être heurté par ce massacre naturaliste, ses couleurs intenses et ses formes tranchantes. Inconsciemment, il avait espéré que la vieille superstition prendrait vie sous ses yeux, qu'au lieu d'une ancienne toile il verrait un écran de cinéma et, sur l'écran, non seulement un film sur le meurtre rituel, mais un documentaire sur les événements récents. Que quelque chose frémirait, que quelque chose se passerait, qu'apparaîtrait enfin la solution de l'énigme. Mais la vieille toile ne ressemblait qu'à une vieille toile. Noirci, le vernis craquelé renvoyait la lumière du soleil et on discernait à peine les contours des personnages.

Le funeste nettoyeur de carrelage devait se tenir sous un meilleur angle.

« Dieu Tout-Puissant... » chuchota-t-il, en se signant avec empressement.

Le procureur Teodore Szacki se décala de son côté et, au lieu de faire le signe de la croix, il ouvrit son téléphone portable et appela Barbara Sobieraj.

« Je suis à la cathédrale. Dis à Wilczur que j'ai besoin tout de suite de deux gars en uniformes pour sécuriser les lieux. Je veux les techniciens ici dès qu'ils auront terminé chez Szyller. Quant à toi et à ta flicaille ridée, amenez-vous sur-le-champ... Peu importe, je ne peux pas perdre du temps à expliquer. Venez. »

Il raccrocha et prit des photos du tableau avec son portable. Maintenant que ses yeux s'étaient habitués à pêcher dans l'inondation de noirceur des formes un brin moins sombres, il pouvait comparer les reproductions à l'original. Dans ce cas précis, la taille faisait la différence. Il avait regardé les copies dans les livres ou sur l'écran d'un petit ordinateur ; là, l'illustration du meurtre rituel approchait les dix mètres carrés, soit la surface d'une petite chambre dans un appartement. Au premier coup d'œil, on pouvait constater que, comme par ironie, cette toile constituait probablement la plus grande réussite de Charles de Prevot en termes de composition et de technique, bien que dans le domaine de la narration, il fût resté fidèle à son style de bandes dessinées sur le thème de l'histoire des martyrs. Teodore reconnut les diverses étapes de la légende du rituel du sang. À droite, deux Juifs s'occupaient de l'approvisionnement. L'un d'entre eux, manifestement le plus riche, en chapeau et long manteau, proposait à une mère l'achat de son nourrisson. L'autre tentait d'attirer le garçonnet avec une chose qui pouvait être un bonbon ou un jouet, tout en le saisissant par la mâchoire du geste de l'acquéreur sur un marché aux esclaves. À gauche, les Juifs s'évertuaient manifestement à tuer ou à torturer (ou l'un et l'autre) un enfant allongé sur un drap. Bien évidemment, la place centrale de la composition était occupée par le tonneau. Deux Juifs tenaient le récipient hérissé de clous, les pointes ressemblaient à des centaines de dents, ce qui évoquait un monstre marin fantastique qui tiendrait dans sa gueule les pieds grassouillets d'un bébé. Le sang qui gouttait était récupéré dans un récipient par le propriétaire enchanté d'un immense nez. Mais Charles de Prevot n'aurait pas été lui-même s'il n'avait pas fait un pas de trop dans la présentation du côté macabre. Quelques cadavres d'enfants étaient disséminés par terre. Un effet particulièrement morbide était obtenu grâce à l'image d'un chien qui dévorait un petit corps : une jambe arrachée pendait sous son museau et, pour le dessert, il avait encore la seconde jambe, les bras et la tête – tout cela séparément.

Mais ce n'était pas pour garder toujours au cœur cette émouvante œuvre d'art que Szacki l'avait photographiée. Il la prenait en photo parce qu'une inscription hébraïque avait été barbouillée à la peinture rouge en travers de la toile :

עין תחת עין

Les lettres couleur de rouille brillaient au soleil comme un halogène écarlate, laissant une impression affreuse, et Teodore ne fut pas tellement étonné par la réaction du laveur morne. Mais il se dit aussi que c'était le réflexe typique d'un catholique qui apercevait des lettres en hébreu : on les traitait comme si elles devaient descendre de la toile, traverser la nef et mettre une nouvelle fois à mort Jésus-Christ Notre Seigneur. Amen.

Barbara Sobieraj et le commissaire Wilczur arrivèrent peu après, en même temps que le vicaire et le chanoine conduits par Żasmina. Ils constituaient un couple curieux. En entendant parler de vicaire et de chanoine, Teodore s'était attendu à des personnages de comédie, à un petit gros bon vivant et un jeunot aux oreilles rouges et décollées. Au lieu de quoi il se retrouvait nez à nez avec des sosies de Sean Connery et Christophe Lambert ; on aurait juré qu'ils venaient tout juste de quitter le tournage de *Highlander*. Tous deux étaient sacrément séduisants.

Après une brève dispute, le petit groupe convint que, dans l'intérêt de tous, il valait mieux ne parler du graffiti à personne. Cette décision calma un peu les esprits. Les enquêteurs s'occupèrent des indices, tandis que les prêtres invoquaient la nécessité de protéger la maison de Dieu pour demeurer impunément sur place et donner libre cours à leur voyeurisme. Les deux hommes n'étaient pas totalement tranquilles, mais, selon toutes les apparences, ils craignaient moins la visite des policiers que celle de leur évêque qui, dès qu'il avait entendu parler de l'incident, s'était empressé de quitter Kielce pour rejoindre sa cathédrale au plus vite. Il était visiblement très mécontent et, comme il avait la réputation méritée d'être un homme colérique, il pouvait s'avérer pour les deux curés que les véritables désagréments de la journée soient encore à venir.

« Si ce n'est pas de la peinture, mais du sang, il faut vérifier si c'est du sang humain, faire des vérifications ADN, comparer avec les morts et avec Szyller, dit Teodore. Chaque centimètre carré autour de la toile doit être passé au crible. Les lettres se trouvent très haut, quiconque a fait ça a dû apporter une échelle, monter sous le rideau, s'appuyer dessus, suspendre un petit seau. On parle de dizaines d'occasions de laisser une trace et c'est une trace que je dois récupérer. Même si elle nous semble ridicule aujourd'hui, elle pourrait valoir de l'or au tribunal, devenir le chaînon manquant dans une succession de preuves. Donc, si jamais un des techniciens déclare que ce n'est pas la peine, engueulez-le. »

Barbara lui jeta un regard aigre.

« Tu me prends pour ta stagiaire maintenant ?

— Non, mais je te préviens que si une Kasia ou autre Zosia avec laquelle tu as été à la maternelle débarque et qu'elle commence à te raconter qu'elle doit absolument amener son bambin chez le toubib et qu'elle te dit que ça ne vaut pas le coup d'être aussi pointilleux avec des détails dérisoires, alors tu lui réponds qu'elle devra rester jusqu'à minuit s'il le faut pour photographier tout, absolument tout. Et cela même si elle ne doit plus t'adresser la parole jusqu'à la fin de sa vie, compris ?

— Je n'ai pas besoin de tes leçons...

— Trente-neuf.

— Mon âge n'a rien à y...

— J'ai dirigé trente-neuf enquêtes pour meurtre, vingt-cinq condamnations. Et je ne te demande pas de me faire une faveur, Barbara, je te donne des instructions. Le parquet, c'est une institution hiérarchisée et non un modèle de démocratie. »

Son regard s'assombrit, mais elle ne répliqua rien et se contenta de hocher la tête. Leon Wilczur se tenait derrière elle, immobile, appuyé contre le confessionnal. Le vicaire observait la scène d'un air admiratif, on comprenait que Dan Brown n'était pas seulement pour lui le diable incarné en romancier, mais qu'il avait aussi consacré plusieurs soirées à étudier assidûment cet ennemi. Il se racla la gorge.

« Le premier et le troisième mot sont identiques. Ça doit être un code, annonça-t-il tout bas.

— Je sais même lequel, grogna Szacki, ça s'appelle un alphabet. Mon père, connaissez-vous l'hébreu ? demanda-t-il sans grand espoir, persuadé qu'en guise de réponse le curé ferait le signe de croix et commencerait à réciter des exorcismes.

— Je saurais le lire. Le premier et le troisième mot, c'est "*ein*". Le mot du milieu, c'est "*techet*" ou "*tachat*". Malheureusement, je ne sais pas ce qu'ils signifient. "*Ein*", ça pourrait vouloir dire un, comme en allemand, mais dans ce cas, ça serait du yiddish et non de l'hébreu. » Il devait avoir remarqué le regard étonné du procureur, car il ajouta sur un ton sarcastique : « Oui, on nous a enseigné les sciences de la Bible au séminaire avec des rudiments d'hébreu. Mais je n'ai pas toujours été attentif, c'étaient les premiers cours du matin, nous étions fatigués après les pogroms de la nuit, vous comprenez.

— Pardon », dit Teodore après un instant. Il était

sincèrement désolé. Il avait compris qu'en répondant à un stéréotype par un stéréotype, il ne se différenciait pas vraiment des néofascistes ivres qu'il avait fait boucler la veille. « Je vous demande pardon. Et je vous remercie pour votre aide. »

Le prêtre hocha la tête et Szacki eut un nouveau déclic. Ça commençait à devenir pénible. Si ces déclics à vide ne s'arrêtaient pas, il devrait faire appel à un neurologue. De quoi pouvait-il s'agir cette fois ? Des pogroms ? Du séminaire ? Des sciences de la Bible ? Ou peut-être avait-il vu quelque chose du coin de l'œil ? Peut-être que son cerveau avait enregistré un détail important qui avait échappé à sa conscience ? Il observa attentivement l'intérieur de l'église.

« Teo… » commença Barbara, mais il l'interrompit d'un geste.

Quelque chose avait attiré son regard dans l'une des chapelles latérales. Le portrait du Christ Miséricordieux, le même qu'on voyait partout, la copie de celui peint à partir de la vision de sainte Faustine. Autour de l'image, on trouvait quelques ex-voto et, en dessous, une citation des Évangiles : « *Je vous donne un commandement nouveau : Aimez-vous les uns les autres comme je vous ai aimés. – J 15, 12* ».

Clic.

De quoi s'agissait-il ? Du Christ ? De sainte Faustine ? De la citation ? De la Miséricorde ? Cette affaire en manquait cruellement. Peut-être de saint Jean l'Évangéliste ? Les bonnes femmes dans la supérette avaient parlé d'un concours de connaissances bibliques, ça l'avait démangé à ce moment-là aussi. À ceci près que son cerveau était encore rempli d'Hitler et de George Michael. Mon Dieu, de quoi ça avait l'air, il avait honte de ses propres pensées parfois. Concentre-toi ! Un concours biblique – clic. Saint Jean l'Évangéliste – clic. Le séminaire – clic.

Il tentait de relier ces faits en fixant bêtement le tableau.

Clic.

Pour un peu, il aurait juré à voix haute en expulsant tout l'air de ses poumons. Comment avait-il pu être aussi con ?

« J'ai besoin de la Bible. Immédiatement ! » lança-t-il en direction du vicaire qui, sans attendre l'autorisation du chanoine, se mit à courir vers la sacristie. Sa soutane froufrouta au vent de manière très cinématographique.

« Mon père, quels livres saints connaissez-vous qui commencent par la lettre C ? demanda-t-il au prêtre restant.

— Eh bien, il n'y en a pas à proprement parler dans la sainte Bible, répondit le curé après un moment de réflexion. Mais ce qui pourrait commencer par la lettre C, ce serait le livre de la Convocation, aussi appelé Lévitique, deux livres des Chroniques, les Épîtres aux Corinthiens, l'Épître aux Colossiens... Et puis aussi le Cantique des Cantiques... »

Le vicaire, qui avait effectué l'aller-retour jusqu'à la sacristie en athlète aguerri, freina difficilement devant le groupe réuni au pied de l'illustration du meurtre rituel en portant un immense livre au format A3 à la couverture de cuir, décorée de cornières sculptées et de dorures.

« Tu as perdu la tête ? demanda le chanoine. Tu ne pouvais pas en prendre une normale sur l'étagère ?

— Je voulais que nous puissions tous bien voir »,

dit le vicaire en haletant, mais il était clair pour tout le monde qu'en réalité une banale bible bleue ne convenait pas, selon lui, à cet instant solennel.

« Commençons par le Lévitique, le livre de la Convocation, dit Szacki. C'est une partie du Pentateuque, l'un des cinq livres de la Torah, n'est-ce pas ?

— Tout à fait, confirma le chanoine.

— Chapitre 24, les versets 19 à 21.

— Mais oui... » gémit Barbara derrière lui.

Le vicaire trouva le passage en appuyant le livre sur son genou puis, plein de déférence, il présenta le volume au chanoine pour la lecture.

« *Si quelqu'un blesse son prochain, il lui sera fait comme il a fait ; fracture pour fracture, œil pour œil, dent pour dent ; il lui sera fait la même blessure qu'il a faite à son prochain. Celui qui tuera un animal le remplacera, mais celui qui tuera un homme sera puni de mort.* »

Le prêtre avait une voix basse et vibrante, il avait prononcé ces phrases lentement, avec le respect dû aux Écritures. Elles avaient retenti de manière menaçante dans le silence du temple, résonné sur les vieilles pierres, s'étaient réverbérées sur les murs et sur les voûtes, remplissant de son et de sens la cathédrale de Sandomierz. Personne ne bougea avant que les lointains échos ne s'éteignent complètement.

« La lettre M ?

— Je suggère le livre des Mots, aussi appelé livre des Noms ou livre de l'Exode. Sinon, ça pourrait...

— Chapitre 21, versets 22 à 25 », ordonna Szacki sans attendre la fin de la liste.

Les pages bruirent sous les doigts du vicaire.

« *Lorsque des hommes se battent et qu'ils heurtent*

une femme enceinte, s'ils la font accoucher sans autre accident, le coupable sera passible d'une amende que lui imposera le mari de la femme et qu'il paiera selon la décision des juges. Mais s'il y a un accident, tu donneras vie pour vie, œil pour œil, dent pour dent, main pour main, pied pour pied, brûlure pour brûlure, blessure pour blessure, meurtrissure pour meurtrissure.

— Et avec la lettre P, ça doit être le livre des Paroles, non ?

— Le Deutéronome... » ajouta Wilczur, précisant le titre ancien. Szacki frémit, surpris par la voix proche dans son dos. Et il fut étonné, mais pas tant que ça.

« Oui, le Deutéronome. Chapitre 19, versets 16 à 21. »

Frémissement des feuilles. Les joues du vicaire étaient rouges – il avait l'air fiévreux, il commençait à personnifier la décision d'abandonner la soutane pour enfiler le blouson en cuir et le chapeau d'Indiana Jones.

« *Lorsqu'un témoin à charge s'élèvera contre un homme pour l'accuser d'un crime, les deux hommes en contestation se présenteront devant Dieu, devant les prêtres et les juges alors en fonction ; les juges feront avec soin une enquête et, si le témoin se trouve être un faux témoin, s'il a fait contre son frère une fausse déposition, vous lui ferez subir ce qu'il avait dessein de faire subir à son frère. Tu ôteras ainsi le mal du milieu de toi. Les autres en l'apprenant craindront, et l'on ne commettra plus un acte aussi mauvais au milieu de toi. Ton œil sera sans pitié : vie pour vie, œil pour œil, dent pour dent, main pour main, pied pour pied.* »

La dernière phrase avait été lue par le chanoine sans qu'il suive le texte dans les pages de la Bible, il avait levé la tête et observé les visages de ses auditeurs. À la fin, il posa un regard interrogateur sur le procureur.

« C'est tout. J'ai l'impression qu'on vient d'expliquer la signification des mots en hébreu.

— Œil pour œil, grinça Wilczur, et Szacki sursauta une nouvelle fois.

— Certainement, commenta Barbara. Ça explique aussi notre mystérieux code. Il ne s'agissait pas du Commissariat municipal de Police, au final. C'est toujours un pas en avant. »

Et encore un déclic. L'insupportable, l'agaçant déclic à vide.

« Ouais... reprit Teodore. Mais alors, pourquoi ce n'est pas dans l'ordre ? C'est étrange...

— Quoi donc ?

— Les citations ne sont pas rangées dans l'ordre, répondit prestement le vicaire pour que personne ne le devance. Au sein du Pentateuque, on a d'abord le Livre de la Genèse, puis le Livre des Mots, soit l'Exode, puis le Livre de la Convocation, soit le Lévitique, puis le Livre des Nombres et enfin le Livre des Paroles, soit le Deutéronome...

— Donc, on devrait avoir MCP et non CMP, c'est ça ? Pourquoi on a interverti les lettres ?

— Je ne sais pas, répliqua Szacki. Mais je vais le découvrir. Il faut que je trouve un rabbin. »

Barbara Sobieraj regarda sa montre.

« Il faut surtout que tu sois au parquet dans cinq minutes. Tu es censé mener l'interrogatoire de Magiera, ils l'ont amené exprès depuis la prison de Kielce. »

Le procureur Teodore Szacki jura de manière très vulgaire. Leon Wilczur pouffa de rire, le chanoine posa sur lui un regard plein de réprimande indulgente, le vicaire était aux anges.

3

Procès-verbal d'audition de témoin. Sebastian Magiera, né le 20 avril 1987, domicilié au 15 a, rue Topolowa à Zawichost, présentement détenu à la maison d'arrêt de Kielce. Diplômé de lycée technique, sans emploi avant son incarcération, travaillant occasionnellement en tant que jardinier. Relation avec les parties : fils de la victime. Jamais condamné pour fausses déclarations.

Prévenu de sa responsabilité selon l'article 233 du code pénal, le témoin déclare ce qui suit :

« Je voudrais modifier mes précédentes dépositions effectuées à de multiples reprises au cours de l'investigation et avouer que, le 1er novembre 2008, j'ai involontairement tué mon père, Stefan Magiera, dans sa maison située au numéro 15 a de la rue Topolowa à Zawichost. Je l'ai fait sous le coup de l'émotion et au cours d'une dispute, je n'avais pas l'intention de priver mon père de la vie. Notre dispute était due au fait que, en dépit de ses multiples promesses, mon père ne voulait pas mettre à disposition de ma femme Anna, de mon fils de trois ans Tadek et de moi-même les locaux de sa maison qu'il occupait seul, ni me laisser cultiver la terre familiale qui restait en friche. Ces décisions avaient un impact très

nuisible sur les conditions financières de notre foyer.

J'ai rencontré ma femme il y a cinq ans au lycée technique agricole. J'habitais alors seul avec mon père à Zawichost. Je voudrais préciser ici que mon père, ancien sportif de haut niveau, abusait de l'alcool et était souvent agressif. Avec Anna, nous sommes tombés amoureux et quand elle s'est retrouvée enceinte (c'était encore avant notre mariage), j'ai demandé à mon père de la laisser habiter avec nous parce que dans l'appartement de ses parents à Klimontów il n'y avait pas assez de place pour nous. Ivre, mon père nous a insultés, Anna et moi, il ne nous a pas autorisés à vivre chez lui et m'a mis à la porte. Au début, nous habitions malgré tout chez les parents d'Anna, mais quand Tadek est né, nous avons loué une chambre à Klimontów. Les conditions de vie y étaient très mauvaises, nous n'avions pas d'argent. J'ai travaillé occasionnellement en tant que jardinier, mais mes revenus n'étaient pas suffisants. Quand Tadek a grandi un peu, Anna a également cherché du travail, mais sans succès. Durant tout ce temps, j'ai essayé de convaincre mon père de nous laisser au moins une chambre, mais il demeurait inflexible, même après notre mariage, en 2007, et il nous insultait perpétuellement. Nous avions des problèmes, les allocations ne suffisaient pas pour survivre, surtout quand il s'est avéré que Tadek souffrait d'asthme et qu'il avait besoin de médicaments très chers. C'est pourquoi nous avons dû quitter notre chambre à Klimontów pour intégrer des baraquements sociaux au quartier Kruków de Sandomierz. Les conditions de vie n'y étaient pas très bonnes. Ma femme Anna est très belle et, en 2007, elle a trouvé du travail en tant que mannequin. Elle a commencé à faire le tour de la Pologne pour des défilés et moi, je m'occupais de notre fils. Et je tentais de convaincre mon père, toujours sans résultat. Mon père disait qu'il avait réussi à remporter une médaille de bronze aux jeux Olympiques de Munich grâce à un travail long et pénible et que je devrais prendre exemple sur lui.

Malheureusement, son nouveau travail ne convenait pas à Anna parce que l'activité d'un mannequin consiste un peu à faire du striptease. Au début, elle présentait de la lingerie dans des boîtes de nuit, mais très vite, on lui a également demandé de faire des prestations telles que des combats dans de la gelée ou des combats de boxe avec d'autres filles. C'était très humiliant tant pour elle que pour moi. Au début, elle me parlait des autres filles et de sa patronne qui était désagréable et agressive, ainsi que de son mari qui s'adressait vulgairement à ses employées et tentait de les exploiter. Après, elle a arrêté de raconter et moi, je ne posais plus de questions parce que je me disais que c'était pénible pour elle et qu'elle n'avait pas envie d'en parler. En plus de ça, j'avais honte parce que c'est moi qui aurais dû subvenir aux besoins de la famille. C'était une époque épouvantable, je suis allé voir mon père avec *mon fils et j'ai commencé à le supplier parce qu'il était notre ultime espoir, sa terre restait en jachère et mon père ne touchait même pas de subventions pour elle, rien. Et ce ne sont pas seulement les subventions, on peut la cultiver, on peut y faire pousser différentes choses, j'ai toujours eu la main verte, c'est un don. Finalement, mon père a eu pitié et m'a donné son accord, il m'a dit qu'on pourrait habiter avec lui et qu'il me céderait la terre parce qu'il n'en avait pas besoin vu que sa retraite lui suffisait. Jusqu'à la fin de l'année, on accomplirait toutes les formalités, et à partir du 1er janvier nous pourrions emménager. Nous avons eu cette conversation à l'été 2008. J'avoue qu'en dehors de mon mariage et de la naissance de Tadek, ça a été le plus beau jour de ma vie.*

C'est principalement moi qui me suis occupé des préparatifs parce que Anna continuait à voyager pour ses spectacles et j'avoue que ça allait de plus en plus mal entre nous. Pas parce que nous nous disputions, mais nous discutions peu, je me dis aujourd'hui qu'elle m'en voulait de devoir faire ce qu'elle faisait, mais nous n'avions pas le choix, nous dépensions parfois jusqu'à 300 zlotys par mois pour les médicaments du petit. Malgré ça, j'ai encore réussi à emprunter un peu d'argent aux uns et aux autres pour acheter des outils de jardinage pour cette terre. Avec mon père, ça n'allait pas trop mal en ce temps-là, nous planifiions ensemble ce que j'allais cultiver, je lui rendais visite, il montrait à Tadek son disque, mais il était encore trop lourd pour lui, mon fils n'arrivait même pas à le tenir. J'avais peur que ça mette mon père en colère, mais ça le faisait rire. Il disait que ce n'était pas grave, que le petit grandirait bien assez vite pour ça.

À la Toussaint 2008, nous sommes allés à Zawichost tous les trois pour allumer des bougies sur les tombes, mais aussi pour rendre visite à mon père, bien sûr. Je craignais un peu cette rencontre parce que, suite aux disputes passées, Anna ne l'avait presque jamais revu. Ce fut finalement assez agréable, on a mangé, on a un peu bu, mais pas trop. Moi, j'ai surtout raconté ce que je ferais de cette terre, mais mon père ne réagissait plus à ce sujet. À la fin, il a mis de la musique à la radio et a demandé à Anna de lui montrer comment elle dansait en tant que mannequin, de lui faire voir un échantillon de ses exploits. Anna n'a pas voulu et moi, je me suis énervé et j'ai dit qu'il n'en était pas question. Ce à quoi mon père a répondu, je cite : "Puisque cette pute se déshabille devant tout le monde, alors elle peut aussi le faire devant moi." Et que si elle ne voulait pas danser devant lui, alors on n'aurait ni maison, ni terre, et qu'avec mon râteau fraîchement acheté, je pourrais au mieux jouer avec Tadek dans le bac à sable. Et il a commencé à rire et moi, j'ai compris qu'il mentait depuis le début. Qu'il n'avait jamais voulu nous céder quoi que ce soit, ni appartement, ni terre, et qu'il n'avait jamais voulu nous aider, rien du tout. Il avait certainement entendu *parler quelque part du métier d'Anna et avait inventé ces bobards de legs uniquement dans le but de nous humilier et de nous rabaisser, il n'y avait pas une once de vérité là-dedans.*

Et alors, j'ai vu qu'Anna commençait à se déshabiller, elle le faisait avec des mouvements las, mécaniques. Et mon père riait de plus belle en disant qu'il avait tout compris sur Anna dès le lycée et que je n'avais pas voulu le croire, donc qu'il fallait que je regarde, une leçon comme ça, gratuite en plus, ça valait davantage qu'une maison ou qu'une terre, parce qu'au moins, ça me mettrait peut-être un peu de plomb dans la tête. À ce moment-là, j'ai senti que plus rien n'importait – ni l'avenir, ni ma femme, ni les médicaments de Tadek – et une brume rouge m'a masqué la vue. Alors, j'ai pris le disque de mon père des JO de Munich et je l'ai cogné à la tête. Et encore plusieurs fois, quand il était à terre.

Pour ma défense, je voudrais dire que j'agissais sous le coup d'un choc, d'une douleur psychique et d'émotions très fortes. »

Le procureur Teodore Szacki regarda le petit tas de malheur assis en face de lui. C'était un blondinet menu avec de grands yeux et des longs cils noirs, il aurait fait un enfant de chœur idéal. Il tourna son visage vers l'écran de l'ordinateur et relut le texte de la déposition. Il n'en laissait rien paraître, mais cette responsabilité lui pesait terriblement, le destin du jeune homme et de sa famille dépendait de lui. Et il ne s'agissait pas ici de la qualification des faits :

l'homicide était évident et même si l'expert assermenté prenait le garçon en pitié et validait l'agitation nerveuse exceptionnelle, Magiera prendrait quand même la fourchette haute du paragraphe 4, probablement huit ans ferme. Il s'agissait de savoir si Szacki croirait ses mensonges ou pas.

« Où habite votre femme maintenant ? demanda-t-il.

— Eh bien, après le jugement de la succession, j'ai hérité de la maison et de la terre, elle y vit avec notre fils. Il paraît qu'elle l'a aménagée avec soin, une cousine m'a écrit ça.

— Elle vit de quoi ?

— Elle a fini par déposer ce dossier de subventions à l'Union européenne, il y a des gens dans la commune qui aident à remplir les papiers. Plus les allocations. Moi, si j'étais déjà en prison et pas en préventive, je pourrais aussi travailler un peu, envoyer des sous. »

Sebastian Magiera lui lançait des regards suppliants. Il s'agitait sur sa chaise, ne sachant pas ce que signifiait le silence du procureur. Et le silence du procureur signifiait justement que le procureur tentait de se rappeler toutes les affaires semblables auxquelles il avait été confronté par le passé. Il ne se souvenait plus quand, pour la première fois, il s'était placé au-dessus du code pénal au nom d'un bien supérieur, où il s'était davantage fié à sa propre appréciation qu'à une loi impitoyable. Peut-être contenait-elle des erreurs, peut-être était-elle injuste, mais elle constituait le socle de l'ordre au sein de la République. Le moment où il avait décidé de se faufiler entre ses paragraphes aurait dû être celui où il cessait d'être procureur.

Il avait le choix entre deux options. La première était de gober la version de Sebastian Magiera. Ce qui voulait dire l'inculper pour homicide et s'assurer d'une confirmation facile des thèses de l'acte d'accusation à l'audience : le prévenu avouait les faits, sa femme confirmait sa version, il n'y avait pas de témoins, il n'y avait ni famille du père ni plaignant privé, personne ne ferait appel, cela allait de soi. Sebastian passerait quelques années au trou et reviendrait à Zawichost où l'attendrait sa femme. Szacki n'avait aucun doute sur ce point.

La deuxième option consistait à « établir la vérité d'après les preuves matérielles », comme on disait dans le jargon. Ce qui, dans le cas présent, signifiait l'inculpation pour meurtre avec préméditation tant de Sebastian Magiera que de son épouse et des peines définies par le paragraphe 1, allant de quinze ans à perpétuité, pour chacun d'entre eux, sans parler du placement de leur fils à l'orphelinat. Le disque portait leurs empreintes digitales à tous les deux. L'enfant, par un étrange concours de circonstances, avait atterri chez une voisine deux rues plus loin peu avant la tuerie. Et l'autopsie avait démontré que le vieux Magiera était mort une heure et demie avant l'appel d'une ambulance – ils voulaient être certains qu'on ne le réanimerait pas.

Pourtant, tout ce que lui avait confié le chérubin-jardinier au sujet de sa vie avec Anna et de leurs rapports avec son père était l'exacte vérité, les témoins l'avaient confirmé. Même le notaire avait certifié qu'il avait été particulièrement choqué quand le vieux était venu le voir, prétendument pour discuter de l'acte de donation de la terre, mais en réalité pour se moquer de son fils et de sa femme la putain. Et choquer un notaire, ce n'était pas chose aisée.

Sebastian Magiera s'agitait sur sa chaise, il suait

à grosses gouttes et suppliait le procureur du regard. Teodore faisait tourner une pièce entre ses doigts avec une seule question en tête : la vérité ou une demi-vérité ?

4

« Un vieux proverbe juif dit : une demi-vérité, c'est un mensonge entier », annonça le rabbin Zygmunt Maciejewski, portant un toast avec du vin casher. Il était délicieux. Malheureusement, Szacki ne pouvait plus en boire une goutte s'il ne voulait pas rester à Lublin pour la nuit.

En suivant quelques heures plus tôt la route saturée de nids-de-poule qui séparait Sandomierz de Lublin, il ne plaçait pas trop d'espoirs dans la rencontre qui l'attendait. Il souhaitait seulement parler avec quelqu'un qui connaissait la culture juive et découvrir certains aspects qui, même s'ils n'étaient pas des éléments clés en eux-mêmes, pourraient lui permettre au moment critique de distinguer une trace importante laissée par leur cinglé. Et comprendre si cette étrange affaire avait une autre signification, un sens caché qu'il était incapable de percevoir parce qu'il manquait de connaissances.

Il n'y avait pas beaucoup songé en arrivant, mais en frappant à la porte de l'appartement situé dans le centre-ville de Lublin, il s'attendait à découvrir un sympathique vieillard au nez pointu et à la barbe blanche qui le regarderait avec sagesse et bonté par-dessus ses demi-lunettes. Une sorte de croisement entre Albus Dumbledore et Ben Kingsley. Cependant, la porte lui avait été ouverte par un homme trapu en polo qui tenait autant de l'intello que d'un petit malfrat de la banlieue de Varsovie. Rabbi Zygmunt Maciejewski avait à peu près trente-cinq ans et faisait penser à l'ancien boxeur Jerzy Kulej – pas l'actuel Kulej, le député, mais le Kulej des photos en noir et blanc, de l'époque où il avait remporté ses médailles d'or aux JO. Un visage triangulaire au menton fortement dessiné, un sourire de querelleur, un nez de boxeur, des yeux clairs, vigilants et profondément ancrés dans le crâne. Et un front dégarni qui mordait dans une touffe de cheveux noirs et bouclés.

Szacki prit soin de cacher son étonnement devant l'aspect de l'érudit juif mais, une fois à l'intérieur de l'appartement, il dut faire une mine ahurie en découvrant la déco, car le jeune rabbin éclata de rire. Que le salon soit saturé d'étagères remplies de livres en plusieurs langues, on aurait pu s'y attendre. Mais que parmi ces étagères symétriquement réparties on trouve des posters de beautés en bikini grandeur nature, cela devenait étrange. Teodore fut intrigué par les critères de leur sélection : elles ne devaient pas être juives puisqu'une seule d'entre elles, celle au torrent de boucles obsidiennes réunies en queue-de-cheval, ressemblait à un officier de l'armée israélienne. Il interrogea le rabbin du regard.

« Les Miss Israël de ces dix dernières années, expliqua-t-il. Je les ai accrochées parce que je me suis dit qu'il fallait savoir proposer une autre image de mon pays que des blagues juives, des bougies de sabbat, des négociations en longs manteaux et des récitals de violonistes sur des toits.

— Ces mannequins ukrainiennes aussi ? demanda Szacki en pointant du doigt les blondes longilignes qui se tortillaient sur plusieurs affiches.

— Vous pensez que mes compatriotes ressemblent toutes à Dustin Hoffman dans *Tootsie* ? Dans ce cas, je vous invite à venir en Israël. Mais auparavant, je vous suggère de dire tendrement adieu à votre épouse. Je manque peut-être d'objectivité, mais je ne connais pas de femmes qui posséderaient plus de sex-appeal que les Israéliennes. Et venant de quelqu'un qui vit dans une ville universitaire polonaise, cela signifie beaucoup. »

Le rabbin avait une propension naturelle au raccourcissement des distances et même si, dans le cas de Szacki, c'était loin d'être une norme, les deux hommes commencèrent très vite à se tutoyer. Par la même occasion, le rabbin lui expliqua qu'il avait hérité ses origines juives de sa mère en Israël, son prénom du grand Juif Sigmund Freud et son nom d'un ingénieur polonais qui, quarante ans plus tôt, était parti pour un voyage d'affaires de quelques jours à Haïfa et n'était jamais revenu auprès de sa femme et de ses deux enfants laissés à Poznań.

« Imagine-toi qu'aujourd'hui, je suis devenu ami avec ma demi-sœur et mon demi-frère. » Teodore n'arrivait pas à imaginer que quelqu'un ne souhaite pas devenir ami avec la bonhomie incarnée qu'était le rabbin Maciejewski. « Et ce même si, durant toute leur enfance, ils avaient entendu dire qu'une sale Juive leur avait piqué leur père. Je donne toujours ça en guise d'exemple optimiste lorsque quelqu'un m'interroge sur les relations entre les Polonais et les Juifs. Et si je comprends bien, c'est de ça que nous allons parler ? »

Mais ils commencèrent par parler de Sandomierz, des meurtres qui y avaient été commis et que le procureur décrivit en détail, de la cathédrale, de la vieille peinture et de la légende du meurtre rituel qui, dans une certaine mesure, pouvait constituer la clé de cette affaire. Si on se fiait à l'intuition de Szacki, il fallait contredire cette dernière hypothèse plutôt que la confirmer, mais il ne pouvait pas faire comme si elle n'existait pas. Ils parlèrent du graffiti sur la toile. Le rabbin contempla la photographie avec grande attention et fronça les sourcils, murmurant que c'était bizarre et qu'il devait en étudier un aspect puis, face à l'insistance du procureur, il expliqua qu'on devait prononcer ces mots « *ayin tahat ayin* », qu'ils signifiaient littéralement « l'œil sous l'œil » et qu'ils provenaient effectivement du Pentateuque.

« Les chrétiens et les musulmans citent souvent ces passages en tant que preuves de la brutalité et de l'agressivité du judaïsme », expliqua Maciejewski en leur servant un autre verre de vin. Le breuvage casher s'appelait l'*haim* et c'était un cabernet tout à fait appréciable. « En réalité, ces phrases n'ont jamais été comprises littéralement par les Juifs. Je ne sais pas si tu es au courant mais, selon la tradition, Moïse a reçu des mains de Dieu non seulement les écritures de la Torah, mais aussi une tradition orale appelée Talmud.

— Une sorte de catéchisme juif ?

— Exactement. Le Talmud constitue l'interprétation officielle des textes de la Torah qui, avouons-le, peuvent s'avérer discutables. Si j'étais, Dieu m'en garde, sceptique vis-à-vis de la Foi, je dirais que ça a été un acte très malin de la part du peuple d'Israël : écrire rapidement une interprétation commode de quelques règles incommodes et la considérer aussitôt comme la parole divine, mais transmise en bavardant. Cependant, puisque je suis un homme très pieux, nous nous en tiendrons à la version selon laquelle Dieu, dans son infinie sagesse, a su quoi dicter à Moïse et quoi lui dire à l'oreille en passant, pour mémoire.

— Et qu'avait-il à dire sur le fait d'arracher un œil ?

— Il a expliqué à Moïse que seul un crétin fini pouvait suivre cette indication littéralement. L'exemple suivant est resté célèbre : la personne qui éborgne un homme est elle-même déjà borgne. Si on suit à la lettre la Torah, il faudrait arracher l'autre œil du coupable, ce qui le rendrait totalement aveugle. Est-ce une punition juste ? Évidemment non. C'est pourquoi la tradition, le Talmud, a rapidement expliqué que la sentence « *ayin tahat ayin* » devait être comprise comme une compensation juste, monétaire et proportionnelle au tort subi. Parce qu'en cas de perte d'une jambe, le tort n'est pas le même chez un écrivain que chez un footballeur professionnel. En d'autres mots, dans la loi juive, il n'y a jamais eu de principe selon lequel la punition d'un aveuglement devrait être un aveuglement. Est-ce clair ?

— Alors d'où vient cette idée reçue ? » demanda Szacki.

Le rabbin se versa un peu de vin ; le verre du procureur était encore plein.

« Le mérite en revient probablement à Matthieu l'Évangéliste. Il a cité Jésus en train de prêcher qu'avant, on apprenait la loi du "œil pour œil, dent pour dent", tandis qu'il demande à présent de ne pas s'opposer au mal, mais de tendre l'autre joue. Le préjugé qui oppose les chrétiens miséricordieux aux Juifs sanguinaires est né ainsi. Ce qui serait presque amusant.

— Donc les Juifs ne tendent pas l'autre joue ? »

Szacki se demandait à quel point le rabbin était ouvert et à quel point politiquement correct, et s'il ne le foutrait pas à la porte sitôt qu'il aurait compris qu'en réalité, il était venu vérifier la théorie du fou furieux juif qui aurait décidé de jouer aux meurtres rituels.

« Non, répondit brièvement Maciejewski. Rebbe Schneerson, le dernier rabbin de Loubavitch, aimait à rappeler que le meilleur moyen de combattre le mal était de faire le bien. Mais il y a des situations où cette stratégie ne donne pas de très bons résultats. Certes, nous avons été des victimes à certains moments de l'Histoire, mais notre mythologie n'est pas celle de martyrs. Il suffit de regarder les fêtes juives. Pessa'h commémore la noyade de l'armée égyptienne dans la mer Rouge. Hanouka, c'est l'insurrection réussie des Maccabées et la victoire sur l'occupant. Pourim, c'est le souvenir du jour où un grand massacre préparé contre les Juifs a été transformé en éradication totale des agresseurs.

— Et la vengeance ?

— La Torah et le Talmud s'accordent sur ce point : la vengeance est contre la Loi. Il est interdit de répandre la haine, il est interdit d'organiser des représailles, il est interdit de cultiver son ressentiment, il faut aimer son prochain comme on s'aime soi-même. Ça vient du même Lévitique que celui de ta citation, mais quelques chapitres plus haut. »

Teodore devint pensif.

« Et après la guerre ? Ça aurait pu paraître naturel... »
Rabbi Zygmunt Maciejewski se leva et alluma la lampe posée sur la table – il commençait à faire nuit. Dans la pénombre, les reines de beauté en tenues légères paraissaient plus vivantes qu'auparavant, elles ressemblaient davantage à de véritables jeunes filles tapies dans les coins qu'à des photographies sur les murs. Et, parmi elles, se tenait le jeune boxeur Jerzy Kulej dans le rôle du rabbin de Lublin.

« Je n'aime pas parler de l'Holocauste, dit-il. Je n'aime pas le fait qu'à la fin, chaque conversation entre les Polonais juifs et les Polonais catholiques finisse par revenir à ces événements vieux de près de soixante-dix ans. Comme s'il n'y avait pas eu sept cents ans d'histoire commune avant ça ni tout ce qui a suivi. Un océan de cadavres et rien de plus. C'est pour ça que j'accroche ces mannequins, dont la présence me paraît maintenant surréaliste et à toi probablement encore plus. »

Zygmunt fixait la fenêtre et rien ne semblait indiquer qu'il reprendrait la discussion. Teodore se leva pour s'étirer et s'approcha de lui. Une atmosphère étrange régnait dans l'appartement. Le procureur sentait qu'il baissait sa garde professionnelle, que le cynisme et l'ironie cédaient la place à une banale envie de bavarder. Cela venait peut-être du fait qu'à Sandomierz, il devait surveiller chacune de ses paroles depuis un petit moment : là-bas, tout le monde était suspect et aucune conversation n'était une simple conversation. Il s'immobilisa près du rabbin et eut envie de lui confier son vieux rêve : il avait toujours voulu se promener dans l'ancienne Varsovie, goûter à sa diversité, marcher dans des rues où la langue polonaise se mêlait au russe et au yiddish. Il ressentait le besoin d'exprimer sa nostalgie de l'altérité, mais il ne dit rien, referma sa bouche déjà entrouverte de peur de donner l'image d'un homme qui parlerait sans queue ni tête parce que, comme tout Polonais éduqué, il craignait de passer pour antisémite. Soudain, il ressentit une colère irrationnelle contre lui-même et revint aussitôt s'asseoir. Il but un peu de vin, dilua le reste avec de l'eau gazeuse. Songeur, le rabbin se tenait toujours face à la fenêtre ; de profil, il ressemblait à un boxeur qui se remémore un combat perdu.

« J'en déduis qu'une raison précise te pousse à me poser ces questions sur la vengeance juive, dit finalement Zygmunt, revenant près de la table basse. Alors, pour résumer, je te dirais qu'il ne restait pas tellement de gens susceptibles de se venger dans les environs, ni tellement de gens sur lesquels se venger. Peu de Juifs et, après le passage de l'armée Rouge, peu d'Allemands aussi. Une partie de ces Juifs, je ne juge personne, je constate simplement un fait, une partie de ces Juifs a été passée à la fourche par les paysans polonais qui craignaient de voir les survivants réclamer les biens spoliés durant l'occupation allemande. Une autre partie n'avait nul désir de vengeance, parce que la vengeance impliquait un risque et leur vie miraculeusement épargnée était trop précieuse pour prendre le moindre risque avec elle. Il y avait des exceptions, bien sûr. Est-ce que les noms de Morel et de Wiesenthal te disent quelque chose ?

— Le second oui, le premier non.

— Simon Wiesenthal, notre chasseur de nazis n° 1. Il paraît que dès les dernières années de la guerre, dans le Lublin reconquis par les Soviets, il avait fondé avec ses compagnons une organisation secrète nommée

Nekama, ce qui veut dire vengeance. J'abhorre le revanchisme, mais je suis en mesure d'imaginer la situation dans laquelle quelques rescapés de la Shoah brûlent d'un désir de vengeance tel qu'ils montent une structure souterraine. Il est probable que rapidement, ils se sont aperçus qu'ils pouvaient agir au grand jour et non dans la clandestinité. Ce qui était né en Pologne en tant que Nekama s'est transformé ensuite en Centre de documentation historique fondé en Autriche par Wiesenthal. Tu as suivi ?

— Bien sûr, répondit brièvement Szacki.

— Donc, dans une main, on tient Wiesenthal et sa vengeance, dit Zygmunt avec le geste adéquat, vengeance qui consiste en une traque de nazis. Une solution propre. Et sur l'autre main pèse le destin de Salomon Morel. Shlomo a eu du bol, un brave Polonais l'a sauvé de la Shoah, ce qui lui a permis d'intégrer la Garde populaire communiste et, au moment exact où Wiesenthal créait Nekama, Morel organisait une milice rouge dans cette même ville de Lublin. Puis il est devenu directeur du camp de concentration Zgoda en Haute-Silésie où les communistes détenaient des Allemands et des Silésiens, essentiellement, mais aussi des Polonais qui dérangeaient le pouvoir pro-russe. Dans le camp, organisé d'ailleurs dans une ancienne section d'Auschwitz, près de 2 000 personnes sont mortes suite aux négligences volontaires de Salomon Morel.

— Et ? »

Tout cela était bien intéressant, songeait Szacki, mais ne l'aidait pas beaucoup.

« Et tu as ici les deux facettes de la vengeance juive de ce temps-là. D'un côté, des fonctionnaires israéliens qui traquaient les S.S. jusque dans leurs villas d'Argentine et, de l'autre, l'assouvissement compulsif d'un désir primaire de vengeance. Primaire, mais ô combien compréhensible. Imagine-toi que tu reviens dans ton village natal et que ta maison est habitée par le salopard qui t'a dénoncé, provoquant la mort de toute ta famille dans un camp. Ta femme, tes enfants… Tu te retiendrais ? Tu lui pardonnerais ? Tu l'aimerais comme toi-même ? »

Teodore garda le silence. Il ne pouvait pas répondre à cette question. Aucun de ceux qui n'avaient eu à faire ce choix ne pouvait y répondre.

« Tu as une famille ? demanda le rabbin.

— Oui. J'en avais une. Jusqu'à peu. »

Maciejewski le regarda avec attention, mais ne commenta pas.

« Dans ce cas, tu peux quand même t'imaginer mieux que moi ce genre d'émotions. Pour moi, c'est de l'abstrait, une réflexion d'universitaire. *On ne sait sur soi-même que ce qu'on a affronté.*

— Le Talmud ?

— Non, la poétesse Wisława Szymborska. C'est bien de puiser sa sagesse dans différentes sources. Ce vers vient d'ailleurs d'un poème sur une femme, une simple institutrice, qui est morte en sauvant quatre enfants d'un incendie. J'aime ce poème et cette citation, et j'aime le message contenu dans ces mots : nous ne savons jamais combien de bonté se cache en nous. J'ai regardé un documentaire sur un Juif américain qui va en Pologne à la recherche de ses racines et qui, parmi ces pierres tombales brisées, parmi ces synagogues transformées en ateliers, retrouve la famille de paysans qui avait jadis sauvé son père. Puis, en Israël, il demande à ce père pourquoi il n'a jamais envoyé à ces Polonais ne serait-ce qu'une carte postale. Et il reçoit cette réponse : Mais comment ? Comment remercier pour un tel don ? Et la dernière question : Est-ce que, dans la situation inverse, il aurait fait la même chose ? Et le vieillard répond tout bas : Non, jamais.

— Tu parles comme un antisémite.

— Non, je parle comme quelqu'un qui sait que la grande Histoire est un ensemble de petites histoires dont chacune est singulière. Parce que ce vieux Juif, dans la situation inverse, n'aurait peut-être rien fait, comme il le soutient, mais peut-être qu'il aurait porté chaque jour une gamelle de nourriture jusqu'à la grange avec la certitude qu'à n'importe quel moment les Allemands pouvaient venir et fusiller toute sa famille. On ne sait sur soi-même que ce qu'on a affronté. »

Maciejewski se resservit du vin.

« Je connais des centaines d'anecdotes de ce genre, dit-il en s'asseyant à nouveau face à Szacki. Tu sais déjà de quoi ça a l'air du côté polonais, tous ces morveux aux crânes rasés. Mais est-ce que tu sais à quoi ça ressemble de notre côté ? »

Teodore fit non de la tête, un brin curieux de la suite, mais seulement un brin. Il sentait les minutes lui filer entre les doigts. Il était grand temps d'apprendre quelque chose et de retourner travailler.

« Ça se passe comme suit : lorsque des visiteurs arrivent d'Israël pour voir le camp de Majdanek et que, le soir, ils ont envie de se changer les idées, ils vont en boîte de nuit avec leur propre service de sécurité. Et avant de monter dans un bus à l'aéroport, ils écoutent un laïus à propos du comportement à avoir en cas d'attentat antisémite. J'ai grandi en Israël, j'ai effectué ce genre voyage, le séjour consiste essentiellement à nous choquer avec la Shoah. » Maciejewski avait prononcé ce dernier mot avec un fond de gazouillis rauque et Teodore comprit que l'étrange mélodie saccadée qu'il distinguait dans son polonais quasi parfait était des traces d'hébreu. « Mais pas seulement. Pour une bonne moitié, cela consiste à nous raconter des conneries sur un antisémitisme largement répandu, à réveiller des soupçons, la xénophobie et un désir de revanche. Vraiment, dans la construction d'une identité sur des cadavres, nous sommes devenus meilleurs que les Polonais. »

En dépit de la gravité du sujet, Teodore rit et leva son verre.

« Je vais boire à ça, parce que si c'est vrai... vous avez réussi une chose impossible. »

Ils trinquèrent.

« Est-ce que le sigle CMP te parle ? » demanda le procureur, orientant la conversation sur le sujet qui l'intéressait. Il avait envie de la mener à son terme.

« Commissariat municipal de police ?

— Et la Conspiration militaire polonaise, tu connais ?

— Pas trop, j'en ai entendu parler, mais c'est très loin... c'est une branche de la résistance anticommuniste ?

— Oui, ils faisaient partie des soldats bannis. »

Le rabbin soupira et regarda par la fenêtre comme s'il posait pour une session photo où des sportifs font semblant d'être des intellos.

« Pourquoi tu me demandes ça ?

— Différentes pistes pourraient indiquer que les événements actuels sont en lien avec cette organisation. Qu'est-ce que tu sais sur le sujet ?

— C'est un autre thème délicat. Les bannis combattaient le pouvoir communiste, certains jusque dans les années 1950. J'ai lu des choses à leur propos, le phénomène avait de multiples facettes, de nombreuses légendes sont nées au cours des années et, comme c'est souvent le cas en Pologne, aucune vérité ne coule en leur milieu. » Le rabbin sourit de manière inattendue. « En passant, j'adore cette caractéristique des Polonais, ce déplacement dans les marges, l'euphorie ou une déprime noire, le grand amour ou une haine aveugle. Avec les Polonais, rien n'est jamais modéré. Ça me tape parfois sur le système, mais j'aime ça quand même, j'ai appris à traiter ma dépendance au caractère polonais comme un vice sans gravité. Bref, passons. Ce qui importe, c'est qu'on parle de votre résistance anticommuniste de deux manières diamétralement opposées. Pour les uns, ce sont des héros sans faille, pour les autres des voyous néfastes qui cherchaient un prétexte pour déclencher des échauffourées et des émeutes. Pour d'autres encore, c'étaient des bouffeurs de Juifs sanguinaires qui organisaient des pogroms.

— Ça arrivait ?

— Honnêtement, je n'ai pas assez de connaissances pour te répondre. Rappelle-toi que la résistance anticommuniste, c'étaient des organisations plutôt de droite. La gauche, dans une certaine mesure, avait confiance dans le nouveau pouvoir. Et quand on parle de droite, c'était une droite d'avant-guerre, fondée sur l'antisémitisme, c'est surtout vrai pour la fraction Forces armées nationales. Mais gardons aussi à l'esprit que depuis l'Holocauste, chaque acte visant un Juif est qualifié d'antisémite, ce qui n'est pas forcément vrai. Les bannis combattaient l'appareil d'État, ils agressaient ses fonctionnaires, des Juifs se trouvaient parmi les victimes simplement parce qu'il y en avait beaucoup au sein de la police secrète.

— Je croyais que c'était un mensonge antisémite.

— Les interprétations des faits peuvent être antisémites, pas les faits en eux-mêmes. Et je dois admettre avec peine, parce que ce n'est pas une page très reluisante de l'histoire de mon peuple, que jusqu'au milieu des années 1950, plus d'un tiers des fonctionnaires du ministère de la Sécurité intérieure étaient juifs. C'est un fait, il n'y a rien d'antisémite là-dedans. Bien sûr, si on présente ce fait comme la preuve d'un complot juif visant la Pologne, c'est autre chose. Surtout qu'en majorité, c'étaient des communistes ordinaires, ils n'avaient de juif que les origines. »

Szacki rangeait les informations obtenues dans sa tête. Il était content : la thèse avec laquelle il était venu commençait à prendre de l'épaisseur.

« Pourquoi autant ? »

Maciejewski répéta son geste d'impuissance.

« Parce que tout pouvoir autre qu'allemand leur semblait bon ? Parce que, dès avant la guerre, l'idéologie communiste séduisait les Juifs les plus pauvres ? Parce que le pouvoir préférait des Juifs naturellement cosmopolites aux Polonais patriotiques hostiles aux Russes ? Parce qu'il y a autant de vérité dans les fables sur l'antisémitisme des Polonais qu'il y en a dans celles sur le sentiment antipolonais des Juifs ? » Soudain, le rabbin suspendit la voix et fredonna tristement : « *Moi, je voulais être quelqu'un parce que j'étais juif, et quand un Juif n'est pas quelqu'un, il n'est vraiment rien.* »

Szacki reconnut les paroles d'une célèbre chanson de Jacek Kaczmarski.

« Parce que pour certains, c'était le moyen de prendre une revanche sur leurs voisins ? compléta Teodore.

— Bien sûr. La recherche de fautifs est le moyen le plus facile de gérer un traumatisme. Si tu pointes du doigt le responsable de tes malheurs, tout est immédiatement plus simple. Il n'y avait plus d'Allemands, les Polonais se trouvaient sous la main. Et les Rouges leur chuchotaient à l'oreille que des bandes de nationaux-démocrates organisaient des pogroms. Ce n'est pas un hasard si le département de combat contre le "banditisme" était dirigé par des communistes d'origine juive. La technique d'attiser les différences et d'instiguer des représailles marche toujours très fort. »

Szacki écoutait avec étonnement.

« Je ne m'attendais pas à entendre de telles choses.

— Bien sûr que non, tu es hypersensible comme tous les Polonais éduqués. Tu as peur qu'à peine la bouche ouverte, on te renvoie tous les pogroms de Kielce et de Jedwabne à la figure. C'est pourquoi, comme le reste de la planète malheureusement, tu n'es pas capable d'évaluer rationnellement le problème. Personnellement, je suis juif et patriote, mais je considère la politique de l'État d'Israël comme nocive. Au lieu d'être le chef de file de la région, nous sommes une place forte habitée par des paranoïaques souffrant du syndrome des assiégés, provoquant sans cesse les nations voisines qui nous haïssaient déjà. Des nations présentées bien sûr comme des terroristes et des partisans d'Hitler. D'ailleurs, je ne sais pas si tu as écouté la radio aujourd'hui, mais c'est le jour de la mémoire de la Shoah et notre vice-Premier ministre a profité de sa visite à Auschwitz pour comparer l'Iran à l'Allemagne nazie. Les bras m'en tombent. Si certains de nos politiques ne brandissaient pas Hitler à n'importe quelle occasion, ils perdraient leur raison d'être. »

Szacki sourit en son for intérieur, car dans l'ardeur du commentaire de Maciejewski, dans sa façon rituelle de vilipender les autorités, il y avait quelque chose de très polonais. On sentait presque l'odeur de la vodka, le goût des salades de légumes et des charcuteries disposées sur un plateau d'argent. Il était temps d'en finir.

« Tu as compris, bien sûr, pourquoi je te pose toutes ces questions ?

— Parce que tu considères l'hypothèse selon laquelle ces crimes seraient l'œuvre d'un Juif. Et tu veux savoir si c'est possible. S'il s'agissait d'une personne normale, je te dirais que non. Mais la personne qui a sur les mains le sang de deux êtres humains, c'est un fou. Et tout est possible chez un fou. Encore une chose...

— Oui ? »

Szacki se pencha en avant dans son fauteuil.

« Tout ce dont tu m'as parlé, Sandomierz, la toile, la citation, le couteau pour la *shehita*, le cadavre dans un tonneau... » Zygmunt Maciejewski refit son geste de boxeur pensif. « On n'acquiert pas une telle connaissance en un week-end. En théorie, tu dois être juif et encore, un Juif qui maîtriserait parfaitement sa culture. Ou un chercheur sur le sujet.

— Pourquoi en théorie ? » Teodore avait branché toutes ses antennes. Il y avait quelque chose dans le ton de la voix du rabbin qui l'avait poussé à redoubler de vigilance.

Maciejewski retourna dans sa direction la photographie de la phrase en hébreu inscrite sur la toile de la cathédrale. Il indiqua la lettre du milieu du mot du milieu.

« C'est le *heth*, la huitième lettre de l'alphabet hébreu. Elle est mal écrite. Mais pas au point qu'on puisse l'expliquer par une dyslexie par exemple. C'est le reflet dans le miroir de la lettre correctement calligraphiée, la courbure devrait se trouver à droite et non à gauche. Aucun Juif ne l'écrirait de cette façon, tout comme toi, même si tu te soûles à mort ou que tu te cames, tu n'écrirais jamais un *B* avec les arrondis vers la gauche. Je crois que le coupable est simplement malin et veut réveiller assez de démons pour pouvoir se cacher entre eux. La question, mon cher procureur, serait de savoir si tu es capable de distinguer le visage du meurtrier au milieu d'une forêt de fantômes et de spectres… »

5

Les mots « spectre » et « fantôme » résonnaient encore dans sa tête alors que Szacki retournait en pleine nuit à Sandomierz. En traversant les hameaux et les villages de la région de Lublin, il se demandait combien d'entre eux avaient été des *shtetls* juifs avant la guerre. Combien de Juifs habitaient à

Kraśnik ? Combien à Annopol ? Combien à Olbięcin, à Wilkołaz, à Gościeradów ? Et où avaient-ils fini ? Dans le camp de Majdanek, à Bełżec ? Certains avaient peut-être survécu jusqu'aux marches de la mort. Une fin humiliante, sans sépulture, sans rituel funéraire ni accompagnement de l'âme de l'autre côté. Si on se fiait aux croyances populaires, toutes ces âmes erraient toujours à travers le monde, coincées entre les dimensions depuis soixante-dix ans. Est-ce que, dans un jour comme celui-ci, lors du Yom HaShoah, elles sentaient qu'on se souvenait d'elles ? Retournaient-elles alors à Kraśnik ou à Annopol à la recherche de coins familiers, pendant que les habitants polonais se retournaient dans la rue, ressentaient une vague de froid plus souvent que d'ordinaire et fermaient leurs fenêtres plus tôt ?

Le procureur Teodore Szacki s'inquiétait. La chaussée était étrangement déserte, les bourgades de la région semblaient abandonnées. À partir de Kraśnik, des brumes traînassaient sur les routes, certaines à peine visibles, comme des dépôts de saleté sur les vitres, d'autres denses comme du coton, mais qui s'ouvraient en deux devant le pare-chocs de sa Citroën. Le magistrat prit conscience de son angoisse parce qu'il tendait l'oreille plus souvent que d'ordinaire vers les gémissements de sa vieille automobile. Un tapotement léger du côté gauche du châssis, des piaillements de la pompe hydraulique, le gargouillement du compresseur de la climatisation. C'était irrationnel, mais il n'avait vraiment pas envie de s'arrêter maintenant, au cœur de ces vapeurs sombres.

Il jura et tourna brutalement le volant lorsqu'une silhouette noire émergea du brouillard. Il venait d'éviter de justesse un auto-stoppeur planté presque au milieu de la route. Il jeta un coup d'œil au rétroviseur, mais n'y vit qu'une obscurité couleur sang, que la brume illuminée par ses feux arrière. L'enregistrement vidéo de Leon Wilczur lui revint à l'esprit, le Juif hassidique qui s'évanouissait dans les embruns matinaux de la Vistule après avoir déposé le cadavre.

Pour s'occuper l'esprit, il commença à dérouler dans sa tête sa conversation avec le rabbin. Il souhaitait identifier les moments où il avait ressenti le chatouillement familier de ses neurones. Une première fois lorsqu'on avait mentionné la vengeance pour la mort d'une famille, c'était certain. Et une seconde fois à la fin, quand le rabbin avait dit qu'un tel savoir ne pouvait s'acquérir en l'espace d'un week-end. Une pensée avait alors défilé dans son cerveau, une information énigmatique, mais précieuse. Non, ce n'était pas pour entamer des recherches dans le cercle restreint d'experts de la culture juive. Le rabbin avait perçu dans le récit de Szacki une multitude de détails qui formaient un ensemble.

« Et moi ? » demanda Teodore tout haut, et sa voix rauque résonna étrangement à l'intérieur de la voiture.

Est-ce que j'ai identifié tous les détails ? Est-ce que je ne me suis pas focalisé sur ce qui était bien trop visible dans ce cauchemar ? Quand un cadavre pris dans un tonneau est pendu sous le toit, personne ne se demande pourquoi ses pieds sont étrangement déformés, et maintenant, il s'en souvenait. Quand une femme nue est jetée dans les buissons et une machette de boucher quelques pas plus loin, personne ne songe au sable sous les ongles. Et maintenant, il s'en souvenait, le cadavre n'avait pas de terre sous les ongles, mais du sable fin qu'on aurait cru provenir d'une plage. Combien de détails semblables avait-il ignorés ? Combien lui avaient paru insignifiants ?

Après l'incident de la cathédrale, la citation sur la toile, « œil pour œil, dent pour dent », il s'était empressé de suivre la piste évidente de la vengeance juive. Précisément le chemin que le meurtrier avait souhaité le voir emprunter. Au lieu de décevoir l'assassin et de chercher des erreurs dans sa mise en scène, il se laissait promener. Tel le spectateur complaisant d'un tour de prestidigitation, il évitait d'observer ce que faisait l'autre main du magicien pour ne pas se gâcher la soirée.

Il venait d'entrer dans Annopol, il lui suffisait désormais de traverser la Vistule et de se diriger au sud – dans une demi-heure, il devrait être arrivé chez lui. Le village était vide et couvert de brume mais, malgré tout, Teodore se sentit plus en sécurité sous la lueur des lampadaires. Il se sentit suffisamment tranquille pour s'arrêter sur le bas-côté et sortir son portable afin de se connecter à Internet. Il trouva une page biblique et, en attendant qu'elle charge, il entrouvrit la fenêtre pour combattre le sommeil qui le guettait. La fraîcheur et l'humidité coulèrent par l'interstice, la voiture se remplit de la senteur intense de la terre en dégel, de la promesse du printemps qui devait exploser brusquement dans quelques jours, avide de rattraper les semaines perdues.

En se souvenant des références, il retrouva les citations. Pourquoi étaient-elles si longues ? Il aurait suffi de fournir un seul vers, celui qui contenait la formule « œil pour œil » et tout aurait été clair. Il les retranscrivit dans son carnet. Celle du Lévitique était la plus courte et la plus simple, elle parlait de la punition pour une blessure ou pour une mort. « *Celui qui tuera un homme sera puni de mort.* » Szacki fut heurté par la formulation juridique de la phrase, l'article 148 du code pénal de la République commençait de manière similaire : « *Celui qui tue un homme est passible d'une peine d'emprisonnement...* ».

La deuxième citation parlait de la punition encourue après avoir heurté une femme enceinte lors d'un affrontement entre deux hommes, ce qui était probablement une manière de définir une guerre ou un conflit. Pour avoir provoqué une fausse couche, on ne risquait qu'une amende, mais si la femme mourait, c'était la mort.

La troisième, enfin, celle du Deutéronome, était la plus alambiquée – presque autant que les articles de loi contemporains. Parallèlement, c'était l'inscription la plus sévère, dirigée contre un parjure ou, pour le dire de manière plus actuelle, contre le faux témoignage devant un tribunal. Le législateur juif – ce qui était vraiment une façon bizarre de définir Dieu, songea Teodore – avait ordonné de châtier le menteur procédurier avec la même peine que celle qui aurait été appliquée à la victime si les mensonges avaient été crus. En d'autres termes, si, à la suite d'une fausse déposition, quelqu'un risquait la peine de mort et que l'affaire éclatait au grand jour, alors le faux témoin finissait au bout d'une corde ou exécuté selon une autre méthode appliquée à l'époque. Pour Szacki, l'aspect étonnant, c'était que la cruauté de la disposition était justifiée par des considérations de prévention générale. On avait écrit en toutes lettres : « *Les autres en l'apprenant craindront, et l'on ne commettra plus un acte aussi mauvais au milieu de toi* ». Dans une certaine mesure, le mensonge était traité comme le pire des crimes.

Certainement à juste titre, se dit Teodore, et il ferma son carnet, puis la fenêtre, avant de boutonner sa veste – la nuit était bigrement glaciale. De quoi parlaient les citations ? D'un meurtre, de la blessure d'une femme enceinte et d'un parjure. Un hasard ou des détails essentiels ?

Il éteignit le plafonnier, cligna plusieurs fois des paupières pour habituer ses yeux fatigués à l'obscurité brumeuse qui régnait derrière le pare-brise et se figea d'effroi, découvrant des silhouettes noires qui se regroupaient autour de sa voiture. Les ombres tournaient lentement autour du véhicule. Sentant la panique s'amasser dans sa gorge, il mit en marche le moteur et ses phares remplirent aussitôt de lumière la brume laiteuse. Les silhouettes avaient disparu. Rien qu'un village désert sur la Vistule, des trottoirs pavés et une publicité pour la bière Perła au-dessus d'une supérette.

Il démarra en trombe, tourna vers le fleuve. Le brouillard virevolta derrière le large train arrière de sa Citroën.

Le procureur ne savait pas, et comment l'aurait-il su, qu'il quittait justement l'un des *shtetls* typiques d'avant-guerre, l'un de ces hameaux habités en majorité par une population juive qui, en ce temps-là, constituait plus de 70 % des villageois d'Annopol. La localité comprenait autrefois une école hébraïque sous l'égide de l'organisation Tarbut, une école élémentaire *heder*, l'association Talmud-Torah, ainsi que des écoles laïques pour filles et garçons, sans parler d'une modeste *yechivah*, un centre d'études religieuses à la sortie duquel certains jeunes hommes pouvaient poursuivre leur cursus rabbinique à Lublin. Il ne restait de tout cela qu'une pierre du souvenir, petite et moche, dressée à l'emplacement de l'ancien cimetière juif aux abords du village, entourée pour la déco d'un étroit trottoir de pavés.

6

L'incrédulité s'inscrivit sur les traits de la fille, mais elle le laissa garder sa main sur sa cuisse, ce qui était bon signe. Par conséquent, Roman Myszyński s'autorisa à faire glisser ses doigts un peu plus haut, sur la peau au-dessus de la dentelle des bas, à ceci près qu'il n'y trouva ni dentelle ni peau. Non, ne me dites pas que de nos jours quelqu'un va encore en boîte de nuit en collants ! On est dans une soirée vintage ou quoi ? Encore un peu et on s'apercevra qu'elle a un soutif en élasthanne et des poils sous les aisselles. Est-ce qu'une fois dans sa vie, il pourrait tomber sur une fille normale ? Pas une fois par mois ou une fois par semestre, ni même une fois par an, non. Une fois, une seule fois.

« Donc t'es une espèce de détective ? demanda-t-elle en se penchant vers lui.

— Pas une espèce de, je suis détective, répondit-il en criant, tout en notant en mémoire de ne plus jamais inviter une fille à débuter un rancard par un apéritif de calamars en sauce à l'ail. Je sais de quoi ça a l'air, mais c'est la stricte vérité. Je suis au bureau, quelqu'un vient, au début il se méfie, il vérifie s'il peut avoir confiance en moi. Et ensuite… » Il suspendit sa voix. « … ensuite, il me confie ses plus sombres secrets et me passe commande. Tu ne peux pas t'imaginer à quel point les destins des gens peuvent être tarabiscotés.

— Je voudrais voir ton bureau, te confier mes secrets.

— Les plus sombres ? demanda-t-il, en regrettant aussitôt le côté kitsch et tue-l'amour de cette réplique.

— Tu n'as pas idée ! » cria-t-elle par-dessus la musique.

L'instant d'après, ils filaient en taxi en direction de son « bureau », soit un petit studio au quartier Grochów. L'endroit n'était peut-être pas luxueux, mais il avait du charme, tapi qu'il était au sein d'une villa d'avant-guerre recouverte de vigne vierge, avec jardin, au pied des immeubles du square Ostrobramska, connus localement sous le nom de Mordor. Ils s'embrassaient goulûment sur la banquette arrière lorsque le téléphone sonna. Numéro masqué. Il décrocha, priant tous les dieux de toutes les religions pour que ça ne soit pas sa mère.

Il écouta un instant.

« Bien sûr que je m'en souviens, monsieur le procureur, dit-il gravement, d'une voix plus basse que d'ordinaire, jetant à la fille un regard lourd de sens. Des affaires comme celle-là, on ne les oublie pas... Oui, je suis actuellement à Varsovie... Bien sûr... Oui, oui... Je comprends... Certainement... Il faut que je dorme un peu, plus trois heures pour arriver, je peux être chez vous à 8 heures... Oui, bien sûr, au revoir. »

D'un geste de pistolero, il referma son téléphone portable et le rangea dans la poche interne de sa veste. La fille l'observait avec admiration.

« Vous savez quoi, franchement, qu'un procureur harcèle les gens à minuit, ça me révolte, déclara le chauffeur en regardant Roman dans le rétroviseur. Putain, ils vont nous refaire l'URSS, je vous jure. Et ils se disent libéraux, bordel... »

Mercredi 22 avril 2009

La planète célèbre le Jour de la planète, Jack Nicholson son soixante-douzième anniversaire, le Premier ministre Donald Tusk son cinquante-deuxième et les amateurs d'automobiles les sept ans depuis la disparition du modèle Polonez. En Pologne, près d'un demi-million de collégiens passent le brevet, le gouvernement prévoit l'interdiction totale de fumer, un alpiniste de vingt-cinq ans escalade sans être assuré la paroi du gratte-ciel Marriott de Varsovie et le concours de la meilleure blague de l'année est remporté par le ministre des Infrastructures qui annonce que les autoroutes A1, A2 et A4 seront achevées avant l'Euro 2012. Un procès de terroristes islamistes commence chez nos voisins de l'Ouest, tandis que chez ceux de l'Est on réintègre dans ses fonctions l'entraîneur de hockey qui avait perdu son emploi parce que son équipe avait eu le culot de battre le club du président Loukachenko. À Sandomierz, la police interpelle un homme qui a accusé plusieurs adolescents de quatorze ans du vol de soixante-quatorze bouteilles de bière et d'une bouteille de vodka dans un bazar, à la suite de quoi il leur a extorqué de l'argent en guise de dédommagement. Pendant ce temps, de véritables voleurs prélèvent un sac à main dans un appartement ouvert, ainsi que les 180 złotys que le sac contenait. Les propriétaires prenaient le soleil sur le balcon. Et ce n'est pas étonnant, car même si la température ne dépasse pas les dix-huit degrés et peut chuter jusqu'à deux degrés la nuit, la journée est radieuse et agréable.

1

Depuis que Marcin s'était retrouvé à côté de Sasha dans le bus lors de leur première excursion de collégiens – seule la place à côté de ce gaillard hypertrophié aux allures d'assassin était restée libre –, les deux garçons s'étaient liés non pas tant d'amitié que d'un attachement assez particulier. Ils ne se connaissaient pas tellement, ils ne se rendaient pas visite, ils ne s'invitaient pas à des soirées, ils ne fréquentaient même pas la même classe. Ils étaient tous deux assez à part et respectaient tous deux leur singularité. Marcin était une brindille, un gringalet aux cheveux couleur des blés, binoclard, autant remarqué que moqué pour ses talents de violoniste forcé de jouer parfois, à son grand désespoir, lors de fêtes scolaires. Il composait un peu, l'idée d'écrire un jour des musiques de films se baladait au fond de son crâne, mais ses créations n'étaient pour le moment connues que d'Ola et, donc, de Sasha.

Le bruit courait que Sasha dealait de la drogue et était lié à la mafia russe, ragots d'autant plus répandus que même les profs le traitaient avec une indulgence ahurissante, craignant sans doute qu'à cause d'une note trimestrielle trop basse un mafioso en jogging bruissant leur transperce un genou dans le vestiaire du collège. Sasha, taciturne par nature, gardait tout particulièrement le silence sur cette question-là, ce qui ne faisait bien sûr qu'accroître les rumeurs. Et lorsque quelqu'un avait finalement le cran de l'approcher pour lui demander une dose, Sasha ne disait d'abord rien pendant un long moment, fixant son potentiel client sans un clignement de paupières, puis il se penchait vers lui et annonçait avec un accent de l'Est volontairement exagéré : « Pas pour toi. »

En réalité, Sasha ne vendait rien et sa plus grande passion, soigneusement dissimulée, était le visionnage de documentaires – son ordinateur en contenait des térabits. De temps en temps, il passait les meilleures ou les plus controversées de ses trouvailles à Marcin. Dernièrement, grâce à son ami, Marcin avait découvert un film épatant sur un Juif américain qui venait en Pologne avec ses enfants pour retrouver les gens qui avaient sauvé son père durant la guerre. Ce qui avait le plus frappé Marcin, c'était ce vieux Juif malade, branché à différents tuyaux, qui vivait depuis soixante ans en Israël, qui n'était plus lucide et ne faisait que répéter en boucle qu'il voulait revenir à la maison. Ses proches lui expliquaient qu'il était à la maison, mais il s'entêtait, il voulait rentrer chez lui. À la fin, quelqu'un lui demandait : « Papa, mais elle est où, ta maison ? » Et il répondait : « Comment ça, où ? Au 7, rue Zawichojska. » Marcin n'aurait pas pu expliquer pourquoi, mais cette scène l'avait beaucoup ému.

Sasha se tenait adossé au rebord de la fenêtre, les bras croisés sur le torse et le regard dans le vague.

Dans ses fringues larges et son blouson clair, il avait l'air encore plus imposant que d'habitude. Marcin s'approcha, hocha la tête en guise de bonjour et s'appuya sur le rebord de fenêtre à côté de lui.

« Fou en g5 », dit-il.

Sasha fronça les sourcils et approuva du menton en connaisseur.

« Reine en b8 », grogna-t-il.

Ils faisaient des parties pratiquement sans discontinuer depuis leur rencontre dans le bus, lors de laquelle Sasha jouait justement aux échecs sur son téléphone portable. Ces derniers temps, cela se passait comme suit : chacun avait chez lui un échiquier et ils échangeaient chaque jour un coup au collège. À ceci près que Marcin avait jusqu'au lendemain pour réfléchir et imaginer son mouvement, tandis que la réponse à cette tactique préparée parfois pendant des heures ne prenait à Sasha jamais plus d'une quinzaine de minutes. Une fois, il avait demandé un délai de réflexion jusqu'à la récréation suivante et Marcin s'était pavané pendant une semaine. Mais il n'avait jamais gagné une partie ; un gène russe indéterminé rendait Sasha invincible.

« Écoute, si je me souviens bien, ton vieux est un malfrat, un ramasseur de pots-de-vin, un tortionnaire et une larve gluante ?

— Exact, il est flic, répliqua Sasha.

— Parce que je suis allé lundi en visite scolaire à Sandomierz.

— Navré.

— On nous a montré des cachots sous la vieille ville. Il paraît qu'avant, y en avait des étages entiers et maintenant, il n'en reste qu'un couloir minable. Ou peut-être qu'ils n'en montrent pas plus.

— Et donc ?
— Et donc, j'ai entendu des hurlements.
— Donc Mary a enfin découvert son clito. C'est fini, plus personne n'est en sécurité.
— Un... un hurlement diabolique, dans les profondeurs de la terre. Comme si on y tourmentait ou torturait quelqu'un. »

Sasha regarda son ami. Il leva un sourcil.

« Ouais, je sais de quoi ça a l'air. Je le sais parfaitement. Mais j'y pense tout le temps. Tu sais ce qui s'y passe maintenant, il y a un tueur en série, déjà deux macchabées, j'ai lu aujourd'hui que les gens cessent d'envoyer leurs gamins à l'école, c'est l'hystérie. Alors tu comprends, c'est peut-être rien, c'est certainement rien, mais si c'est pas le cas ? Ça serait con, non ?

— Un hurlement, tu dis ? OK, je le dirai à mon vieux. Il le transmettra aux flics du coin, ça leur servira peut-être. Tu as entendu autre chose ?

— Non, principalement un hurlement. Un peu comme le vent, un peu comme un gémissement, un peu comme un cri. Et encore un autre son. Ce jour-là, j'ai pas su le reconnaître, il était trop faible, mais ce matin, j'en ai entendu un semblable et ça a fait tilt.

— Et ?

— C'était un aboiement. Un aboiement de chien, mais furieux, comme si on y élevait des clébards de l'enfer dans ces cachots ou pire, des loups-garous... Ouais, je sais de quoi ça a l'air. »

2

La discussion avait été brève mais productive et Teodore Szacki était ravi d'avoir réussi à faire venir Roman Myszyński de Varsovie. Un gars intelligent qui pigeait vite ce qu'on lui demandait, un brin dissonant avec le style qu'il se donnait. Car c'était un jeune homme sympa, le genre de type incapable de faire du mal à autrui et qui s'étonnerait toujours autant qu'on puisse lui en faire. Mais il tentait de jouer au vieux briscard, au cynique froid et calculateur préoccupé seulement par son efficacité professionnelle et rien d'autre. Un rôle assez respectable, somme toute, surtout dans son métier, mais qui n'avait de sens qu'à condition de le jouer sans fausses notes. Szacki savait le faire, son vis-à-vis pas du tout. Par bonheur, ses talents d'acteur n'avaient ici aucune importance.

Teodore quitta en coup de vent son bureau pour rincer sa tasse de café et il heurta Barbara Sobieraj dans le couloir. Un petit paquet échappa des mains de sa collègue. Il se baissa aussitôt pour le ramasser : la boîte en carton couverte d'autocollants postaux avait les dimensions d'un gros livre, mais était très légère, comme privée de contenu. Il la lui tendit d'un geste chevaleresque.

« Madame, ceci vous appartient, je crois. »

Il remarqua avec étonnement que Barbara s'empourprait comme une adolescente surprise en pleine activité honteuse. Elle lui arracha le paquet des mains.

« Veuillez regarder où vous mettez les pieds, cher monsieur. »

Il eut envie de rétorquer quelque chose, mais la porte du cabinet de Miszczyk s'ouvrit, sa chef passa la tête dans l'embrasure et l'appela d'un geste décidé : il se sentit tel un élève convoqué chez la directrice. Il obtempéra, tenant toujours à la main sa tasse décorée du logo du Legia de Varsovie. Dans le bureau d'Ourson, il découvrit un homme à la tronche enflée d'alcoolo aux allures de clochard, un homme persuadé sans doute que son délabrement lui donnait un style de sportif élégant. Répugnant. En voyant Szacki, l'homme se leva et le salua avec effusion.

« Je supporte le Polonia, dit-il en pointant du doigt la tasse de Teodore.

— Pardon, qui ?

— Euh... l'autre équipe de Varsovie...

— Mais comment ça ? Il n'y a qu'une seule équipe à la capitale, voyons », plaisanta le procureur, mais l'autre n'eut pas l'air de saisir.

Maria Miszczyk sortit l'idiot du pétrin :
« Monsieur nous vient de Varsovie, déclara-t-elle. Il écrit un grand reportage sur notre affaire. Je lui ai promis qu'il pourrait prendre un quart d'heure de votre temps, pas plus. »

Szacki bouillonna intérieurement, mais sourit avec grâce et proposa au journaliste de faire l'entretien sur-le-champ, afin qu'il puisse retourner au travail le plus vite possible.

Au début, la conversation tourna autour de l'enquête et des mécanismes d'investigation dans le cas de l'apparition probable d'un tueur en série, ainsi que des nuances de droit qu'une telle éventualité impliquait. Le procureur répondait vite et avec précision. En dépit des efforts du scribouillard, il ne laissait pas l'interview se transformer en une agréable causerie sans implications et coupait court à toutes les tentatives de familiarité. Il attendait l'inévitable, le voyage vers les thèmes du judaïsme et de l'antisémitisme polonais. L'inévitable se comporta selon sa structure sémantique : il arriva.

« Je m'interroge sur la symbolique morbide de tout ça, dit le reporter. Il y a quelque chose de particulièrement sale dans ce jeu sanglant aux motifs connus. D'autant plus ici, dans une ville célèbre pour une toile qu'on pourrait qualifier de credo de l'antisémitisme, dans la voïvodie de Sainte-Croix dont le chef-lieu a été le théâtre du plus grand massacre de Juifs depuis la Shoah. On aurait cru que ce n'étaient que de vieilles cicatrices, alors qu'il suffit de gratter un peu et qu'est-ce qu'on découvre ? Que ce sont des plaies purulentes et toujours ouvertes.

— La symbolique ne m'intéresse pas », abrégea froidement Szacki.

Le journaliste sourit.

« C'est si polonais, vous ne trouvez pas ? "Ça ne m'intéresse pas." Dès qu'un sujet délicat refait surface, il y a toujours quelqu'un pour dire "laissez ça tranquille", "pourquoi s'embêter avec ça", "pourquoi le ressasser encore et encore".

— Je suis navré, mais j'ignore ce qui est typiquement polonais. Je suis diplômé de droit, pas d'anthropologie. En revanche, vous ne m'écoutez pas. Vous pouvez creuser et ressasser tout votre soûl, je n'essaye pas de vous convaincre de laisser tomber quoi que ce soit. Je vous informe simplement qu'en tant que fonctionnaire au service de la République de Pologne, je ne suis pas intéressé par une quelconque symbolique, même sale ou sanglante.

— Dans ce cas, pourquoi avoir ordonné l'incarcération de gamins ivres qui avaient improvisé une manifestation antisémite ?

— 196, 256, 257, 261, 262.

— Pardon ?

— Ce sont les articles du code pénal qui trouvent leur application dans ce cas. Surtout la profanation d'un lieu de mémoire, la profanation d'une tombe et l'incitation à la haine sur fond de différences nationales. Mon travail consiste à conduire devant un tribunal toute personne qui enfreint la loi. Pour ce faire, je ne me base ni sur une idéologie ni sur une symbolique.

— Je comprends, c'est votre position officielle. Mais officieusement, qu'est-ce que vous en pensez ?

— Officieusement, je ne pense rien.

— Rencontrez-vous des expressions d'antisémitisme ?

— Non.

— Est-ce que les stéréotypes vous gênent dans l'avancée de votre enquête ?

— Non.

— Est-ce que vous savez que des parents de Sandomierz ont arrêté d'envoyer leurs enfants à l'école ?

— Oui.

— Est-ce que vous croyez que c'est dû au retour de la croyance en la légende du sang ?

— Non.

— Est-ce que vous savez ce qu'on en dit dans les rues de la ville ?

— Non.

— Et ce qu'écrivent à ce propos les journaux de droite ?

— Non.

— Je ne comprends pas pourquoi vous rejetez si obstinément cette discussion. D'où vient cette panique ? Après tout, vous devez vous demander où est la source de ces événements, où est leur genèse. Je ne sais pas, moi, avez-vous lu les livres de Jan Gross ?

— Non, mentit Szacki qui connaissait parfaitement le livre polémique de l'historien sur le pogrom perpétré en 1941 à Jedwabne.

— C'est dommage. Dans son dernier ouvrage, il décrit la vague d'antisémitisme qui a déferlé sur le pays après la guerre, la colère et la haine des voisins qui découvraient les survivants de la Shoah. Moi, je me dis que cette génération d'antisémites d'après-guerre a élevé une autre génération d'antisémites, qui en a élevé encore une autre. Une génération qui croit que les Juifs sont responsables du communisme, qui croit à un complot mondial et à la financiarisation internationale. Et à laquelle, en parallèle, il manque un contrepoids. Un contrepoids sous forme d'un simple voisin juif avec lequel aller à la pêche et grâce auquel, en entendant toutes ces idées reçues monstrueuses, ils pourraient hausser les épaules et dire "Eh, ce sont des conneries, Szewek n'est pas comme ça". Et quelque part au milieu de cette génération a grandi votre coupable, le dépositaire des pires préjugés polonais, refoulé, irrésolu, rempli de haine pour tout ce qui est étranger. Et cette haine a trouvé ici, sur cette terre antisémite, son horrible accomplissement. »

L'horloge accrochée près du blason de la Pologne indiquait à Teodore qu'il devrait endurer encore deux minutes de cette torture. Il projetait de se lever précisément à la seconde qui achèverait le quart d'heure de cette conversation ennuyeuse, fatigante et exaspérante. Cela l'inquiétait de dépenser de si grandes quantités d'une énergie dont il avait cruellement besoin ces temps-ci pour ne pas exploser, ne pas se quereller avec ce débile qui n'avait qu'une seule idée en tête : confirmer ses thèses sur les Polonais bouffeurs de Juifs. L'aspect le plus ahurissant de toute cette affaire était que pour le moment, c'était chez un jeune rabbin né en Israël que Szacki avait trouvé le plus d'empathie, de volonté de compréhension et de bon sens. Rabbi Maciejewski avait raison : il n'y avait que des extrêmes, rien ne pouvait être simplement normal par ici.

« Et si c'était le contraire ? demanda-t-il au journaliste.

— C'est-à-dire ?

— Et s'il s'avérait que le coupable était un Juif orthodoxe mentalement dérangé venu de Jérusalem avec sa clique d'acolytes élevés dans l'esprit antipolonais pour assassiner des catholiques ? Que se passerait-il si, dans sa cave, on découvrait des cadavres d'enfants, des tonneaux de sang et une fabrique de pain azyme ?

— Mais c'est... c'est impossible... Ça serait épouvantable. Ici, dans ce pays qui devrait regarder en face les pages sombres de son histoire. Un pays auquel il faut sans cesse rappeler ses torts. Vous ne pouvez pas considérer sérieusement ce scénario.

— Mon travail consiste à considérer sérieusement tous les scénarios. Je dirais même plus : cela ne me fait ni chaud ni froid. Peu m'importe que le coupable soit un évêque ou le président du mémorial de Yad Vashem, pourvu qu'on le retrouve.

— Ça vous est vraiment égal ? »

Heureusement, le temps arrivait à son terme.

« Oui.

— Vous n'avez pas l'air de mesurer vos devoirs d'homme éduqué et réfléchi ! Vous devez vous déclarer en faveur de l'un des côtés. Notre côté doit fournir l'exemple, enseigner, expliquer. Sinon, l'autre côté, le côté obscur, prendra le contrôle des âmes.

— Mais quel côté obscur, à la fin ? s'énerva Szacki. Est-ce que vous ne pourriez pas simplement informer de ce qui se passe ? Est-ce qu'il faut toujours que quelqu'un pratique une propagande tordue ?

— Nous, ça ne nous est pas égal.

— À moi si. Le quart d'heure est terminé. »

3

Il aimait les femmes, il appréciait l'état qui s'emparait de lui lorsqu'il en rencontrait une nouvelle et sentait un frisson lui parcourir l'échine, signe du ravissement provoqué parfois par la beauté, parfois par le sex-appeal, parfois par un geste ou le timbre d'une voix, par un sourire ou une repartie brillante. Quelquefois, mais très rarement, une impression semblable, naissant en partie dans sa colonne vertébrale et en partie dans son bas-ventre, le saisissait lors d'un contact avec un homme. Par le passé, il en avait eu peur, puis il avait compris que c'était le signe de l'admiration. Ou plutôt d'un mélange d'admiration, d'un fond de jalousie et d'un brin d'excitation. Une gaminerie du genre « Mince, j'aimerais être comme ce gars-là un jour ».

C'est précisément dans cet état que Roman Myszyński avait quitté le bureau du procureur Szacki. Quand, au cours de sa carrière d'archiviste à louer, de pisteur de secrets cachés entre les pages jaunies d'une histoire familiale, il recevait un nouveau client, il s'efforçait d'être quelqu'un de ce genre. Concret, mais pas taciturne. Professionnel, mais pas froid. Réservé, mais pas grossier. Paisible, mais vigilant. Fraîchement rencontré, mais inspirant confiance. Teodore Szacki était exactement ainsi. Un shérif fier qui en sait un bout et qui en a vu d'autres, mais inutile d'en parler. Un regard clair, inquiétant, comme un peu dilué, des lèvres fines, des traits classiques. Et cette chevelure dense et laiteuse qui lui donnait un air exceptionnel, presque démoniaque. Il y avait quelque chose d'un cow-boy chez le procureur, un air de Gary Cooper et de Clint Eastwood, mais aussi une dose de l'archétype de l'officier de l'armée polonaise, une pugnacité inflexible et la certitude gravée dans le granit d'être l'homme de la situation.

Il enviait également la mission de Szacki. L'inébranlable conviction qu'il semblait avoir d'être du bon côté de la barricade, la croyance que toutes ses actions servaient le bien et la justice. Et moi, qui suis-je ? se demanda Roman. Un historien gratte-papier qui cache des ancêtres juifs aux Polonais moustachus pour quelques złotys et leur déniche des racines aristocratiques afin qu'ils puissent accrocher un blason au-dessus de leur télé. En vérité, c'était la première fois de sa vie qu'il accomplissait quelque chose qui avait du sens.

C'est pourquoi il ne ressentit nulle gêne à revenir si vite sur les lieux du plus grand traumatisme de sa vie, à savoir les locaux des Archives municipales de Sandomierz. Passant une nouvelle fois près de l'endroit où le pont-levis menait à la fenêtre orientée vers les buissons de la synagogue, il avança avec prudence, car l'impression que les signes du zodiaque dessinés par un artiste juif guettaient ses mouvements ne le quittait pas. Mais il se débarrassa prestement de cette sensation, portant les volumes des registres de l'état civil jusqu'à la table de lecture. À côté, il déposa les documents reçus des mains de Szacki. Une courte liste de noms à vérifier et les extraits de la base de données des numéros nationaux d'identification correspondants, pour commencer. Ainsi que des autorisations couvertes de tampons officiels qui lui garantissaient l'accès à toutes les informations qui n'auraient pas encore atterri dans les archives nationales. Enfin, une feuille à part où on avait inscrit ce qu'il devait chercher : un meurtre, la mort d'une femme enceinte, un parjure.

Il sortit son calepin américain, un large cahier à pages jaunes, et y énuméra les institutions à visiter. Il commencerait par les locaux de l'état civil pour voir leurs vieux registres de déclaration de foi, puis il tracerait un arbre généalogique restreint de chacune des personnes désignées par le procureur. Ce n'était pas la peine de creuser au-delà de deux générations d'ancêtres, donc ça ne devrait pas poser trop de problèmes. Après, il se tournerait vers les fichiers des tribunaux et les journaux d'après-guerre, fastoche. Les choses pourraient se corser avec les dossiers de la sûreté interne – les responsables de l'Institut de la mémoire nationale souffraient de paranoïa et d'une manie de la persécution. Mais peut-être qu'il ne serait pas nécessaire de faire appel à eux.

Pour l'heure, il devait fouiller en premier lieu parmi les dossiers notariaux. Si le procureur avait vu juste, alors la clé de toute cette affaire résidait dans le manoir abandonné de la rue Zamkowa et, plus précisément, entre ses propriétaires passés et actuels.

4

Le coup de fil d'Oleg Kuzniecov lui fit l'effet d'une voix d'outre-tombe et lui permit de constater à quel point son équilibre émotionnel était fragile et facile à perturber.

À peine eut-il perçu la prononciation aux accents de l'Est du policier de Varsovie, son ami et compagnon de travail durant de longues années, qu'il crut tomber en mille morceaux. Et il s'enfonça dans le regret de sa vie d'avant. Un appel de Kuzniecov signifiait alors la visite d'une scène de crime au cours d'une matinée glaciale, le café pris après coup sur la place des Trois-Croix et leurs rencontres successives durant l'enquête, lors desquelles le flic faisait semblant de le prendre pour un con emmerdant, tandis que Szacki jouait à le considérer comme un fainéant fini. Cela impliquait aussi des succès communs et des défaites communes, une lutte commune dans les salles d'audiences où le commissaire était souvent le témoin le plus essentiel. Et des soirées communes dans son appartement du quartier Praga. Hela dormait dans sa chambre et ils buvaient tous les quatre, Kuzniecov racontait des blagues ou chantait des chansons russes de Vladimir Semionovitch Vyssotski, Natalia grondait son mari parce qu'il se répétait et Teodore les taquinait avec une malice chaleureuse. Weronika se blottissait contre lui – l'alcool lui donnait toujours envie de dormir –, mais, après avoir mis les invités à la porte, ils trouvaient malgré tout l'énergie de faire l'amour de manière tendre, amicale et satisfaisante. Elle s'endormait toujours la première, lui tournant le dos. Le geste avec lequel il l'étreignait sous les seins, mais en sentant quand même leur présence, lorsqu'il se serrait contre elle et enfonçait son visage dans les cheveux de sa nuque, avait été son ultime geste conscient avant de basculer dans le sommeil pratiquement chaque jour pendant près de quinze ans.

« Ça ne te dérange pas que je t'en parle, au moins ? » Il avait perçu une hésitation dans la voix de Kuzniecov. C'était triste. Dans le temps, Oleg n'aurait même pas eu l'idée de s'autocensurer avec lui.

« Mais non, bien sûr que non. Je veux qu'elle aille le mieux possible. Si elle est bien, alors Hela est bien aussi. Et puis, tu le sais, je suis curieux.

— OK, dit Kuzniecov après une pause suffisamment longue pour être perçue. Nous avons fait un saut chez eux, on n'a même pas eu à s'incruster, Wero nous a appelés en nous disant que c'était son nouveau lieu de vie, qu'Hela voulait nous voir et qu'on devait rencontrer Tomek, bien sûr.

— Alors ?

— Alors, je ne sais pas comment ça se passe chez toi, si tu vis dans un palais avec jardin et vue sur la Vistule, mais ton ex a connu, comment dire, une sorte de promotion sociale. C'est pas encore une villa à Konstancin, mais une chouette moitié de maison double à Wawer, un peu en arrière de l'avenue Patriotów. Un bout de pelouse avec un hamac pour Hela, un intérieur agréable, tu sais, pas de chez Ikea, plutôt des canapés en cuir et des vaisseliers sculptés, on sent tout de suite que le gars n'est pas un parvenu, mais de vieille famille.

— Et comment il est, lui ?

— Plutôt cool. Plus vieux que toi, un peu plus large en termes de carrure et moins grisonnant. Assez beau gosse, paraît-il, Natalia soutient qu'il ressemble à cet acteur de *Gladiator* dans ses films plus tardifs. Un peu ennuyeux, pour être honnête, toutes ces histoires de conseiller juridique m'emmerdent, mais peut-être qu'on doit juste prendre le temps de faire mieux connaissance. »

Vous devez prendre le temps de faire mieux connaissance. Dommage qu'en six mois tu n'aies pas pris le temps de me rendre visite, mon ami.

« Mais Wero a l'air... contente. »

Autocensure. Il voulait dire heureuse.

« Hela pareil. Donc, au final, c'est peut-être pour le mieux, pas vrai ? J'étais furax contre vous au début, parce que franchement, je ne connaissais pas un meilleur couple que le vôtre, mais quelque chose devait clocher si vous arrivez à refaire vos vies de façon aussi chouette maintenant. Dis donc, je crois que ça a dû faire un peu peur à ma Natalia, parce qu'elle a commencé à porter de la dentelle et à préparer des gâteaux. Ouais, c'est vrai ce qu'on dit, faut tenir sa femme en respect, y a pas à dire. À propos des femmes, comment ça se passe ?

— Ça va. Une vie de célibataire, je ne m'ennuie pas. Dernièrement, une juge locale m'a assez surpris.

— Une juge ? Attends un peu. Cinq ans d'études de droit, deux ans de stage d'application, trois d'assistanat… Tu veux dire que t'as changé de vie pour fourrer des nanas à la trentaine passée ? C'est une blague ? D'un autre côté, tu dois avoir l'embarras du choix, si je comprends bien.

— Plutôt. »

Teodore sentit que cette conversation le fatiguait.

« Putain, c'est la meilleure sensation du monde, enlever le T-shirt d'un nouveau corps. Dieu que je t'envie. »

Pas de quoi, songea Szacki qui avait découvert ce que signifiait l'hygiène sexuelle sans sentiments et qui, comme tous les hommes, avait gardé ce savoir pour lui. Sa découverte prouvait que le corps réduit à un corps n'était constitué que d'un amoncellement d'imperfections irritantes. Une senteur aigre, une poitrine informe dans un soutien-gorge moche, des boutons sur le décolleté, des plis près du nombril, un bord de culotte moite de sueur, une ampoule sur le petit orteil du pied gauche et un ongle de travers.

« Bah ! dit-il pour dire quelque chose.

— Ouais… » Oleg devint rêveur. « Bon, je t'appelais pour une autre affaire. Mais avant dis-moi comment ça va avec Hela. Wero me disait que ça se passait moyennement.

— Moyennement, oui. Elle vient me voir ce week-end, mais c'est vrai, si je pige bien, elle est furieuse contre moi à cause de ces histoires. J'en sais rien, je vais peut-être remonter plus souvent à Varsovie. »

Teodore avait du mal à s'écouter lui-même. Il s'embourbait, perdait le fil, racontait des conneries sans queue ni tête.

« Oh, oh, parfait, monte plus souvent à la capitale, c'est une excellente idée. Il faudra aller boire un coup, comme au bon vieux temps. Ou alors c'est moi qui descendrai chez toi, qu'est-ce que t'en penses ? Mais ça ne sera pas tout de suite, tu sais comment c'est...

— Bien sûr, bien sûr, je sais. Écoute, si...

— Non, c'est toi qui écoutes. C'est certainement une bêtise, mais ça te servira peut-être.

— Quoi ?

— Sasha, mon fiston adoré, m'a dit qu'il avait parlé avec son unique pote. Le pote est allé lundi dernier faire une sortie de classe à Sandomierz. Ah oui, le pote est paraît-il très doué en musique, il a une très bonne oreille, il compose, joue des instruments et cætera. C'est important. Et il ne se came pas, c'est important aussi. »

Teodore écoutait. Il sentit une légère tension dans ses muscles. Est-ce que Dieu avait vraiment un tel sens de l'humour pour que l'élément charnière lui soit fourni par son vieux compagnon d'investigations passées ?

« Le pote aurait visité des cachots sous la vieille ville. Vous avez un truc du genre ?

— Oui, c'est la grande attraction.

— Et il soutient que dans ces souterrains, dans la salle des poteries archéologiques, il aurait entendu des sons étranges en provenance de l'autre côté du mur. À peine perceptibles, distants, mais distincts.

— Quelle sorte de sons ?

— Un hurlement. Un hurlement et des aboiements. »

5

Teodore tournait dans les couloirs de l'immeuble du parquet de province, à moitié aveuglé par la rage. D'habitude, dans ce putain de trou paumé, on tombait sur tout le monde à chaque coin de rue, et maintenant qu'on avait besoin d'eux, ils disparaissaient comme si on était à New York, bordel. Le numéro de Leon Wilczur sonnait sans cesse occupé, le portable de Barbara Sobieraj, celle dont il avait le plus besoin, semblait éteint et Maria Miszczyk s'était éclipsée on ne sait où. Il avait réussi à récupérer le numéro du mari de Barbara, mais là encore, il atterrissait sur la messagerie. Foutus provinciaux, un brin de technologie et ils se perdent, ils ne sont pas encore sortis de l'époque des signaux de fumée.

Il remarqua qu'il courait toujours avec cette stupide tasse de footeux à la main ; il s'engouffra dans le coin cuisine et la lava rien que pour faire quelque chose de ses mains, puis il la posa sur l'égouttoir si brutalement qu'il cassa un archaïque verre à thé. Il jura. Puis jura une seconde fois lorsqu'il se coupa en ramassant les morceaux de verre. La blessure était assez vilaine, le sang coulait de son pouce vers l'intérieur de la main. Putain, où est-ce qu'il avait vu un kit de premiers secours ? Au secrétariat probablement.

Pourtant, le procureur Teodore Szacki n'arriva pas jusqu'au secrétariat parce que, sur le chemin, ses neurones avaient fait des étincelles. La notion des premiers soins lui fit penser à un bandage, puis le bandage à une ambulance, l'ambulance aux urgences, les urgences à l'hôpital et il sut enfin où trouver Barbara Sobieraj : à l'hosto, chez son père malade.

Il quitta l'immeuble du parquet au pas de course, sa main blessée dans la bouche, mais au lieu de monter dans sa voiture, il revint aussitôt à l'étage. Pas parce que l'entaille lui semblait sévère et qu'il estimait utile de consacrer deux minutes à la panser. Il fit demi-tour à cause de la perception soudaine et irrationnelle d'un danger. Il fit demi-tour pour effectuer une action que, durant sa carrière de procureur longue de plusieurs années, il n'avait effectuée qu'une seule fois.

Il fit demi-tour pour récupérer son arme.

Sans prendre le temps d'enfiler la gaine, il sortit son petit Glock du coffre-fort, vérifia le cran de sûreté et l'enfonça dans la poche de sa veste.

À l'hôpital, il localisa sans peine la salle adéquate. Bien sûr, il suffisait de dire qu'il cherchait le père de Barbara Sobieraj pour qu'on l'oriente dans la bonne direction. Il s'arrêta sur le seuil et hésita, mis mal à l'aise par l'intimité de la scène aperçue.

Dans la chambre à quatre lits, seule une couche était occupée. Un vieillard y était allongé. D'un côté de l'oreiller, on voyait un écran avec des lignes multicolores qui s'agitaient, de l'autre, un peu plus loin, un portemanteau. Une robe de magistrat y était suspendue. Une robe de procureur, pour être exact, soigneusement repassée, au collet bien mis. L'hermine rouge était un peu délavée, la noirceur de la gabardine avait perdu de sa profondeur.

Barbara et son père lui tournaient le dos. Le vieillard était couché sur le flanc, dévoilant au monde ses omoplates, ses fesses et ses cuisses tachées par les marques livides des escarres. Sa fille lui frottait la peau avec une éponge qu'elle humidifiait dans une cuvette posée sur un tabouret d'hôpital, remplie d'un liquide indéfini.

« Ne pleure pas, papa, ce n'est que le corps », chuchota-t-elle, mais son chuchotement était las et résigné.

En guise de réponse, le père murmura quelques mots que Szacki ne comprit pas.

Il toussota tout bas. Barbara se retourna et, pour la seconde fois de la journée, elle rougit. Il s'attendait à être réprimandé, mais elle lui sourit chaleureusement. D'un geste, elle l'invita à entrer, retourna rapidement son père et le recouvrit d'un drap. Elle s'excusa pour son portable éteint, mais il lui fallait être seule avec son père pendant quelques instants, elle ne voulait pas être dérangée. Teodore lui parla des hurlements et des aboiements. Par chance, il n'eut pas à lui expliquer ce que cela signifiait pour eux et de quoi ils avaient besoin. Elle prit son téléphone portable dans le sac à main accroché au dossier de sa chaise et courut dehors, laissant Szacki avec son père.

Le vieillard s'éteignait. Nul besoin d'avoir fait médecine pour le constater. Sa peau jaunâtre se tendait désagréablement sur son crâne, elle pendait du cou et des épaules du malade qui suivait à grand-peine le nouvel arrivant de ses yeux fanés, comme recouverts de gelée. Seule sa moustache blanche et touffue se moquait des lois de la nature, décorant le visage du patient d'un éclat vif et sain. Szacki se dit qu'il avait dû avoir Barbara sur le tard, elle avait près de quarante ans et le vieillard devait en avoir quatre-vingts.

« Monsieur Teodore… » constata l'homme plus qu'il ne le demanda.

Szacki frémit, étonné, mais s'approcha du lit et serra délicatement la main du souffrant.

« Teodore Szacki, enchanté », dit-il d'une voix trop vigoureuse.

Il eut honte de cette présentation qui sonnait si fort et si distinctement. Cela lui sembla inapproprié.

« Oh, enfin quelqu'un qui ne chuchote pas comme dans une morgue ! dit le vieillard en souriant. Andrzej Szott, enchanté. Barbara m'a beaucoup parlé de vous.

— En bien, j'espère », répondit-il par la plus rebattue des répliques du monde. Simultanément, il ressentit une démangeaison dans son cerveau. Andrzej Szott. Ce nom devait lui dire quelque chose. Mais il ne se souvenait pas quoi.

« Pas vraiment. Mais elle vous maudit un peu moins ces temps-ci. »

Szacki sourit et montra la robe.

« C'est à vous ?

— Oui, c'est la mienne. Je la garde ici parce qu'il

arrive que mon cerveau se révolte et, comment dire, vogue au loin. La robe m'aide à me rappeler différentes choses. Comme, par exemple, qui je suis. Vous avouerez que c'est une donnée qui sert, parfois. »

Il acquiesça poliment, s'étonnant par la même occasion que le vieux ait choisi sa robe au lieu d'une photographie de sa femme ou de sa fille. Mais il ne s'étonna que l'espace d'un instant. S'il devait choisir à son tour ce seul et unique objet qui le définissait le mieux, est-ce qu'il n'aurait pas justement sélectionné cette robe à l'hermine rouge ?

« Vous vous demandez si vous auriez accroché votre robe, vous aussi ? »

Szott lisait dans ses pensées.

« Oui.
— Et ?
— Je ne sais pas, c'est possible. »

Il s'approcha du vêtement, passa le doigt sur le tissu.

« Celle-ci est exceptionnelle, dit Andrzej Szott en l'indiquant d'un mouvement à peine esquissé. Elle a vu la dernière double exécution effectuée en Pologne.
— Cracovie, 1982.
— Exact. Vous vous rappelez qui a été pendu ? »

Clic. Ça y était, il savait ce qu'aurait dû lui dire le nom du vieillard. Il se retourna et s'approcha du lit.

« Mon Dieu, le procureur Andrzej Szott ! C'est un honneur, un grand honneur, veuillez me pardonner de ne pas avoir fait le lien plus tôt. Vraiment, vraiment désolé. »

Le malade sourit doucement.

« Je suis ravi que quelqu'un se souvienne. »

Entre parenthèses, Barbara était vraiment douée de ne pas s'être trahie à propos de son vieux qui avait bouclé Sojda et Adaś. Soit elle n'était pas habituée à ce que quelqu'un l'ignore dans la région, soit – ce qui était également possible – M. Szott avait été un procureur idéal, mais un père loin de l'être, donc mentionné avec réticence par ses propres enfants.

Teodore vit d'un autre œil ce visage étroit, ridé, comme flou, ce sourire faiblard sous cette moustache fournie, ces yeux ternes sous des sourcils sombres. Ainsi, c'est de ça qu'avait l'air le procureur Andrzej Szott, l'accusateur dans l'une des affaires les plus retentissantes et les plus bouleversantes de l'histoire criminelle de la Pologne.

« Quelle année c'était ? demanda-t-il.

— 1976. Un hiver terrible.

— Połaniec, c'est dans le district de Sandomierz ?

— Non, dans celui de Staszów, juste à côté. Mais à l'époque, tout cela appartenait à la même voïvodie de Tarnobrzeg. Moi, je travaillais ici, le procès a eu lieu ici. Le tribunal régional de Tarnobrzeg basé à Sandomierz, voilà comment ça s'appelait en ce temps-là. Dans la ville de Tarnobrzeg, ils avaient les administrations régionales et la mine de soufre, mais rien de plus, l'essentiel se trouvait à Sandomierz. Dans le quartier historique, sur la porte Opatowska, quelqu'un avait même griffonné : "Porte Opatowska de Tarnobrzeg basée à Sandomierz". »

Oui, Połaniec, et ce hameau près de Połaniec devait s'appeler Zrębin. À chaque nouveau nom, Teodore se rappelait les livres qu'il avait lus sur le sujet. Krall, Bratny et l'autre journaliste, comment s'appelait-il déjà ? Łuka ? Les faits lui revenaient en mémoire, il revoyait les images. Ça avait été la veille de Noël. Sojda...

« C'était quoi le prénom de Sojda ?
— Jan. »
... Jan Sojda, appelé « le Roi de Zrębin », il y en a un dans chaque village. Il avait amené en bus tout le voisinage à la messe de minuit, mais au lieu d'aller à l'église de Połaniec, ils buvaient ensemble dans le bus, c'était une sorte de tradition de Noël à Zrębin. Trente personnes dans le véhicule et aucune ne se doutait qu'elles faisaient partie d'un grand plan. Selon ce plan et sous prétexte d'une dispute familiale, une voisine avait demandé au couple Krystyna et Stanisław Łukasz de quitter la messe en plein milieu. Ils étaient jeunes mariés, elle n'avait que dix-huit ans, était enceinte. Le jeune frère de Krystyna, âgé de douze ans, l'accompagnait. Tous les trois espéraient monter dans le bus avec le reste des villageois, mais Jan Sojda les avait expulsés. Cela faisait un petit moment que le « Roi » avait maille à partir avec la famille Kalit, dont étaient issus la jeune femme et son petit frère. Il était d'autant plus fâché que lors des festivités pour le mariage du couple, la sœur de Sojda avait été accusée de voler du saucisson. Il n'allait donc ramener personne : que la racaille défile cinq kilomètres dans la neige jusqu'à Zrębin.

Alors, la racaille avait défilé. L'autobus rempli de fêtards les avait suivis peu après minuit, ils avaient rattrapé les jeunes à mi-chemin. Au début, ils avaient écrasé le gamin, ça pouvait encore passer pour un accident. Mais lorsque Jan Sojda et son gendre Adaś avaient bondi dehors et massacré le jeune Stanisław à coups de démonte-pneus, déjà beaucoup moins. La fille enceinte s'était enfuie à travers champs, elle avait supplié son oncle – les Sojda et les Kalit avaient des liens de parenté – de la laisser vivre, il avait déjà tué son mari. Ils ne l'avaient pas laissée, ils l'avaient démolie avec ces mêmes démonte-pneus. Il restait le gamin de douze ans, prénommé Miecio, mal en point mais vivant. Ils l'avaient couché en travers de la route et lui avaient roulé dessus avec le bus à plusieurs reprises pour faire croire à un accident. Ils avaient fait de même avec les dépouilles des mariés. Ils avaient balancé les corps dans le ravin et étaient retournés à l'église de Połaniec pour se constituer un alibi auprès des paroissiens de la ville. Avant cela, tous les habitants de Zrębin présents dans le bus avaient encore eu le temps de jurer le silence à Jan Sojda, lors d'un rituel des plus étranges. Ils avaient embrassé la croix, prononcé une promesse solennelle et fait tomber une goutte de leur sang sur une feuille de papier.

L'enquête avait été menée sous l'angle de l'accident de la route durant de longs mois ; quelque chose puait dans cette affaire, mais personne ne s'était douté que l'odeur provenait d'un crime prémédité et soigneusement planifié. On avait plutôt parié sur le fait que personne ne voulait avouer avoir conduit en état d'ivresse. Nuit noire, ça glisse, un malheureux accident. C'est sous ces charges qu'on avait interpellé Adaś : pour avoir causé un accident ayant conduit à la mort. De nouveaux éléments étaient apparus dans l'affaire, mais d'autres éléments avaient disparu. Comme cet unique témoin qui avait soutenu que durant la nuit de Noël, on avait commis un meurtre de sang-froid. Il s'était noyé dans le ruisseau qui coulait au milieu de Połaniec et qui avait une quinzaine de centimètres de profondeur. De toutes les hypothèses, personne n'en avait envisagé une : que trente villageois lambda témoins d'un crime épouvantable sur trois de leurs voisins, dont une femme enceinte et un garçon de douze ans, ne piperaient mot au nom d'une solidarité rurale.

Personne, à part le procureur Andrzej Szott.

« Dans une certaine mesure, cette affaire ressemblait à la vôtre, commenta le malade, devinant une fois de plus les pensées de Teodore. Du moins d'après ce que m'en a dit Barbara.

— De quelle manière ?

— Une vieille haine. Il faut vivre en province pour comprendre une telle haine, ça n'existe pas en métropole. En ville, les gens se voient parfois, parfois non, il faut qu'ils se donnent rendez-vous pour réussir à se croiser. Alors qu'à la campagne, tout le monde jette un coup d'œil par votre fenêtre en passant. Donc, si votre femme devient volage, même si ça finit par s'arranger entre vous, vous verrez malgré tout chaque jour dans la rue et chaque dimanche à l'église le gars à qui elle taillait des pipes. Le fiel s'amasse, la haine s'accroît, et même si vous ne passez pas à l'acte, vous déblatérerez que la famille Untel, ce ne sont que des sagouins. Votre fils écoute. Et quand il frappe à l'école le fils de l'autre gars, ce n'est pas que pour lui qu'il le fait, mais pour vous aussi. Donc plus fort. Et ça continue ainsi, une brique après l'autre, jusqu'à ce que quelqu'un meure, disparaisse, se noie. Vous croyez que Zrębin est unique dans le monde ? J'en doute.

— Oui, mais je ne sais pas si on peut comparer les deux cas. Chez vous, c'était une boucherie d'ivrognes ; ici, on a un travail d'orfèvre.

— Une boucherie d'ivrognes ? Ne me faites pas rire. On a préparé deux autobus, dont un pour faire leurre. On a briefé la cousine pour faire sortir les victimes de la messe plus tôt. On a préparé le crucifix, l'agrafe pour faire couler le sang, du saucisson et de l'argent pour acheter le silence. On a imaginé un alibi. Jan Sojda avait préparé tout ça pendant des semaines, peut-être même pendant des mois, depuis que l'accusation de vol du saucisson au mariage avait été la goutte qui fait déborder le vase. Moi, je pense qu'il y a des patelins où ce genre de vengeance est préparé pendant des années, où elle passe de génération en génération. »

Teodore ressentit de l'inquiétude. Pourquoi ? Parce que Szott avait évoqué une haine qui se transmet de père en fils ? C'était aussi sa théorie, c'est pourquoi il avait demandé à Roman Myszyński de fouiller les archives. Oui, c'était sûrement ça. Mais il doutait encore ; la démangeaison apparaissait d'ordinaire lorsqu'il ratait quelque chose et non lorsque ses théories se voyaient confirmées. Est-ce que le cas de Zrębin avait effectivement un lien avec le meurtre si stylisé des époux Budnik ? Dans l'ancien cas, ce qui était le plus choquant, ce n'était pas le crime en soi, mais la loi du silence. Une conspiration horrible, incompréhensible. Une conspiration démontée par Andrzej Szott.

« D'où vous est venue l'idée de leur tomber dessus en salle d'audience ? demanda-t-il au vieux procureur. Pourquoi avoir attendu autant ?

— Ces gens étaient déjà rompus aux interrogatoires incessants de la milice ou des procureurs, ils répétaient leurs versions comme des boîtes à musique, aucune supplique ni aucune menace ne leur faisait plus d'effet. On aurait pu continuer jusqu'au jour du Jugement dernier, l'enquête avait déjà assez traîné, il fallait écrire l'acte d'accusation, tous les délais avaient été dépassés. Ça avait été un coup assez risqué d'aller au tribunal avec un dossier basé sur des ouï-dire, en espérant qu'une preuve irréfutable apparaîtrait à la barre des témoins. Avec le capitaine, on s'était beaucoup demandé si ça valait la peine de miser le tout pour le tout.

— Mais ça a marché ?

— Oui, le tribunal, c'était une expérience nouvelle pour eux. Nous avons commencé à les cuisiner avec le juge, les auditions avaient été rendues secrètes pour que les familles ne puissent pas écouter et ajuster leurs versions. Mais ça a très mal commencé. Les accusés ne bronchaient pas, les témoins non plus, certains ont même retiré les dépositions faites durant l'investigation.

— Et ?

— Qu'est-ce qui fonctionne le mieux sur des gens simples ? Une image. Nous savions lequel des témoins était le plus sot, il se trompait dans son récit, se perdait en chemin. En plus de ça, il faisait une très mauvaise impression, il inspirait un dégoût naturel. On l'a pressé à fond dans la salle d'audience, il s'emmêlait tellement les pinceaux que le juge a craqué et l'a puni d'incarcération pour outrage. Quand les autres dans le couloir ont vu qu'on emmenait leur compère menottes aux poignets, ils ont molli. Ils avaient peur de Jan Sojda, mais personne n'avait envie de finir au trou à sa place. Puis un autre gars en menottes, puis un autre. Alors l'un d'entre eux a commencé à parler. Et un deuxième.

— Ils ont pris des peines assez lourdes, si je me souviens bien.

— Dix-huit personnes ont purgé plusieurs années pour faux témoignage. »

Un meurtre. La mort d'une femme enceinte. Un parjure.

Teodore sentit sa gorge s'assécher. Ce n'était pas un hasard si ça revenait tel un refrain : meurtre, mort de femme enceinte, parjure. Pourtant, Bon Dieu, quel lien pouvait bien avoir une affaire vieille de trente ans avec les crimes présents ? Qu'est-ce qui les assemblait ? La même région. La même préméditation. La même famille d'enquêteurs. Des éléments religieux : là-bas, une messe de minuit, ici, une toile dans une cathédrale. Peut-être le même aspect d'une haine qui grandissait avec les années. Peut-être la même loi du silence ? Il l'ignorait, il n'avait aucune preuve dans ce sens, mais son intuition l'avait poussé à faire venir Roman Myszyński dans le plus grand secret et à lui demander d'enquêter sur des gens qui, en théorie, étaient de son côté : sur ses collègues de travail.

Ou peut-être n'était-ce qu'un hasard ? Peut-être que ces deux crimes ne se ressemblaient qu'en apparence ? Peut-être était-ce un signe pour lui dire qu'il devrait suivre les pas du procureur Szott dans sa propre réflexion ? Qu'avait eu Szott que lui n'aurait pas ? Qu'est-ce qui lui avait permis de découvrir la vérité sur la tuerie de Połaniec ? Il le savait. Quelque part au fond de lui, il le savait, il l'avait sur le bout de la langue, la réponse se cachait dans l'enchevêtrement de ses neurones, jouait à cache-cache avec lui, mais il la connaissait.

« Doux Jésus, papa, tu parles encore de ce Sojda ? Tu ne t'en lasseras donc jamais ? »

Barbara se matérialisa dans la pièce et ajusta machinalement l'oreiller de son père, avant de le hisser dessus.

« Si tu savais ce que veulent dire ces chiffres, dit-elle en indiquant l'écran médical, tu ne parlerais pas autant. »

Elle se tourna vers Szacki :

« On y va. J'ai trouvé un garçon qui sait tout sur nos souterrains, je le connais depuis qu'il est tout petit. Il a fait un doctorat dessus à l'Université de sciences et de technologie de Cracovie mais, par chance, il est venu rendre visite à sa famille à Sandomierz. On doit se retrouver à côté du séminaire, il paraît qu'il y a une entrée pas loin. Allez, allez, on file. »

Elle commença à le chasser de la chambre tel un garnement indocile, mais Teodore la contourna et s'approcha du vieux Szott.

« Merci », dit-il, et il serra la main de l'ancien procureur. La paume du malade ne frémit même pas, son regard devint plus brumeux et absent, le sourire sagace avait disparu de ses lèvres. Szacki caressa la main de l'un des rares hommes en Pologne à avoir assisté à l'exécution d'une peine de mort. Il devrait revenir ici un jour pour lui demander comment c'était. Est-ce qu'il croyait lui-même en de telles punitions ? Est-ce qu'il croyait aux délits impardonnables ?

En sortant, il frôla la vieille robe du magistrat.

« Tu hériteras d'une belle toge, dit-il à Barbara.

— Elle ne l'aura pas, chuchota le vieillard si bas que Teodore devina ces mots plus qu'il ne les entendit.

— Pourquoi ? » demanda-t-il en revenant vers le lit.

Impatiente, sa collègue se figea sur le pas de la porte et leva les yeux au ciel.

« Parce qu'elle ne comprend pas.

— Qu'est-ce qu'elle ne comprend pas ? »

Le vieux procureur lui fit signe de la main et le jeune procureur se pencha sur lui très bas, collant presque son oreille à la bouche du mourant.

« Elle est trop gentille. Elle ne comprend pas que tout le monde ment. »

6

Ils se garèrent près de la porte Opatowska. Le Séminaire catholique supérieur de Sandomierz avait son siège exactement en face, dans un magnifique cloître baroque occupé jadis par les bénédictines. C'était malheureusement tout ce que Teodore savait sur ce lieu qu'il n'avait jamais visité, bien qu'on lui ait souvent conseillé l'église Saint-Michel comme un *must-see* touristique. Peut-être était-ce parce qu'il n'aimait pas le baroque ou peut-être parce que l'église, construite devant les remparts et près d'une rue très passante, semblait moins accueillante que les autres ?

Sous le porche du monastère, il aperçut Leon Wilczur. Un beau blond aux faux airs de Paul Newman jeune se tenait à côté de lui, un sac à dos jeté sur l'épaule. Szacki frémit. Le blond lui rappelait quelqu'un. Pas seulement l'acteur, il y avait dans son visage quelque chose de familier, l'ombre d'une personne connue.

« Le procureur Teodore Szacki », annonça le vieux flic dès qu'ils eurent traversé la chaussée en courant.

Le blond lui servit un large sourire avant de projeter son poing en plein milieu de son plexus. C'était comme un coup de bélier, le procureur se plia en deux et tomba à terre tel un sac de patates. À genoux, le nez près du trottoir, il tentait désespérément de reprendre son souffle, mais l'air butait sur ses dents et ne voulait à aucun prix franchir ne serait-ce qu'un millimètre supplémentaire. Des taches rouges et noires commencèrent à virevolter devant ses yeux, il avait peur de perdre connaissance et l'espérait simultanément pour que cesse l'écœurante douleur qui se répandait dans tout son corps.

Le blond s'accroupit à côté de lui.

« Souviens-toi que j'ai encore une autre main, dit-il dans un chuchotement à peine perceptible juste à l'oreille du procureur. Que mon frère, plus vieux et plus grand que moi, possède lui aussi deux mains et que, sincèrement, on n'aime pas voir notre petite sœur pleurer. Pigé ? »

Teodore réussit à inspirer une dose minimale d'air, juste assez pour ne pas tomber dans les pommes. Il regarda le blond, détacha une de ses mains des pavés et tendit le majeur pile devant son nez. Le jeune homme éclata de rire, l'attrapa par le poignet et le remit sur pieds.

« Marek Dybus, enchanté de faire votre connaissance, dit-il avec une cordialité excessive. Excusez-moi pour ce malheureux accident, j'ai trébuché. »

Le frère de Klara... C'était sa chance. Le procureur hocha la tête. Leon et Barbara se tenaient à côté avec des mines raides, ce qui signifiait certainement qu'ils avaient du mal à retenir leurs rires. Ils suivirent Marek Dybus sans un mot et celui-ci les orienta vers un bâtiment situé un peu sur le côté, collé au mur séparant le terrain du séminaire de la rue Zawichojska qui descendait la colline vers la place du nouveau marché et la Vistule. L'immeuble de trois étages était décoré de faîtes dans un style imitant le baroque, mais à part ça, il avait l'air moderne. Il posa la question à Dybus.

« Oui, ils l'ont construit durant l'entre-deux-guerres pour en faire l'école préparatoire au séminaire, à la fin des années 1920, je crois, ça s'appelle Nazaret. Quoique jusqu'à présent, les laïcs y ont régné plus longtemps que les clercs. Durant la guerre, la Gestapo en a fait son lieu de torture, puis la police secrète, puis la milice municipale, puis le parquet. Jan Sojda a été interrogé ici, vous avez entendu parler de l'affaire ?

— Oui.

— Ce n'est qu'au milieu des années 1990 qu'ils ont restitué l'immeuble au diocèse. Maintenant, ils y ont mis des logements universitaires ou quelque chose comme ça, des chambres pour les séminaristes et les enseignants.

— Pourquoi va-t-on là ? demanda Teodore en suivant son guide d'abord dans la cage d'escalier, puis en bas, dans une cave étroite.

— Parce qu'au cœur de cette bâtisse sacrée remplie de curés se trouvent les portes de l'enfer. Quand ils ont construit les fondations, ils sont tombés par hasard sur des tunnels médiévaux. Par chance, au lieu de les murer bêtement, le sage Polonais de l'entre-deux-guerres y a installé une porte. Tenez. »

De son sac à dos, il avait sorti des lampes frontales qu'il tendait maintenant à chacun d'entre eux.

Les lampes étaient petites, mais fournissaient une lumière étonnamment intense et blanche. Une fois enfilées, elles donnaient à Marek Dybus un air de spéléologue aguerri, à Leon Wilczur celui d'un démon et à Barbara Sobieraj celui d'une décoration de Noël. Malheureusement, à en juger par les mines qu'ils firent en le voyant, lui-même ne devait probablement pas ressembler à un pro non plus.

« Fermez vos vestes, dit le jeune homme en tournant simultanément la clé dans la serrure d'une porte qui ne se différenciait en rien des autres. Il fait assez froid en bas, jamais plus de quelques degrés. »

Ils pénétrèrent en file indienne à l'intérieur ; le souterrain était bâti de briques rouges et n'avait pas l'air ancien, des pots poussiéreux étaient rangés le long du mur. Ils avancèrent de quelques mètres, tournèrent une fois, puis deux, puis descendirent un bout du tunnel sur des marches en bois qui ne ressemblaient pas non plus à celles qui auraient connu l'époque des Tatars. Là, Marek Dybus ouvrit une nouvelle porte et ils entrèrent dans une petite salle voûtée, de la hauteur d'un appartement classique et dont la surface devait s'élever à dix, peut-être douze mètres carrés.

« Bien. Et maintenant, quelques mots d'explication, lança le guide, tournant la sangle de sa frontale sur le côté pour ne pas les éblouir en parlant. Nous sommes à présent sept mètres sous terre, pile sous la rue Żeromski. La porte Opatowska et la vieille ville sont par là, et de ce côté-ci on a la Vistule. Tatie Barbara m'a dit que quelqu'un avait entendu des bruits bizarres en passant par l'itinéraire touristique ; le seul problème, c'est que leur couloir est totalement coupé de tous les autres sous-sols, donc on peut peut-être entendre quelque chose quand on s'y trouve, mais sans une pioche, on ne peut aller nulle part : tout est soit enterré, soit emmuré, soit inondé.

— Inondé ?

— Pas avec de l'eau. Je ne vais pas rentrer dans les détails, mais pour résumer, histoire que vous sachiez de quoi il retourne, on va dire que Sandomierz est construit sur du lœss. Le lœss est cool, car il est à la fois dur et meuble : d'un côté, on peut bâtir dessus pratiquement sans fondations, et de l'autre, on peut y creuser des tunnels avec les ongles sans se préoccuper de poutrelles de support. C'est pourquoi nos ancêtres y ont creusé des caves depuis que cette foutue cambrousse existe. Des dépôts de patates près de la surface, des caches à bijoux plus profondément, des abris encore plus bas. Ils ont labouré la colline comme des taupes, il y avait une quinzaine de niveaux, des dizaines de kilomètres. Et tout le monde était content. Il y avait un éboulement de temps à autre, mais pour une ville construite sur du gruyère, ça n'allait pas trop mal. Cela dit, le lœss peut devenir moins cool. Sous l'action de l'humidité, il se comporte comme un grumeau de sable jeté dans une cuvette : il se désagrège instantanément, clac, y a plus rien. Et dans les années 1960, Sandomierz a tout bêtement commencé à s'effondrer, on aurait dit que la ville s'était retrouvée prise dans des sables mouvants. Pourquoi ? À cause de la civilisation. La cité a connu ses premières canalisations, les tuyaux fuyaient et les fuites ont dissous la colline de Sandomierz. La cata. C'est clair ?

— Oui. Et c'est très intéressant, mais le temps...

— Minute. Ils ont fait venir des experts de Cracovie et des mineurs de Bytom. Les mineurs ont démonté la vieille ville, ils ont creusé des puits, fait le plan des tunnels et ceux qui se trouvaient sous les bâtiments et sous les rues, ils les ont comblés avec un mélange de lœss et de verre soluble qui, une fois refroidi, forme une espèce de pierre ponce, une construction rigide et légère. Pour finir, ils ont assemblé à nouveau le quartier historique pierre par pierre.

— À ceci près qu'ils ont laissé expulser les intellos dans les barres d'immeubles de banlieue et ont fait venir des prolos communistes à la place, grinça Wilczur. Voilà pourquoi ça a l'air d'un bidonville aujourd'hui – des ivrognes et des fenêtres sales.

— Ce qui ne colle pas vraiment avec le sujet qui nous occupe, mais merci pour votre remarque », commenta Dybus d'un air caustique.

Teodore commençait à apprécier ce garçon alerte et intelligent. Et dire qu'il aurait pu intégrer une chouette famille comme ça. Il se rappela la peau de miel de Klara et sentit la piqûre du regret. Avait-il encore ses chances ?

« Une partie des caves restantes a été transformée en circuit touristique, l'autre a été coupée de la ville, mais elle a subsisté et personne ne s'en est vraiment chargé, tout le monde était persuadé qu'il ne s'agissait que de quelques tunnels moisis. Nous avons été les premiers à les étudier plus précisément. » Une note de fierté résonna dans cette dernière phrase. « Et on s'est aperçu que même après avoir comblé la section des souterrains sous le quartier historique, un labyrinthe existait toujours par ici. Sans exagération aucune, un labyrinthe. Nous avons passé un an dans ces cachots presque jour après jour et nous n'avons cartographié qu'environ 20 % des couloirs. On y va, derrière moi, en file indienne. »

Ils reprirent leur avancée, empruntant à nouveau un bout du couloir avec un plafond de briques, mais derrière, il n'y avait qu'une galerie désagréable et basse creusée dans une espèce de boue marron et sèche. Teodore tendit la main vers la paroi : au toucher, elle ressemblait à du grès. Il suffisait de gratter du bout du doigt pour que des particules s'effritent, elles ressemblaient à du sable jaune.

Ils arrivèrent à une fourche.

« Et maintenant attention, il faut que je donne quelques règles de conduite. Premièrement, c'est moi qui commande, je n'en ai rien à foutre de vos fonctions ou de vos grades. » Coup d'œil à Leon Wilczur qui semblait étrangement tendu, il souffrait peut-être de claustrophobie. « Deuxièmement, si on se sépare pour je ne sais quelle raison, alors à chaque croisement ou à chaque bifurcation, il y a une flèche gravée à un mètre du sol qui indique le chemin vers la sortie du séminaire. Mais puisque les flèches n'existent que dans la partie que nous avons déjà explorée, nous n'allons pas nous séparer. Troisièmement, fuyez les endroits humides, là où on voit des traces d'eau qui suinte ou qui goutte. Cela veut dire que le lœss y est instable et pourrait vous ensevelir. C'est clair ? Bon. Alors on y va. »

Le procureur Teodore Szacki n'était pas claustrophobe, mais il n'en menait pas large pour autant. Le tunnel était bas et étroit, sa structure de sable ne fournissait aucune sensation de sécurité, il avait l'impression que l'air froid et croupissant ne contenait pas assez d'oxygène pour satisfaire ses poumons. Il respirait profondément, mais croyait étouffer. Cependant, il se pouvait aussi que ce soit son diaphragme déformé par le poing de Dybus qui avait du mal à se remettre en place. Ça le pinçait encore sous les côtes à chacun de ses pas.

Ils poursuivirent en silence pendant plusieurs minutes. Ils tournèrent plusieurs fois, mais tous les corridors semblaient identiques. Identiques de manière alarmante, Teodore avait la chair de poule rien qu'à l'idée de rester seul ici en perdant son chemin.

« OK, on y est. » Le jeune guide s'était immobilisé face à une paroi de planches de bois. L'une d'elle manquait, on voyait du béton gris derrière. « De l'autre côté de ce mur, il y a le circuit touristique, la salle avec les poteries très précisément. S'il se passe effectivement quelque chose par ici et si quelqu'un à l'intérieur était capable d'entendre des bruits, nous devrions les entendre encore mieux. »

Ils se turent. Une visite devait passer par le circuit, car ils entendirent des pas, des conversations étouffés et des rires. La voix criarde de la guide vantait l'héroïsme sans précédent de quelqu'un. La rumeur s'éloigna et, l'instant d'après, ils se retrouvèrent seuls dans un silence épais et désagréable. Teodore sursauta, sentant un truc passer sur son avant-bras – c'était la main de Barbara qui prit la sienne. Il la regarda, surpris, mais elle lui sourit, faisant mine de s'excuser. Pourtant, elle ne lâcha pas sa main, c'était même assez agréable. Mais ça ne dura qu'une fraction de seconde, car l'instant d'après toutes ces sensations furent chassées par l'afflux soudain de la peur : du fond du dédale de corridors obscurs, un hurlement lointain, distinct et animal leur parvenait.

« Oh putain », dit Marek Dybus.

Barbara soupira fortement et serra la main de Szacki.

« Tu es capable de dire d'où ça vient ? demanda-t-il, heureux de ne découvrir aucun frémissement dans sa voix.

— L'écho peut nous tromper, mais je miserais sur l'ouest, du côté de la synagogue et de l'église Saint-Josef. Ma carte est bonne jusqu'aux remparts, après, on verra. »

Ils avançaient maintenant plus lentement et plus précautionneusement. Dybus devant, puis Teodore et Barbara, toujours agrippée à sa main. Muet, Leon Wilczur fermait le cortège. La pensée de renvoyer le vieux flic à la maison traversa l'esprit du procureur. S'il souffrait réellement de claustrophobie, il pourrait leur faire une crise cardiaque en plein milieu des cachots, ce qui compliquerait sensiblement leur excursion.

« Où est-ce qu'on est à présent ? » demanda Szacki. Ils avaient fait environ cent mètres, le chemin s'enfonçait *via* une pente douce, ils venaient de dépasser un croisement et une bifurcation latérale bouchée par des gravats de lœss.

« Sous les remparts. À gauche, on a la vieille ville, à droite le quartier des versants. Vous entendez ? »

Le hurlement se répéta à peine un peu plus fort. Barbara regarda sa montre.

« Quelle heure ?

— Près de 15 heures. »

Ils marchaient doucement. Le hurlement de damné était perceptible chaque fois qu'ils s'arrêtaient. À un moment, ils entendirent un bruit distinct, métallique, comme si quelqu'un laissait tomber une clé anglaise sur le sol en béton d'un garage. Marek Dybus s'arrêta.

« Vous avez entendu ?

— On continue », intervint Teodore. Il tira Barbara

derrière lui et sa main glissa de sa paume moite de sueur.

« Oh mon Dieu... » dit-elle sourdement, sur un ton tel qu'ils la regardèrent tous. Barbara Sobieraj leva doucement son avant-bras. Dans les faisceaux blancs des lampes, on voyait qu'il était rouge de sang. La femme se plia en deux, visiblement sur le point de vomir.

« Barbara... calme-toi. » Teodore redressa sa collègue d'un mouvement délicat. « Ce n'est rien, je me suis coupé dans le coin cuisine du parquet. Pardon, je n'ai pas trouvé le temps de bien me soigner. Je n'ai pas senti que le saignement avait repris, vraiment navré. »

Elle le fixa droit dans les yeux, mais avec soulagement. Sans un mot, elle sortit de sa poche un petit foulard de soie et pansa provisoirement la plaie.

« Nous devrions peut-être envoyer quelqu'un de plus qualifié à notre place, murmura-t-elle. Des cachots bizarres, un hurlement bizarre, on ne sait pas tellement ce qu'on cherche, et maintenant ce sang, c'est mauvais signe.

— On cherche Szyller, répliqua Teodore. Jusque-là, chaque fois que quelqu'un disparaissait dans cette affaire, on le découvrait saigné comme un goret.

— Comme un agneau plutôt, corrigea Wilczur. Le goret est impur.

— Impur ?

— Pas casher.

— Bref, on a une chance de retrouver quelqu'un avant qu'il ne soit trop tard.

— Comment sais-tu que ça a un lien ?

— Un hurlement, des aboiements, tout colle.

— Tu es devenu fou ? » Barbara venait de faire

sa mimique d'étonnement outré qui lui seyait si bien.
« En quoi un aboiement colle au reste ?

— Qu'est-ce qu'on trouve sur la toile de la cathédrale ? L'enlèvement d'un enfant, sa mise à mort, la ponction de son sang dans un tonneau et l'abandon des restes pour que les chiens les dévorent. Quel est l'élément que nous n'avons pas encore vu ?

— Mon Dieu », gémit-elle, mais pas parce que cette information l'épouvantait. Cette fois-ci, le hurlement était plus clair, on entendait aussi des aboiements enragés. Les sons, déformés par les couloirs tortueux, semblaient monter des enfers.

« On ne s'est pas encore enfoncés tant que ça, fit Dybus d'une voix geignarde. On devrait peut-être dégager d'ici ?

— Du calme, rétorqua froidement Szacki. Qu'est-ce que vous craignez ? Le chien de Baskerville ? Une bête démoniaque qui crache du feu ? Un chien, c'est un chien. Vous avez une arme, commissaire ? »

Leon Wilczur écarta un pan de sa veste. Sous sa cage thoracique creusée pendait une housse qui semblait contenir un pistolet Walther, classique pour la police nationale.

« On y va. Vite. »

Ils reprirent leur marche. Les hurlements des animaux damnés étaient désormais de plus en plus proches. Teodore n'arrivait pas à se départir de l'idée qu'il se tenait au milieu de la route pris dans le halo des phares d'une voiture lancée vers lui et qu'au lieu de bondir sur le bas-côté, il se mettait à charger dans sa direction. C'est un chien, ce n'est qu'un chien terrifié et l'acoustique des pièces exiguës, rien de plus, un chien, se répétait-il en boucle. Marek Dybus, qui avançait devant lui, s'arrêta brusquement et, dans son élan, Szacki heurta son dos. Alors, tout alla très vite. Trop vite, malheureusement, et ils sombrèrent en plein chaos.

Le frère de Klara s'était arrêté parce que, derrière le coude du couloir, il avait trouvé des marches taillées dans le lœss qui descendaient en forme de spirale abrupte jusqu'à une noirceur bleu marine où les attendait l'aboiement enragé qui n'était plus seulement distinct, mais assourdissant. Il avait peut-être voulu prévenir les autres, il avait peut-être voulu déterminer quoi faire ensuite, mais ses intentions devinrent caduques lorsque, poussé par le procureur, il dégringola en lançant un bref cri. Teodore chancela, tomba à genoux, réussit par miracle à garder l'équilibre et s'immobilisa dans une position bizarre : ses pieds et ses tibias étaient restés au niveau du couloir, mais son torse était penché au-dessus du précipice et, avec ses mains, il s'était appuyé sur les parois de la cage d'escalier – faute de meilleure définition de ce lieu. Quelqu'un l'avait agrippé par le col de sa veste, peut-être Barbara, ou peut-être le vieux flic, et il était sur le point de soupirer de soulagement lorsque, pile devant son nez, apparut la gueule d'un chien furieux aux yeux déments, une gueule noire, hirsute, couverte de poussière, de bave et de sang séché. Je voulais le chien de Baskerville ? Me voilà servi, se dit Szacki.

Le chien, un bâtard de la taille d'un berger allemand, ne lui sauta pas à la gorge, mais se figea à quelques centimètres de son visage en aboyant de façon tonitruante. N'arrivant pas à trouver l'équilibre sur les marches étroites, il ne faisait que les labourer de ses griffes, soulevant un nuage étouffant de particules de lœss. Épouvanté, abasourdi, Teodore détacha l'une de ses mains du mur pour se protéger des dents de l'animal affolé et ce fut sa deuxième plus grosse erreur de la journée – la première était encore à venir. Au moment où il agita devant la gueule du chien sa main blessée enroulée dans un foulard ensanglanté, l'animal devint fou. Une fraction de seconde plus tôt, Szacki avait encore une chance de se maintenir en place ; mais une fois mordu, il la perdit totalement. Criant de douleur, il roula avec le chien en bas de l'escalier, heurtant à la fin quelque chose de mou qui devait être Marek Dybus. Bien sûr, sa lampe frontale était tombée de sa tête et éclairait maintenant en biais sa lutte contre la bête monstrueuse et enragée. L'une de ses mains était toujours emprisonnée entre ses mâchoires, l'autre tentait désespérément d'éloigner la tête de l'animal. Il tirait sur ses poils humides en criant et en gémissant, mais le chien n'avait pas l'intention de le lâcher, il enfonçait ses crocs de plus en plus profondément, Teodore sentait précisément les tissus successifs céder sous la pression des dents. Agissant davantage par instinct que de manière réfléchie, il abandonna la tête de l'animal et plongea sa main libre dans la poche de sa veste à la recherche du Glock. Se tordant violemment, tentant d'arracher son corps de sous les pattes du chien, dont les griffes labouraient alors son ventre au lieu du sol, il réussit par miracle à déverrouiller l'arme, à l'enfoncer dans la gueule de l'animal juste à côté de sa main et à faire feu.

Le rugissement de douleur se fondit dans la détonation assourdissante qui détruisait les tympans, et le nuage des tissus que la balle avait expulsé du crâne du chien retomba sur la face de Szacki en un tourbillon de gouttelettes gluantes. Au même moment, un faisceau de lampe frontale apparut en bas des escaliers et éclaira une chose qui s'agitait au-dessus de Dybus et que Teodore ne voyait pas, mais qui continuait à aboyer furieusement. De brèves explosions apparurent sous la frontale. Une, deux, trois.

L'aboiement se mua en jappement plaintif d'animal qui agonise.

Le commissaire Leon Wilczur s'approcha du procureur et l'aida à se relever. Un peu plus loin, Dybus tentait également de se remettre sur pied. En haut de l'escalier, on distinguait la lampe de Barbara Sobieraj. Visiblement, tout le monde était indemne. Enfin presque.

« Bordel de merde, je crois que le tir m'a arraché un bout de doigt.

— Montre », fit le flic d'une voix ferme, le tutoyant pour la première fois, avant de tirer d'un coup sec la main du procureur, qui siffla de douleur. « T'as de l'eau ? » demanda-t-il à Dybus.

Dybus sortit une bouteille de son sac à dos. Le commissaire lava la main du magistrat, ça n'avait pas l'air joli. L'entaille du pouce due au verre brisé continuait à saigner, on distinguait sur le revers de la main les plaies profondes causées par les canines du chien et la peau arrachée entre le pouce et l'index montrait sans l'ombre d'un doute par où était passée la balle avant de pénétrer dans le cerveau de la bête. Le vieux flic considéra les plaies d'un œil expert, puis ordonna à Dybus – toujours en état de choc – d'enlever sa chemise. Il la déchira en longues bandelettes et pansa soigneusement la main du procureur. Szacki était impressionné par le sang-froid du policier.

« OK, on peut rentrer maintenant ? » demanda leur guide et expert ès souterrains. Ses pupilles agitées indiquaient qu'il était au bord de la crise de nerfs. « Personnellement, je ne fais pas un pas de plus dans ce putain de Mordor.

— Pas question. »

Szacki, il est vrai, avait envie de vomir, la bile lui montait à la gorge par vagues acides, mais son rôle élaboré durant des années l'emporta une fois de plus.

« Il faut que je voie l'endroit d'où ils ont accouru.

— Mais comment ? » La voix de Dybus était hystérique et larmoyante. « On n'entend plus le hurlement.

— Mais on a un chemin de miettes », répliqua le procureur en pointant du doigt le sol où les griffes des chiens avaient creusé des sillons symétriques.

Ils abandonnèrent les deux carcasses derrière eux et reprirent leur chemin. Cette fois, Teodore prit la tête du cortège. Il devait à tout prix découvrir ce qui l'attendait au bout du couloir.

7

« Je suis obligée ? »

Weronika savait que derrière cette question vexée et grognon ne se cachait pas l'indifférence de la petite fille envers son père, car celui-ci lui manquait énormément – ce manque était inimaginable, incommensurable, ce manque brûlait l'âme de la fillette à chaque seconde, il la transperçait de part en part. Weronika le savait car elle venait elle-même d'une famille brisée. Ses parents s'étaient séparés lorsqu'elle était déjà étudiante à l'université, mais c'était malgré tout le pire souvenir de sa vie. Son divorce d'avec Teodore était pénible, des vagues de rage la submergeaient à chaque instant, elle avait envie de lui sauter à la gorge et de lui arracher les yeux pour l'avoir trompée et trahie, mais ça n'était pas comparable avec le jour où son père l'avait emmenée boire un chocolat chez Wedel rue Szpitalna pour l'informer que sa mère et lui ne vivraient plus ensemble. Elle n'était plus jamais retournée chez Wedel depuis.

Ce n'était pas un manque d'attachement ; si Hela avait pu se téléporter sur les genoux de son papa en un battement de cils, elle l'aurait certainement fait. C'était une révolte, un refus, la vérification des frontières qu'elle pouvait ou non dépasser. C'était une tentative pour étirer les liens qui l'unissaient avec ses parents jusqu'au bord de la rupture pour voir s'ils tiendraient quand même. Mais c'était aussi une expression de loyauté vis-à-vis de sa mère, une manière de dire regarde, j'accepte ta nouvelle vie, j'aime bien Tomek, c'est papa le méchant, c'est lui qui nous a laissées, punissons-le.

Et, bien sûr, Weronika avait envie de prendre cette posture confortable, attirer sa fille de son côté pour qu'elles se vengent ensemble de ce sale con, main dans la main. Mais cette solution de facilité aurait été nocive. Hela n'avait rien à voir avec leurs disputes et ne devait pas y être mêlée ; qu'elle construise sa vie avec le soutien de son père et de sa mère, même s'ils ne se tenaient plus derrière elle blottis l'un contre l'autre.

« Oui, t'es obligée. Et puis tu en as envie, alors je ne comprends pas pourquoi tu en fais toute une histoire.

— Parce que toutes ces heures de bus... Je pourrais aller faire du kayak avec Tomek à la place. Il fait déjà chaud. Il m'a promis qu'on irait quand il ferait chaud. »

Weronika sourit, mais intérieurement elle était à bout de nerfs. L'attachement que sa fille témoignait à son nouveau compagnon l'irritait furieusement, même s'il aurait dû l'enchanter. Les récits de ses amis qui introduisaient leurs enfants dans de nouvelles relations glaçaient le sang, tandis que chez elle, ça ressemblait à une idylle. Malgré tout, elle s'exaspérait d'entendre des répliques de ce genre de la bouche de sa fille. Elle ne savait pas pourquoi, mais elle s'exaspérait – elle devrait en parler avec son thérapeute. Ou peut-être qu'elle ne devrait pas, peut-être qu'en réalité elle savait très bien qu'elle aimait toujours Teodore, qu'elle était toujours liée à lui et qu'elle n'en avait rien à foutre de Tomek, que toute cette relation n'était qu'une façade, un spectacle calibré pour faire du mal à l'autre connard aux cheveux blancs. Et maintenant, tout d'un coup, sa fille se liquéfiait d'admiration devant un mec qui lui était indifférent, dans une relation pour la montre au cours de laquelle elle n'avait même pas encore eu un véritable orgasme. Fait chier !

« Je vais te dire ceci, ma fille. Tu vas y aller et tu vas beaucoup t'amuser, tu visiteras de nouveaux endroits et tu présenteras à papa ta tenue préférée, comme à moi lundi dernier, histoire qu'il comprenne aussi que sa fillette grandit vite. Tu vas le divertir un peu. Le pauvre, il reste assis au bureau toute la journée et il s'ennuie, un peu de distraction lui fera du bien, tu ne crois pas ? »

8

La douleur provenant de sa main blessée était insupportable, elle grimpait le long de son bras par vagues, comme si ce clébard stupide y était toujours suspendu, et le procureur Teodore Szacki espérait sincèrement que c'en était fini des émotions pour la journée.

Les traces de griffes canines les conduisirent jusqu'à une petite salle semblable à celle près du séminaire où ils avaient débuté leur périple. Ils y trouvèrent trois cages soudées à la va-vite, quelques crottes de chien, beaucoup de sang et le cadavre de Jurek Szyller. La trouvaille fut accueillie de diverses façons. Marek Dybus lâcha un vomissement monstrueux, il devait avoir puisé dans les tréfonds de son système digestif. Barbara éteignit sa frontale pour masquer l'image. Leon Wilczur alluma une cigarette. Sentant une fatigue accablante s'emparer de lui suite à la baisse d'adrénaline de son sang, Szacki s'assit sur l'une des cages et tendit la main vers le paquet de cigarettes du policier. Le vieux flic lui fit la politesse d'arracher le filtre et lui tendit un briquet. Au début, le procureur voulut protester et réclamer un exemplaire avec filtre, mais il laissa tomber et alluma le sien. La fumée calma ses haut-le-cœur. Expirée par le nez, elle boucha un instant ses récepteurs de l'odorat, couvrant un instant la puanteur mortuaire. Il fut étonné de constater qu'une Camel sans filtre avait meilleur goût qu'une normale. Bon, qu'elle avait du goût tout court.

« Où est-ce qu'on est ? » demanda-t-il par curiosité, mais aussi pour occuper les neurones du spéléologue universitaire. Il n'avait nulle envie de devoir calmer la crise de panique dont les prémices naissaient dans les pupilles agitées du jeune homme.

Dybus sortit une carte de la ville recouverte de traits colorés incompréhensibles et l'étala à côté du procureur.

« Je ne suis jamais venu par ici, mais ça doit être plus ou moins par là. »

Il pointa du doigt un point sur le plan situé au-delà des remparts, pas très loin de la jonction entre les rues Zamkowa et Staromiejska. À proximité du manoir abandonné. D'après ce que Teodore en savait, seul un pré se trouvait dans les environs.

« Il n'y a rien ici, dit-il.

— Aujourd'hui, non, acquiesça Dybus. Mais avant, il y avait tout un quartier. Seulement, les maisons étaient en bois, c'est pour ça qu'il n'en reste aucune trace. Cette salle doit être l'œuvre d'un marchand futé qui s'était dit que les brigands fouilleraient davantage sous les immeubles bourgeois que sous les baraques des pauvres du quartier des versants.

— Il faut vérifier si on peut arriver d'ici jusqu'au manoir de la rue Zamkowa, la cathédrale et la villa des Budnik. J'ai l'impression qu'on vient de découvrir la manière dont les cadavres se sont téléportés d'un endroit à un autre.

— T'es sûr ? »

Barbara venait de retrouver un fond de tenue, mais elle était toujours livide.

« Plutôt, oui. Une chose ne me laissait pas en paix depuis hier, en l'occurrence le cadavre d'Ela Budnik. Elle avait du sable sous les ongles, du sable jaune, on aurait dit du sable de mer. Durant l'autopsie, je n'y avais pas prêté attention, je m'étais dit qu'elle aimait peut-être jardiner ou que c'était du sable du lieu du crime. Mais ce matin, j'ai vérifié les buissons sous la synagogue et le jardin de sa villa, les deux endroits ne contiennent qu'une terre noire ordinaire.

— Ce qui n'est pas le cas ici », murmura Wilczur en grattant le mur. Un peu de lœss jaunâtre resta coincé sous son ongle.

« Précisément. »

Teodore traversa la pièce pour écraser sa clope le plus loin possible du cadavre.

Ce n'est qu'à ce moment-là qu'il eut le courage de faire ce qu'il n'avait pas réussi à faire jusque-là, à savoir regarder le cadavre de Szyller en face en l'éclairant de sa lampe. L'homme d'affaires patriote n'était reconnaissable que parce qu'on l'avait enchaîné au mur suffisamment haut pour que les chiens ne puissent pas dévorer son visage. Tout le reste, depuis la ligne de son torse jusqu'en bas, n'était qu'un lambeau sanglant. Szacki ne voulait même pas essayer de deviner à quelle partie du corps appartenaient les morceaux disséminés par terre. Les techniciens. Les techniciens s'en chargeraient.

« On peut s'en aller maintenant ? demanda Barbara tout bas.

— On ne fera plus rien par ici de toute façon. »

Leon Wilczur se leva en grinçant, jeta un coup d'œil à sa montre. Il semblait énervé, impatient, des sentiments qui ne collaient pas avec son tempérament si flegmatique d'ordinaire. « Il faut faire venir les techniciens, des projecteurs, des sacs pour les preuves. Ils devront étudier la pièce et tous les environs. Je pense que l'endroit où sont morts Ela et Greg Budnik ne devrait pas être bien loin. Il doit y rester des traces.

— Peut-être même plus que ce qu'on croit. » Teodore tourna lentement la tête, éclairant la pièce. « Jusque-là, nous agissions selon les règles dictées par le meurtrier, nous trouvions chaque élément nettoyé et préparé spécialement pour nous. Alors que ce lieu, nous l'avons trouvé trop tôt.

— Comment ça ?

— Ce bruit métallique que nous avons entendu avant que les chiens ne nous surprennent : regardez, il y a une sorte de mécanisme de minuterie sur les cages. Ça les a ouvertes avant notre venue. Si ça n'avait été grâce à un gamin à l'oreille musicale parfaite, on ne serait pas là. Les chiens se seraient perdus dans les tunnels, ils auraient peut-être vécu encore un peu ou peut-être qu'ils auraient déniché la sortie de ce labyrinthe. Nous aurions découvert ce corps sur les berges de la Vistule dans quelques jours avec un nouveau mystère sur les bras. Et si nous ne l'avions pas trouvé, on nous aurait envoyé un indice. Ce qui est sûr, c'est que nous sommes arrivés ici trop tôt et certainement pas selon les plans du tueur. Nous devons l'exploiter, faire venir les experts au plus vite.

— Et leur dire d'être très prudents, ajouta Barbara.

— Ah ! Je savais bien que ce pervers ne s'éclairait pas à la bougie ! » La voix de Marek Dybus leur parvint du couloir où il avait disparu sans qu'ils s'en aperçoivent. « Venez, j'ai trouvé la batterie ! »

Les neurones de Teodore s'embrasèrent jusqu'au rouge vif dans ce millième de seconde qu'il lui fallut pour connecter les faits, mais Leon Wilczur le devança quand même :

« Laisse ça ! » hurla le vieux flic de toutes ses forces. Szacki n'avait jamais entendu un tel cri. Mais il avait hurlé trop tard. Le procureur vit d'abord un éclair blanc, puis il entendit le tonnerre, puis l'effet de souffle le projeta contre le mur comme une poupée de chiffon. À la faveur d'une dernière lueur de lucidité, il nota une surprenante sensation de soulagement : plonger dans l'obscurité signifiait que la douleur cesserait. Pour un instant ou pour l'éternité, mais elle cesserait.

9

Selon toute apparence, il avait appris tout ce qu'il pouvait apprendre des archives de Sandomierz. Il était temps de poursuivre son chemin. Par bonheur, il ne devrait pas avoir à quitter la voïvodie pour trouver toutes les informations demandées par le procureur. Qui sait, avec un peu de chance, il aurait fini le boulot demain. C'était drôle, le travail pour le département de la Justice s'était avéré plus simple que sa traque habituelle des blasons de la noblesse polonaise.

Il aurait pu laisser les dossiers sur la table de lecture et sortir, c'est ainsi qu'on procédait d'ordinaire, mais cette fois, il les prit sous le bras et les ramena dans la salle des prières. Pourquoi ? Certainement parce qu'il avait été affecté par l'ambiance d'une enquête criminelle, ce qui éveillait toujours chez les novices une montée de soupçons, de précautions et de paranoïa. Il ne voulait pas laisser des papiers importants pour le procureur à la vue de tous, il ne souhaitait pas que n'importe qui puisse les consulter. N'importe qui, soit, dans l'esprit du chercheur, le tueur en personne, son acolyte ou un de ses proches. Par ailleurs, il était irrité de constater que la pièce principale des archives éveillait encore chez lui une certaine angoisse, il était incapable d'y penser sereinement. Est-ce qu'il était vraiment peureux à ce point ? Un seul événement bizarre, un seul macchabée aperçu à travers la brume et de loin, et le voici qui pleurnichait comme une vieille mémé.

C'est pourquoi Roman Myszyński passa d'un pas fringant le seuil de l'épais portail en fer de la salle principale de l'ancienne synagogue. À la lumière du soleil de l'après-midi, elle ne semblait pas terrifiante, mais avant tout poussiéreuse. Les signes du zodiaque peints au plafond n'étaient ni sinistres ni menaçants, mais maladroits, ils trahissaient la main hésitante de l'artiste du XVIIIe siècle. Pourtant, il ne se sentait pas à l'aise en grimpant sur l'échafaudage par les marches grinçantes – parce que les livres de l'état civil se trouvaient bien évidemment au dernier niveau, à côté des saloperies de pont-levis et des saloperies de lucarnes par lesquelles on apercevait des cadavres.

Il remit les dossiers à leur place et s'immobilisa en

face de « sa » fenêtre, songeant à cet instant comme à une thérapie. Voilà, regardez, je suis là et tout va bien. Un endroit comme un autre, tranquille.

À ce moment précis, la claire-voie fut traversée par une étrange vibration, l'ensemble de la construction grinça dans ses rivets, dans ses soudures et dans ses vis, puis le pont-levis se décrocha de sa fixation et chuta dans un fracas métallique sur le rebord du hublot, comme pour inviter à la découverte d'une nouvelle dépouille.

Roman bondit en arrière et hurla de terreur.

« Monsieur, vous n'allez pas bien ? » Le directeur des archives se tenait en bas et fixait le chercheur avec désapprobation.

« Comment ça ? Je n'y suis pour rien. Ça n'est pas ma faute si vous avez des mouvements tectoniques par ici ! »

La désapprobation disparut du regard du directeur, remplacée par une indulgence bienveillante face à un handicap mental.

« Bien sûr, des mouvements tectoniques... Puis-je encore vous aider en quoi que ce soit ? Parce que sinon, je voudrais fermer... notre centre d'études sismologiques local », dit-il en souriant malicieusement.

10

Il savait que ça n'allait pas. Il avait vu assez de films de guerre dans sa vie pour savoir que son état était critique. À cette heure, son organisme fonctionnait dans un mode différent, ses veines contenaient davantage d'hormones que de globules rouges, la biologie voulait lui donner une meilleure chance de survie. Mais en réalité, ses membres étaient arrachés, ses entrailles s'entassaient dans une flaque, il ne pouvait pas ouvrir les yeux, car une fois qu'il les aurait vus, il serait certainement pris d'une sorte d'hystérie des tranchées, il allait ramper avec une jambe arrachée dans la main ou tenter d'enfoncer ses intestins à nouveau à l'intérieur de son ventre. C'est un peu dommage que ça se termine ainsi, se dit-il, mais d'un autre côté, il y a peut-être vraiment un après ou un recommencement, qui sait.

« Teo, debout ! On ne peut pas rester là ! »

La lumière blanche l'aveugla même à travers ses paupières fermées. Il masqua son visage avec une main, constatant donc qu'il avait une main, ce qui était bon signe.

« Et mes jambes ? demanda-t-il sans rime ni raison.

— Quoi, tes jambes ? Mets-toi sur tes jambes et aide-moi à porter Marek. On doit le sortir d'ici, il y a peut-être encore une chance de le sauver. Vite, Teo, je t'en prie ! » Des intonations larmoyantes et paniquées résonnaient dans la voix de Barbara.

Le procureur Teodore Szacki toussa et décida d'ouvrir les yeux. Il y avait tant de poussière de lœss dans l'air que les lampes frontales y creusaient des tunnels blancs, presque droits. Le visage de Barbara Sobieraj était couvert d'une épaisse couche de sable, ses pupilles terrifiées brillaient au milieu des résidus, on distinguait des lèvres humides, léchées nerveusement, ainsi qu'un sillon où une morve épaisse coulant de son nez traçait son chemin. Lui-même était poussiéreux et cabossé, mais entier, il pouvait remuer tous ses membres, mais son crâne le faisait affreusement souffrir, tout comme son dos à l'endroit précis où il avait heurté le mur. Il se leva, non sans mal, la tête lui tourna.

« Et Wilczur ?

— Il panse Marek.

— Cours dehors au plus vite, appelle une ambulance. Jusqu'aux chiens, le chemin est droit, après, souviens-toi des flèches. Tiens ! » Il lui enfonça son pistolet Glock dans la main.

— T'es malade ?

— Premièrement, d'autres chiens, deuxièmement, le coupable. Discute pas, cours ! »

Il la poussa en direction de la sortie et avança en chancelant vers le tunnel où avait disparu Dybus et d'où provenaient à présent la lueur des lampes et des gémissements endoloris.

Leon Wilczur était penché sur le corps du jeune homme, une frontale sur la tête, l'autre posée sur le tas de gravats qui s'était formé suite à l'explosion, interdisant l'accès au reste des cavernes. En entendant ses pas, le vieux flic se retourna. La poussière le recouvrait tout autant que les autres, mais sur sa face longue et ridée, cela donnait un effet démoniaque ; associée à sa moustache et à ses yeux ternes, elle évoquait un masque rituel. Szacki fut frappé de constater que les yeux du policier étaient remplis d'une affliction sincère. Comme s'il regrettait de n'être pas entré dans ce corridor funeste lui-même, en lieu et place de ce jeune garçon qui avait encore toute sa vie devant lui.

« Il est en état de choc, annonça le flic, mais s'il veut avoir une infime chance de s'en sortir, il doit être sur la table d'ici un quart d'heure max. »

Son évaluation semblait optimiste. Dybus souffrait de fractures ouvertes d'une main, sa polaire s'était visiblement gorgée de sang et, par un trou dans son visage, transparaissait une mâchoire mise à nu. Le pire, c'était pourtant sa jambe arrachée sous le genou. Le regard de Teodore fut attiré par l'os blanc salement sectionné qui pointait du moignon.

« Je lui ai fait un garrot sur la cuisse, j'ai pansé sa plaie au ventre, sa colonne a l'air intacte, il répond aux stimuli. J'ai aussi l'impression qu'aucune artère n'est touchée, ce qui est bien. Mais ça ne durera pas longtemps. »

Teodore fit demi-tour et observa le lieu où se trouvait Szyller sans faire attention au cadavre. Il cherchait un objet dont on pourrait faire une civière et son regard s'arrêta sur les portes des cages canines. Il les sortit de leurs gonds, les coucha l'une à côté de l'autre et les coinça de manière à ce qu'elles forment une construction de la taille d'un portillon de jardin de taille modeste. Leon contemplait ses agissements.

« Heureusement qu'il est plus court », dit-il en ricanant comme un démon, ce à quoi Szacki réagit, malgré lui, par le même ricanement qui n'avait rien à voir avec l'humour noir, mais était la conséquence de leur terreur et de leur hystérie croissante.

Ils devaient se dépêcher.

Ils transportèrent précautionneusement le jeune homme gémissant sur la civière et la levèrent des deux côtés : le poids était insupportable. Dybus appartenait à la catégorie des grands et des costauds, tandis que les cages avaient été soudées avec des barres d'armatures pour béton. Malgré tout, ils pénétrèrent dans le couloir. Teodore boitillait un peu. Après quelques pas, il remarqua que la douleur dans sa cuisse n'était pas sans fondement, car son pantalon de costume se gorgeait progressivement de sang.

En jurant, gémissant et grognant, ils arrivèrent jusqu'à l'escalier et aux cadavres des chiens. C'était à peu près la moitié du chemin et Szacki se trouvait déjà incapable de faire un pas supplémentaire. Les muscles de ses épaules hurlaient de douleur et la chair de ses paumes était à vif, éraflée par les barres métalliques. Il ne voulait même pas imaginer comment devait se sentir le commissaire, âgé de trente ans de plus que lui. Celui-ci s'adossa au mur avec un halètement rauque. Teodore puisa dans ses réserves de volonté : il hissa d'abord Dybus qui gémissait de plus en plus bas, puis traîna la civière jusqu'en haut de l'escalier, avant de redescendre pour aider Leon à monter.

« Je n'y arriverai pas, chuchota le vieux policier lorsqu'il fut revenu à ses côtés.

— Mais si, il ne reste qu'un petit bout.

— Si je n'y arrivais pas, tu dois savoir une chose...

— Oh, va te faire foutre, sortons d'ici et basta ! »

Il saisit la civière par le bout le plus lourd, là où était posée la tête de Dybus, et attendit que Leon soulève l'autre extrémité.

En chancelant, en combattant la douleur et sa tête

qui tournait, en contenant les haut-le-cœur et les taches qui virevoltaient devant ses yeux, il obligeait chaque cellule de son corps à une tension extrême, il avançait, traînant dans son sillage la civière, le blessé et Wilczur. Il se focalisait seulement sur l'idée de faire encore un pas.

« À gauche, gémit Leon derrière lui. À gauche. »

En effet, il avait avancé mécaniquement sans faire attention à la flèche. La nécessité de reculer de deux pas l'accabla, il eut peur de n'avoir plus assez de forces pour finir le trajet et il commença à pleurer. En sanglotant et en reniflant, il s'obligea malgré tout à tourner dans l'autre embranchement où il put à nouveau se concentrer uniquement sur ses pas. Un, deux, trois, quatre... À la lisière de la perte de connaissance, il ne se maintenait en état d'éveil que par miracle, grâce au sentiment du devoir, à la sensation d'être responsable de Marek Dybus. Quand il aperçut les lumières qui bondissaient sur les parois du tunnel devant eux, il ne réalisa pas ce que ça voulait dire mais avança simplement d'un pas. Il ne pouvait pas se fier aux lumières, il ne pouvait se fier qu'à ses pieds. Un, deux, trois, quatre...

Ce n'est que lorsque l'ambulancier le traîna sur la pelouse devant le Nazaret, ce n'est que lorsqu'on le coucha sur une civière et qu'il vit au-dessus de sa tête l'azur d'un ciel immaculé, ce n'est qu'à ce moment-là que le procureur Teodore Szacki perdit connaissance.

Jeudi 23 avril 2009

En Turquie, c'est la Journée de l'enfance, en Grande-Bretagne, l'anniversaire de la fondation du très noble ordre de la Jarretière et partout ailleurs, la Journée mondiale du livre. En Irak, soixante-seize personnes trouvent la mort dans deux attentats suicides et au Mexique, l'épidémie de grippe emporte une vingtième victime. Le Népal installe un émetteur GPS au pied du mont Everest, tandis que des scientifiques écossais cherchent quarante volontaires pour manger du chocolat. À Lublin en Pologne, après avoir interpellé un homme sur le point de déféquer en public, les fonctionnaires de la police découvrent un pistolet de détresse sur lui, puis un arsenal d'armes de la Seconde Guerre mondiale dans son appartement. À Gliwice, un homme meurt devant le rayon boucherie du supermarché Biedronka, ce qui oblige les autres clients à faire leurs emplettes en contournant le corps emballé dans un sac plastique. À Poznań, dans une pharmacie Rossmann, on exige d'un adolescent qu'il présente sa carte d'identité pour pouvoir acheter des préservatifs. À Łódź, le parti ultraconservateur la Ligue des familles polonaises informe les procureurs que des nuits naturistes sont organisées à la piscine municipale. À Łódź toujours, on découvre que les policiers de l'unité antiterroriste faisaient des heures sups en masse chez des gangsters. Il n'y a qu'à Sandomierz qu'on s'ennuie, même le temps ne varie pas : ensoleillé, froid. La pression atmosphérique baisse et tout le monde a envie de dormir.

1

Si la Chine est la patrie de l'abricot, il est intéressant de savoir qu'en Pologne, c'est un fruit typique de Sandomierz, dont on doit l'introduction dans le pays aux Cisterciens. Ce sont en effet les moines en habit blanc qui, après avoir construit leur abbaye à Jędrzejów au XIIe siècle et avoir commencé à propager la civilisation sur les terrains environnants, ont établi la première plantation d'abricots près de Sandomierz.

Pour tuer l'ennui, Teodore Szacki lut jusqu'au bout l'article sur les abricots et les accents patriotiques de leur histoire locale, puis il considéra qu'il ne tirerait rien de mieux de l'hebdomadaire *Tygodnik Nadwislanski* et il le reposa donc sur la chaise située près du lit. Le matin, les procédures hospitalières, les examens et les conversations avec les médecins l'avaient encore un peu amusé, mais il se sentait désormais affreusement désœuvré et avait l'impression de gâcher un temps précieux. Il avait avalé les médicaments contre le tétanos et enduré le vaccin contre la rage, il avait permis qu'on l'enduise de différents produits et qu'on le panse, mais il avait refusé l'antidouleur. La veille, il n'avait pas eu de telles objections, il s'était laissé farcir de cachets et il s'était enfoncé dans un sommeil de dix heures, mais aujourd'hui, il craignait qu'un traitement identique l'assomme, or il devait réfléchir vite et bien, il devait analyser les faits réunis jusque-là à la lumière des nouveaux éléments, complétés par l'analyse du sous-sol à venir. Ce choix avait un prix : ses muscles endoloris se réveillaient, ainsi que le picotement désagréable dans ses paumes, mais le plus pénible, c'était de loin la douleur aiguë et lancinante des morsures qui le faisait gémir de temps en temps ou l'obligeait à serrer les mâchoires.

Le téléphone sonna.

« Pardon, mais pourquoi faut-il que je regarde le bandeau des news sur Polsat pour apprendre que tu es à l'hôpital ? »

Weronika.

« Pardon, mais le parquet ne contrôle pas encore les médias, répondit-il. Ça viendra peut-être, si ces foutus populistes des jumeaux Kaczyński gagnent une nouvelle élection.

— Très drôle.

— Je vais bien.

— Je ne te demande pas si tu vas bien parce que je n'en ai rien à foutre. Je te demande pourquoi ma fille m'appelle de l'école prise d'hystérie en me disant que son papa est à l'hôpital et que tout ce que je peux lui dire c'est minute, attends, je vais allumer la télé, on apprendra peut-être quelque chose. T'as vraiment rien ?

— Quelques bleus. Mais ils m'ont camé hier, je dormais. Je ne savais pas que l'info était passée dans les médias. »

Barbara Sobieraj arriva dans la chambre. Voyant

qu'il parlait, elle s'arrêta sur le seuil, mais il lui fit signe d'approcher.

« Figure-toi qu'elle est passée. À ton propos, à propos d'explosions souterraines et de fusillades. »

Il jura dans sa tête. Qui leur transmettait tous ces détails, bordel ? Pendant ce temps, Weronika monta dans les tours de cette manière familière, si familière.

« Des explosions souterraines ? Une fusillade ? Mais t'es devenu complètement barge ma parole ! T'as oublié que t'avais une gosse ? Je comprends, la crise de la quarantaine, tout ça, mais achète-toi une moto, putain, ou un truc du genre, et ne troque pas ton bureau contre des fusillades souterraines ! J'ai déjà assez d'être une divorcée, je ne veux pas en plus devenir veuve. De quoi ça aurait l'air ? Ça sonne comme si j'avais soixante ans.

— Tu ne peux pas devenir veuve si t'es divorcée.

— Tu ne vas pas me dire ce que je peux ou ne peux pas être ! Cette période funeste est heureusement terminée. Je voudrais juste que tu ne me fasses pas peur et que tu ne me stresses pas. T'as une enfant, oui ? Tu t'en souviens, espèce de père un week-end sur deux ?

— C'est un coup bas.

— Peut-être. Je dis ce que je veux. Et maintenant quoi ? Est-ce que Hela doit venir te voir demain quand même ? Ou est-ce que la seule chose que tu peux momentanément lui offrir, c'est de vider ton pot de chambre et soigner tes escarres ? »

Sa voix venait de dérailler.

Il voulait lui dire un truc gentil, la câliner par téléphone, avouer qu'elle lui manquait, qu'il regrettait et qu'il était désolé, vraiment désolé. Mais il n'avait pas envie de le faire devant Barbara.

« Bien sûr, qu'elle vienne, je sors d'ici dans peu de temps, je serai sur pied demain », dit-il sur un ton officiel dont la froideur le surprit lui-même. Et Weronika encore plus. Il sentit distinctement qu'il lui avait fait de la peine.

« Oui, bien sûr. Alors je t'envoie un SMS demain dès que je la mets dans le bus. À plus. »

Et elle raccrocha. Barbara l'interrogea du regard.

« La mère de ma fille », expliqua-t-il en faisant une grimace étrange, censée présenter des excuses parce qu'elle avait dû assister à une scène où une femme oubliée depuis des lustres lui cassait les pieds, mais bon, notre enfant, tu comprends. « Tu es très jolie, ajouta-t-il pour consolider la fausse impression que le passé appartenait depuis longtemps au passé. Et les autres, comment vont-ils ?

— Le vieux n'a rien, il nous enterrera tous. Ils lui ont fait des examens et l'ont chassé en lui suggérant de boire un demi-litre de vodka et de dormir. Marek va moins bien, tu l'as vu toi-même.

— Moins bien... donc ? demanda-t-il avec précaution, craignant le pire.

— Il est en vie, si c'est ça ta question. S'il s'était retrouvé en salle d'op' quelques minutes plus tard, ils ne l'auraient probablement pas sauvé. » Barbara le regardait comme un héros. Elle s'assit sur le lit d'à côté et caressa doucement sa main pansée. « Je suis allée le voir, mais ils le maintiennent en soins intensifs, dans un coma artificiel. Une jambe amputée, au-dessus du genou malheureusement, et encore, il paraît que le pire, c'étaient ses lésions internes, un souci avec le circuit sanguin, je n'ai pas très bien compris de quoi il s'agissait. Mais ils y sont arrivés, ils l'ont remis en ordre. Un organisme jeune, costaud, ils disent que ça ira. »

Soudain, elle se mit à pleurer.

« C'est ma faute, c'est moi qui l'ai fait venir. O-o-o-on nene-ne… » Elle bégayait. « … on n'aurait pas dû descendre là-bas. On aurait dû envoyer des techniciens, des experts avec des lampes et des outils. On est des fonctionnaires, Teo, pas des agents secrets ou je ne sais quoi. Qu'est-ce qui nous a pris de faire ça ?

— On pensait qu'il y avait encore une chance de sauver Szyller.

— Ben, on s'est trompés !

— Je suis désolé. »

Au moment précis où il disait ça, Klara passa dans le couloir au bras d'un homme plus âgé, probablement son père. Elle le regarda, mais ne ralentit même pas sa marche. Malgré cela, leurs regards se croisèrent pendant un court instant et Szacki chercha dans ses yeux sombres le pardon pour ce qui était arrivé à son frère. Et l'espoir d'une seconde chance ? Non, c'est fichu. Je me demande si elle est enceinte finalement ou pas, se dit-il lorsqu'elle eut disparu. Ce serait le pompon, compte tenu de la situation.

« Oui, désolé… chuchota Barbara, probablement plus pour elle que pour lui. C'est facile à dire. C'est plus compliqué d'anticiper.

— Surtout que ce n'est pas lui qui aurait dû mourir, pas vrai ? »

La procureur Barbara Sobieraj hocha la tête en silence, perdue dans ses pensées. Ça dura un petit moment. Szacki ne la dérangea pas, il devait réfléchir lui aussi.

« Ils disent qu'ils vont te garder jusqu'à lundi, au cas où.

— Je sors après la ronde de ce soir.

— T'as perdu les pédales ?

— J'ai besoin de mon bureau, de mes dossiers et d'un grand mug de café très fort. On ne peut pas prendre quelques jours maintenant. Et puis, je vais bien. Mais j'ai un service à te demander, j'ai besoin de trois choses.

— Oui ?

— Premièrement, je veux être tenu au courant de toutes les nouvelles informations. Deuxièmement, il me faut mon ordi avec une connexion Internet. Troisièmement, je veux une télé avec toutes les chaînes info.

— Je ne sais pas si on pourra connecter tout ça ici…

— Alors qu'ils me transfèrent dans une autre pièce. »

Elle se leva. Il s'agissait peut-être du contrecoup des émotions qu'ils avaient vécues ensemble ou peut-être qu'il appréciait davantage ce monde, maintenant qu'il avait pu y rester par miracle, mais elle lui sembla très belle. Son pull orange et ses poils de carotte constituaient un contrepoint très agréable à la chambre d'hôpital verte et blanche, tandis que ses jambes dévoilées sous sa jupe en jean partiellement retroussée étaient tout ce qu'on pouvait espérer de mieux chez une femme.

Le printemps était arrivé. Barbara Sobieraj ajusta sa jupe et sortit sans se retourner.

2

Teodore Szacki ne se sentait pas bien. Pas parce que tout son corps lui faisait mal. Pas non plus parce que chaque membre du personnel hospitalier qui avait aidé à le transporter dans une chambre avec télé avait dû blaguer sur le procureur qui voulait certainement se revoir sur le petit écran. Il ne se sentait pas bien, parce que pour la première fois depuis le début de cette affaire – sans compter la couverture du tabloïd *Fakt* – il avait fait l'effort de vérifier comment les événements de Sandomierz étaient relatés dans les médias, pour découvrir qu'il y apparaissait en personne, trop souvent à son goût et dans trop de scènes. À l'occasion des conférences de presse, bien sûr, mais il y avait aussi beaucoup d'images de lui en train d'entrer ou de quitter l'immeuble du parquet. Une fois, on l'avait surpris en train de traverser la place du marché près de la mairie, une autre fois au moment de sortir du restaurant Trzydziestka. La perte, probablement temporaire, de l'anonymat était pénible, mais la mauvaise humeur de Szacki découlait surtout de la perte de la bonne opinion qu'il avait de lui-même.

Il ne se prenait pas pour un dur à cuire, mais il aimait à s'imaginer comme un shérif qui aurait le code pénal à la place du cœur, code dont il serait la personnification, le gardien et l'exécuteur. Il y croyait et avait construit sur cette croyance tout son personnage public qui, après des années, était devenu son uniforme, son armure professionnelle qui incluait ses vêtements, sa mimique, sa manière de penser, de parler et de prendre contact avec les gens. Quand Weronika lui disait « raccroche le procureur dans l'armoire et viens manger », elle ne plaisantait pas.

Hmm, comment dire, la caméra le voyait un brin différemment. Au cours des conférences de presse, il ressemblait encore à un procureur – rigide, concret, trop sérieux, un homme qui ne cajole pas le public et ne s'engage pas dans des interactions superflues. Maria Miszczyk et Barbara Sobieraj avaient l'air d'être ses assistantes. À ceci près qu'il avait une voix désagréable, aiguë, peut-être pas stridente, mais en tout cas ça n'était pas la voix de Clint Eastwood.

Mais son aura pâlissait à mesure que les situations lors desquelles il était filmé se faisaient moins officielles. Dans la séquence sur les marches du parquet, où il avait prononcé ces paroles malheureuses qui avaient été prises par certains pour une déclaration d'antisémitisme, on voyait qu'il perdait le contrôle de ses nerfs et, en parallèle, celui de son personnage. Une grimace disgracieuse et agressive déformait ses traits, il clignait d'un œil et les mots articulés trop vite se fondaient l'un dans l'autre, au point qu'il bafouillait parfois. Il avait l'air de ceux dont il se moquait si souvent : un petit fonctionnaire en costume gris, hargneux, frustré, zozoteur, incapable de construire une déclaration sensée.

Mais le plus accablant, c'était la vidéo de la place du marché. Ce n'était pas l'aigle de Thémis, noble et grisonnant, qui traversait le centre d'une vieille cité de la démarche traînante propre aux cavaliers, comme l'aurait décrit Boulgakov, mais un petit bonhomme rabougri et pâle, précocement vieilli, qui resserrait fébrilement les pans de sa veste pour retenir un peu de précieuse chaleur. La mine fatiguée, les lèvres serrées, il avançait avec les enjambées courtes mais précipitées de celui qui a bu du café trop fort et qui court maintenant jusqu'aux chiottes.

Un cauchemar.

Parcourir les archives des journaux ou les pages Internet des chaînes info se révéla une autre occupation affligeante : les articles étaient mal ficelés, chaotiques, rédigés sur un ton larmoyant et réduisant l'affaire à un fait divers bon marché et abject. S'il n'avait pas connu le dossier et avait dû se forger une opinion sur la seule base des récits dans la presse, il aurait immédiatement pris la décision de quitter cette commune, ou pire, cette voïvodie où un forcené sanguinaire chassait ses victimes en faisant de ses meurtres des rituels sanglants et où personne – personne, Bon Dieu ! – n'était en sécurité.

Par chance, il n'avait pas à se plonger dans cet océan de merde exalté, car une chose l'intéressait, ce qu'il avait professionnellement appelé « l'information alpha ». De quoi s'agissait-il ? Eh bien, il connaissait assez le fonctionnement des médias pour savoir que, grosso modo, il consistait à manger son propre vomi. Le circuit de l'info était si rapide qu'on n'avait plus le temps de chercher la source ou de la vérifier, l'information en elle-même devenait la source et le fait que quelqu'un l'avait transmise, la justification suffisante de sa rediffusion. Après quoi, il suffisait simplement de la répéter en boucle, en ajoutant un commentaire de son cru ou de la bouche d'un expert invité sur le plateau. En filant la métaphore gastrique, cela se passait comme si quelqu'un avait mangé des œufs brouillés au déjeuner et les avait vomis. Quelqu'un d'autre y ajoutait du bacon grillé, avalait le tout et le vomissait à son tour. Le suivant salait et poivrait l'ensemble, le dévorait et le restituait. Et ainsi de suite. Plus petite était la portion initiale et plus il fallait ajouter de garniture après coup. Ce qui ne changeait rien au fait que quelqu'un, au début, devait avoir cassé des œufs – et c'était précisément ce que cherchait Teodore à la sueur de son front.

Il le cherchait parce que, dans cette affaire, tout s'était dès le départ ramené au battage médiatique. Il se souvenait de sa surprise quand la première camionnette télé s'était garée devant l'immeuble du parquet. C'était arrivé vite, trop vite, surtout si on tenait compte du fait que Sandomierz était assez éloigné de Varsovie comme de Cracovie. Il s'était étonné, mais n'avait pas attaché d'importance à ce détail, car le problème principal de ce cas saturé d'événements choquants et mis en scène était que le procureur Teodore Szacki n'attachait pas assez d'importance aux détails.

À présent, il corrigeait cette erreur. Il scinda l'affaire en plusieurs étapes majeures. Avant tout, la découverte du corps d'Ela Budnik, l'identification de la machette en tant que couteau pour abattage rituel et la découverte de Greg Budnik. Et il tentait de discerner le moment où les informations brutes faisaient surface trop vite, devenant la pitance des autres médias. Durant un instant, il crut qu'il s'agissait de Polsat News, car on y avait parlé d'Ela Budnik avant 8 heures du matin. Mais sur les autres scoops, Polsat avait accusé un sacré retard. Radio Zet était rapide, mais pas au point de devancer Polsat dans le cas de la défunte ou TOK FM dans celui de son mari. TVN24 maintenait un niveau constant, ne réagissait jamais lentement, mais ne devançait la concurrence dans aucun des cas. C'était peut-être une impasse ? Peut-être que les infos ne provenaient pas d'une seule source ?

Il n'y croyait pas, putain, il n'y croyait pas, un point c'est tout. L'hystérie médiatique jouait un rôle trop important dans le brouillage des pistes pour que personne ne l'orchestre.

Soudain, l'écran médical au-dessus de sa tête se mit à biper. Teodore se figea – il n'avait aucune idée de ce que ça voulait dire, mais certainement rien de bon. Moins de quinze secondes plus tard, une infirmière accourut dans sa chambre. Mais elle ralentit dès qu'elle le vit et l'inquiétude sur son visage céda la place à un sourire réconfortant. Elle glissa la main sous sa blouse de patient.

« Ne gigotez pas tant parce que le capteur se détache et déclenche une alerte, dit-elle d'une voix basse, presque masculine. À quoi bon inquiéter le personnel et se faire peur, hmm ? »

Elle recolla l'électrode, lui fit un clin d'œil et sortit. Teodore ne lui renvoya pas son clin d'œil, car il était occupé à poursuivre la pensée qui s'enfuyait au milieu de ses neurones. Une alerte. Pourquoi était-ce important ? Une alerte, bien sûr. L'*Alerte*, c'était le nom du service de la page Internet du journal *Gazeta Wyborcza* où les lecteurs pouvaient poster leurs informations en joignant photos et films. Une solution géniale à l'heure de la tyrannie de l'info en continu d'une part et des coupes budgétaires dans les rédactions de l'autre.

Il parcourut rapidement du regard l'historique du service et ne trouva bien évidemment rien. Il jura à voix haute : le pianotage sur le clavier ne plaisait pas à sa main blessée, la douleur irradiait maintenant jusqu'à l'épaule, ce qui avait ses bons côtés, puisque ça le maintenait éveillé : impossible de plonger dans le sommeil ou de se perdre dans des pensées sans importance.

Réfléchis, Teo, réfléchis, pensait-il. L'*Alerte* n'avait rien donné, mais il devait y avoir d'autres sites de ce genre. Il chercha. À la télévision nationale, cela s'appelait *Ton info*, à la Radio Zet, l'*Infotéléphone*. Aucun des deux ne valait un clou. Il commença à songer aux blogs informatifs et s'inquiéta à l'idée de devoir se plonger dans les abysses des Twitter, Facebook et autres Blip. Il vérifia aussi TVN24 qui possédait également sa communauté d'indics (il s'imagina Facebook dans les années 1980 et se demanda combien de personnes auraient « aimé » la police secrète et combien l'auraient acceptée parmi leurs « amis »), cela s'appelait *Kontakt24*. Ce service était le mieux organisé de tous ceux qu'il avait vus jusque-là, chaque utilisateur pouvait y tenir son propre minisite d'information aux allures de blog, la rédaction suivait les contributions, les plus intéressantes d'entre elles finissaient sur la page d'accueil et étaient même parfois utilisées à la télé, ce qu'on mentionnait d'une certaine manière. Les articles de la rédaction étaient tagués avec honnêteté : on indiquait les pseudonymes des utilisateurs dont les informations avaient été reprises.

C'est sous cet angle qu'il se mit à lire toutes les news liées à son affaire, commençant par la plus ancienne, la découverte du corps d'Ela Budnik. À Sandomierz, aux aurores, bla, bla, bla, une cité historique, un cadavre dans la vieille ville, une énigm digne du *Père Mateusz*, bla, bla, bla. Beaucoup de personnes avaient mis la main à la pâte pour créer ce texte chaotique : Sando69, KasiaFch, OlaMil, CivitasRegni, Sandomiria...

Oh putain de bordel de merde...

L'un des utilisateurs cités avait pour pseudo Nekama. Le nom de l'organisation secrète dont lui avait parlé le rabbin.

Teodore cliqua pour afficher sa page. Dix messages à peine, tous en lien avec les meurtres de Sandomierz. À côté de chacun d'entre eux, une note indiquait qu'ils avaient été utilisés tant sur la page d'accueil qu'à l'antenne. Des chroniques brèves, rédigées dans une langue simple et sèche, transmettant les données essentielles.

Le premier message, daté du 15 avril, annonçait : « Un cadavre de femme nue a été trouvé dans le quartier historique de Sandomierz, au pied de l'immeuble de l'ancienne synagogue. La femme a été sans aucun doute brutalement assassinée, car sa gorge a été tailladée à de multiples reprises. »

Le procureur Teodore Szacki fixait l'écran de l'ordinateur et sentait son cœur cogner à l'intérieur de sa cage thoracique, encore un peu et l'alarme rappellerait l'infirmière qui serait certainement très étonnée de constater que le capteur était cette fois en place. Son état n'était pourtant provoqué ni par la teneur de la dépêche ni par le nom de l'auteur, mais par l'heure de la publication.

Il se souvenait du moment où, cette nuit-là, il avait reçu le coup de fil de sa directrice lui ordonnant de se rendre au plus vite rue Żydowska. Klara le traînait au pieu ; l'instant d'avant, il s'était tenu face à la fenêtre à contempler la manière dont l'aube naissante extrayait de l'obscurité les ombres des premiers êtres qui l'habitaient, ainsi que la promesse de la journée à venir. C'est sur un ton similaire que Roman Myszyński avait décrit l'instant de l'apparition du cadavre. Même en incluant une correction de l'heure compte tenu de la brume, tout s'était déroulé aux aurores.

Il vérifia : le 15 avril 2009, le soleil était apparu au-dessus de l'horizon de Sandomierz à 4 h 39.

Le post sur le service *Kontakt24* avait quant à lui été envoyé à 4 h 45. Ce qui signifiait que son auteur était soit le meurtrier, soit l'une des personnes qui participait à l'enquête depuis le début. Soit les deux. Depuis la veille, il acquérait la conviction qu'il connaissait l'assassin, qu'il devait s'agir de l'une des personnes qu'il côtoyait chaque jour, avec laquelle il buvait son café, parcourait les dossiers et planifiait quoi faire le lendemain. Et même s'il considérait cette option depuis le matin seulement, c'était la confirmation de son hypothèse qui affolait son rythme cardiaque.

À présent, il avait besoin des découvertes de Roman Myszyński, il devait aussi appeler Oleg Kuzniecov à Varsovie. Avant tout, il avait besoin de ses dossiers. Putain, il avait salement besoin de ses dossiers.

3

D'accord, il avait besoin de dossiers, mais c'était sans doute un brin exagéré. Une délicieuse assistante de l'Institut de la mémoire nationale de Kielce, le type même de la fille en mini-bonhomme Michelin, tout en rondeurs, mais aucune superflue, poussa vers Roman Myszyński un chariot plein de dossiers, lui sourit amicalement et commença à transférer les documents sur la table de lecture. Il y avait bien une centaine d'épaisses mallettes en carton.

« Vous êtes certaine que tout ça est pour moi ?
— Les procès des soldats bannis effectués au tribunal de Sandomierz entre 1944 et 1951, c'est bien ça ?
— C'est exactement ça.
— Alors je suis certaine que tout est pour vous.
— Pardon, je ne faisais que vérifier. »
Elle lui jeta un regard de glace.

« Cher monsieur, je travaille ici depuis sept ans, j'ai fait mon master sur les bannis, puis ma thèse et mon habilitation, j'ai écrit une quinzaine d'articles et deux livres sur le sujet. S'il y a bien des dossiers que je peux sélectionner les yeux bandés, ce sont ceux-là. »

Il sourit en coin à l'idée des yeux bandés et se rappela une histoire drôle, assez cochonne mais de premier ordre.

« Et je vous préviens que si vous me sortez la blague des yeux bandés, des chasseurs et de la pelle, je reprends mes dossiers, le service de sécurité vous mettra à la porte et la prochaine fois vous devrez envoyer un coursier. Aucun diplôme scientifique n'a de valeur à vos yeux, bande de sexistes chauvins, il faut taper avec un bâton sur vos gueules et vos couilles pour enfoncer un peu de culture dans vos crânes de piafs. Enfin bref, on s'en fiche. Puis-je encore vous aider ? » Il fit non de la tête, craignant de trahir l'effet qu'avait sur lui un tempérament de ce genre. Ce qu'il n'aurait pas donné pour récupérer son numéro de téléphone ! L'assistante le regarda méchamment, pivota sur ses talons et s'éloigna, balançant ostensiblement des hanches.

« Minute ! Encore une chose...

— Dieu m'est témoin que si vous me demandez mon numéro de téléphone ou me servez une réplique du même calibre...

— Bien au contraire. Il s'agit de votre savoir. »

Il tourna les feuilles de son carnet jusqu'à celle qui contenait les noms qui l'intéressaient et la présenta à la jeune femme.

« Budnik, Budnik, nom de jeune fille Szuszkiewicz, Szyller... », lut-elle à voix haute. Elle s'interrompit un instant et le regarda avec méfiance. « ... Wilczur, Miszczyk, Sobieraj, Sobieraj, nom de jeune fille Szott.

— Ces noms vous disent quelque chose ?

— Pas tous.

— Mais certains.

— Bien sûr. Est-ce qu'il faut vraiment que je me fasse tatouer mes diplômes sur le front et me fasse couper les seins pour que l'un d'entre vous, grands mâles chercheurs en histoire, me prenne au sérieux ?

— Ça serait une perte colossale... »

Elle le regarda comme un boucher regarde une carcasse à dépecer.

« ... d'enlaidir le front derrière lequel se cache un esprit aussi fin et perspicace. »

4

« Vous êtes là, monsieur le commissaire ?
— Bien sûr.
— Excusez-moi de vous avoir fait patienter, mais je devais tout vérifier en détail avec le service informatique.
— Je comprends.
— Alors, tous les messages de l'utilisateur Nekama ont été transmis à partir d'une adresse IP qui correspond au portail du réseau téléphonique Orange.
— Donc quelqu'un se connectait à Internet *via* une clé USB ?
— Je ne crois pas, vu que les textes ont été envoyés d'un navigateur Skyfire ouvert sur un système Symbian.
— Ce qui signifie...
— Ce qui signifie que quelqu'un a fait des photos avec son téléphone, un Nokia, qu'il s'est connecté au *Kontakt* sur ce même téléphone, y a écrit le texte et l'a envoyé.
— OK, j'ai saisi. Pouvez-vous me donner ces numéros pour que je les vérifie auprès d'Orange ?
— Certainement. »

« Oleg, je t'en prie, tu sais que ça ne fonctionne pas ainsi.
— C'est la dernière fois, promis.
— Oleg, mais chez toi, la dernière fois tombe deux fois par semaine ! Tu ne pourrais pas une fois, juste

une fois, faire ça comme il se doit ? M'envoyer une lettre avec un tampon, attendre la réponse ? Pour que je puisse avoir un justificatif, n'importe quel justificatif, que je puisse dire oui, le commissaire Oleg Kuzniecov sait aussi nous envoyer des documents officiels.

— Franchement, demander ça à un cousin.

— Nous ne sommes pas cousins.

— Comment ça ? Tu es la belle-sœur de la cousine de ma femme.

— T'appelles ça des liens de sang ?

— Et donc, ça s'est déjà affiché sur ton petit écran ?

— J'arrive pas à croire que je fais ça... Écoute, tout a été envoyé du numéro 798 689 459, c'est une ligne prépayée, achetée le 24 mars quelque part près de Kielce, mais pas dans un point de vente Orange, donc je n'ai pas de données précises. Le numéro se connectait rarement au réseau, toujours au BTS numéro 2328 à Sandomierz, situé... minute... sur le château d'eau de la rue Szkolna. Le propriétaire utilise un Nokia E51, un modèle d'affaires standard, on peut l'acheter partout. »

5

Il demeura fidèle à sa décision d'éviter les antidouleurs, mais ordonna au taxi de s'arrêter sur le chemin entre l'hôpital et le parquet au niveau de la supérette Kabanos où il se procura une petite bouteille de Jack Daniels.

C'était un peu contre la douleur, un peu pour décompresser, et on pouvait le doser avec plus de précision que du Ketonal. La première chose qu'il fit en arrivant à son bureau fut de s'en verser un fond dans sa tasse Legia de Varsovie et de s'envoyer pratiquement cul sec quelques gorgées du bourbon fumé. Oh oui, il en avait cent fois plus besoin que de vacances aux frais de la Sécurité sociale à l'hosto de Sandomierz – en dépit des conseils, de l'insistance et des menaces du docteur Sowa. Le médecin s'appelait vraiment ainsi, comme le personnage de la série télé tchécoslovaque de son enfance, *La Clinique en périphérie*, et il s'était retenu de lui poser la question de son acolyte, le docteur Strosmajer, seulement pour ne pas irriter un homme qui avait dû entendre cette blague de la bouche de tous ses patients durant toute sa carrière.

Il sortit les dossiers du coffre-fort (son pistolet Glock se trouvait momentanément au dépôt de la police) et les étala sur le bureau devant lui. Quelque part au milieu de ces documents se cachait l'identité de l'auteur du triple meurtre, qui le menait par le bout du nez depuis deux semaines et qui avait failli le tuer dans ces satanés tunnels. Oui, il avait du mal à chasser les images de la veille de son esprit, mais c'était bien, c'était très bien, se répétait-il. C'était très bien parce qu'en réalité ça avait été la seule situation qui n'avait pas été mise en scène, la seule qui n'avait pas été précisément préparée pour le procureur Teodore Szacki.

C'est pourquoi il prit dans la plus récente des pochettes les photographies faites par les techniciens quelques heures plus tôt et les disposa sous la lampe. L'entrée près du séminaire, la civière ensanglantée abandonnée sur le sol du corridor en lœss, l'escalier étroit, les carcasses des chiens, le cadavre de Szyller couvert de poussière, les cages métalliques privées de portes et la jambe de Dybus parmi les décombres du couloir latéral. Chaque coup d'œil à la dernière photo éveillait la douleur dans sa main. Mais c'était bien, c'était très bien. Il devait décortiquer leur promenade de la veille minute par minute, analyser chaque geste et chaque mot prononcé par ses compagnons.

Il s'assit et commença à noter tout ce qui s'était passé la veille.

Après deux heures de travail, il avait rempli plusieurs feuilles, mais seulement quelques éléments étaient entourés de rouge. Il les recopia sur une page à part.

LW craintif et tendu dès le départ. Première fois ainsi.

BS regarde sa montre et s'inquiète de l'heure juste avant qu'on entende le bruit des cages qui s'ouvrent. Après quoi, elle insiste pour qu'on fasse demi-tour.

LW mentionne que Szyller devrait être préparé comme un agneau et non comme un porc, parce que le porc n'est pas casher. Il utilise le mot « impur ». Connaissance des mœurs juives, comme avant, chez Szyller et à la cathédrale.

Ni BS ni LW ne veulent parcourir les tunnels, ils suivent passivement.

LW et BS laissent les autres passer devant quelques minutes avant la rencontre avec les chiens.

BS insiste pour qu'on quitte au plus vite la « chambre de Szyller ».

LW pareil, il regarde sans cesse sa montre.

> *LW n'avait pas remarqué la disparition de Dybus, mais une fois fait, il a réagi très brutalement, de façon hystérique.*
> *BS a retrouvé sans aucun souci son chemin vers la sortie du labyrinthe.*
> *LW voulait dire quelque chose au moment de l'évacuation. Avouer quelque chose d'important. Il a remarqué tout de suite que nous avions tourné dans le mauvais embranchement.*
> *BS a affirmé à l'hosto que Dybus n'aurait pas dû être une victime, elle se comportait bizarrement.*

Il tapotait la feuille du bout de son feutre rouge et réfléchissait. Tout cela n'était que des traces, des traces faiblardes ou peut-être même pas tant des traces que des pincements de son intuition. Mais son intuition le trompait rarement. Il se remémora cette matinée glaciale du 15 avril, le fait de glisser sur les pavés de la place du marché, de se frayer un chemin à travers les buissons jusqu'au corps d'Ela Budnik. Qui l'y attendait ? La procureur Barbara Sobieraj et le commissaire Leon Wilczur. Un hasard ? Peut-être.

Le vieux flic aurait pu prendre sa retraite depuis belle lurette ou changer de commissariat, prendre de l'avancement. Mais il avait décidé de rester dans ce trou paumé. Un beau trou, certes, mais un trou paumé quand même. Surtout pour un policier. Teodore lisait chaque jour dans *L'Écho* la chronique criminelle : le vol d'un téléphone portable au collège, c'était un événement exceptionnel dans le coin. Malgré tout, Wilczur était resté. Un hasard ? Peut-être.

Tous deux avaient rivalisé pour partager avec

lui leurs connaissances des habitants, de la ville et de leurs relations. En réalité, tout ce qu'il savait, il le savait grâce à eux. Un hasard ? Peut-être.

Chacun d'entre eux s'était baladé sur les lieux des crimes, y laissant des traces, créant ainsi une explication à la présence d'un cheveu ou d'une empreinte digitale. Un hasard ? Peut-être.

Tous deux étaient de Sandomierz, ils connaissaient la ville comme leur poche, ses grands et ses petits secrets. Un hasard ? Peut-être.

Ou peut-être qu'il ne devrait même pas les analyser séparément ? Peut-être qu'en dehors de l'enquête, ils étaient liés par autre chose ? Une chose dont ils ne pouvaient pas lui parler ? Une chose à cacher ? Après tout – comme l'avait dit le père de Barbara, un vieux procureur de province –, tout le monde mentait.

Somnolant de plus en plus au-dessus de ses documents, Teodore sursauta brutalement. Le père de Barbara avait aussi dit autre chose. En parlant de l'enquête de Zrębin, il avait mentionné qu'ils avaient hésité, avec le capitaine, à miser le tout pour le tout. Et si... ? L'âge correspondait, le vieux Szott et Leon Wilczur auraient pu être collègues trente ans plus tôt. Et si Wilczur avait pris part à la résolution de l'un des crimes les plus célèbres de l'époque communiste ? Ça expliquerait son grade étonnamment élevé. Qui aurait cru trouver un commissaire parmi les policiers d'une petite commune ?

Teodore se leva, entrouvrit la fenêtre de son bureau et frémit, laissant entrer une bouffée d'air qui s'était certainement égarée en février sans jamais trouver la sortie depuis.

Et même si... Si on admettait que Wilczur et le père de Barbara avaient travaillé ensemble dans l'affaire de

Połaniec. Et même si on admettait que dans ce cas tant l'un que l'autre traînaient une sorte de secret, qu'ils étaient liés par un meurtre, la mort d'une femme enceinte et un parjure, que l'affaire actuelle faisait suite à l'autre investigation, que Barbara remplaçait son père dans un plan tortueux de vengeance ou Dieu seul savait quoi, alors...

Alors quoi ?

Alors rien.

Pourquoi tuer des gens qui ne pouvaient pas être responsables des événements passés, tout bêtement parce qu'ils étaient trop jeunes ?

Pourquoi tuer ce trio ? Le mari, la femme et le troisième. Est-ce qu'il y avait eu un quatrième ou une quatrième ? Est-ce que ce n'était pas un brin exagéré, même pour cette province libertine ?

Et surtout : quel était le sens de mettre l'ensemble en scène sous la forme d'une légende antisémite ? Bien sûr, éveiller une hystérie médiatique aidait toujours, mais se donner autant de mal ? Ces tonneaux, ces tunnels, ces chiens, c'était totalement absurde.

Le profiler Klejnocki avait expliqué que ce n'était pas nécessairement un écran de fumée ou l'œuvre d'un forcené, que ça pouvait être une action délibérée qui expliquerait, de manière alambiquée, les meurtres, qui fournirait leurs mobiles.

Les mobiles. Le mobile. Il ne possédait pas l'ombre d'un mobile, aucun soupçon, aucun fil à agripper et suivre jusqu'à la réponse à la question « pourquoi ? ». S'il faisait ne serait-ce qu'un pas dans cette direction, la réponse à la question « qui ? » ne serait qu'une formalité.

Il soupira, ouvrit la fenêtre plus largement, vida dans un pot de fleur le reste de son bourbon et alla se faire du café très fort. Minuit approchait, son organisme réclamait le paiement de sa dette, mais Teodore comptait lire les dossiers jusqu'à trouver le mobile.

6

Ce mobile avait été très précisément trouvé par Roman Myszyński. Malheureusement, le contact avec le procureur était momentanément très loin sur la liste de ses priorités. L'inspectrice-chef du bureau régional de l'Institut de la mémoire nationale de Kielce s'était avérée, en dépit de ses précédentes fanfaronnades, beaucoup moins inaccessible que prévu et Roman, au lieu de découvrir son écriture ronde, découvrait dans un appartement du centre-ville des rondeurs assez différentes, joliment empaquetées dans un sensationnel soutien-gorge rouge Chantelle.

Dommage, car s'il avait consacré quelques minutes à passer un coup de fil à Teodore Szacki pour lui révéler comment un peu de haine, un peu de mensonges et un peu de concours de circonstances avaient conduit au massacre d'une famille juive à Sandomierz en 1947, il aurait épargné une nuit blanche au procureur déjà excessivement maltraité par la vie.

D'un autre côté, il aurait alors privé d'un sommeil paisible une autre personne, alors il y avait peut-être un peu de justice là-dedans.

Vendredi 24 avril 2009

Israël fête son indépendance et disperse une manifestation palestinienne contre « la clôture de sécurité », l'Arménie se remémore le génocide des Arméniens de Turquie et l'Église catholique honore sainte Dode. Un sondage indique que 53 % des Polonais ne font pas confiance à leur Premier ministre et 67 % à leur président. Le député Janusz Palikot compare le Premier secrétaire du parti d'opposition Droit et Justice à Hitler et Staline. Les responsables de l'Institut de la mémoire nationale admettent leur erreur et retirent la demande de renommer la rue Bruno Jasieński à Klimontów ; plus tôt, l'Institut avait qualifié le poète de promoteur du stalinisme et expliqué sa mort et ses tortures par des luttes de pouvoir internes au parti communiste. Le Wisła Cracovie écrase le Górnik Zabrze 3 à 1 lors du match d'ouverture de la vingt-cinquième journée de championnat, le pilote de F1 Robert Kubica ne s'en sort pas trop mal lors des essais libres du Grand Prix de Bahreïn et le stade de Silésie présente sa nouvelle mascotte, un hérisson, en espérant toujours que quelqu'un y jouera lors de l'Euro 2012. À Sandomierz, on enregistre un délit criminel sous forme de vol de téléphone portable de la poche d'un adolescent de seize ans qui a laissé son pantalon devant la salle de gym. Le temps est sans changements notables, peut-être un brin plus frais.

1

Ils le tenaient en laisse comme un chien, le traitaient comme un chien, lui donnaient des coups de pied, le traînaient par terre, le traitaient de tous les noms et, à la fin, ils le poussèrent dans la cage. Cette cage constituée de barres métalliques était trop étroite pour lui, il devait plier son cou sous un angle impossible pour tenir dedans, mais elle ne se fermait pas pour autant. Quelqu'un commença à taper avec le battant pour la clore, la porte coinçait sa main restée à l'extérieur, ce qui provoquait une douleur épouvantable, il réussit à la retirer, mais la porte cognait encore, le bruit répétitif lui emplissait le crâne. Il ne comprenait pas ce qui se passait, qui ils étaient et ce qu'ils voulaient de lui. Ce n'est que lorsqu'il ouvrit une conserve de pâté pour chiens Pedigree et y vit le visage de Jurek Szyller qu'il comprit que ce n'était qu'un rêve et s'éveilla brutalement.

Malheureusement, la douleur dans sa main ne disparut pas, tout comme la gêne dans la nuque parce qu'il s'était endormi sur les piles de documents et avait passé la nuit ainsi. Le bruit répétitif ne disparut pas non plus, mais devint plus sourd, se transformant en frappes intempestives à la porte. En gémissant, Teodore glissa de sa chaise tournante. Un Roman Myszyński pâle et somnolent, quoique visiblement heureux, se tenait sur le seuil.

« J'ai passé toute la nuit dans les archives, dit-il avec un sourire étrange, agitant un tas de feuilles photocopiées sous le nez du procureur.

— Alors vous boirez certainement un café », bafouilla Teodore quand il eut réussi à décoller une lèvre de l'autre, et il s'enfuit vers le coin cuisine pour se remettre en ordre de marche.

Un quart d'heure plus tard, il écoutait une histoire inhabituelle, racontée non sans emphase par son archiviste des missions spéciales.

« L'hiver de 1946 est arrivé tôt, car dès la fin novembre il a saisi dans la glace et recouvert de neige la terre sur laquelle avait traîné jusqu'à peu la fumée des incendies. Les gens fixaient avec effroi les yeux terrifiés de leurs voisins, les garde-manger vides et leur avenir, où les guettaient l'affliction, la famine, la maladie et l'humiliation…

— Monsieur Myszyński, pitié.

— Je voulais seulement vous mettre dans l'ambiance.

— C'est réussi. Moins baroque, je vous prie.

— OK, quoi qu'il en soit l'hiver s'annonçait rude, le pays était détruit par la guerre, il n'y avait ni médicaments, ni nourriture, ni hommes, il y avait en revanche les communistes, l'ordre nouveau et la misère. Même à Sandomierz qui, par je ne sais quel miracle, n'avait pas été réduit en un tas de gravats par l'un ou l'autre des belligérants. D'ailleurs, il y a une histoire à propos du lieutenant-colonel Skopenko qui stationnait à la tête de l'armée Rouge de l'autre côté de la Vistule...

— ... et la ville lui a tellement plu qu'il l'a épargnée grâce à sa stratégie finaude et son goût prononcé pour la belle architecture, coupa Szacki en se disant que s'il n'arrivait pas à arracher Myszyński à sa narration saturée de digressions, ça serait le plus long vendredi de sa vie. Je la connais, tout le monde me la raconte par ici. J'ai également entendu l'autre version qui soutient que le lieutenant-colonel tenait une telle gueule de bois qu'il avait interdit l'utilisation des canons. Roman, je vous en supplie. »

L'archiviste le gratifia d'un regard triste : le reproche de l'amateur de bonnes anecdotes inscrit dans ses pupilles aurait brisé le plus dur des cœurs. Le procureur indiqua ostensiblement le voyant rouge clignotant de son Dictaphone.

« Un hiver rude, une population décimée, la famine, la misère. Bien sûr, des logements vacants au niveau de l'ancien quartier juif. Bien sûr, les meilleurs appartements et villas déjà occupés par les catholiques. Mais pas tous : de ce que j'ai pu établir, quelques Juifs sont revenus après la guerre. Malheureusement, on ne les accueillait pas avec des fleurs, personne n'espérait leur retour. Les biens immobiliers avaient été partagés, idem pour les autres richesses laissées en dépôt, chaque Juif était un remords, le rappel que certains ne s'étaient peut-être pas comportés comme ils auraient dû durant l'Occupation. Je ne sais pas si vous avez lu les nouvelles de Kornel Filipowicz, il restitue vraiment bien ce dilemme, car même si on avait fait beaucoup, ce n'avait jamais été assez, il restait toujours le remords. Et quand on n'avait vraiment rien

fait à part observer passivement la Shoah, ou pire...
Évidemment, aujourd'hui c'est difficile à imaginer...

— Monsieur Myszyński !

— Oui, bien sûr. Donc, les rares Juifs revenaient sur les décombres et devaient écouter les récits des rouleaux de la Torah utilisés comme doublures de bottes ou des dépouilles de leurs proches fusillés par les Allemands déterrés par leurs voisins à la recherche de dollars ou de dents en or. On racontait aussi que les soldats bannis, surtout ceux de la section des Forces armées nationales, chassaient les Juifs rescapés. Certaines histoires sont véridiques, j'ai vu les comptes rendus des procès. Une époque étrange et sombre... » Le chercheur suspendit sa voix une seconde. « Certains Polonais étaient capables d'assassiner des familles juives entières, et d'autres, les deux cas sont de Klimontów, étaient prêts à risquer leur vie pour cacher des Juifs à nouveau, cette fois de la résistance anticommuniste. Oui, je sais, je m'égare. En tout cas, les Juifs n'avaient pas grand-chose à chercher dans des villages tels que Klimontów ou Połaniec. Mais Sandomierz, c'était déjà une ville, ceux qui ne souhaitaient pas s'exiler jusqu'à Łódź se regroupaient ici, cherchant à refaire leur vie à tout prix.

— Mais là, on parle de l'immédiat après-guerre, alors qu'on devait évoquer l'hiver entre 1946 et 1947.

— Exact. Une famille juive est arrivée à l'automne. Des étrangers, personne ne les avait auparavant connus à Sandomierz. Il était médecin, s'appelait Wajsbrot, Chaim Wajsbrot. Une femme enceinte l'accompagnait et un enfant de deux, peut-être trois ans. D'après ce que j'ai compris, le fait d'être des inconnus les aurait aidés. Ils ne revenaient pas réclamer leurs biens, il ne fallait pas les regarder dans les yeux comme les anciens voisins, ce n'était pas la peine d'expliquer d'où venait le nouveau buffet dans la cuisine. Ce n'était qu'une simple famille de rescapés de guerre, rien de plus. Des gens paisibles, qui ne dérangeaient pas, ne revendiquaient rien. Et puis, le mari pouvait aider. Avant guerre, il y avait aussi eu un médecin juif à Sandomierz, Weiss, très respecté, alors les gens ont naturellement respecté celui-là.

— Laissez-moi deviner. Le petit manoir de la rue Zamkowa était à lui ?

— La villa de la rue Zamkowa n'appartient à personne, sinon à la commune, mais dans le temps, elle était la propriété du docteur Weiss, en effet, et il paraît que la famille Wajsbrot y a été logée par la force des choses. Mais ce ne sont que des ouï-dire, je n'ai pas de documents dans ce sens.

— Et pourquoi c'est laissé à l'abandon ?

— Officiellement, des histoires d'héritage, officieusement, le manoir est hanté.

— Hanté ?

— Il fait peur, quoi.

— Pourquoi ?

— On y arrive. »

Teodore hocha la tête. Il savait que c'était malheureusement une énième histoire sans happy end et il l'écoutait à contrecœur, mais il ne perdait pas espoir d'apprendre quelque chose grâce à elle.

« L'hiver durait, les gens s'efforçaient de survivre, Wajsbrot les soignait, le ventre de sa femme grossissait. Le docteur aidait surtout les gamins avec grand plaisir, les gens évoquaient une bonne approche et préféraient les conduire chez lui que chez un docteur catholique. Surtout lorsqu'on s'est aperçu que le médecin juif avait quelque chose que d'autres n'avaient pas.

— Quoi donc ?

— De la pénicilline.

— Et d'où un médecin juif pouvait-il bien sortir de la pénicilline ?

— Je n'en sais rien et je crois qu'à l'époque, personne ne l'a su non plus, parce que la pénicilline était américaine. Est-ce qu'il l'avait apportée avec lui ? Est-ce que quelqu'un la lui passait en contrebande ? Est-ce qu'il avait des contacts bizarres au marché noir ? Je ne sais pas, les trois versions sont aussi plausibles les unes que les autres. Mais quand il a sauvé un gosse ou deux de la tuberculose, le bruit s'est répandu dans la région comme une traînée de poudre. Je pourrais me prendre un Coca ?

— Pardon ?

— Faire un saut au kiosque pour m'acheter une canette ? Je reviens tout de suite.

— Oui, bien sûr. »

Roman sortit au pas de course et le procureur se leva pour faire quelques étirements. Chaque muscle de son corps lui faisait mal – sans exagérer, chacun d'entre eux. L'air était froid et il commença à agiter les bras pour se réchauffer. Difficile de dire si le printemps était pourri ou si Teodore était affecté par l'atmosphère du récit : un hiver terrible, des congères entre les vestiges du quartier juif, la léthargie de l'après-guerre et son vide effarant. La lumière faiblarde d'une bougie ou d'une lampe à pétrole vacille derrière la fenêtre du manoir de la rue Zamkowa. Ou plutôt de la maison appelée manoir un peu exagérément, car ça devait déjà être une ruine à l'époque, si on avait permis à des étrangers de s'y établir. Le couple avait certainement investi une chambre ou deux au rez-de-chaussée, il ne pouvait y être question de luxe. Et donc voici cette ruine avec une lumière jaune derrière une vitre : une mère avec un enfant dans les bras frappe à la porte, c'est la pleine lune, la femme laisse une longue ombre sur la neige. Derrière elle, les masses noires et imposantes du château et de la cathédrale masquent les étoiles. Il se passe un long moment avant que la femme enceinte aux cheveux noirs et bouclés n'ouvre la porte et invite la mère inquiète à l'intérieur. Je vous en prie, entrez, mon mari vous attend. Est-ce que c'est de ça que ça avait l'air ? Ou est-ce que son imagination le trahissait ?

Haletant et rougi par l'effort, l'archiviste revint avec cinq canettes de Coca. Teodore ne commenta pas.

« Donc, la nouvelle d'un stock de pénicilline s'est répandue dans les environs, dit-il en réenclenchant le Dictaphone. Et d'après moi, elle n'est pas parvenue qu'aux oreilles des mères.

— Pas seulement, non. Les bannis sont venus chez Wajsbrot...

— Laissez-moi deviner : le CMP ? La conspiration militaire polonaise ?

— Exactement. Ils sont venus et ont exigé une contribution à la lutte contre l'occupant rouge, une contribution sous forme d'antibiotiques. Wajsbrot a voulu les chasser et ils l'ont tabassé sévèrement, il paraît que les gens ont sauvé leur docteur *in extremis*. Les maquisards ont menacé de revenir et de le tuer.

— D'où sait-on tout ça ?

— Des déclarations de Wajsbrot faites lors de son procès pour espionnage. »

Teodore fit une mine étonnée, mais ne dit rien.

« Lequel procès est la source principale de nos connaissances à ce sujet. Et il a eu lieu parce que le commandant des résistants n'a pas digéré l'affront qui lui a été fait par le médecin.

— Il est revenu et l'a tué ?

— Non, il l'a cafardé. Ce qu'on découvre d'ailleurs lors du procès de ses compagnons. Vous pouvez piger ça ? Le major a été tellement horripilé par le refus d'un Juif qu'il l'a dénoncé aux Rouges qu'il haïssait pourtant. Ce qui, soit dit en passant, nous en apprend beaucoup sur le niveau de haine en Pologne. Je me demande où se seraient situés les pédés dans tout ça...

— Monsieur Myszyński...

— OK, OK. Il n'en a pas fallu beaucoup, il a suffi d'évoquer la pénicilline américaine et la police secrète l'a embarqué aussi sec. Cette fois, les habitants de Sandomierz n'ont pu que constater les dégâts. Et c'était déjà le début du printemps, Pâques approchait, la Pessa'h approchait, tout comme approchait le terme de Mme Wajsbrot. »

Teodore ferma les yeux. Pitié, pas ça, se dit-il tout bas.

« Le docteur était en prison, il paraît qu'elle se situait sur le terrain de l'actuel séminaire, mais je ne sais pas si c'est vrai. Et sa femme n'était pas médecin, elle n'avait plus de pénicilline, et d'ordinaire, elle ne faisait que rester derrière son mari, donc elle n'était devenue amie avec personne en ville. Malgré tout, les gens l'aidaient, ils ne la laissaient pas mourir de faim.

— Et qu'est-ce qui s'est passé ?

— Comme je vous l'ai dit, le terme de sa grossesse approchait. L'épouse Wajsbrot était, comme on dit, de constitution fragile. Le médecin devenait fou, il savait qu'ils ne le relâcheraient pas, mais il les suppliait de laisser sa femme venir quelques jours à la maison d'arrêt pour qu'il puisse s'occuper de l'accouchement. J'ai lu les procès-verbaux, ils sont bouleversants. Le gars avouait tout et n'importe quoi et reniait l'ensemble dans la foulée, tant que ça pouvait faire plaisir à son interrogateur. Il balançait des noms imaginés à la pelle, promettait de leur livrer une clique internationale de contacts impérialistes, si seulement ils autorisaient sa femme à venir. Bref, ils ont refusé. D'ailleurs, si on se fie aux sonorités des noms des agents, on dirait que c'est à ses coreligionnaires juifs qu'on doit ce refus.

— Et Mme Wajsbrot est morte ? »

Roman ouvrit une canette de soda et la vida d'un trait. Puis une deuxième. Teodore avait envie de lui demander pourquoi il n'avait pas acheté une bouteille de deux litres, mais il laissa tomber. Il attendit calmement que le chercheur retrouve son calme.

« Oui, même si elle n'aurait pas dû. Les habitants aimaient leur bon docteur, ils ont fait venir la meilleure sage-femme de la région pour accueillir l'enfant. Le mauvais sort a voulu que la sage-femme en question soit venue avec sa fille d'une dizaine d'années et que toutes les deux aient été superstitieuses. Enfin, il est facile d'imaginer le reste. Elle entre dans la maison et la première chose qu'elle voit, c'est un tonneau de cornichons disposé près de la trappe de la cave et, bien sûr, elle comprend en un claquement de doigts que ce n'est pas un accouchement, mais une ruse, que les Juifs l'attendent planqués dans un coin pour enlever sa merveilleuse petite fille et la vider de son sang pour en faire du pain azyme ou pour laver les yeux du nourrisson avec pour qu'il ne devienne pas aveugle. Donc, elle la prend par la main et s'enfuit.

— Mais il n'y avait personne d'autre à la maison !
— Les fantômes n'existent pas non plus et les gens en ont peur. Elle s'est enfuie. Une autre sage-femme est venue, mais moins douée, et l'accouchement a été compliqué. Mme Wajsbrot a hurlé toute la nuit et elle est morte au petit matin avec son nourrisson. Il paraît qu'on peut encore entendre les cris de la femme et de l'enfant de nos jours dans le manoir de la rue Zamkowa. Le docteur Wajsbrot s'est pendu dans sa cellule le lendemain. »

Roman Myszyński se tut et regroupa les papiers disposés devant lui en un tas très régulier. Puis il ouvrit une nouvelle canette. Teodore se leva et s'appuya sur le rebord de la fenêtre, observant les maisons de Sandomierz et les toits du quartier historique qui miroitaient au loin. Il s'était trouvé dans le manoir de la rue Zamkowa, il s'était rendu dans l'immeuble Nazaret, l'ancien cachot de la police secrète. Partout des cadavres, partout des spectres, combien de lieux similaires avait-il visités au cours de sa vie ? Combien de lieux marqués par la mort ?

Roman toussota. En théorie, Teodore aurait dû avoir hâte d'entendre la suite, après tout, ce n'était que le fond, maintenant l'archiviste allait lier les héros du drame actuel aux personnages du drame passé et tout deviendrait limpide. Pourquoi rechignait-il à le découvrir ? Alors que cette information signifiait une interpellation, la fin de l'affaire, un succès. Il retardait ce moment parce qu'une inquiétude et une réticence le tourmentaient de l'intérieur. Il n'arrivait pas à les définir, il n'arrivait pas à les nommer. Dans un instant, tout trouverait sa place, les pièces du puzzle disséminées seraient enfin assemblées, les plus petites comme les plus grosses des pistes seraient éclaircies. Et malgré ça, quand bien même il ne connaîtrait pas encore les détails, il était perturbé par cette impression de fausseté qui accompagne si souvent les spectateurs au cinéma ou au théâtre. Cela semble bien écrit, cela semble bien mis en scène, c'est même assez bien joué, mais on sent quand même que c'est du théâtre, on voit les acteurs derrière les personnages, on aperçoit le public et le lustre au-dessus de l'orchestre.

« Jurek Szyller ? demanda-t-il à la fin.

— Son père, c'était le commandant de la section CMP qui a dénoncé Wajsbrot et l'a accusé d'espionnage. Un personnage intéressant, soit dit en passant, il a vécu en Allemagne avant-guerre et a fondé avec d'autres l'Union des Polonais d'Allemagne. Quand le conflit armé a éclaté, il est revenu ici pour combattre et son nom est d'ailleurs inscrit en lettres d'or dans l'histoire de la résistance polonaise. Il a beaucoup d'actions de diversions et de sabotage à son actif, certaines très spectaculaires. Après quoi, il a estimé qu'il haïssait les Rouges encore plus que les Allemands, c'est pourquoi il a choisi le maquis. Ils ne lui ont pas mis le grappin dessus durant la période stalinienne et après, ce n'était plus un ennemi public. Malgré tout, il a émigré en Allemagne et y est mort dans les années 1980. Son fils Jurek est né là-bas.

— Greg Budnik ?

— Fils du chef de la prison de la police secrète.

— Celui qui n'a pas permis au docteur de s'occuper de l'accouchement de sa femme ?

— Il avait d'autres méfaits sur la conscience, mais

oui, celui-là. Papa Budnik a d'ailleurs vécu paisiblement, il est mort de vieillesse dans les années 1990.

— Et Ela Budnik ? De quelle manière est-elle liée à ces événements ?

— J'avoue qu'au début, j'ai cru qu'elle ne l'était pas. Je me suis dit qu'elle n'y était rattachée qu'à travers son mari, que c'était la raison de sa mort. J'ai considéré que si quelqu'un était assez fou pour traquer les enfants des coupables d'une tragédie vieille de soixante-dix ans, alors il pouvait être suffisamment cinglé pour s'en prendre à leurs familles. »

Teodore approuva du menton, le raisonnement semblait juste.

« Mais, pour être tranquille, j'ai voulu vérifier toutes les pistes. Par chance, j'ai rencontré une documentaliste très douée... » Roman rougit quelque peu. « Elle a fait son tour de passe-passe dans diverses bases de données et qu'est-ce qu'on a découvert ? Que Mme Budnik est venue à Sandomierz en tant que Mlle Szuszkiewicz. Elle est revenue de Cracovie, certes, mais est bien née à Sandomierz, en 1963. Sa mère, quant à elle, est originaire de Zawichost, née en 1936.

— Donc, quand les Wajsbrot sont morts, elle avait onze ans, termina Szacki, et les éléments du puzzle se mirent en place. Une telle fillette, élevée dans un *shtetl* où elle appartenait à la minorité catholique et qui a entendu son lot d'histoires de toutes sortes, une telle fillette a pu avoir très peur lorsqu'elle a aperçu un horrible tonneau dans une maison juive en ruine. »

Roman ne commenta pas, l'affaire était limpide. Teodore n'avait plus qu'une chose à apprendre. Une seule, la dernière. Et une fois encore, quelque chose le prit à la gorge, comme s'il ne fallait pas poser cette ultime question. Ça n'avait pas de sens, il se sentait ainsi pour la première fois de sa vie. La fatigue ? Un déséquilibre nerveux ? L'âge ? Un manque de vitamines ? Tout s'assemblait pourtant si bien. Trois victimes dans le temps, trois cadavres aujourd'hui. Œil pour œil, vie pour vie. Le fils du résistant qui avait trahi le médecin. Le fils de l'agent de la sécurité interne qui n'avait pas autorisé l'accouchement en prison et avait laissé un détenu se suicider. La fille de la fillette qui, par sa foi en la légende du sang, avait condamné à mort l'épouse du docteur. Mais pourquoi maintenant ? Pourquoi si tard ? Avant, on aurait pu attraper les personnes réellement responsables – on n'a pas le droit de punir des enfants pour les péchés de leurs parents. Est-ce que ça avait été fait exprès ? Ou peut-être que le meurtrier n'avait découvert la vérité que très tard ? C'était probablement l'ultime détail qu'il faudrait clarifier. La question s'était placée sur sa langue, mais n'arrivait pas à traverser le barrage de ses dents. Bordel de merde, Teodore ! s'engueula-t-il en pensée. Tu dois découvrir qui c'est même si tu redoutes la vérité. Tu es un fonctionnaire au service de la République et tu vas découvrir la vérité dans un instant. Rien d'autre n'a d'importance.

« Et qu'est-il arrivé à l'autre enfant des Wajsbrot ? demanda-t-il froidement.

— Officiellement, une telle personne n'existe pas. Cependant, il y a bien quelqu'un dont l'âge correspondrait. Je suis tombé sur sa trace un peu par hasard, parce qu'elle a fouillé dans les archives de l'Institut et son nom est resté dans les registres. Cette personne a grandi à l'orphelinat de Kielce. Avant, il n'y a nulle trace ni d'elle ni de ses ancêtres dans aucun livre, j'ai cherché très précisément. Cette personne possède aujourd'hui un nom très polonais, une famille, une fille. D'ailleurs, elle travaille dans votre domaine, au service de la justice. »

2

« Vous vous trompez, monsieur le procureur. »
Teodore Szacki ne répondit rien. Il pouvait se le permettre parce que, pour être franc, il n'avait rien à faire durant cette procédure, l'enregistrement des détenus était un pur boulot de policiers. Il est vrai que le Maréchal bégayait et s'excusait du regard, mais il exécuta toutes les tâches prévues par la loi. Il se présenta, décrivit la base légale et l'affaire à laquelle était rattachée l'arrestation, vérifia l'identité du prisonnier, le fouilla, lui enleva son arme, lui passa les menottes et l'informa de la possibilité de la présence d'un avocat, ainsi que de son droit à ne pas fournir d'explications.

Le commissaire Leon Wilczur se soumit à toutes ces étapes avec calme et en silence – après tout, il les connaissait par cœur. Il n'avait pas l'air surpris, ne se débattait pas, ne se disputait pas, n'essayait pas de s'enfuir.

« Vous vous trompez, monsieur le procureur », répéta-t-il avec conviction.

Que pouvait-il répondre ? Tous les muscles de son corps le faisaient souffrir, sa main mordue encore plus et maintenant son cou aussi, il était vraiment à bout de forces. Il contempla le vieux flic à contrecœur. Sans sa veste, rien qu'avec une chemise débraillée sur le dos, en pantalon et en chaussettes fines, il avait l'air encore plus piteux que d'ordinaire. Un vieux papy qui passait son jour de congé maladie devant la télé, dans un appartement négligé jonché de vieilleries poussiéreuses. Il s'obligea à détacher son regard et à fixer les yeux secs et un brin jaunâtres de Leon Wilczur. Il avait toujours cru que derrière ces pupilles se cachait une répugnance à l'égard du monde, une amertume ordinaire et une frustration typique de la vallée de la Vistule. Mais de la haine ? Mon Dieu, comment pouvait-on cultiver sa haine durant toute une vie pour accomplir trois meurtres au nom d'une vengeance vieille de soixante-dix ans ? Quelle ténacité pour ne pas laisser cette haine s'éteindre, pour ne pas la laisser pâlir, pour ne pas la perdre de vue ne serait-ce qu'un instant.

Les experts psychiatriques assermentés ne le confirmeraient pas, et à juste titre, mais d'après lui, Leon Wilczur était fou. Teodore avait vu bien des tueries et bien des tueurs. Des larmoyants, des belliqueux, des repentants. Mais ça ? Cela échappait à son échelle de valeurs. Quel pouvait être le sens d'assassiner les enfants et les petits-enfants de coupables passés, même si la faute initiale était monstrueuse et douloureuse ? Aucun code pénal au monde ne prévoyait la responsabilité des enfants pour les crimes de leurs parents, c'était justement la base de la civilisation, la frontière entre une race pensante et du bétail mû par l'instinct.

« *On ne fera point mourir les pères pour les enfants ; on ne fera point aussi mourir les enfants pour les pères ; mais on fera mourir chacun pour son péché.* »

Le procureur avait cité le Deutéronome, le livre des Paroles.

Sans lâcher un instant son regard, Leon Wilczur gazouilla des mots incompréhensibles à la mélodie chantante parfois, raboteuse ailleurs, imprégnée d'une langueur de blues, ça devait être du yiddish ou de l'hébreu. Teodore leva un sourcil dans une mimique interrogative.

« *Car moi, l'éternel, ton Dieu, je suis un Dieu jaloux, qui punis l'iniquité des pères sur les enfants Jusqu'à la troisième et la quatrième génération.* Le même livre des Paroles, quelques chapitres plus tôt. Comme vous le savez parfaitement, procureur, on peut citer la Bible en toutes circonstances. Mais peu importe. Ce qui importe, c'est que vous vous trompez et que cette méprise peut avoir d'horribles conséquences.

— Je pourrais vous raconter toutes les fois où j'ai entendu cette réplique de la bouche d'un prévenu, commissaire, mais à quoi bon ? Vous l'avez entendue aussi et plus souvent que moi. Donc vous savez mieux que moi combien de vérité il y a là-dedans.

— Parfois un peu.

— Quand il s'agit de la vérité, un peu, ce n'est rien. »

D'un mouvement de tête, il ordonna au Maréchal de conduire Wilczur en cellule.

« Nous allons nous rencontrer demain pour l'interrogatoire. D'ici là, demandez-vous si vous voulez vraiment contrarier l'enquête. Ces meurtres, cette stylisation, cette mise en scène de malade mental, cette vengeance folle. Veuillez au moins en répondre avec classe. »

Leon Wilczur passait justement tout près de Szacki. Son visage s'approcha de celui du procureur pour n'en être séparé que de quelques centimètres et Teodore vit précisément la surface irrégulière du blanc de ses yeux, les pores de sa peau burinée de nombreuses rides, le dépôt jaunâtre de la fumée de cigarettes sur sa moustache, les poils raides dans les narines de son nez proéminent.

« Vous ne m'avez jamais apprécié, procureur, n'est-ce pas ? gémit le vieux flic avec un chagrin inattendu dans la voix, expirant vers le visage du magistrat une haleine aigre. Et je sais très bien pourquoi. »

Ce furent les dernières paroles prononcées par Leon Wilczur dans le cadre de son arrestation pour triple meurtre.

3

Il ne retourna pas à son bureau. Il ne passa que deux brefs coups de fil à Maria Miszczyk et à Barbara Sobieraj. Il ne voulait pas les rencontrer, il ne voulait pas leur exposer les détails, il ne voulait pas avoir à réagir à leurs « oh », leurs « ah » et à leurs « ohmondieucen'estpaspossible ». L'essentiel, c'est-à-dire le résultat de la quête de Roman Myszyński, se trouvait déjà sur leurs bureaux, ce qui suffisait à dresser le mandat d'incarcération préventive – Barbara s'en occuperait plus tard. Une dépêche laconique devait également être transmise aux médias pour les prévenir de l'interpellation d'un suspect. Le reste, à vrai dire, dépendait de Wilczur. S'il avouait, l'acte d'accusation serait prêt dans trois mois ; s'il niait tout en bloc, quelqu'un devrait mener un long procès basé sur des preuves circonstanciées. Ce quelqu'un ne serait probablement pas Teodore, car une habitude saine voulait que les procès mettant en cause des fonctionnaires du ministère de la Justice ou des policiers atterrissent dans d'autres antennes du parquet. Teodore Szacki espérait cependant que, dans ce cas précis, il réussirait à garder l'affaire à Sandomierz ou du moins à convaincre les responsables de la régionale de lui laisser le cas, quitte à l'envoyer dans un autre tribunal. Il désirait fortement être celui qui rédigerait l'acte d'accusation et le défendrait devant les juges. Il n'imaginait pas qu'il puisse en être autrement.

Quoi qu'il en soit, il n'avait pas à s'en charger aujourd'hui. Aujourd'hui, il pouvait se reposer : il ne se souvenait plus de la dernière fois où il avait été si affreusement et si incroyablement fatigué. Au point qu'une simple marche lui posait problème. Quand il passa sous la porte Opatowska, en face de l'immeuble du séminaire où, bien des années plus tôt, Chaim Wajsbrot s'était donné la mort et devant lequel s'était peut-être tenu le petit Leon Wilczur en espérant apercevoir son papa, Teodore n'en pouvait plus et il s'assit à côté d'un poivrot sur un petit banc. Seulement pour un instant. Le poivrot lui parut familier, il chercha un instant dans ses souvenirs. Oui, bien sûr, c'était celui qui avait abordé Wilczur l'autre soir, quand ils sortaient du bar de l'hôtel de ville, il voulait qu'on recherche un de ses potes disparus. Szacki hésita à lui dire bonjour, mais laissa tomber. Il ferma les yeux et tourna sa face vers le soleil. Même si ça ne réchauffait pas, il bronzerait peut-être au moins un peu. Il n'arrivait pas à accepter d'être passé pour un tel cafard blême et maigrichon à la télé.

Il éprouvait une sensation bizarre. La fin d'une enquête s'accompagnait toujours d'une sorte de vide, d'une dépression post-investigation, du syndrome de l'abandon. Mais cette fois, c'était quelque chose d'autre, le vide se remplissait trop vite d'une inquiétude, de cette démangeaison familière des neurones qui lui signifiait une erreur d'inattention ou une omission.

Il n'avait aucune idée de ce que ça signifiait et il ne voulait pas y songer. Pas maintenant. Il se décolla péniblement du banc et grimpa la rue Sokolnickiego vers la place du marché. Il passa devant le bistrot de ses *pierogi* favoris, puis le restaurant chinois où il n'avait jamais osé mettre les pieds jusque-là ; il s'arrêta un instant devant le café Mała en se demandant si un cappuccino à la crème saupoudrée de sucre glace n'était pas exactement ce dont il avait besoin à ce moment-là. Mais non, il ne voulait pas de café, il ne voulait pas de stimulation, il souhaitait une douche et aller au lit.

Il arrivait sur la place du marché quand l'horloge de la tour de l'Hôtel de ville commença ses caracoles, signalant qu'il était 14 heures. Il s'immobilisa quelques minutes pour regarder comment la ville changeait, comment elle se préparait à la saison touristique qui débuterait, comme partout, lors d'un long week-end de mai. Il n'avait pas encore vu Sandomierz dans cet apparat : il avait emménagé dans la région à la fin de l'automne, quand tout était déjà fermé et qu'il ne restait nulle trace de l'été indien polonais, quand les pavés de la vieille ville étaient soit humides, soit enneigés, soit givrés. À présent, la cité ressemblait à un malade qui émergeait d'un long coma, à un convalescent qui ne bondirait pas de sa couche pour courir, mais qui vérifierait avec délicatesse ce qu'il est capable ou non de faire. La terrasse du Kordegarda était déjà aménagée, la propriétaire du café Mała avait placé deux petites tables devant sa vitrine et, devant le restaurant Kasztelanka, deux serveurs dressaient la palissade de la terrasse. Au fond de la place, probablement devant le Cocktail Bar, quelqu'un nettoyait le grand parasol orné du logo de la bière Żywiec. Sur le trottoir du bistrot Ciżemka, le kiosque vert du glacier, qu'il avait toujours vu cadenassé, ouvrait ses volets. Il faisait toujours très froid, mais le soleil haut ne semblait pas décidé à se déclarer vaincu et Teodore sentait que ce week-end allait être le premier véritable week-end de printemps.

Pourtant, au lieu de se laisser tenter par un de ces établissements, il tourna vers la Vistule et, après quelques dizaines de pas, pénétra dans son appartement pour la première fois depuis le mercredi matin. Il ne fut pas dérangé par ses affaires dispersées ni par le frigo vide ; il enleva son costard et s'enterra au milieu des draps dont émanait toujours le parfum jeune et douceâtre de Klara.

Merde, je ne pige pas pourquoi je ne me sens pas soulagé, se dit-il.

Puis il s'endormit.

4

Quelques heures plus tard, il fut réveillé par un coup de fil de Barbara Sobieraj. Elle devait le voir tout de suite. « D'accord », répondit-il et il alla sous la douche, oubliant qu'avec les distances de Sandomierz, les « tout de suite » voulaient vraiment dire « immédiatement ». Quand il émergea de la salle de bains, l'eau gouttait de ses cheveux sur le col de son peignoir bleu marine et Barbara se tenait sur le pas de la porte avec un paquet informe dans la main et une mine étrange.

Elle lui tendit le paquet.

« C'est pour toi. »

Il ouvrit l'emballage brun et trouva à l'intérieur une robe de procureur dont la noirceur avait cessé d'être noire depuis longtemps et dont la rougeur de l'hermine avait cessé d'être rouge.

« Mon père m'a demandé de te la donner. Il a dit qu'il ne voulait plus la voir, qu'il préférait mourir en me regardant moi plutôt que ce bout de tissu qui a été son déguisement toute sa vie. Et aussi qu'il fallait te la donner à toi, car tu serais le seul à savoir en faire bon usage. Il paraît que tu comprends quelque chose que je ne comprends pas, je ne sais pas de quoi il s'agit. »

Du fait que tout le monde ment, se dit Szacki.

Il ne répondit rien, posa la robe sur le côté et essuya avec le col de son peignoir un filet d'eau qui avait coulé de ses cheveux blancs sur la joue. D'un geste de la main, il invita sa collègue à l'intérieur, se demandant pourquoi réellement elle était venue chez lui. Pour parler du cas ? Des meurtres ? Des cadavres, des fautes et de la haine ? Il songea amèrement qu'il était un bon candidat pour des discussions de ce genre, difficile d'en trouver un meilleur à Sandomierz.

Il n'avait pas envie de parler. Il s'assit sur le canapé et versa des doses généreuses de Jack Daniels dans des sortes d'antiques verres à shot très fins. Barbara s'assit à côté de lui et vida le sien d'un trait. Il la regarda, étonné, en versa une nouvelle dose. Elle but encore une fois cul sec, clignant des paupières de manière rigolote. Elle se comportait comme une gosse qui aurait peur d'avouer qu'elle a cassé un vase, alors que ça se saura tôt ou tard. Elle replaça une mèche de ses cheveux roux derrière l'oreille et se tourna vers lui avec un sourire nerveux, un brin désolé.

Pitié, pas ce soir, pensa-t-il. Il était vraiment vanné.

Cependant, il se pencha vers sa collègue de bureau et l'embrassa en se demandant s'il en avait envie ou non. Il l'aimait bien, il l'appréciait vraiment, chaque jour davantage, mais il n'aurait pas dit que ce qui naissait entre eux était les prémices d'une liaison ou du désir, sans même évoquer l'amour. S'il avait dû nommer son sentiment, il aurait parlé d'amitié.

Néanmoins, il décida de s'épargner toute théorisation pour le moment. En continuant à l'embrasser, il la conduisit vers son lit en commençant à la déshabiller délicatement, mais avec méthode.

« Si tu n'en as pas envie, dis-le moi, sinon je me sentirai mal. Je n'ai encore jamais été dans cette situation… » Elle leva les bras pour qu'il puisse enlever son mince col roulé amarante. « … et je ne sais pas réellement comment me comporter. C'est juste que j'en avais très envie, mais si tu n'en as pas…

— Tant pis, je vais devoir me forcer », dit-il en glissant le bout de son index sur un décolleté parsemé de taches de rousseur qui ressemblait à un dessin du type points à relier. Il sauta par-dessus l'armature d'un soutien-gorge trop étroit de la couleur de son pull et arriva jusqu'au nombril.

« Ça doit être une blague de Varsovie, dit-elle. Franchement, je ne sais pas si je vais y arriver... »

Mais elle rit quand même lorsqu'il regarda dans sa culotte avec une mine de polisson. À ce propos, celle-ci était également trop étroite, l'élastique lui entrait dans les chairs en créant un sympathique bourrelet en bas du ventre.

Clic.

« Eh ! Ce paquet que tu as reçu mercredi...

— Oui, bien sûr, moque-toi de moi parce que j'ai voulu porter quelque chose de joli pour toi. Figure-toi qu'il n'y a pas des tonnes de boutiques de lingerie de marque à Sandomierz. Mais, bien sûr, je n'ai pas pensé que j'avais grossi d'une taille durant l'hiver, et voilà, ça n'est pas très esthétique, désolée... »

Il pouffa de rire.

« Enlevons ça le plus vite possible avant que ça ne te laisse des marques.

— Oufff, merci. »

Ils recommencèrent à s'embrasser. Ils étaient déjà nus tous les deux quand soudain, Barbara s'assit sur le lit et se recouvrit de la couette. Il l'interrogea du regard.

« Mon Dieu, j'ai une impression bizarre, comme si je devais lui demander une autorisation. Histoire d'être correcte...

— Okay... répondit-il lentement, en attendant la suite.

— Je n'ai jamais trompé Jędrek. Ce n'est pas que je n'ai pas envie, j'ai très envie, mais je me suis dit que tu devrais le savoir... je ne suis pas une épouse volage. Et puis, je stresse. Il y a déjà tout un tas d'histoires sur toi. Il y a Klara... et puis Tatarska a été admirative, alors qu'elle est très sévère d'habitude... »

À cet instant précis, il comprit ce qu'habiter dans une petite ville voulait dire.

« ... alors que depuis quinze ans je ne couche qu'avec un seul mec... et pas très souvent en plus... donc j'ai un peu peur que, tu sais, que mon répertoire soit fait pour un quartet de musique de chambre et non pour un orchestre symphonique. Et je sais de quoi ça a l'air, mais je ne voudrais pas que tu me juges trop vite, tu comprends ?

— Woody Allen, dit-il, en tirant la couverture sur son corps nu, car il avait froid.

— Quoi, Woody Allen ?

— C'est une scène digne de Woody Allen. Au lieu de baiser, on parle de baiser.

— Oui, oui, je sais...

— Alors peut-être qu'on devrait commencer tout doucement et voir ce qui va se passer, hmm ? »

Ils commencèrent très doucement et ça lui allait très bien après les acrobaties perverses auxquelles ses amantes l'avaient obligé à se soumettre ces derniers temps. Au lieu d'être tendu et de chercher à faire ses preuves, il put se délecter de la proximité d'une femme, jouer à découvrir son plaisir et celui de Barbara qui s'avérait très sensuelle et intelligente durant le sexe, tout en étant amusante et adorable dans sa timidité. Elle essayait diverses choses avec la prudence d'un petit animal, puis le tempo augmentait et il ne fallut pas attendre longtemps avant que de l'étape d'un gémissement prudent, ils passent à celle où elle cachait son visage dans l'oreiller pour ne pas réveiller toute la ville avec ses cris. Il se rappela son cœur malade et prit peur.

« Tout va bien ?
— Évidemment !
— Je pensais à ton cœur.
— T'inquiète, j'ai pris mes médocs. Si l'orgasme n'est pas trop intense, je devrais survivre.
— Très drôle. »

L'orgasme fut modérément intense et, par chance, les deux parties y survécurent. Teodore tenait Barbara dans ses bras et se disait que s'ils devenaient amants, ça serait une nouvelle expérience pour lui, car d'habitude, c'était lui le plus occupé des deux.

« Je suis toujours sous le choc, chuchota-t-elle. Je suis toujours dans la phase d'incrédulité. Je n'arrive pas à croire que c'est vrai.
— Laisse-moi le temps de m'échauffer un peu et tu vas voir.
— Idiot. Je parlais de Leon.
— Ah...
— J'ai lu ce qu'a trouvé ton archiviste, tout colle parfaitement, il n'y a aucune faille quant à la motivation. Puis je me suis rappelé que Leon a été le premier près du cadavre d'Ela, qu'il a assisté à la découverte de la machette, que c'est lui qui nous a montré les enregistrements des caméras de surveillance et a coordonné les interrogatoires des témoins, il a pu nous orienter où bon lui semblait. Surtout toi, qui ne

connais ni la ville ni les gens, tu devais croire des choses que je n'aurais probablement pas gobées.

— Si t'es si maligne, t'aurais dû le coffrer plus tôt.

— Tu sais bien que ce n'est pas ce que je veux dire. Je pense qu'il a dû planifier ça depuis longtemps, mais l'opportunité s'est présentée seulement lorsque tu es arrivé en ville. Il pouvait être certain que la star de Varsovie récupérerait l'affaire. Une star, certes, mais pas locale.

— Le premier jour, il m'a dit qu'il m'aiderait, qu'il m'expliquerait qui était qui.

— Je n'en doute pas. »

Ils restèrent couchés en silence durant un moment.

« Ça me fait peur, cette rumination de haine durant des années. Mais quand j'ai lu le dossier de l'affaire Wajsbrot...

— Oui ?

— La bestialité d'après-guerre, personne n'en parle par ici. Parfois, quand un chercheur ou un journaliste de Varsovie la ressort des oubliettes, il ne devient même pas l'ennemi public n° 1, on n'en parle tout simplement pas.

— Vous n'êtes pas une exception. C'est pareil partout en Pologne.

— Je n'arrive pas à cesser d'essayer de me l'imaginer... ces gens qui reviennent des camps à la maison en ayant toujours devant les yeux l'océan de cadavres, ils vivent de l'espoir que leur cuisine et leur salle de bains ont peut-être été épargnées, qu'une fois arrivés sur place ils pourront se faire un thé, pleurer un bon coup et réussir à retrouver une vie. À ceci près qu'il y a quelqu'un dans leur cuisine, que le fait qu'ils soient en vie n'arrange personne, que leur copain de classe

est revenu une semaine plus tôt et qu'ils l'ont déjà buté, ils l'ont pendu à une branche de bouleau... Je veux dire, je savais que de telles choses avaient eu lieu, mais Wajsbrot met un visage sur ces événements, je le vois cogner de ses poings sur les murs d'une cellule du Nazaret, je le vois hurler pendant que sa femme meurt quelques centaines de mètres plus loin parce qu'une sage-femme a eu peur d'une Juive. Tu crois qu'elle est morte dans les bras de Leon ? Il devait avoir quatre ou cinq ans à l'époque...
— Ça ne justifie rien.
— Non. Mais ça aide à comprendre. »
Le téléphone sonna. Il décrocha et bondit sur pied.
« Oui, j'arrive. Je vais t'attendre à l'arrêt de bus.
— Qu'est-ce qui se passe ?
— Ma fille vient me voir pour le week-end.
— Oh, génial. Donc demain, tu viens avec elle ?
— Comment ça ?
— On devait faire un barbecue, tu ne t'en souviens plus ? »

Samedi 25 avril 2009

Journée internationale de la conscience des méfaits du bruit. L'Égypte fête le vingt-septième anniversaire du retrait de l'armée israélienne du Sinaï, les sociodémocrates et les verts irlandais leur victoire aux élections parlementaires anticipées et les acteurs Al Pacino et Andrzej Seweryn leurs anniversaires. Le monde commence à vivre dans l'hystérie face à la grippe H1N1. En Allemagne, un collectionneur anonyme débourse 32 000 euros pour des aquarelles d'Hitler. Elles représentent des paysages de campagne. Le pianiste polonais Krystian Zimerman crée un scandale aux États-Unis en déclarant lors d'un concert qu'il ne jouera plus dans un pays dont l'armée veut contrôler la planète. Dans la patrie du pianiste, le parti Droit et Justice demande au ministère de la Défense d'expliquer pourquoi les soldats de la garde d'honneur n'assistent pas aux messes solennelles ; le ministère répond : « Parce que s'ils s'évanouissent à force de rester trop longtemps au garde-à-vous, ils pourraient blesser quelqu'un avec leurs baïonnettes. » En ce samedi, les bureaux du fisc de toute la Pologne restent ouverts, car la période de déclaration des revenus s'achève la semaine prochaine. Au musée régional de Sandomierz débute une exposition de tractographies et d'impressions de Grzegorz Madeja. Le temps est sec, ensoleillé, légèrement plus chaud que la veille, mais pas plus de dix-sept degrés.

1

Il redoutait les retrouvailles avec sa fille et, même s'il ne l'aurait avoué à personne, c'est la mort dans l'âme qu'il l'avait récupérée le vendredi soir à la gare routière de Sandomierz, située non loin du cimetière juif où, quelques jours plus tôt, il avait ordonné l'interpellation des adorateurs du national-socialisme. À ce propos, il était étonné qu'après être sortis, aucun d'entre eux ne se soit donné la peine de lui peindre une étoile de David sur la porte ou tout simplement de venir lui casser la gueule.

Hela avait bondi du bus guillerette et émerveillée, pleine d'admiration, d'empathie et du trop long manque de son papa du haut de ses onze ans. De l'empathie parce que le bandage sur sa main avait toujours l'air suffisamment sérieux, et de l'admiration parce que les reportages à la télé couplés à l'imagination débordante de la fillette avaient créé le tableau d'un héros qui, en dépit des dangers, combattait le mal et le crime.

Ils avaient passé une merveilleuse soirée autour d'une pizza et une matinée fantastique essentiellement consacrée à une promenade le long de la Vistule (incluant des courses-poursuites et du badminton) et à un petit déjeuner au café Mała constitué de café, de chocolat et de crêpes sucrées. Le procureur Teodore Szacki observait ce feu follet châtain plongé dans la lecture d'une bande dessinée *Tytus* qui commençait tout juste sa transformation d'enfant adorable en adolescente informe. Il la regardait et, pour la première fois depuis très longtemps, il ressentait du calme. Non pas de la fatigue, mais du calme. Et Hela, percevant avec son sixième sens de fille que son père venait de passer quelques journées difficiles, lui épargna les crises, l'hystérie et les pleurs déchirants, s'abstenant de hurler qu'elle voulait que tout redevienne comme avant ou qu'elle ne serait plus jamais heureuse.

Après quoi, ils allèrent voir Barbara et Jędrek Sobieraj.

L'idée de rendre visite à Barbara et à son époux, avec son enfant et après l'émoustillante fin de journée de la veille, lui semblait curieuse, mais aussi grisante, et la seule chose qui l'empêchait de profiter pleinement de cette situation perverse était l'interrogatoire de Leon Wilczur prévu dans l'après-midi. Il aurait volontiers repoussé la conversation au lundi, mais il ne pouvait pas se le permettre. Car si le vieux flic se décidait à avouer – et Teodore pariait que cela arriverait tôt ou tard – cela renforcerait sa demande d'incarcération préventive. Pour le moment, il rangea dans un coin de sa tête l'image de son ancien collaborateur. Après avoir tendrement saisi sa fille sous les bras, il la fit passer par-dessus la clôture du jardin des Sobieraj, ce qui eut le don de la faire piailler de joie, avant de sauter lui-même la barrière, ce qui lui sembla fort sportif, mais ne fut possible que parce qu'elle lui arrivait à peine aux genoux.

Hela et Jędrek Sobieraj s'entendirent rapidement à merveille, principalement grâce aux différents outils de jardin que celui-ci lui montrait et qu'elle, en bonne enfant de la bourgeoisie citadine, ne connaissait pas. Elle venait déjà de jouer avec un sécateur et une tondeuse à gazon et c'était maintenant le tour d'un tuyau d'arrosage qui, à en juger par sa réaction, représentait pour elle une sorte de saint Graal du parfait amusement.

« Enfin, tu n'as pas l'air d'un Joseph K. »

En effet, Teodore n'avait pas répété l'erreur de la semaine précédente de venir au barbecue en tenue de héros kafkaïen. À la place, il avait enfilé un jean et un pull marin gris. Le costume qu'il envisageait de mettre pour l'interrogatoire était resté dans sa housse, dans le coffre de sa voiture.

« Enfin, tu n'as pas l'air d'une guide scout », répliqua-t-il d'un ton sarcastique.

Ils restaient assis à table sur la terrasse.

« Trouve le fric pour une maison avec jardin ! cria Jędrek depuis la haie. Cette petite a les qualités pour devenir propriétaire d'un potager !

— Oui, papa, je veux une tondeuse !

— Pour les cheveux peut-être. »

Hela accourut à la table.

« T'as oublié que je veux avoir les cheveux longs. Comme ça. » Elle agita sa main au niveau de ses reins.

Jędrek accourut péniblement derrière l'enfant, rougi et essoufflé. Le procureur l'observa en train de boire une grande gorgée de bière dans sa canette et il se demanda si les époux Sobieraj avaient accompli la veille leur devoir conjugal. D'un côté, ça l'aurait étonné, de l'autre, il avait déjà appris qu'en dépit de l'opinion la plus répandue, ce n'était pas dans les grandes métropoles que siégeait l'essentiel de la débauche.

« Viens, tu vas m'aider à ramener tout ce fatras à la cuisine, dit Barbara à son mari.

— Pitié…

— Et la fleur qui danse ? demanda innocemment Hela.

— Oui, bien sûr, je vais te montrer la fleur qui danse, répliqua Jędrek en retrouvant de l'énergie. M. le procureur t'aidera avec les plats. Cette petite est venue de la ville, il faut qu'elle profite un peu. »

Ils repartirent aussitôt au fond du jardin pour y installer la fleur qui danse, sans que Szacki comprenne ce dont il s'agissait, tandis que lui-même et Barbara ramassaient les assiettes et allaient s'embrasser dans le salon. Ce ne fut que lorsque des cris de joie annoncèrent le succès de l'opération « fleur qui danse » qu'ils s'interrompirent et revinrent sur la terrasse avec un moule à gâteaux plein de pâtisseries maison.

La fleur dansante dansait véritablement : elle devait être construite de manière à ce que l'eau qui la traversait agite sa tête dans tous les sens, ce qui lui donnait un air comique et jubilatoire. Hela demeura près de la fleur pour piailler, sautiller et tenter d'éviter sans succès les jets d'eau. Jędrek Sobieraj revint s'asseoir.

« Tu as une fille géniale, dit-il en levant sa canette. À tes gènes. »

En guise de réponse, Teodore leva son verre de Coca. Simultanément, il se rappela ce que Barbara lui avait jadis dit à propos de leur incapacité à avoir des enfants. Est-ce que cela voulait dire qu'elle n'utilisait aucun moyen de contraception, habituée à ce que faire l'amour n'implique jamais la possibilité de procréation ?

« Quand est-ce que vous allez annoncer aux médias la nouvelle à propos de Wilczur ? » demanda à voix basse le champion essoufflé des fleurs dansantes. Ils étaient convenus un peu plus tôt de ne pas évoquer cette affaire devant la petite.

« Que l'interpellé est un fonctionnaire de la police, ils l'apprendront lundi. Le reste, le plus tard possible », expliqua Szacki sans quitter son enfant du regard. C'était un vieux réflexe paternel. « Nous exposerons dans les grandes lignes les motivations personnelles, nous démentirons les ragots à propos d'un tueur en série et nous nous cacherons derrière le secret d'investigation par la suite. L'hystérie va retomber et après, ça sera comme d'hab. L'enquête prendra des mois. Et quand on pourra ouvrir les dossiers pour découvrir les mobiles de Leon W., ça n'intéressera plus grand monde. La clameur renaîtra un peu durant le procès, mais ça ne nous concernera plus.

— Pourquoi ?

— Ce sont nos derniers jours avec cette affaire. » À l'inverse de son collègue aux cheveux blancs, Barbara ne regrettait pas d'être dessaisie du dossier. Bien au contraire, elle semblait ravie. « Teo doit encore interroger Leon avant d'établir une demande d'incarcération, mais à partir de ce moment-là, les documents seront transférés à un autre parquet. Je parierais sur le régional de Rzeszów.

— C'est dommage... » Jędrek Sobieraj écrasa sa canette et la balança dans le sac-poubelle. « J'aurais aimé apprendre de votre bouche comment ça s'est passé en vérité. »

2

Enfiler le costume lui avait pris plus de temps que l'interrogatoire. Leon Wilczur avait été amené dans la pièce, il avait confirmé ses données personnelles, puis avait annoncé son refus de répondre aux questions. Le procureur Teodore Szacki y avait réfléchi un instant, après quoi il avait fait glisser sur la table le procès-verbal pour signature. Leon était un vieux flic rompu aux procédures, il connaissait parfaitement ses options. Les supplications, les menaces et les appels à la conscience n'auraient donné aucun résultat dans son cas. La stratégie du silence était idéale. Si Szacki avait été avocat, il lui aurait conseillé cette attitude sans même jeter un coup d'œil au dossier. L'affaire était complexe, basée sur des indices secondaires et le mobile historique demeurait trouble. Les enquêteurs devaient s'atteler à un travail pénible, à commencer par la répétition de toutes les tâches accomplies par la police, car la présence de Wilczur au cours de l'investigation les invalidait.

Malgré tout, Teodore s'immobilisa sur le pas de la porte avant de rappeler d'un geste le gardien en uniforme.

« Vraiment, vous êtes sûr ? demanda-t-il au suspect. Trois meurtres. Trois victimes. Après toutes ces années dans la police, après toutes ces affaires résolues, tous ces criminels interpellés, vous ne trouvez pas que vous devriez avouer ? Pour que la justice puisse s'accomplir. Tout simplement. »

La voix de Wilczur grinça sans qu'il daigne tourner la tête dans sa direction :

« Vous vous trompez, monsieur le procureur. »

Dimanche 26 avril 2009

Pour les chrétiens orthodoxes, c'est la Pâques des morts, une fête qui ressemble à l'ancienne journée *Dziady* païenne ou à la commémoration catholique des fidèles défunts ; elle consiste à festoyer sur les tombes pour aider les âmes des disparus à trouver leur chemin jusqu'au ciel. Pour les gardiens de prison polonais, c'est la Journée du service pénitentiaire. Le comique Jan Pietrzak et l'actrice Anna Mucha célèbrent leurs anniversaires. La grippe H1N1 fait rage ; les médias rabâchent leurs considérations sur les contaminés dans le monde, les musiciens polonais en tournée au Mexique racontent que « les rues ressemblent à des unités de soins intensifs » et le ministre de la Santé assure que la Pologne est prête à faire face à l'épidémie. Le président biélorusse Alexandre Loukachenko arrive à Rome, c'est son premier voyage à l'étranger depuis 1995. Le Premier ministre polonais Donald Tusk montre l'exemple en signant l'accord du don de ses organes pour des transplantations – mais seulement après sa mort, au grand dam de l'opposition. Les représentants officiels de Sandomierz font la promo de leur bourg lors du grand Salon touristique de Varsovie. Pendant ce temps, le groupe de rock ethnique *Jacyś Kolesie* (« Des gars quelconques ») donne un concert en ville, les bateaux-mouches font leur réapparition sur la Vistule, mais l'information de la journée, c'est le printemps, enfin le printemps ! Il fait chaud, il fait beau, la température dépasse la frontière magique des vingt degrés.

1

Les adieux avec Hela Ewa Szacka étaient déchirants. Plus l'heure du départ approchait et plus l'atmosphère devenait pesante, malgré les efforts de Teodore pour que l'amusement demeure complet. En chemin pour la gare routière, appelée ainsi un brin exagérément, car elle ressemblait en réalité à une baraque en contreplaqué et tôle ondulée, la fillette de onze ans sanglotait en silence. Au pied de l'autobus, elle pleurait et s'accrochait à son père de façon hystérique, au point qu'il commença à envisager de la raccompagner jusqu'à Varsovie en voiture. Il fut sorti de l'impasse par une dame corpulente qui faisait le trajet avec sa petite-fille et qui, détectant la situation de crise, proposa de s'occuper également de l'autre fillette durant le voyage. Et « l'autre fillette », dès qu'elle eut vent du divertissement potentiel, embrassa prestement et joyeusement son père sur le front et disparut à l'intérieur d'un bus étonnamment moderne.

Malgré tout, le procureur Teodore Szacki rentra triste et déprimé à… justement, où ? À la maison ? Cet appartement étranger n'était pas sa maison. Chez lui ? C'était déjà plus juste. Un « chez soi », ça pouvait être une maison, mais aussi une chambre d'hôtel, un lit dans un refuge ou une tente dans un camping. On pouvait nommer ainsi tout point de chute temporaire.

Donc, il rentra chez lui, mais il lui suffit de jeter un coup d'œil aux barreaux de sa fenêtre de cuisine pour pivoter sur ses talons, sortir et s'engouffrer dans l'escalier qui menait en bas de la colline, vers la Vistule. Il avait envie d'une très longue promenade, il voulait se fatiguer, dîner, boire deux bières et s'endormir d'un sommeil sans rêves.

Mon Dieu, quelle journée magnifique c'était ! Barbara avait raison lorsqu'elle lui avait dit la semaine précédente qu'il devait découvrir Sandomierz au printemps. La nouvelle saison avait visiblement décidé de rattraper tout le temps perdu en une fois : elle saupoudrait d'une brume verte les branches nues et de minuscules fleurs blanches apparaissaient sur les plus précoces. Des parfums de floraison se mêlaient aux odeurs de terre et de berges boueuses qui montaient depuis le fleuve. Teodore les inspirait comme un drogué en manque, il tentait de les saisir toutes ensemble et chacune séparément. Jamais, jusque-là, il n'avait vécu un printemps autre que citadin, ce printemps palot, fatigué et usé dès l'origine.

Il arriva sur les berges et passa devant la statue de Jean-Paul II. Une curieuse plaque commémorative y indiquait que le pape avait célébré en ce lieu une messe en présence « de la chevalerie polonaise renaissante ». Teodore tourna à gauche et traversa la pelouse vers l'axe routier Sandomierz-Cracovie. Ce ne fut que là qu'il s'arrêta et se retourna vers la ville. D'accord, dans la légende du lieutenant-colonel Skopenko, il doit y avoir davantage qu'un fond de vérité, se dit-il. Il n'arrivait pas à croire que quelqu'un puisse voir la ville d'ici et donner l'ordre d'un pilonnage d'artillerie. La cité était belle, probablement la plus belle de Pologne. Elle semblait italienne, toscane, européenne et non polonaise. C'était une ville dont on avait envie de tomber amoureux au premier regard pour y emménager et ne plus jamais partir. C'était – et cette idée apparut pour la première fois dans l'esprit du procureur – sa ville.

Il détacha le regard des vieux immeubles disposés sur la falaise de la Vistule, de la masse blanche du Collegium Gostomianum, voisine de la maison gothique de Jan Długosz en briques rouges, de la tour de l'hôtel de ville et de la silhouette, en partie masquée, de la cathédrale. Il avança le long de la route en se retournant de temps en temps vers le faste architectural qui apaisait son âme.

Il flâna un peu le long du boulevard Piłsudski près duquel un grand bateau de plaisance avait accosté ; il resta assis sur un banc à observer les touristes qui y montaient ou qui en descendaient. Selon les personnes, il était ravi de ne pas être à leur place ou, au contraire, il jalousait leurs vies. Il aurait pu jouer ainsi pendant des heures. Enfin, il grimpa par le mystérieux et sombre canyon en lœss jusqu'à l'église Saint-Paul et avança vers le château, rejoignant au passage la foule qui quittait l'église Saint-Jacques après la messe.

Malheureusement, il ne put s'empêcher de jeter un œil au pré qui s'étendait au pied de la colline, précisément au-dessus du couloir où, quelques jours plus tôt, une explosion l'avait projeté contre un mur et avait rendu Marek Dybus infirme à vie. Ce n'était pas un bon souvenir.

Par ailleurs, il ne pouvait malheureusement plus faire semblant d'être occupé par sa fille, par le paysage de Sandomierz, par la promenade et la recherche du printemps. Il était impitoyablement inquiet, il était éreinté, agité, ratatiné, tous les mots de toutes les langues lui correspondaient pour peu qu'ils expriment l'égarement. Peu importait qu'il joue avec sa fille, qu'il mange ou qu'il dorme, il ne ressentait qu'une seule émotion. Et il ne voyait qu'une seule chose : le visage de Leon Wilczur. Et il n'entendait qu'une seule phrase : vous vous trompez, monsieur le procureur.

Des conneries ! Un tissu de conneries, il ne pouvait se tromper sur ce point, car tous les faits – bien que fantasques – s'assemblaient idéalement. Ils étaient inhabituels, d'accord, et alors ? Le mobile était tiré par les cheveux, et alors ? Des gens tuaient pour des motifs plus futiles et Leon le savait bien mieux que lui. Et puis, personne ne lui interdisait de parler. Il pouvait lui expliquer pourquoi il se trompait. Il pouvait dire où il se trouvait au moment des meurtres. Il pouvait parler sans fin, raconter sa vie jusqu'à ce que le parquet soit en manque de papier. Mais il ne le ferait pas. Il n'était pas con, ce salopard, ce vieil énergumène, qu'il aille griller en enfer.

Au cours de sa précédente nuit d'insomnie, Szacki avait enfin réussi à identifier ce qui le préoccupait tant. Il était resté assis à la cuisine, écoutant sa fille se retourner dans son lit, et il ressassait encore une fois les différentes versions possibles des événements – cette fois, au moins, le suspect se trouvait derrière les barreaux. Les versions variaient peut-être sur des points de détail, mais elles répondaient toutes à la question « pourquoi ? » d'une manière élégante qu'on aurait cru tout droit sortie d'un roman policier. Un grand préjudice, une haine transposée, une vengeance accomplie après des années. Une vengeance planifiée de manière à ce que tout le monde apprenne ce qui s'était passé lors de l'hiver glacial de l'an de grâce 1947. Comme l'avait expliqué le profiler Klejnocki, l'infamie était un élément important de la revanche, le cadavre seul n'était pas une compensation suffisante. Dans ce cas, Leon Wilczur avait atteint son but : toute la Pologne entendrait parler de lui et du tort qui lui avait été fait.

Oui, sur le plan du mobile, tout collait parfaitement. Ça allait moins bien avec la question du « comment ? ». De quelle manière ce papy de soixante-dix ans avait-il pu assassiner trois personnes ? Beaucoup de points d'interrogation pouvaient être effacés en tenant compte de sa qualité de flic local expérimenté. Toujours le premier sur les lieux du crime, il distribuait les cartes, il donnait les directives, il contrôlait les interrogatoires et les tâches des policiers, il contrôlait toute la machinerie d'investigation. C'est lui qui avait supervisé la récupération des enregistrements de vidéosurveillance, prouvant par la même occasion qu'il n'était pas novice dans le domaine des nouvelles technologies. Ce qui pouvait également expliquer son compte sur le service informatique en ligne et son utilisation du téléphone portable pour prévenir les médias. Dommage qu'ils n'aient pas réussi à mettre la main sur ce cellulaire. Wilczur connaissait la ville comme sa poche, et donc ses souterrains. Il faudrait interroger Marek Dybus à ce sujet dès qu'il reprendrait des forces : qui était au courant de leur étude ? Qui y avait participé ? Est-ce qu'on avait engagé les services de la ville et ses fonctionnaires dans le processus ? En supposant que Leon Wilczur ait découvert le labyrinthe et en acceptant la thèse fantastique selon laquelle des entrées auraient été dissimulées aux quatre coins de la ville, ça pouvait répondre à la question du transport des dépouilles. Donner au policier le rôle du coupable dissipait également le point d'ombre qui n'avait pas laissé Szacki en paix jusque-là, à savoir le symbole du *rodło* placé dans la main d'Ela Budnik. Le commissaire avait inséré l'insigne dans la paume du cadavre pour diriger les soupçons sur Szyller et pour que ceux-ci rebondissent par ricochet sur Greg Budnik, ce qui dévoilerait enfin la liaison dans les hautes sphères de la ville. Ça collait avec la théorie du profiler Klejnocki au sujet de l'infamie.

Mais c'était peu, ça restait très peu.

Teodore se tenait à présent sur le parvis du château. Il appréciait cet endroit et le panorama sur le coude du fleuve, large et menaçant à cette période de l'année. Ça lui plaisait de savoir que depuis des centaines d'années, les gens s'arrêtaient ici pour admirer le même paysage. Enfin, peut-être un brin plus beau, car celui du passé n'avait pas été défiguré par la cheminée de la verrerie industrielle. Les environs du château étaient envahis de fidèles qui se déversaient des églises des alentours après la messe. Les habitants de Sandomierz étaient sur leur trente et un, de cette manière si caractéristique des petites bourgades : les hommes portaient des costumes, les femmes des tailleurs aux couleurs étranges, les garçons des chaussures de sport brillantes et les filles des collants noirs et un maquillage de soirée. Dans chacun d'entre eux séparément et dans tous dans leur ensemble, on pouvait trouver mille prétextes à moquerie, mais Szacki fut au contraire attendri par le spectacle. Durant ses années de vie à Varsovie, il avait senti que quelque chose clochait, que la plus laide des métropoles d'Europe n'était pas un lieu amical, qu'en réalité son attachement à ses murs grisâtres n'était qu'une dépendance névrotique, l'équivalent urbain du syndrome de Stockholm. À l'instar des prisonniers qui devenaient dépendants de leurs cellules ou des maris qui s'accrochaient désespérément à leurs mauvaises épouses, il avait cru que le seul fait de vivre plongé dans le chaos et dans la crasse suffisait à justifier son attachement à ce chaos et à cette crasse. Il était le procureur Teodore Szacki, habitant de Varsovie. Habitant de Varsovie, donc sans racines. Désormais, sur le parvis du château de Sandomierz inondé de soleil et de vacarme, il le comprenait parfaitement. En tant que citoyen d'une grande ville, il ne possédait nulle petite patrie, il n'avait pas de pays associé à une enfance heureuse, de place personnelle sur cette terre. Il manquait d'un endroit où, revenant après des années, il serait accueilli par des sourires, par des mains tendues et des visages familiers, changés par le temps peut-être, mais toujours les mêmes. Il manquait d'un endroit où les traits des voisins et des amis disparus pouvaient être retrouvés dans ceux de leurs enfants et de leurs petits-enfants, d'un endroit où on réussissait à se sentir comme partie prenante d'un grand ensemble, à retrouver le sentiment d'être le maillon d'une chaîne longue et puissante. Cette chaîne, il la voyait ici, sous ces costumes bon marché et ces tailleurs criards. Et il enviait ces gens. Il les enviait tant que ça lui faisait mal parce qu'il savait qu'il ne connaîtrait jamais cet état, que même dans la plus accueillante des terres d'immigration, il resterait toujours et partout un sans domicile, un apatride.

« Monsieur le procureur ? »

Klara surgit à côté de lui dans une robe beige éthérée. Il ouvrit la bouche, sur le point de faire ses excuses.

« Marek va mieux, dit-elle. Il a repris connaissance, j'ai même réussi à échanger deux, trois mots avec lui. Je t'ai vu et je me suis dit que tu aimerais peut-être savoir.

— Merci. C'est une excellente nouvelle. Je voudrais…

— Arrête, tu n'as pas besoin de t'excuser. Ce qui s'est passé en bas avec Marek n'était pas ta faute. J'espère juste que ce salaud terminera sa vie derrière les barreaux. Quant à nous deux, eh bien, nous sommes adultes. Nous avons passé ensemble quelques moments particulièrement agréables. Merci. »

Il ne savait vraiment pas quoi répondre.

« C'est moi qui te remercie. »

Elle hocha la tête. Ils se tenaient face à face sans dire un mot. Le silence était embarrassant ; en d'autres circonstances, ils auraient certainement couché ensemble pour ne plus l'entendre.

« Tu ne me demandes pas si j'ai pissé sur le test ?

— Ça ne m'empêche pas de dormir. Ça serait un honneur d'être le père de ton enfant.

— Ah tiens, tu sais donc te comporter comme il faut, parfois. Dans ce cas… » Elle se hissa sur la pointe des pieds et l'embrassa sur la joue. « … au revoir. C'est une petite ville. Nous tomberons certainement l'un sur l'autre à chaque coin de rue. »

Elle fit un signe de la main en guise de salut et

s'éloigna d'un pas vif en direction de la cathédrale. Teodore revint en pensée à Marek Dybus, aux souterrains, à Leon Wilczur et à l'affaire. Ainsi qu'à la question qui le taraudait encore : comment ? Comment, putain, comment ? Même en admettant sa connaissance du système de tunnels, même en supposant qu'une entrée était dissimulée dans chaque porche, comment ce vieillard avait-il manipulé les cadavres ? Disons qu'Ela Budnik était légère, que son mari n'était pas épais non plus, mais Jurek Szyller, c'était déjà un sacré morceau de buffle bien musclé. Donc ? Il était censé croire que Leon Wilczur l'avait endormi puis l'avait jeté par-dessus son épaule pour le descendre et le crucifier dans les cachots ? Qu'il s'était donné la peine de traîner Greg Budnik à l'étage du manoir de la rue Zamkowa ? Et Ela Budnik ? Après tout, il ne pouvait pas savoir qu'elle avait décidé de déménager chez son amant précisément ce jour-là ! Observait-il leur maison ? Comment ? À travers des caméras de surveillance ?

Et puis, ce graffiti sur la peinture dans la cathédrale. Leon Wilczur était juif, il s'était révélé à plusieurs reprises fin connaisseur de la culture juive, il était capable de citer de mémoire les Écritures Saintes en hébreu. Aurait-il commis une erreur aussi manifeste ? Pouvait-il avoir retourné de manière si enfantine la lettre d'un mot simple ? Après tout, ça n'aurait eu aucun sens dans son plan. Dans ce cas, pouvait-il avoir un complice ? Ça expliquerait son silence. D'une part, c'était une excellente stratégie, mais c'était également la garantie qu'il ne trahirait personne par mégarde.

Szacki en eut mal à la tête. C'était peut-être à cause de la faim, l'heure du déjeuner approchait à grands pas et, depuis le matin, il n'avait rien eu à se mettre sous la dent. Il traversa le parfum des pommiers en fleurs d'un jardin près de la cathédrale et grimpa jusqu'au niveau de la place du marché, puis il dirigea ses pas sans hésiter jusqu'au restaurant Trzydziestka. C'était l'établissement où il finissait toujours lorsqu'il n'avait pas envie de prendre le risque d'une expérience nouvelle, un endroit où aucun critique culinaire de la planète n'aurait probablement réussi à tenir jusqu'au dessert, mais où on servait les meilleurs gruaux de sarrasin au monde. Il préférait ne pas songer au nombre de fois où la sympathique serveuse avait placé devant lui une assiette de paleron de porc fraîchement grillé accompagné de pruneaux secs, d'une montagne de gruaux et d'une chope de bière froide. Il ne le voulait pas, de peur que son foie l'entende.

Une voix grincheuse lui parvint de derrière son dos :

« Nos tables doivent se trouver dans des dimensions parallèles de l'espace-temps, procureur. »

Il se retourna et en resta bouche bée. Son ancienne patronne était assise à la table d'à côté : la directrice du parquet de district de Varsovie-centre, la femme qu'il avait toujours jugée comme la moins attirante de la planète. Eh bien, après ces quelques mois de séparation, un seul coup d'œil suffisait à confirmer son impression – il avait toujours eu raison. La face grise de son ancienne patronne était toujours aussi grise, les gousses brunâtres de ses cheveux ondulés toujours aussi brunâtres. En lieu et place de sa jaquette de fonction grise, elle portait un pull rouge qui, loin d'adoucir l'impression accablante de laideur, la renforçait au contraire. Janina Chorko semblait s'être adressée à une fondation réalisant les vœux des malades en phase terminale pour lui demander de la déguiser en quelque chose de gai lors de ses ultimes instants. C'était d'un effet macabre.

« Quel plaisir de vous voir, madame la procureur. Vous avez l'air en pleine forme. »

Janina Chorko n'était pas seule. Elle était accompagnée de Maria « Ourson » Miszczyk et d'un homme qui devait être le mari de celle-ci, un type étonnamment séduisant dans le genre de George Clooney. Leurs deux enfants avaient environ quinze ans : le garçon avait toutes les caractéristiques typiques d'un ado et la fille, aux airs de première de la classe, était d'une beauté un peu éteinte, mais ses yeux lançaient de telles étincelles d'intelligence que Teodore ne se serait pas risqué à soutenir une joute verbale contre elle.

En dépit du goût de leur mère pour la bonne chère et les pâtisseries de toutes sortes, les trois autres membres de sa famille étaient sveltes et d'allure sportive. Szacki se sentit soudain mal à l'aise de constater que Janina Chorko était assise avec eux ; cela devait être particulièrement pénible pour elle d'observer du haut de sa vieillesse grise et solitaire l'image de cette famille magnifique et soudée.

« J'ignorais que vous vous connaissiez, mesdames, dit-il pour dire quelque chose, peu désireux que son ancienne directrice remarque les émotions qui se dessinaient sur ses traits.

— Cela ne met pas en valeur vos qualités d'enquêteur, procureur, remarqua-t-elle d'un ton sarcastique. Vous n'aviez pas encore découvert que vos deux chefs avaient étudié ensemble ? »

Ourson éclata de rire et Chorko l'imita. Il n'avait jamais entendu le rire franc de son ancienne patronne jusque-là. Elle riait de manière adorable, joyeuse, ses rides diminuaient et ses pupilles s'allumaient. Même si elle ne devenait pas belle, elle ressemblait du moins un peu plus à quelque chose.

« Mais je dois vous présenter, dit la procureur Janina Chorko. D'ordinaire, je tiens ma vie privée le plus loin possible du milieu du crime, mais maintenant que vous êtes là... Mariusz, c'est le procureur Teodore Szacki dont je t'ai déjà parlé. Si tu voulais malgré tout étudier le droit, il faudrait que tu écrives une étude sur la base de ses affaires. Des histoires étonnantes, résolues de manière inhabituelle. Je vous présente aussi Jerzy, mon mari, et une fillette que nous avons adoptée, Luiza.

— Comment ça, adoptée ? s'indigna Luiza en attirant l'attention sur elle.

— Parce qu'il est impossible que je puisse avoir donné naissance à une fille qui tient ses coudes sur la table comme ça.

— Ah... c'était une blague... Dommage, j'étais déjà ravie à l'idée de retrouver ma vraie famille...

— N'y faites pas attention, c'est de son âge.

— ... après des recherches pleines de péripéties qui auraient enfin donné un sens à ma vie.

— Asseyez-vous avec nous, nous boirons un verre, c'est Janina qui conduit. » L'homme qui, au grand étonnement de Szacki, s'avérait être le mari de Janina Chorko, le gratifia d'un large sourire et lui fit une place sur le banc en bois.

Mais le procureur Teodore Szacki ne remua pas d'un pouce, ne tentant même pas de masquer son ahurissement. C'était impossible : il avait travaillé douze ans avec cette femme en la prenant pour une vieille fille aigrie qui lui faisait des avances à peine voilées et qui le mettait toujours mal à l'aise. Pendant douze ans, il s'était senti désolé de la repousser. Pendant douze ans, il avait bu à sa santé en se disant que le monde était injuste, qu'il devait bien y avoir quelqu'un, quelque part, peut-être pas d'un top niveau, mais au moins avec deux jambes et deux bras, qui se pencherait sur elle, lui donnerait une dose infime d'affection et apporterait un brin de lumière dans sa vie grisâtre.

Apparemment, il s'était inquiété pour rien. Apparemment, il y avait des légendes dans lesquelles il n'y avait même pas un fond de vérité. Certaines légendes n'étaient que mensonge, du début jusqu'à la fin.

Tout le monde ment, avait dit le père mourant de Barbara Sobieraj.

« Oh putain », dit Teodore à haute voix.

Il ne vit pas la réaction des convives à cette envolée verbale inattendue parce que soudain, enfin, une simple pensée avait fait en sorte que le mur contre lequel il butait depuis le début de cette enquête s'écroule en un seul instant. Des légendes qui ne contenaient pas de fond de vérité, dans lequel tout était mensonge. Tout ! Il parcourut en pensée une nouvelle fois les étapes de l'investigation depuis la première matinée brumeuse sous la synagogue en supposant que tout était mensonge. La gorge tranchée et la machette, la légende du sang et le lieu de la découverte du corps, et toute la mythologie juive, et toute la mythologie antisémite polonaise, et le manoir, et le tonneau, et la toile de la cathédrale, et le graffiti, et toutes ces images qu'on lui fourrait sous le nez avec autant de soin.

« Oh putain ! répéta-t-il encore plus fort, et il se mit à courir vers la place du marché.

— Je crois que je n'ai pas envie d'être juriste », entendit-il encore dans son dos de la bouche du fils de Janina Chorko.

Jamais auparavant un processus mental ne s'était déroulé aussi vite dans sa tête, jamais encore autant de faits ne s'étaient assemblés en un éclair dans une suite logique et indissoluble qui ne pouvait aboutir qu'à un unique résultat. C'était une expérience à la lisière de la folie : les idées bondissaient entre les neurones à un rythme épileptique, la matière grise s'illuminait d'une couleur platine à cause du trop-plein d'informations. Il craignit que quelque chose lui arrive, que son cerveau ne puisse pas tout traiter, qu'il buggue. Mais il y avait également dans son état quelque chose d'une euphorie hypnotique, d'une extase religieuse, d'une excitation indomptable, d'une avalanche d'émotions incontrôlables. Mensonge, mensonge, rien que mensonge, illusion et baliverne. Dans cette nuée d'attractions de fête foraine, dans cet essaim de décorations de crimes, dans cette pléthore de faits et d'interprétations possibles, il avait loupé des détails essentiels, mais avant tout, il avait raté la plus importante des conversations.

Quand il se rua au sous-sol du café de l'hôtel de ville, il devait avoir des étincelles de folie dans le regard car le serveur, si sobre et si sombre d'ordinaire, abandonna son flegme habituel pour s'abriter derrière le bar. À l'intérieur de la salle, il n'y avait quasiment personne, à peine deux familles de touristes égarées qui avaient pris place près du mur – elles devaient avoir vraiment très faim pour s'être décidées à rester ici pour le repas.

« Où sont ces poivrots qui passent leur vie ici ? » hurla-t-il au serveur, mais avant que des mots ne puissent traverser la gorge serrée de celui-ci, le système nerveux de Szacki lui fournit la réponse attendue. Le procureur repartit dehors en laissant derrière lui de nouvelles personnes étonnées qui, tout comme les convives du restaurant Trzydziestka, se regardèrent les unes les autres en traçant un cercle du bout de l'index au niveau de leurs tempes.

La plus importante conversation avait été menée avec un homme de l'extérieur, un homme intelligent qui ne jugeait pas les faits sur fond de l'enfer miniature des secrets de Sandomierz, mais qui les jugeait simplement en tant que faits. Durant cette conversation, Teodore avait été irrité par le profiler Klejnocki, il avait fulminé mentalement contre son style vestimentaire, il avait pesté contre sa pipe et ses expressions d'intello, les apparences avaient une fois de plus masqué la vérité. Et la vérité, c'était que Klejnocki avait résolu l'affaire une semaine plus tôt, mais que Szacki avait été trop stupide, trop noyé dans le mensonge, trop plongé dans les détails pour s'en apercevoir.

Le procureur dépassa l'immeuble de la poste en plein sprint, parcourut la rue Opatowska, renversant presque une vieille dame qui sortait d'une boutique avec une pièce d'artisanat à la main, traversa la porte gothique et, haletant, ne s'arrêta qu'au niveau d'un petit square. Il faillit hurler de joie en découvrant sur le banc le même clodo que la veille. Il bondit sur le bonhomme, dont le visage triangulaire orné d'oreilles décollées se tordit dans une mimique craintive.

« Monsieur, mais que...

— Monsieur Gąsiorowski, c'est ça ?

— Euh... et qui le demande ?

— Le service national des poursuites judiciaires de

la République de Pologne le demande, putain ! Oui ou non ?

— Darek Gąsiorowski, enchanté...

— Cher monsieur, vous ne vous en souvenez peut-être pas, mais il y a quelques jours, nous nous sommes vus devant le café de l'hôtel de ville. J'en sortais en compagnie du commissaire Leon Wilczur et vous l'avez abordé.

— Bah oui, je m'en souviens.

— De quoi s'agissait-il ? Qu'est-ce que vous lui vouliez ?

— Bah, que Leon nous aide parce que nous nous connaissons depuis des lustres. Et quand on est allés voir la police, comme des gens normaux, on s'est moqué de nous.

— Pour qu'il vous aide à faire quoi ? »

Darek soupira et se frotta le nez d'un geste nerveux, il n'avait visiblement pas envie d'entendre de nouvelles moqueries.

« C'est très important.

— Il y a un gars par ici, un gars très sympa, qui voyage dans la région. Un ami à moi.

— Un vagabond ?

— Bah oui, enfin, il paraît quand même qu'il a une maison quelque part, mais il aime bien bouger.

— Et ?

— Et lui... moi je pense que c'est une sorte de maladie ou un truc du genre, vous comprenez, je crois qu'il n'est pas bien dans sa tête, parce que quand il voyage, on peut régler sa montre d'après ses déplacements... On sait tous quand il sera à tel endroit et à quelle heure... C'est-à-dire, moi, je sais, par exemple, quand il vient ici, donc je le retrouve pour boire un coup et bavarder...

— Et ?

— Et dernièrement, il n'est pas venu. Deux fois, il n'est pas venu. Et ça ne lui arrive jamais. Je suis allé voir la police, pour qu'ils se renseignent peut-être, parce qu'il passait par Tarnobrzeg, et par Zawichost, et par Dwikozy, et par Opatów je crois aussi. Pour qu'ils se renseignent parce que, comme je vous l'ai dit, il ne tourne pas toujours rond dans sa tête, mon ami, il aurait pu choper cette maladie qui fait qu'on oublie tout. Ou alors, comme il marchait le long des routes, il aurait pu avoir un accident ou un truc du genre, alors il aurait certainement voulu qu'on lui rende visite à l'hôpital, pas vrai ? »

L'homme posa le regard sur les pansements autour de la main de Teodore.

« C'est vrai. Vous savez comment il s'appelle ?

— Tolo.

— Anatol ?

— Oui, je crois que c'est ça. Ou Antoni peut-être, parfois le diminutif est pareil...

— Et plus loin ?

— Bah non, c'est plus court, c'est un diminutif...

— Son nom ?

— Ah, Fijewski.

— Pardon ?

— Fijewski.

— Le nom de M. Anatol, c'est Fijewski ?

— Oui.

— Merci. »

Teodore laissa le vagabond et saisit son téléphone portable.

« Eh ! Il faudrait pas que je le décrive ou quoi ? cria le bonhomme en se levant du banc.

— Ce n'est pas la peine ! » répondit Szacki.

Il regarda l'immeuble Nazaret de l'autre côté de la rue et son regard glissa vers l'église Saint-Michel, accolée à la bâtisse baroque du séminaire.

Saint Archange Michel, triomphateur du mal, saint patron des combattants de la justice, protecteur des policiers et des procureurs, entends l'appel de ton fidèle serviteur et fais en sorte qu'il ne soit pas trop tard. Et aussi que, pour une fois dans ce foutu pays, on puisse régler quelque chose en dehors des heures d'ouverture des bureaux.

Lundi 27 avril 2009

C'est la Journée mondiale des graphistes ; en Sierra Leone et au Togo, on commémore l'indépendance. Le cardinal Stanisław Dziwisz fête ses soixante-dix ans. Dans les journaux, la crise économique cède la place à la grippe H1N1 – en Israël, la maladie est renommée « grippe mexicaine » afin de rendre l'appellation casher. L'état d'Iowa aux États-Unis légalise le mariage homosexuel, General Motors annonce la fin de la Pontiac et le Bayern Munich celle de Jürgen Klinsmann en tant qu'entraîneur du club. En Pologne, la sociologue Jadwiga Staniszkis soutient que le président Lech Kaczyński ne sera pas candidat à sa propre succession lors des élections de l'année à venir. L'ancien ministre de l'Intérieur de l'époque communiste Czesław Kiszczak déclare que l'instauration de l'état de guerre civile en 1981 était légal, et 26 % des catholiques polonais affirment connaître des curés qui vivent en concubinage. Un puma s'échappe dans la voïvodie de Sainte-Croix. La mairie de Sandomierz décide de construire un terrain de football moderne près du lycée n° 2, alors qu'à côté d'un autre terrain de foot déjà existant un autre téléphone portable devient la proie de voleurs audacieux – cette fois, il avait été laissé dans un sac plastique par terre. Le printemps est magnifique, ensoleillé, la température dépasse les vingt degrés. L'air est sec et les forêts font l'objet d'une alerte incendie.

1

Venir ici était incroyablement, absolument et parfaitement stupide. J'ai peur, mais surtout, je suis en colère. En colère parce qu'un simple hasard pourrait maintenant faire capoter l'affaire. D'accord, la salle d'attente est saturée de monde, comme d'habitude, d'accord, des demandeurs venus des quatre coins de la voïvodie s'entassent ici, un ramassis de personnes lambda qui ne se sont jamais vues plus tôt et ne se reverront jamais par la suite. Une telle foule, c'est la sécurité d'une part, mais c'est un grand danger aussi, un danger immense. Des vagues de panique traversent mon corps. Le ticket numéroté que je tiens à la main se transforme progressivement en un lambeau moite, alors je le range dans mon portefeuille.

Ding ! Seulement deux personnes devant moi. Deux personnes ! L'affolement le dispute à l'euphorie. Deux personnes, un bref passage au guichet, la sortie et... la fin, enfin la fin !

L'inquiétude l'emporte. Je tente de m'occuper l'esprit pour tuer le temps, je lis une nouvelle fois le règlement accroché au mur et les autres annonces administratives, je lis le mode d'emploi de l'extincteur, mais ça ne fait qu'empirer les choses parce que je n'arrive pas à comprendre les mots les plus simples, la course-poursuite de mes pensées m'en empêche, l'hystérie grandit. Je réprime un haut-le-cœur et je sens un fourmillement dans mes mains, des taches noires commencent à danser devant mes yeux. Si je m'évanouissais, ça serait terrible, terrible ! Cette crainte rebondit dans mon crâne de plus en plus fort et de plus en plus vite. Et moins je veux m'y soumettre et plus elle résonne, plus mon angoisse augmente, plus gros sont les flocons de cette neige noire qui saupoudre mes pupilles. L'air a du mal à se frayer un chemin jusqu'à mes poumons, j'ai peur d'être incapable d'aligner une phrase, j'ai peur que ça se voie, que ça fasse des vagues et que ça soit la fin. La fin ! La fin ! Tout ça pour rien, le reste de ma vie en prison, la douleur, l'enfermement, la solitude. La fin !

Ding ! Encore une personne.

Non, je n'y arriverai pas. Je devrais plutôt sortir tout doucement et oublier cette idée stupide. Je me retourne et je fais deux pas en direction de la porte, mon corps ne m'écoute plus et une nouvelle salve de panique me heurte, les nausées reviennent avec une force accrue, l'angoisse injecte de la bile dans ma gorge. Doucement, très doucement, très, très doucement, mes pensées se calment et je fais de tout petits pas.

Ding ! Aussi vite, c'est impossible, quelqu'un a dû renoncer à son tour ! C'est un signe. Je m'approche du guichet sur des jambes en coton avec l'impression que je m'illumine de mille couleurs, que ma panique s'affiche en rouge sur les écrans du service de sécurité. Tant pis, il n'y a plus de retour possible. Je tends ma carte d'identité, je réponds à quelques questions posées sans passion par la fonctionnaire, j'attends qu'elle ait fini. Je signe le formulaire de réception et elle me tend un passeport tout neuf dont la couverture bordeaux luit aux rayons de soleil qui passent à travers les stores verticaux. Je remercie poliment et je m'éloigne.

L'instant d'après, il se tenait devant l'immeuble de la préfecture de la voïvodie de Sainte-Croix à Kielce et il se disait que le crime parfait existait, après tout. Il suffisait d'un peu de travail et d'imagination. Qui sait, il le raconterait peut-être à quelqu'un un jour, peut-être même qu'il écrirait un livre, il verrait. Pour l'instant, il voulait savourer sa liberté.

Il rangea le passeport dans sa poche, essuya ses mains suantes sur sa polaire, sourit à pleines dents et avança d'un pas lent en direction de la rue Warszawska. La journée était belle et ensoleillée ; lors d'une telle journée, même la ville de Kielce paraissait jolie. Il reprenait son calme progressivement, il se décontractait, observait gaiement les gens qui avançaient d'un pas vif vers l'entrée de la préfecture, de ce pas si commun dans un chef-lieu de voïvodie. Les policiers qui attendaient en bas de l'escalier ne l'inquiétèrent pas : après tout, ils étaient à leur place, il fallait assurer l'ordre près d'un immeuble administratif.

L'euphorie montait en lui, il souriait de plus en plus aux gens qu'il croisait et lorsque le procureur Teodore Szacki lui renvoya son sourire ; dans un premier temps, il ne sentit même pas que quelque chose clochait : oh, rien qu'un sympathique bonhomme d'âge moyen aux cheveux précocement blanchis qui devait être d'aussi bonne humeur que lui. Cet état dura une fraction de seconde. Durant la fraction de seconde suivante, il pensa que c'était quelqu'un de très ressemblant au magistrat, que son esprit malmené lui jouait des tours. Et lors de la fraction de seconde d'après, il sut que le crime parfait n'existait pas.

« Oui, que voulez-vous ? »

Dans un réflexe désespéré, il tenta encore de jouer au simplet.

« C'est vous que je veux, Anatol », répondit le procureur.

2

Plus tard, une fois revenu à Sandomierz, pendant l'interrogatoire qui dura des heures et lors duquel le meurtrier avoua tout, le procureur Teodore Szacki dut faire face à un sentiment étrange. Par le passé, il lui était déjà arrivé de ressentir de l'empathie pour un suspect, ou bien de la compassion. Mieux, il lui était même arrivé de respecter ceux qui avaient fauté, pour peu qu'ils aient le courage de faire face à leurs responsabilités. Mais c'était peut-être la première fois au cours de sa carrière qu'il ressentait non pas exactement de l'admiration pour un criminel, mais un sentiment proche de l'admiration, étonnamment proche, et cela l'inquiéta. Il tentait très fort de n'en rien laisser paraître, mais en dépit de ses efforts, plus il découvrait les détails successifs du forfait, plus il se répétait qu'il n'avait jamais frôlé le crime parfait de si près.

Procès-verbal d'audition de témoin. Greg Budnik, né le 4 décembre 1950, domicilié 27, rue Katedralna, à Sandomierz, diplômé d'études supérieures en chimie, membre du conseil municipal de la ville de Sandomierz. Relation avec les parties : époux d'Ela Budnik, née Szuszkiewicz (la victime). Jamais condamné pour fausses déclarations.

Prévenu de sa responsabilité selon l'article 233 du code pénal, le témoin déclare ce qui suit :

« Par la présente, j'admets les meurtres de ma femme, Ela Budnik, et de Jurek Szyller, ainsi que l'enlèvement et le meurtre d'Anatol Fijewski. J'ai commis le premier meurtre, celui d'Ela Budnik, à Sandomierz, le lundi de Pâques, le 13 avril 2009. Le mobile de cet acte a été la haine pour ma femme, dont je connaissais la liaison avec Jurek Szyller depuis longtemps et qui m'a annoncé ce jour-là que, compte tenu des circonstances, elle voulait mettre un terme à notre mariage qui durait depuis 1995. Ce même jour, j'ai démarré l'exécution d'un plan qui devait conduire à la mort de Jurek Szyller et me permettre d'échapper à ma responsabilité pénale. J'avais préparé ce plan depuis de nombreuses semaines, mais pendant assez longtemps je ne l'avais pas considéré sérieusement, c'était plutôt une sorte de jeu d'adresse intellectuel... »

Greg Budnik parlait, Teodore Szacki écoutait, les chiffres défilaient sur le Dictaphone numérique.

Le membre du conseil municipal, simple cadavre peu de temps avant, décrivait les événements sans grande émotion, mais il y avait des moments où il n'était pas capable de masquer sa fierté et Szacki comprit que ce plan, cet unique éclair de génie qui avait traversé son existence de fonctionnaire grisâtre, était le plus grand succès de sa vie. Ou plutôt le deuxième plus grand, car le premier avait été d'avoir réussi à conduire Ela Szuszkiewicz devant l'autel. Greg Budnik décrivait ses actes en détail et de manière exhaustive, et Teodore songeait à leur précédente conversation, durant laquelle il avait été persuadé de sa culpabilité – visiblement à juste titre. Il se rappela également qu'il avait alors pensé au Gollum du *Seigneur des Anneaux*, ce personnage obsédé par la possession de son « trésor » et pour lequel rien d'autre n'avait d'importance, pas même le trésor lui-même, mais seulement le fait de le posséder. Sans son trésor, Greg Budnik n'était plus rien ni personne, il devenait une coquille vide, privé de tout frein naturel ou culturel, capable de planifier et d'exécuter des meurtres de sang-froid. Son crime était terrible, mais plus épouvantable encore était son obsession vis-à-vis de sa femme. Le procureur écoutait le récit à propos des souterrains, des préparatifs, des chiens affamés, des semaines d'efforts minutieux pour ressembler au pauvre vagabond et voler son identité. Il écoutait les solutions aux diverses énigmes, plus ou moins intrigantes, et dont la résolution aurait fini par être évidente depuis le moment où l'idée que Greg Budnik devait être le meurtrier lui avait traversé l'esprit. Cependant, quelque part au fond de lui, il se demandait sans arrêt : était-ce un véritable amour ? Maniaque, destructeur, capable de pousser aux plus grands sacrifices comme aux pires des crimes. Pouvait-on seulement parler d'amour tant qu'on n'avait jamais ressenti d'émotions aussi puissantes ? Tant qu'on n'avait pas compris qu'en comparaison de cet amour, rien d'autre n'avait d'importance ?

Le procureur Teodore Szacki était incapable de chasser ces considérations de son esprit. Et il avait peur, car il y avait en elles quelque chose de prémonitoire, quelque chose qui l'empêchait de les traiter comme une possibilité purement théorique. Comme si le Destin lui préparait une ultime épreuve et que Teodore saisissait de son sixième sens qu'il lui serait un jour donné de tenir l'amour dans une main et la vie d'une personne dans l'autre.

Greg Budnik parlait d'une voix monotone, les éléments successifs trouvaient leur juste place, le puzzle commençait à ressembler à un tableau prêt à être encadré. D'ordinaire, dans une telle situation, le procureur Teodore Szacki se sentait calme. Cette fois-ci, une crainte étrange et irrationnelle s'emparait de lui. Greg Budnik n'avait pas planifié de devenir un meurtrier. Il n'était pas né avec cette idée et elle ne l'avait jamais accompagné. Tout simplement, un matin, il l'avait considérée comme son unique option.

Pourquoi Teodore se disait-il que pour lui, une telle journée arriverait également peut-être un jour ?

3

L'arrestation de Greg Budnik avait fait l'effet d'une bombe. Dans les médias, la grippe H1N1 elle-même était passée au second plan et les habitants de Sandomierz ne parlaient plus que de ça. La confusion avait permis à Barbara de servir un joli mensonge à son mari, en lui disant qu'elle n'était pas en mesure d'évaluer jusqu'à quelle heure ils devraient travailler au parquet et c'est ainsi qu'ils avaient atterri chez Teodore pour que cette femme mariée depuis quinze ans, malade du cœur, puisse redécouvrir avec l'application d'une collégienne assidue ses zones érogènes.

Ils s'amusaient merveilleusement et, à un moment, Szacki tomba amoureux de Barbara. Aussi simplement et sincèrement que ça. Et c'était un sentiment très agréable.

« Ourson m'a dit que tu t'étais comporté comme un fou.

— Ça pouvait avoir l'air de ça, je l'admets.
— C'est à ce moment-là que tu en as eu l'idée ?
— Ouais.
— Tu sais que ça m'excite ?
— Quoi encore ?
— Le fait que tu sois un génie de la criminologie.
— Ha, ha.
— Ne rigole pas, c'est vrai. Après tout, c'était une affaire résolue. Comment ça t'est passé par la tête ?
— À cause du fond de vérité.
— Je ne comprends pas.

— On dit que dans chaque légende, il y a un fond de vérité.

— C'est vrai.

— Mais il y a des légendes, comme cette foutue légende antisémite, la légende du sang, qui ne contiennent pas une seule once de vérité, qui sont des mensonges et des superstitions d'un bout à l'autre. J'ai pensé à ça à ce moment-là, sur la place du marché, peu importe pour quelle raison. Et je me suis rappelé ce qu'avait dit ton père. Que tout le monde mentait, qu'on n'avait pas le droit d'oublier que tout le monde mentait. Et soudain, j'ai pensé à cette affaire comme à un immense mensonge. Qu'est-ce que ça impliquerait si on supposait qu'il n'y avait rien de vrai là-dedans, que ça avait été créé de toutes pièces ? Qu'est-ce qui restait si on écartait les aspects vieux de soixante-dix ans, les meurtres rituels, les abattages casher, les écrits en hébreu, les citations bibliques, les chiens enragés, les cachots obscurs et les tonneaux hérissés de clous ? Que se passait-il si je considérais que toutes les preuves et que toutes les pistes qui alimentaient notre enquête depuis le début n'étaient que des bobards ? Qu'est-ce qui restait ?

— Trois cadavres.

— Non, justement non. Les trois cadavres sont une mise en scène, les trois cadavres sont là pour que nous nous mettions à réfléchir aux trois cadavres.

— Alors trois fois un seul cadavre.

— Exactement. J'ai senti que c'était la bonne manière de penser. Mais ce n'était pas encore l'étape charnière. Je savais déjà que ce n'étaient pas trois cadavres, mais trois fois un cadavre. Je savais déjà que pour y voir quoi que ce soit, il fallait que je les dépouille de la scénographie. Je savais qu'il fallait que je m'accroche à ce qui était venu de l'extérieur, à ce qui avait été objectif, à ce qui ne nous avait pas été imposé, n'avait pas été préparé comme, par exemple, l'insigne du *rodło* dans la main de la morte.

— D'Ela, précisa Barbara tout bas.

— Oui, d'accord, je sais, d'Ela, excuse-moi », dit Teodore sur un ton étonnamment affectueux. Il serra contre lui le corps svelte de son amante et embrassa ses cheveux – ils embaumaient le shampoing aux amandes.

« Et qu'est-ce qui était venu de l'extérieur ?

— Plutôt qui était venu.

— Le docteur Klejnocki ?

— Bravo ! Tu te souviens du moment où nous étions tous les quatre ? Le profiler, Leon et nous deux ? Sous l'immense photo du cadavre de ton amie projetée sur le mur ? Une fois encore, le décor nous a étouffés. Cette image, ainsi que l'irritante manière d'être du docteur Klejnocki, sa pipe, ses considérations linguistiques. Il se passait plein de choses à ce moment-là et nous en voulions beaucoup et vite et ce gars nous disait des choses qu'on aurait cru évidentes, ses réflexions semblaient pauvres parce qu'il n'en savait pas autant que toi sur la ville par exemple, il ne connaissait ni les Budnik ni les relations entre les habitants. Mais il avait dit la chose la plus importante pour notre enquête : que la clé de l'énigme résidait dans le premier meurtre et dans son mobile. Que le premier meurtre avait été commis sous le coup des plus grandes émotions et que la suite n'avait été que la réalisation d'une sorte de plan. Le coupable avait déversé sa rage, sa haine, sa bile sur la première victime, tandis que la deuxième n'avait été *que* assassinée, si on peut dire. Et je me suis mis à penser. Si on ne considérait pas les trois meurtres comme un ensemble, si on se concentrait sur le premier, le plus important, et si on oubliait la mise en scène une minute, alors l'affaire était limpide. Greg Budnik devait être le meurtrier. Il avait le mobile avec la liaison de sa femme, il avait l'opportunité, son alibi était proche de zéro, il s'emmêlait les pinceaux dans ses déclarations, il nous mentait.

— Mais qui aurait soupçonné un mort ? »

Barbara Sobieraj se leva, enfila la chemise de Teodore et sortit de son sac à main un paquet de cigarettes pour femme.

« Tu fumes, toi ?

— Un paquet toutes les deux semaines. C'est plus une habitude qu'une addiction. Je peux fumer ici ou il faut que j'aille à la cuisine ? »

Szacki l'autorisa d'un geste de la main, se traîna lui-même hors du lit et tendit la main vers son propre paquet. Il alluma une cigarette, la fumée chaude lui remplit les poumons et la chair de poule apparut sur sa peau ; le printemps était peut-être arrivé, mais les nuits restaient diablement froides. Il s'enroula dans un plaid et commença à faire les cent pas dans la pièce pour se réchauffer.

« Personne ne soupçonne un mort, c'est sûr, continua le procureur. Néanmoins, sans le cadavre de Greg Budnik, l'affaire aurait été limpide parce que dans le cas de Szyller, il aurait également été le suspect naturel. Il ne restait plus qu'à appliquer la vieille règle de Sherlock Holmes qui dit qu'une fois qu'on a écarté toutes les alternatives, alors celle qui reste, même la plus invraisemblable, doit être vraie. »

Barbara prit une bouffée de sa cigarette. À cause de la fraîcheur de l'air, sa poitrine visible par l'interstice de sa chemise entrouverte devenait particulièrement appétissante.

« Pourquoi nous ne nous en étions pas aperçus ? Ni toi, ni moi, ni Leon ? »

Teodore haussa les épaules.

« L'illusion. Probablement la plus géniale des idées de Greg Budnik. Tu sais en quoi consistent, d'ordinaire, les tours des prestidigitateurs ? Dans le fait de détourner l'attention. Quand le magicien bat deux paquets de cartes en l'air d'une seule main ou qu'il transforme un mouchoir enflammé en tourterelle, tu n'as ni le temps ni l'envie de regarder ce que fait l'autre main. Tu comprends ? Nous étions des spectateurs parfaits pour différentes raisons. Toi et Wilczur, vous étiez tellement d'ici que tout avait une trop grande importance pour vous. Moi, j'étais tellement étranger que je ne savais pas faire la distinction entre les aspects essentiels et les futiles. Nous avons passé notre temps à regarder le chapeau et le lapin. C'est-à-dire les tableaux dans les églises, les citations des Évangiles, les tonneaux, les cadavres nus déposés sur les lieux d'un ancien cimetière juif. Les aspects moins spectaculaires échappaient à notre attention.

— Par exemple ?

— Par exemple les grains de lœss derrière les ongles d'Ela Budnik. Quand tu enlèves un mystérieux insigne de la main d'une morte, ses ongles ne t'intéressent pas. Et s'ils nous avaient intéressés, nous aurions songé aux tunnels sous la ville plus tôt. Ou alors le cas des jambes recouvertes d'un coulis sanglant sur la deuxième victime. Tu vois un truc pareil, sans parler de cet épouvantable tonneau, et tu ne te demandes plus pourquoi un conseiller municipal a les pieds informes, gonflés et couverts d'hématomes.

— Des pieds de vagabond...

— Exactement. Mais tout ça est toujours resté en moi, tous ces petits détails se rappelaient sans cesse à mon bon souvenir. Premièrement, à cause du discours du profiler. Deuxièmement, à cause des paroles de ton père.

— Que tout le monde ment ?

— Ça aussi, mais il y en avait d'autres qui me démangeaient. D'abord, j'ai cru qu'il s'agissait de son idée de la haine transmise de génération en génération : dans le cas de Leon Wilczur, c'était une évidence. Mais ton père avait aussi parlé de la vie dans une petite ville, du fait que tout le monde épie tout le monde par la fenêtre, que si ta femme se lâche, il te faut ensuite croiser son amant à la messe. Bordel, en réalité, j'ai toujours eu ce Greg Budnik au fond du crâne, il revenait toujours à la surface comme un bout de polystyrène flottant, mais je refoulais cette solution parce qu'elle était trop fantasque. Ce n'est que lorsque j'ai commencé à évaluer sérieusement cette possibilité que tout le reste s'est mis en place. Prends la lettre inversée sur le tableau de la cathédrale, par exemple. Le rabbin de Lublin m'a dit qu'aucun Juif ne ferait jamais une erreur pareille, tout comme nous n'écririons jamais la lettre B avec les arrondis vers la gauche. Ça ne désignait pas Wilczur. Ça désignait plutôt une personne qui était plus ou moins au courant, mais qui devait se plonger toutes les cinq secondes dans Wikipédia pour vérifier les détails. Et Greg Budnik était "plus ou moins" au courant des choses, il s'intéressait au tableau, il cherchait à dévoiler la vérité à son propos, il baignait assez dans les fantasmes antisémites pour savoir sur quelle corde tirer. Mais ça n'a pas été sa seule erreur. Il a enfoncé le *rodło* dans la main de sa femme parce que dans son accès de bile – encore Klejnocki – il a voulu à tout prix accabler Szyller, lui causer du tort. Il n'a pas pensé qu'une fois que nous serions tombés sur Szyller, nous rebondirions sur leur liaison telle une balle en caoutchouc pour revenir à nouveau devant sa porte. Ou peut-être qu'il s'est dit que Szyller ne piperait mot par égard pour la réputation de sa maîtresse ? Va savoir. Quoi qu'il en soit, si Szyller n'était pas monté à la capitale, si je l'avais interrogé un jour plus tôt, il serait en vie et Greg Budnik croupirait dans sa cellule depuis une semaine. »

Barbara termina sa cigarette. Il crut qu'elle reviendrait sous la couette, mais elle recommença à fouiller dans son sac à main, cette fois à la recherche de son téléphone portable.

« Tu appelles ton mari ?

— La pizzeria Modena. Deux *romantica* ? » Elle battit des paupières telle une actrice de comédie.

Il exprima son enthousiasme, puis l'attira à nouveau dans le lit, non pas pour faire l'amour, mais simplement pour la serrer dans ses bras et bavarder.

« Et cette histoire avec Leon ? demanda-t-elle. Ce sont des conneries ? De quoi s'agit-il en réalité ? Ils l'ont relâché au moins ?

— Mais oui, mais oui, il est sorti. Il m'a dit qu'il avait infiniment bon cœur, c'est pourquoi il ne déclarerait pas son arrestation à la Ligue de lutte contre les discriminations. Et qu'il ne ferait pas de moi l'antisémite en chef de la République simplement parce que le tabloïd *Fakt* s'en chargerait à sa place. »

Elle pouffa de rire.

« Quel vieil homme charmant. Et c'est un Juif pour de vrai, au final ?

— Oui, vraiment. D'ailleurs, toute son histoire est vraie, à ceci près que Leon n'en savait pas aussi long qu'on aurait cru. Par exemple, il n'avait aucune idée qu'Ela était la petite-fille de cette malheureuse sage-femme dont la fille avait eu peur du tonneau. Greg Budnik en savait davantage. L'affaire du docteur Wajsbrot et tout ce qui s'était passé lors de l'hiver 1947 était un secret de famille précieusement gardé. Greg Budnik n'en a eu vent que lorsqu'il est tombé amoureux de Mlle Szuszkiewicz. Son père, tu t'en souviens peut-être, était l'ancien directeur de la maison d'arrêt de la police secrète communiste qui n'avait pas autorisé le docteur Wajsbrot à s'occuper de l'accouchement de sa femme. Alors, quand son fils lui a appris le nom de sa fiancée, il a eu très peur de ce concours de circonstances et lui a tout dévoilé sur son lit de mort. Le vieillard avait peur d'une malédiction, il avait peur que tout cela ne se passe pas par hasard, que le docteur Wajsbrot réclame justice d'outre-tombe.

— Il y a quelque chose de vrai là-dedans, chuchota Barbara. Peu importe comment tu regardes cette histoire, il y a quelque chose de démoniaque dans le fait que ces destins se sont croisés une nouvelle fois. Surtout maintenant, quand on sait que Greg Budnik finira sa vie derrière les barreaux. »

Teodore en eut des frissons dans le dos. Il ne l'avait pas vu sous cet angle, mais Barbara avait raison. Selon toute apparence, si la malédiction était réelle, alors cette malédiction l'avait utilisé, lui, pour s'accomplir. Il se rappela l'enregistrement vidéo avec le Juif hassidique qui disparaissait dans la brume – c'était l'unique aspect de l'affaire qu'il n'avait pas encore réussi à éclaircir. C'était aussi un aspect qu'il comptait garder pour lui, il n'y avait nul besoin qu'une trace de cet enregistrement subsiste dans les dossiers.

« Oui, murmura-t-il, on dirait que la providence...

— Ou l'anti-providence plutôt...

— Tu as raison, on dirait qu'une anti-providence a guidé Greg Budnik. C'est étrange. »

Ils demeurèrent un moment en silence, blottis l'un contre l'autre. Derrière la fenêtre, l'horloge de la tour de l'hôtel de ville sonna les coups de 23 heures. Il sourit à l'idée que ce bruit lui manquerait à présent. Et dire qu'il l'irritait il n'y avait pas si longtemps que ça.

« C'est triste pour ce malheureux vagabond, soupira Barbara, et elle serra Szacki plus fort. Lui, si je comprends bien, n'était en lien avec aucune malédiction.

— Non, probablement pas... En tout cas, nous n'en savons rien pour le moment.

— Mon Dieu, je ne devrais pas répéter ça, car tu risques de mourir écrasé sous le poids de ton propre ego, mais tu es une sorte de génie de la criminologie, tu sais ? »

Il haussa les épaules, bien que son ego eût effectivement dévoré le compliment avec grand appétit.

« Ouais... d'autres trucs auxquels j'aurais dû faire attention, c'était le laptop et les photos de famille.

— Quel laptop ?

— Cette boîte en polystyrène dans laquelle on met les plats à emporter dans les bistrots.

— T'appelles ça un "laptop", toi ?

— Oui, pourquoi ?

— Peu importe, raconte.

— Le mardi, la caméra a surpris Greg Budnik en train de sortir avec deux repas du restaurant Trzydziestka. C'était n'importe quoi, Ela Budnik était déjà morte et il n'y avait donc aucune explication au fait qu'il ait eu besoin de deux dîners. Il fallait relier ça avec d'autres faits. Comme celui qui dit que si Greg Budnik devait être le meurtrier, alors quelqu'un d'autre devait avoir été pendu au crochet dans le manoir. Et comme avec le fait qu'un petit poivrot de la ville passait son temps à rechercher un de ses potes vagabonds disparus. Et aussi avec les photos de famille.

— Pardon, quelles photos ?

— Ici, le tour de passe-passe consistait à se rendre ressemblant au sans-abri, à ce malheureux Fijewski. D'après les explications de Greg Budnik, il apparaît qu'il s'était préparé au crime depuis des semaines, peut-être depuis des mois. Bien sûr, ça sonne comme le comble de la folie, mais rappelle-toi que tant qu'aucun sang n'avait été versé, il pouvait considérer ce processus comme un jeu pervers, il pouvait chercher à vérifier jusqu'où il pourrait aller. Greg Budnik devait se rendre délabré et maladif, maigrir, éclaircir un peu ses cheveux, passer d'un roux carotte à un blond vénitien clair et se laisser pousser la barbe. L'astuce avec le pansement était géniale, encore une fois, c'est un détournement d'attention digne d'un magicien, mais elle n'aurait servi à rien si quelqu'un avait douté du fait que le cadavre de la rue Zamkowa était bien celui de Greg Budnik. Pourquoi nous n'avons pas eu de soupçons, et surtout moi ? Lors de son interrogatoire, j'ai vu ce même maigrichon avec une barbe rousse et un pansement sur le front. Le crochet qui sortait de sa joue rendait la reconnaissance du visage encore plus compliquée. J'ai vu cette même face sur la carte d'identité sortie du portefeuille de la victime. Malheureusement, l'absence d'un permis de conduire ne m'a pas fait réfléchir, tout comme le fait que la carte d'identité avait été refaite deux semaines avant le meurtre. Ça n'a fait réfléchir personne parce que durant les heures qui avaient précédé, nous nous sommes gavés de l'image de Greg Budnik à la télé. Sur une photo prise où ? Au poste de police, avant l'interrogatoire. Et est-ce qu'on aurait pu voir son visage autre part ? Si on avait cherché, bien sûr. Mais à l'endroit le plus évident, c'est-à-dire dans sa maison, il n'y avait nul portrait du propriétaire. Rien que ceux d'Ela Budnik. Il savait qu'on fouillerait minutieusement sa demeure après sa disparition. Il savait que si on voyait trop son véritable visage au cours de cette recherche, on pourrait avoir des doutes. Alors que là, on n'a eu que sa tronche amaigrie avec un pansement sur le front devant les yeux. »

La sonnette interrompit les explications de Teodore. L'instant d'après, ils mangeaient leurs pizzas et des tranches de galettes à l'ail qui, comme par ironie, avaient été apportées dans un laptop en polystyrène identique à ceux que le procureur avait aperçus entre les mains de l'assassin sur l'enregistrement de la caméra de surveillance de l'hôtel de ville. Ça lui coupa l'appétit. Barbara aussi visiblement, car elle ne piocha pas une seule fois dans le récipient. D'ailleurs, elle n'avait pas non plus envie de la pizza, pourtant délicieuse, comme toujours, parce qu'après en avoir englouti une part, elle ne mordit que deux fois dans la seconde et la reposa.

« Excuse-moi, mais je ne peux pas manger et réfléchir à tout ça simultanément. Ces cachots, Szyller... Maintenant, je comprends mieux la manière dont il est mort... Ça confirme l'analyse du docteur Klejnocki. Jurek Szyller a été torturé de la plus atroce des manières, la haine à son égard était la plus puissante. Cela aussi pointait le curseur en direction de Greg Budnik, n'est-ce pas ? »

Il confirma d'un hochement de tête.

« Le vagabond avait aussi été gardé prisonnier dans les souterrains ? Comment ? Greg y entrait par sa cave ? Moi, je ne savais même pas qu'il y avait un autre tunnel dans la région que ce foutu itinéraire touristique et on va s'apercevoir dans cinq minutes qu'on peut y entrer à partir de n'importe quel bâtiment de la ville !

— On ne peut pas. Greg Budnik en a appris un peu plus sur ce sujet par hasard. Il s'intéressait à l'histoire de la ville et c'est grâce à lui que Marek Dybus et ses potes ont eu l'autorisation de mener leur étude. Les autres politiciens s'étaient désintéressés de l'affaire à partir du moment où ils avaient compris qu'ils n'arriveraient pas à en faire une nouvelle attraction touristique. Pour Greg Budnik, c'était devenu un hobby. Un hobby qui s'est avéré très utile au moment opportun. Bien sûr, ce n'est pas comme si on pouvait descendre dans les tunnels à chaque coin de rue. Tu connais l'entrée dans l'immeuble Nazaret et, comme me l'a expliqué Greg Budnik, il y en aurait une seconde près du château, sur le flanc de la colline en bas, dans les ruines abandonnées. Il faudra vérifier ça. Mais ça collerait, parce qu'avec un peu de chance, on peut passer de cet endroit-là jusqu'à la synagogue à l'abri des buissons, mais aussi jusqu'au manoir et, enfin, si tu te faufiles par le jardin de la cathédrale, tu atterris sur la terrasse de la maison des Budnik. D'où la nécessité de faire sauter le couloir qui mène à cette entrée. Elle nous aurait indiqué Greg Budnik, on aurait pu commencer à le chercher. Il est vrai qu'il espérait être déjà très loin grâce au passeport de Fijewski, mais on le sait : prudence est mère de…

— Avoue, ce passeport, c'était une pioche au hasard ?

— Mais une pioche judicieuse. Avoir cette idée n'a pas été si difficile que ça, une fois que j'étais presque sûr de savoir quelle identité il avait volé. En revanche, convaincre quelques fonctionnaires de vérifier un dimanche soir si c'était vrai et quand cet homme était censé venir retirer le document… Je doute d'avoir déjà relevé un tel défi durant ma carrière. Et tu sais ce qui est le plus étonnant ? C'est pour Marek Dybus qu'il a le plus de peine.

— Putain de malade mental. Et dire que je le connaissais depuis des années. Combien il va prendre pour ça ?

— Perpète.

— Et pourquoi ? Dans quel but ? Je ne pige pas. »

Szacki ne comprenait pas non plus. Pas exactement. Pourtant, les paroles de l'assassin résonnaient toujours à ses oreilles : « Ela et Szyller, je voulais les tuer, véritablement, j'en avais envie, ça m'a fait plaisir d'y arriver. Après tous ces mois à imaginer ce qu'ils faisaient ensemble, après avoir écouté ces mensonges à propos des rendez-vous professionnels avec des artistes à Cracovie, à Kielce, à Varsovie... Vous ne savez pas comment c'est, quand cette haine grandit en vous jour après jour, quand elle vous inonde comme du fiel. À la fin, j'étais prêt à tout pour ne plus sentir cet acide me ronger de l'intérieur à chaque minute, à chaque seconde, sans arrêt. J'ai toujours su qu'Ela n'était pas faite pour moi, mais quand elle me l'a enfin dit droit dans les yeux, ça a été insupportable. J'ai décidé que si je ne pouvais pas l'avoir, alors personne ne l'aurait. »

C'est peut-être mieux que tu ne le comprennes pas, Barbara, pensa Teodore. Et que je ne le comprenne pas non plus, et que peu de gens le comprennent en général. Et même s'il saisissait l'explication de Greg Budnik, même s'il concevait ses mobiles, il y avait quelque chose dans tout ça... bordel, il ne pourrait l'évoquer à voix haute qu'en plaisantant, parce qu'après tout, il ne croyait ni aux malédictions ni à une mystérieuse énergie qui devait, parfois, régler des comptes dans l'ordre de l'univers. Pourtant, ça restait inquiétant. C'était comme si cette vieille ville polonaise en avait trop vu, comme si ce crime vieux de soixante-dix ans avait été de trop pour ces anciens murs et que, au lieu d'imbiber comme d'habitude ses briques rouges et disparaître, il avait commencé à rebondir dessus encore et encore jusqu'à heurter Greg Budnik.

L'horloge de la tour de l'hôtel de ville sonna les douze coups de minuit.

« L'heure des fantômes », constata Barbara Sobieraj, et elle se glissa sous les draps.

Mais le procureur Teodore Szacki savait que les fantômes n'apparaissaient certainement pas à minuit.

Vendredi 8 mai 2009

Dans le calendrier juif, c'est la *Pessa'h Sheni*, soit la « Seconde Pâques », fête prescrite par la Torah au quatorzième jour du mois d'*iyar* pour tous ceux qui n'ont pas pu réaliser l'offrande pascale lors de son premier terme – c'est aussi le symbole de la seconde chance offerte par Dieu. Le pape Benoît XVI est en visite en Jordanie où, sur le mont Nébo, dont Moïse avait aperçu la Terre promise, il parle du lien indissoluble qui unit l'Église catholique au peuple juif. En Espagne, un sacré veinard gagne 126 millions d'euros à la loterie ; en Californie, on conçoit la plus petite ampoule du monde et les Sikhs britanniques employés par la police demandent la conception de turbans pare-balles. Il ne reste plus qu'un mois avant les élections européennes ; selon les sondages, la Plateforme civique l'emporterait devant Droit et Justice par 47 % à 22 %. La ville de Sandomierz se passionne pour l'hélicoptère de la télé TVN qui tourne au-dessus de ses toits et pour l'histoire de l'ancien agent de la police secrète communiste qui persécutait l'opposition dans les années 1980 et dont l'entreprise de surveillance protège aujourd'hui les biens immobiliers de l'Église. Tout comme dans le reste de la région, on parle également du premier cas national de grippe H1N1 découvert à Tarnobrzeg. La police surprend deux adolescents de seize ans en train de fumer des « feuilles sèches d'une plante narcotique », mais, en parallèle, l'évêque Edward

Frankowski sacre dix-sept nouveaux diacres, l'équilibre entre le bien et le mal reste donc préservé. Le printemps s'épanouit, il pleut encore un peu le matin, mais la soirée est splendide, chaude et ensoleillée : impossible de trouver une table libre sur les terrasses de la place du marché.

1

Il n'y avait probablement nul meilleur endroit en Pologne pour passer une paisible soirée de printemps devant une pinte de bière que la terrasse ombragée par les châtaigniers du restaurant Kordegarda, surnommé Korda par les habitués. Modérément surélevé par rapport au niveau de la place du marché et donc un peu isolé, c'était un lieu idéal pour s'adonner à l'observation des touristes qui tournaient autour de l'hôtel de ville, des jeunes mariés qu'on prenait en photo, des lycéens collés à leurs portables, des gamins collés à leurs barbes à papa et des amoureux collés entre eux.

Le procureur Teodore Szacki attendait que Barbara Sobieraj revienne des toilettes et fixait sans gêne les personnes assises autour de lui. Comme d'habitude, il enviait la vie de ces gens, il se sentait attendri et nostalgique. Un couple local avait pris place pile à côté de lui ; accoudés à la barrière de la terrasse, ils semblaient plongés dans un coup de foudre digne d'une paire d'ados, même s'ils devaient avoir bien plus de cinquante ans. Lui était du genre directeur bien en chair, dépoitraillé, tandis qu'elle affichait un veston bigarré et un sex-appeal pugnace qui avait tranquillement survécu aux décennies passées à la cuisine et à élever sa progéniture. Ils parlaient sans cesse de leurs enfants, ils devaient bien en avoir trois, à en juger par les récits imagés des péripéties de vie – les trois dans la trentaine et les trois à Varsovie. Ils ne disaient pas un mot d'eux-mêmes, mais narraient sans cesse des histoires colorées à propos de leurs filles, de leurs beaux-fils, de leurs petits-enfants, de ce qu'ils faisaient, de ce qu'ils réussissaient, de ce qu'ils rataient, de ce qu'ils devraient arriver à faire ou de ce qui leur resterait certainement inaccessible. Il était plutôt réservé, mais optimiste, elle s'enfonçait parfois dans des scénarios lugubres, ce à quoi il réagissait toujours en toussotant et en coupant son flot de paroles d'un bref « Et comment peux-tu savoir ça, Hania ? ». Magnanime, elle s'interrompait alors pour un instant, le temps que son Witek savoure le sentiment factice de savoir les choses mieux qu'elle. De son côté, elle savait effectivement tout, donc elle reprenait sa narration quelques secondes plus tard. Les observer et suivre leur conversation était absolument exquis et Teodore était à la fois ravi et peiné. Pour devenir un tel couple, il fallait nourrir son amour et sa tendresse durant de longues années. Pour sa part, il avait détruit sa première famille et il était trop vieux pour en construire une nouvelle – il ne connaîtrait pas la joie d'entrer dans la vieillesse au bras d'une personne avec laquelle il aurait partagé toute son existence.

Si seulement il avait dix ans de moins. De l'autre côté de sa table, il aperçut un couple de ce genre. Ils avaient tous les deux l'air assez jeune, mais ils devaient avoir environ trente ans. Au début, il se dit « ma génération », mais il se corrigea très vite. Ce n'est plus *ta* génération, cher procureur : tu connais par cœur les chansons d'opposition de Jacek Kaczmarski, alors que pour eux, la musique commence avec Kurt Cobain. Tu étais jeune adulte quand le quotidien *Gazeta Wyborcza* publiait son premier numéro dans la Pologne libre, alors que pour eux, ce n'était rien de plus qu'une feuille de chou ramenée à la maison par les parents. Il y avait peu de générations dans le monde pour lesquelles une différence de dix petites années représentait un tel gouffre.

Ce couple n'avait d'yeux que l'un pour l'autre et paraissait totalement autosuffisant. Le niveau de glucose dans leur sang avait dû véritablement chuter très bas pour qu'ils se décident à sortir de sous la couette. À partir des bribes de leur conversation, Teodore déduisit que c'était l'anniversaire du jeune homme. C'est cool d'avoir son anniv en mai, se dit-il, organiser ses soirées autour d'un bon barbecue ou se réunir avec une bande de potes sur les terrasses des bars. Né en novembre, Szacki ne connaissait pas cette chance. Pendant une fraction de seconde, il eut même l'idée de les aborder et de lui souhaiter un bel anniversaire.

Mais il se mordit la langue : extraire le garçon de la tente que formaient les longs cheveux bruns de sa compagne aurait été cruel. Quand le jeune homme sentit les yeux du procureur posés sur lui, il balaya l'ensemble des tables du regard, mais Teodore détourna rapidement la tête. Quelque chose le chatouilla derrière l'oreille. C'était une fleur de châtaignier, perverse par sa taille imposante, tenue à la main par Barbara. Du coin de l'œil, il pêcha encore le sourire complice du jeune homme qui lui signifiait que oui, lui aussi considérait Sandomierz en mai comme l'endroit idéal pour les amoureux.

« On y va ? » demanda-t-elle.

Il hocha la tête, vida le reste de sa bière d'un trait et ils descendirent ensemble sur les pavés de la place du marché. Le soleil couchant brillait en rouge à l'embouchure de la rue Oleśnicki, recouvrant la cité d'une lueur pourpre dont, en particulier, les murs de l'ancienne synagogue.

« On ne peut pas rester là », dit-elle.

Elle lui sourit, l'embrassa sur la joue, agita sa main fine en signe d'au revoir et s'éloigna d'un pas vif en direction de la porte Opatowska. Sa jupe papillonnait autour de ses cuisses nues, pâles et, comme il avait eu l'occasion de le remarquer, recouvertes de taches de rousseur. Pendant un instant, le procureur Teodore Szacki la raccompagna du regard, puis il avança vers le soleil pour profiter de ses derniers rayons. Il s'arrêta à côté de la synagogue et observa l'ombre chasser progressivement la lumière orange des murs de l'édifice. Cette vision l'accapara tant et si bien qu'elle ne laissa aucune place à une quelconque pensée. Ce ne fut que lorsque le coucher de soleil eut touché à sa fin qu'il regarda autour de lui.

Quatre-vingts ans plus tôt, dans toutes les maisons et dans tous les appartements des environs, les femmes auraient allumé des bougies depuis un bon quart d'heure, signe que le sabbat venait de commencer et qu'il fallait donc interrompre ses travaux, réciter le *kiddouch* et s'asseoir pour le dîner solennel. Il regarda vers le bas de la rue Żydowska, la « rue Juive », et il se rappela l'enregistrement vidéo que Leon Wilczur lui avait montré, cette silhouette au large chapeau qui se fondait dans la brume.

Il haussa les épaules et entama une promenade dans cette direction.

Le mot de l'auteur

Je dois la création de ce livre, comme celle du précédent, à mon frère. Il a eu la bonne idée d'unir son destin à la merveilleuse Ola, habitante de Sandomierz, et c'est pourquoi je suis venu dans cette ville pour un mariage, j'en suis tombé follement amoureux et je l'ai quittée persuadé que je devais écrire un roman dont l'action se déroulerait ici. S'il s'agit d'un roman policier dont l'intrigue touche à des stéréotypes toujours présents et douloureux, le mérite en revient à Beata Stasińska – je profite de l'occasion qui m'est donnée pour la remercier pour les multiples conversations autour de chacun de mes livres. Mes remerciements les plus sincères vont également à ceux qui m'ont aidé lors de mon séjour de quelques mois à Sandomierz et tout particulièrement aux parents d'Ola, à leurs amis ainsi qu'à l'inestimable Mme Renata Targowska et à M. Jerzy Krzemiński.

Bien des sources ont nourri mon travail, mais la principale reste la ville de Sandomierz, dont je conseille la visite à tous ceux qui voudraient en apprendre davantage sur ce bourg magique posé au bord de la Vistule. Ceux qui seraient intéressés par la légende du meurtre rituel devraient lire l'étude de Joanna Tokarska-Bakir *Legendy o krwi. Antropologia przesądu* (« Les Légendes du sang. L'Anthropologie d'une superstition », publiée chez W.A.B. en 2008). Parmi les autres lectures essentielles, je dois citer *La Gloire et la Renommée* de Jarosław Iwaszkiewicz (publiée en français par les Éditions Noir sur Blanc en 1999). J'ai lu ce roman pendant que j'écrivais le mien et le lecteur attentif en trouvera des échos tout au long de mon texte. Pour la forme, je souligne aussi que tous les personnages (enfin, presque tous, je salue ici Jarek et Marcin) et tous les événements contenus dans mon livre sont imaginaires, que la responsabilité des erreurs ou des modifications volontaires du domaine des faits et de la topographie m'incombe personnellement et qu'avoir transformé Sandomierz en sombre capitale du crime ne témoigne pas, Dieu m'en garde, de mon rapport à cette ville qui est, d'après moi, la plus charmante de toute la Pologne.

Sandomierz – Varsovie, 2009-2011

L'auteur se joint au traducteur pour remercier les premiers relecteurs du texte français, Raphaël Bostsarron, Angelo Solinas, Sinicha Mijajlovic et Jérémie Bonfil-Praire.
Nos amitiés.

Table des matières

Mercredi 15 avril 2009	11
Jeudi 16 avril 2009	79
Vendredi 17 avril 2009	127
Samedi 18 avril 2009	159
Dimanche 19 avril 2009	215
Lundi 20 avril 2009	263
Mardi 21 avril 2009	311
Mercredi 22 avril 2009	363
Jeudi 23 avril 2009	425
Vendredi 24 avril 2009	451
Samedi 25 avril 2009	481
Lundi 27 avril 2009	509
Vendredi 8 mai 2009	533
Le mot de l'auteur	539

Composition et mise en pages
Nord Compo à Villeneuve-d'Ascq

Imprimé à Barcelone par:
BLACK PRINT
en mars 2018

POCKET – 12, avenue d'Italie – 75627 Paris Cedex 13

Dépôt légal : septembre 2016
S26368/03